Pour l'amour de la vérité

Délicates retrouvailles

DEBBIE HERBERT

Pour l'amour de la vérité

Traduction française de
CHRISTIANE COZZOLINO

BLACK ROSE

HARLEQUIN

Collection : BLACK ROSE

Titre original :
UNMASKING THE SHADOW MAN

HARPERCOLLINS FRANCE
83-85, boulevard Vincent-Auriol, 75646 PARIS CEDEX 13
Service Lectrices — Tél. : 01 45 82 47 47

www.harlequin.fr

ISBN 978-2-2804-4492-7 — ISSN 1950-2753

1

Le grattement recommença. *Scratch scratch.* Une pause. *Scratch scratch.*

Si le vacarme de la circulation à Atlanta ne l'avait jamais empêchée de dormir, en rompant le silence de la campagne, ce minuscule bruit dans la maison de son enfance l'avait tirée de son sommeil en une fraction de seconde.

Cet horrible grattement la hantait depuis des années. Il était indissociable du drame survenu entre ces murs lorsqu'elle avait neuf ans. Dès qu'elle l'entendait, Harper revoyait Presley, sa sœur, gisant sans vie au pied de l'escalier, sur le carrelage de la cuisine dans laquelle s'était déclenché un incendie. Se dressant sur son séant, le cœur battant, Harper tendit l'oreille, à l'affût du sinistre grattement. Mais elle n'entendit rien d'autre qu'un léger bruissement.

Sans doute n'était-ce qu'une souris détalant derrière la vieille cloison de Placoplatre. Du moins l'espérait-elle. Une infestation de rongeurs n'avait rien de réjouissant mais, à tout prendre, elle préférait les souris aux fantômes ou autres créatures horrifiques. Longtemps, elle avait cru la maison hantée.

Comme dans un flash, Harper revit la silhouette spectrale et répugnante de saleté entraperçue la nuit où Presley était morte. L'apparition cauchemardesque s'était penchée sur le corps de sa sœur. Harper avait poussé un cri. L'étrange créature s'était aussitôt évanouie dans la pénombre, et elle ne l'avait jamais revue.

Personne ne l'avait crue. On n'avait décelé aucune trace d'effraction, et une fouille complète de la vieille maison victorienne n'avait rien révélé de suspect. On avait conclu à une mort accidentelle.

Mais, rien que d'y repenser, Harper en avait encore la chair de poule.

Elle voulait en avoir le cœur net. Si elle était revenue à Baysville, en Virginie, c'était pour liquider la succession de sa mère et pour tirer au clair cette histoire d'apparition qui l'obsédait. Avait-elle rêvé, comme tout le monde autour d'elle avait semblé le penser ? Pendant des années, elle avait soigneusement refoulé les événements de cette nuit tragique.

Il lui arrivait cependant d'être assaillie par la vision terrifiante de cette créature décharnée à la peau diaphane qu'elle avait vue, ou croyait avoir vue, se pencher sur le corps de Presley.

Renonçant à se rendormir, Harper s'extirpa du lit et alluma la lampe de chevet. Éclairée, la chambre à coucher lui parut rassurante avec ses murs couleur pêche et son mobilier rustique. Il n'y avait personne, en dehors d'elle, et tout semblait parfaitement normal. Par habitude, elle s'était installée dans la chambre qu'elle avait toujours occupée. Celle de sa mère, de l'autre côté du couloir, était nettement plus grande, mais Harper ne s'y serait pas sentie à l'aise. Cette chambre serait pour toujours celle de sa mère, elle le savait.

Après avoir enfilé sa vieille robe de chambre rose – passablement élimée mais si douillette qu'elle ne pouvait se résoudre à s'en débarrasser –, elle sortit dans le couloir, qu'elle s'empressa d'allumer. Le parquet de chêne était si bien ciré que la crinière auburn de la jeune femme se reflétait dedans. Elle agrippa la rampe en fer forgé de l'escalier et jeta un coup d'œil en bas, s'assurant machinalement qu'il n'y avait ni fumée ni flammes montant de la cuisine. Pieds nus, elle commença à descendre, hantée par le souvenir de cette terrible nuit.

En bas de l'escalier, elle se figea, tétanisée sur place. Elle n'était pas seule, elle le sentait.

On l'épiait.

Elle fit volte-face, terrorisée à l'idée de ce qu'elle allait découvrir dans son dos. Mais il n'y avait personne derrière elle, en dehors des portraits qui tapissaient le mur tout le long de l'escalier. Plusieurs générations de Catlett la contemplaient d'un air sévère, comme s'ils la trouvaient ridicule.

Scratch scratch.

Et voilà que ça recommençait ! Au grattement succéda un bruit de pas, mais, nerveuse comme elle l'était, Harper n'aurait pu en jurer. Retenant son souffle, elle tendit l'oreille mais n'entendit plus rien. Un silence de mort planait sur la maison.

Arrête de te faire des frayeurs. Il n'y a personne, à part toi et quelques malheureuses souris.

En quelques enjambées, elle gagna le salon, pressant tous les interrupteurs sur son passage. Puis elle alluma la télévision et tomba sur un flash d'informations. La voix familière du présentateur rompit ce silence si oppressant qui l'effrayait presque autant que tous ces bruits étranges. Elle se dirigea vers la cuisine pour préparer le café et s'adonner à une routine rassurante.

Alors ? Tu vois bien que tu y arrives. Passer la nuit seule dans cette maison n'est pas si compliqué que ça, en fin de compte. Si tu persévères, dans une semaine ou deux, tu n'auras plus peur du tout. Simple comme bonjour. Elle allait tenir le coup jusqu'à ce qu'elle ait fait toute la lumière sur ce qui s'était réellement passé cette nuit-là.

En attendant, il lui fallait faire appel à une entreprise de dératisation. C'était la seule solution.

Une tasse de café dans la main, elle s'assit à la table

de la cuisine et alluma son ordinateur portable pour se mettre en quête de l'entreprise adéquate. Pas question de faire les choses à moitié. Elle voulait le grand jeu : la maison investie par une demi-douzaine d'exterminateurs vêtus de combinaisons de protection. Il était trop tôt pour appeler, mais elle nota quelques numéros de téléphone et se sentit tout de suite mieux.

Elle contrôlait la situation ; tout allait bien. Chaque chose en son temps, comme disait toujours sa mère. Et ce mantra, Ruth Catlett l'avait mis à profit toute sa vie. Après le décès de son mari puis de sa fille aînée, c'était ce qui lui avait permis de tenir, et de se lever chaque matin pour aller travailler dans le snack-bar en bas de la rue. Elle n'avait plus jamais été tout à fait la même, mais elle avait toujours fait bonne figure.

Maintenant qu'elle aussi était morte, Harper se trouvait être la dernière représentante de sa famille – sans compter une petite poignée de tantes, d'oncles et de cousins éparpillés dans Baysville.

Exhalant un soupir, Harper but une gorgée de café et sortit sur la véranda. De longues traînées d'indigo et d'orange incendiaient le ciel et se reflétaient dans l'onde mouvante de la Pagan River. La plupart des petites boutiques pittoresques bordant la rivière avaient déjà leurs lumières allumées. Une nouvelle journée s'annonçait, et Harper s'émerveillait de la beauté de sa ville natale. Ces bourgades des Bas-champs de Virginie avaient décidément beaucoup de charme, bien plus que n'en aurait jamais Atlanta. Elle prit place dans la balancelle pour savourer tout à son aise une tranquillité à laquelle elle n'était plus habituée. Exit les rendez-vous avec les clients, les sonneries de téléphone et les assistantes qu'il fallait briefer ! Ces derniers mois, elle avait été totalement accaparée par son agence de décoration d'intérieur. Travailler comme une forcenée l'avait sans doute aidée à surmonter sa rupture avec Doug, mais aujourd'hui elle avait tourné la page.

Elle n'allait pas pleurer éternellement un homme volage et réfractaire au mariage.

Les rues commençaient à s'animer. Il était temps de rentrer et de s'habiller car elle ne tenait pas à ce qu'on la voie dans cette horrible robe de chambre.

De retour dans la cuisine, elle vit qu'elle avait reçu quatre nouveaux mails. Elle s'assit pour les lire au cas où à l'agence il y aurait une urgence. L'objet du premier mail lui sauta aux yeux :

Fichez-le camp de la maison

Les doigts tremblants, elle ouvrit le message. Il était vide. L'avertissement émanait d'un certain minus@life.com

Harper passa trois fois devant le commissariat de Baysville avant de se décider à entrer. Si extérieurement le poste de police, avec sa façade de briques rouges, était plutôt avenant, la décoration intérieure laissait franchement à désirer. La professionnelle qu'elle était ne pouvait qu'être horrifiée par les linos jaune moutarde, la couleur déprimante des murs et les chaises métalliques bon marché. Elle reconnaissait toutefois que les contribuables payaient pour la qualité du service et non pour l'esthétique des lieux.

À l'accueil, une employée nonchalante lui tendit un bloc-notes.

— Inscrivez votre nom et la raison de votre visite.

Harper s'exécuta et écrivit son nom. La raison de sa visite ? Si elle indiquait « mail inquiétant », ils allaient bien rigoler, songea-t-elle, dubitative. Quelle drôle d'idée elle avait eue de venir à la police ! Autrefois, quand elle racontait ce qu'elle avait vu cette nuit-là, ses camarades la regardaient bizarrement avant de détaler comme des lapins. Elle ne savait pas si ce qu'elle détestait le plus était qu'ils la plaignent, ou qu'ils la craignent, un peu comme un oiseau de mauvais augure. Un aimant à problèmes.

Il avait fallu qu'elle attende d'être au lycée pour avoir à nouveau des amis, réhabilitation à laquelle avaient beaucoup contribué son admission dans l'équipe des pom-pom girls et les liens qu'elle avait noués avec la très charismatique Kimber Collins. Harper s'était efforcée de rentrer dans le moule, de ne pas parler de la tragédie et de faire comme si tout allait pour le mieux dans le meilleur des mondes.

— Laissez tomber, dit-elle à l'employée municipale en lui rendant le bloc-notes.

Décontenancée, la pauvre femme la dévisagea derrière ses lunettes à verres en cul de bouteille. Harper lui décocha un sourire poli et tourna les talons.

— Excusez-moi, mademoiselle, mais vous êtes sûre… ?

Les quelques personnes assises dans la salle d'attente levèrent le nez de leurs téléphones portables. Harper passa devant elles rapidement et, sans se retourner ni se départir de son sourire factice, fit un vague geste de la main à l'attention de son interlocutrice. Elle se sentait affreusement mal à l'aise et n'aspirait à rien d'autre qu'à sortir le plus vite possible du commissariat.

Bang ! Elle percuta de plein fouet une masse dure comme le roc et faillit tomber à la renverse. Une poigne solide lui agrippa l'avant-bras.

— Holà, doucement ! Ça va ?

Des yeux noirs, pétillants de malice, la scrutaient. Bryce Fairfax.

Confuse, Harper piqua un fard.

— Oui, marmonna-t-elle.

Avec un peu de chance, il ne l'avait pas reconnue. Mais elle avait intérêt à filer. Si seulement il pouvait la lâcher…

— Harper Catlett. La petite sœur de Presley, dit-il en la gratifiant de ce sourire carnassier qui faisait se pâmer toutes les filles au lycée, y compris Presley. À dire vrai, Harper aussi s'était secrètement entichée de lui, bien qu'il eût presque dix ans de plus qu'elle.

Son sourire s'évanouit.

— Désolé pour votre maman. Je suppose qu'avec la maison et tout le reste, vous avez pas mal de choses à régler.

— Oui, en effet.

Il ne semblait pas pressé de la lâcher.

— Qu'est-ce qui vous amène au poste ? demanda-t-il. Y a-t-il quelque chose que je puisse faire ?

— En fait, non. Ce n'est pas important.

Ignorant son refus, il la guida vers les bureaux. Elle n'eut d'autre choix que de lui emboîter le pas et elle se maudit encore une fois d'être venue au commissariat.

— Je ferais n'importe quoi pour la petite sœur de Presley. Savez-vous qu'au lycée elle me donnait des cours de maths ? Sans elle, j'aurais probablement échoué dans cette matière. Au final, j'ai eu la moyenne. De justesse, mais je l'ai eue.

En l'entendant rire de lui-même, elle se détendit un peu. Bryce était toujours aussi charmeur. Il savait y faire avec les gens, notamment avec les femmes. Il avait gardé sa silhouette athlétique, et les rides qu'il avait au coin des yeux et sur le front le rendaient encore plus séduisant.

— Oui, j'étais au courant pour les cours. Presley était si douée. J'aurais aimé qu'elle soit là quand à mon tour j'ai galéré en algèbre.

Bryce compatit d'un hochement de tête.

— Quel tragique accident, déclara-t-il.

— Pas sûr que cela ait été un accident, ne put s'empêcher de répliquer Harper.

Pourquoi ne s'était-elle pas tue ? se morigéna-t-elle intérieurement. À quoi bon revenir sur cette histoire abracadabrante de spectre ?

Il haussa les sourcils mais s'abstint de tout commentaire tandis qu'ils longeaient côte à côte un corridor interminable. L'arrière du bâtiment communiquant avec la prison du comté, de sinistres claquements de portes en fer et de grossières invectives leur parvenaient, ce qui n'était pas très rassurant. Harper craignait qu'un détenu ne surgisse brusquement et ne la prenne en otage.

Mais Bryce la fit entrer dans son bureau, qui était aussi moche et minable que le reste du commissariat.

Le chef de police se glissa derrière un monstrueux bureau en contreplaqué teinté chêne foncé.

— Pour revenir sur ce que vous disiez il y a un instant – posant ses mains à plat sur le bureau, il se pencha légèrement en avant, semblant soudain très concentré —, dois-je comprendre que vous pensez que la mort de Presley n'était pas accidentelle ?

— Je n'en sais rien. Je n'avais que neuf ans, à l'époque, alors tout cela reste un peu mystérieux.

Ses yeux d'un noir d'obsidienne la transperçaient, comme s'ils cherchaient à lire en elle.

— Si je me souviens bien, le bruit courait que vous aviez vu quelque chose, ou quelqu'un, près du corps de Presley juste après sa chute.

Harper déglutit à grand-peine.

— Encore une fois, je n'étais qu'une enfant. Je précise aussi que je ne manquais pas d'imagination et que je venais de faire un cauchemar.

— Décrivez-moi la scène encore une fois, je vous prie.

Harper se trémoussa sur son siège, mal à l'aise.

— Cela paraît tellement idiot, aujourd'hui. Il m'a semblé voir une espèce d'échalas squelettique vêtu de haillons. Il me fixait avec de grands yeux effarés.

Des yeux qui ressemblaient à ceux des extraterrestres tels que les représentaient les gens qui prétendaient en avoir vu. Elle préférait cependant ne pas s'appesantir sur le sujet parce que le seul fait d'en parler lui donnait des frissons.

Un policier entra dans la pièce et posa une feuille de papier sur le bureau, à l'attention de Bryce. Grand et bien bâti, il en imposait. Il la regarda bizarrement, ses yeux gris la jaugeant de la tête aux pieds. Elle eut l'impression qu'il avait entendu une partie de la conversation. Il devait la croire cinglée. Une pauvre folle qui faisait perdre son temps au chef de police.

Bryce adressa un hochement de tête à son subalterne.

— Je le rappellerai dans un instant. J'ai presque terminé et vous demande de rester parce que je vais avoir quelques questions à vous poser. Harper, je vous présente l'inspecteur Andrews.

— Bonjour, dit-elle.

— Harper Catlett est née et a grandi à Baysville, expliqua Bryce au dénommé Andrews avant de s'adresser de nouveau à elle. Écoutez, dit-il, je peux vous assurer qu'il y a eu une enquête en bonne et due forme et que la police et la brigade des sapeurs-pompiers sont arrivées à la même conclusion : aucun signe d'effraction n'ayant été décelé, en l'absence de preuves, la piste criminelle a été écartée.

En plus de le déranger pour rien, elle l'avait vexé.

— Je ne mets pas en doute la compétence de qui que ce soit, s'empressa-t-elle d'affirmer. Et jamais je n'oublierai que votre père a été le premier pompier à intervenir.

— Je sais combien ça a dû être difficile pour vous et votre maman. Et maintenant qu'elle est partie aussi, vous devez avoir hâte de vendre la maison et de retourner à Atlanta, non ?

— Comment avez-vous su que je m'étais installée à Atlanta ?

Bryce émit un petit gloussement.

— Ici, les nouvelles vont vite, au cas où vous l'auriez oublié. C'est de Kimber que je tiens l'information, il me semble.

— Ah, d'accord.

Harper était toujours restée en contact avec Kimber.

— Je suis désolé de ne pas avoir pu assister à l'enterrement, j'étais de procès, ce jour-là. Mais je suis allé à la veillée funèbre. À cinquante-deux ans, votre maman était bien trop jeune pour mourir.

Comme pour son père, la mort avait frappé brutalement – sa mère avait succombé à une crise cardiaque, mais Harper se demandait si le chagrin causé par le décès de Presley ne l'avait pas prématurément poussée dans sa tombe.

— Et donc, qu'est-ce qui vous amène ? demanda Bryce, la tirant de ses sombres pensées.

— Ah, oui.

Elle sortit son téléphone de son sac et le déverrouilla, consciente d'avoir deux paires d'yeux rivées sur elle.

— Sans doute rien de grave, mais je me suis un peu inquiétée, ce matin, quand ce mail est apparu sur l'écran de mon ordinateur portable.

— S'il s'agit d'une cybermenace, vous avez bien fait de venir. Ce sont des choses que nous prenons très au sérieux.

Harper fronça les sourcils lorsqu'elle découvrit que le mail avait disparu. L'avait-elle supprimé par erreur ? Elle vérifia dans sa corbeille. Il n'y était pas non plus.

— Je… Euh… Je ne le retrouve pas, expliqua-t-elle piteusement.

— C'est bien dommage, dit Bryce d'un ton mielleux. Et que disait-il, ce mail ?

— Il m'ordonnait de ficher le camp de la maison.

Un silence embarrassant accueillit ses paroles.

— Autre chose ? demanda Bryce.

— Non, c'est tout. Mais la nuit j'entends de drôles de bruits dans la maison. Il doit y avoir des souris, dit-elle d'une toute petite voix. J'avoue qu'en plein jour, et racontés comme ça, ces faits semblent bien anodins.

Elle se leva.

— Pardon de vous avoir fait perdre votre temps. J'ai été contente de vous revoir, Bryce. Et d'avoir fait votre connaissance, inspecteur.

Bryce se leva à son tour.

— À votre service. N'hésitez pas à nous prévenir si jamais cela se reproduisait.

Il était aimable, mais elle sentait bien qu'il était pressé d'en finir pour revenir à des choses plus sérieuses. Saluant les deux hommes d'un bref hochement de tête, elle gagna vite la porte, soulagée de pouvoir enfin s'en aller.

Elle n'avait pas parcouru la moitié du couloir qu'un bruit de pas derrière elle la fit se retourner. L'inspecteur Andrews fonçait droit sur elle.

— Souhaitez-vous faire une déposition ? lança-t-il.

— Non, ce n'est pas la peine. Il n'y a vraiment pas de quoi en faire toute une histoire.

— Détrompez-vous.

Il semblait tout ce qu'il y avait de plus sérieux.

— D'autant plus si vous pensez qu'un membre de votre famille a été assassiné dans cette maison.

Il avait bel et bien entendu la conversation qu'elle avait eue avec Bryce.

— Je n'ai jamais dit ça !

— Vous l'avez laissé entendre, en tout cas. Je ne sais pas si le commissaire vous l'a dit, mais une série de meurtres non élucidés a eu lieu à Baysville. Si cela peut vous rassurer, un policier ira jeter un coup d'œil à la maison cet après-midi ou ce soir. D'accord ?

Harper hésita. Elle avait très envie d'accepter mais, d'un autre côté, qu'allait-on penser si un flic débarquait chez elle ? Au diable le qu'en-dira-t-on ! Elle n'allait pas s'éterniser à Baysville, de toute façon, et elle attachait plus d'importance à la qualité de son sommeil qu'à ce qu'on irait raconter sur son compte.

— Oui, ce serait vraiment super. Je vous remercie.

Elle sortit de son sac un papier et un stylo, et nota son adresse et son numéro de téléphone.

— Dites au policier qui viendra que c'est la dernière maison à gauche au bout de King Street.

— C'est entendu, dit l'inspecteur Andrews en fourrant

le papier dans la poche de sa chemise. Je trouverai sans aucun problème.

Était-il en train de la draguer ? se demanda Harper. Mais non, voyons ! Qu'allait-elle chercher ? Son expérience malheureuse avec Doug avait sacrément dû la marquer pour qu'elle se méfie d'un policier qui cherchait juste à lui rendre service.

Elle se dirigea vers la sortie. Dans le hall d'accueil, elle se retourna et vit, plantés au milieu du corridor, Bryce et l'inspecteur Andrews qui la regardaient d'un air pénétré.

Une série de meurtres non élucidés, avait dit l'inspecteur Andrews. Voilà pourquoi ils semblaient prendre au sérieux la menace qu'elle avait reçue. Mais le fait qu'ils s'inquiètent pour elle n'était-il pas, au final, plus angoissant que rassurant ?

2

Fatiguée, Harper s'appuya contre les oreillers qui garnissaient la tête de lit de la chambre de sa mère et se passa une main dans les cheveux. Six cartons de vieux vêtements étaient posés par terre. Pleins à ras bord. Elle avait mis de côté quelques affaires dont elle n'arrivait pas à se séparer – deux écharpes de soie que sa mère aimait beaucoup, la robe de chambre en flanelle qu'elle portait tout le temps et une demi-douzaine de pulls pas du tout démodés. Elle donnerait tout le reste à des œuvres caritatives. Dès qu'elle aurait tout débarrassé, elle pourrait organiser un vide-greniers pour vendre le mobilier. Le reste irait à la déchetterie.

Elle allait avoir besoin de café pour tenir le coup. Ce soir, elle avait l'intention de finir de vider la chambre pour pouvoir s'attaquer demain matin au sous-sol et au grenier. Slalomant entre les cartons, elle se dirigea vers la cuisine.

Le crépuscule jetait ses derniers rayons sur la rive. La journée avait passé à toute vitesse. Harper avait encore beaucoup à faire avant de retourner à Atlanta et de retrouver sa routine. Sans Doug. À vrai dire, il ne lui manquait pas tellement, mais elle appréhendait de se retrouver seule, à nouveau. Et, maintenant que sa mère était décédée, la perspective de passer seule les fêtes de fin d'année la déprimait. Elle pourrait peut-être partir en croisière sous les tropiques et faire comme si les fêtes n'existaient pas. Cette idée lui remonta le moral. Les affaires marchaient bien, alors pourquoi ne pas se donner un peu de bon temps après toutes ces épreuves ?

Fredonnant, elle remplit la cafetière d'eau. Au maximum, tant qu'à faire – l'inspecteur Andrews avait appelé et confirmé qu'il passerait en sortant du travail. Les flics n'étaient-ils pas tous accros au café ? Elle n'avait pas de beignets, mais elle lui offrirait du cheesecake. Et si elle en mangeait un morceau dès maintenant ? Après le travail de tri et d'empaquetage qu'elle venait d'abattre, elle avait bien mérité une petite récompense. Sortant du réfrigérateur l'objet de sa convoitise, elle considéra le cheesecake d'un air suspicieux. Il n'en restait pas plus que ça ? Était-il possible qu'en deux jours elle en ait englouti plus de la moitié ? Force lui était de se rendre à l'évidence.

Elle s'en coupa une part qu'elle dégusta au-dessus de l'évier. En voyant sa voisine d'en face, Mme Henley, aller relever son courrier, Harper songea qu'elle ferait bien d'en faire autant. À l'extérieur, il faisait un peu frisquet pour un mois d'octobre. Les bras croisés sur sa poitrine, elle piqua un sprint jusqu'à sa boîte aux lettres. Après avoir fait un signe de la main à Mme Henley, qui était une vieille amie de sa mère, elle retira de la boîte une poignée d'enveloppes.

Une sourde appréhension fit soudain se dresser les poils de sa nuque. Se sentant épiée, elle leva la tête et vit très furtivement bouger le rideau de dentelle de la fenêtre du grenier. Refusant de céder à la panique, elle prit une grande inspiration, expira lentement, compta jusqu'à quatre et inspira à nouveau – comme son professeur de yoga le lui avait appris pour diminuer le stress. *Du calme ! Il n'y a personne*. Personne n'avait pu s'introduire dans la maison à son insu et personne ne l'épiait depuis la fenêtre. Elle se faisait des idées, c'est tout. Le mail bizarre qu'elle avait reçu ce matin la rendait nerveuse. Et un peu paranoïaque.

Elle tria les paperasses qu'elle avait dans les mains. Principalement de la publicité, constata-t-elle. Et des factures d'électricité et de téléphone. *Penser à résilier les abonnements* – nota mentalement Harper dans la liste des tâches à accomplir prochainement. Car, dès qu'elle aurait vidé la maison, elle la mettrait en vente et…

Un crissement de pneus sur l'asphalte et une odeur de gaz d'échappement lui firent brusquement relever la tête. Un gros pick-up noir dévalait la rue à une vitesse vertigineuse. Roulant du mauvais côté de la chaussée, il fonçait droit sur elle, tous phares allumés. Comme pétrifiée, elle resta plusieurs secondes sans réaction, sourde aux ordres que lui transmettait en vain son cerveau.

Recule ! Bouge-toi de là !

S'arrachant à sa transe, Harper fit un bond en arrière et, perdant l'équilibre, s'étala de tout son long sur le trottoir. Le pick-up percuta sa boîte aux lettres, puis le moteur vrombit de plus belle et le véhicule reprit sa course folle. Médusée, elle le suivit des yeux jusqu'à ce qu'il disparaisse au coin de la rue.

— Harper ! Harper, vous n'avez rien ?

La voix de Mme Henley lui semblait lointaine, étouffée. Harper voulut lui répondre, mais aucun son ne sortait de sa bouche.

En tombant, elle s'était salement écorché les mains, couronné les genoux et sûrement fait un énorme bleu à la hanche droite.

— Oh ! mon Dieu, Harper, ce pick-up m'a fait une de ces peurs !

Mme Henley s'agenouilla à côté d'elle et lui passa un bras autour des épaules.

— Il a failli vous écraser. Il faut être fou pour conduire aussi vite.

Prenant soudain conscience de ce à quoi elle venait d'échapper, Harper se mit à trembler comme une feuille. Elle n'avait pas eu affaire à un chauffard. Le conducteur du pick-up n'avait pas seulement failli l'écraser. Il avait *cherché* à l'écraser.

Sous le choc, elle prit plusieurs inspirations, emplissant ses poumons d'air frais.

— Je crois que ça va aller, dit-elle en gratifiant sa voisine d'un pauvre sourire.

— Je vais vous aider à vous relever.

— Une petite seconde, je vous prie.

Elle avait besoin de recouvrer ses esprits.

— Oui, bien sûr. Où avez-vous mal ?

Mme Henley était visiblement très inquiète.

— Je crois que ça va aller. Je n'ai rien de cassé, rassurez-vous, dit Harper en s'asseyant.

La vieille dame prit Harper par le bras.

— Je vais vous aider.

— Je devrais pouvoir me débrouiller, affirma Harper.

Toute frêle, sa voisine n'était pas le genre de personne sur laquelle on avait envie de s'appuyer.

Le rugissement d'un moteur poussé à fond fit bondir son cœur dans sa poitrine. Le pick-up revenait-il finir le travail ? Elle se retourna et vit une voiture de police piler juste devant sa boîte aux lettres renversée. L'inspecteur Andrews s'éjecta du véhicule.

— Que s'est-il passé ? Êtes-vous blessée ? cria-t-il en se précipitant vers Harper.

Sa présence rassurante et la bienveillance qui se lisait dans ses yeux gris firent chaud au cœur de la jeune femme, qui fut tentée un instant de se blottir contre sa large poitrine.

— Un chauffard a failli l'écraser, expliqua Mme Henley d'une voix vibrante d'indignation. Et me provoquer une crise cardiaque, par-dessus le marché ! Ce salopard ne s'est même pas arrêté.

— Vous avez pu relever la plaque d'immatriculation du véhicule ?

— Je n'en ai pas eu le temps, malheureusement.

Andrews se tourna vers Harper.

— Vous non plus ?

— Non, désolée. Tout ce que je peux vous dire, c'est que c'était un gros pick-up noir.

— Vous avez une idée de la marque et du modèle ?

— Non, aucune.

Outre qu'il faisait nuit et qu'elle avait eu la peur de sa vie, elle n'y connaissait strictement rien aux marques de voitures et aurait été bien incapable de répondre à cette question. Pour elle, les voitures se ressemblaient toutes.

— Quelle est l'étendue de vos blessures ? Dois-je appeler une ambulance ?

— Non, ce n'est pas nécessaire. Je n'ai rien de grave. Je m'apprêtais à me relever, justement.

Andrews lui tendit la main, et elle la prit sans hésitation. Il ne risquait pas de la lâcher, costaud comme il l'était. Elle grimaça lorsque sa paume, tout écorchée, agrippa la main du policier. Malgré ses genoux en sang, elle parvint sans problème à se remettre debout.

— Grâce au ciel, vous êtes entière ! s'exclama Mme Henley avant de lui tendre son courrier. Tenez, je crois que j'ai ramassé tout ce qui était tombé.

— Merci, c'est très gentil de votre part.

— Et si nous entrions, à présent ? suggéra l'inspecteur Andrews. Je pourrais vous préparer quelque chose à boire et prendre votre déposition.

La voix grave du policier agissait comme un lénifiant sur ses nerfs à vif.

— Je boirais bien un café, dit-elle.

— Je vais vous le faire, si vous voulez, proposa obligeamment Mme Henley.

— Ne vous dérangez pas, madame, dit Andrews. Merci pour votre aide.

Harper lui sut gré d'avoir refusé. Mme Henley était bien intentionnée mais extrêmement bavarde. Si elle la faisait entrer, elle aurait un mal fou à s'en débarrasser. Et, après ce qui venait de se passer, Harper n'était vraiment pas d'humeur à papoter.

Andrews la ramena à l'intérieur et l'aida à s'asseoir à la table de la cuisine.

— Nous allons nettoyer tout ça, déclara-t-il. Où est votre trousse à pharmacie ?

Elle lui indiqua la salle de bains.

— Deuxième porte sur la droite. Vous trouverez un flacon de désinfectant et des pansements sous le lavabo. Du moins, était-ce là qu'on les rangeait, autrefois.

Il disparut quelques instants et revint avec tout ce qu'il fallait pour la soigner. S'agenouillant devant elle, il examina ses paumes et désinfecta ses écorchures avec une grande douceur, allant même jusqu'à souffler dessus pour atténuer la brûlure de l'alcool.

Puis il lui enveloppa les mains de gaze.

— Aux genoux, maintenant ! dit-il avec un sourire.

Harper déglutit pour chasser la boule qui s'était formée dans sa gorge. Que lui arrivait-il ? se demanda-t-elle en s'efforçant tant bien que mal de réprimer ses larmes. Fallait-il qu'elle se sente seule et déprimée pour réagir de manière si émotive à une simple marque de gentillesse…

Lorsqu'il eut terminé, il lui fit bouger les genoux pour s'assurer que les pansements étaient fixés correctement. Docile, elle plia et déplia ses jambes.

Andrews semblait content de lui.

— Demain, il faudrait que vous passiez à la pharmacie, dit-il. Un peu de pommade antibiotique permettrait d'éviter tout risque d'infection.

Elle s'éclaircit la voix.

— Merci. J'ai fait du café et il y a du cheesecake dans le frigo. Mais il va falloir que vous vous serviez.

Elle lui indiqua où se trouvaient les tasses et les assiettes, puis l'observa tandis qu'il s'affairait dans la cuisine. Sa présence transfigurait l'espace, et elle fut à nouveau frappée par l'impression d'autorité qu'il dégageait. Il n'était pas beau au sens conventionnel du terme, comme l'était Bryce, par exemple. Ses traits manquaient sans doute de finesse et sa musculature n'était pas aussi développée que celle du chef de police. Mais Harper le trouvait séduisant.

Le pauvre devait regretter de lui avoir proposé de passer jeter un coup d'œil chez elle. Elle accumulait les enquiquinements, ces derniers temps.

Andrews s'assit en face d'elle.

— Pour le pick-up, il va falloir que je fasse un rapport.

— OK. Je regrette que Mme Henley et moi ne puissions vous donner un signalement plus précis du véhicule, inspecteur.

— Liam.

— Je vous demande pardon ?

— Je m'appelle Liam.

Liam. Cela sonnait bien.

— Je pourrais peut-être jeter un coup d'œil à la maison pendant que vous finissez tranquillement votre café ? suggéra-t-il en se levant.

— D'accord, mais je vous préviens que c'est un peu le bazar avec tous ces cartons partout. En fait, je vais bientôt la mettre en vente.

Il se figea et la dévisagea.

— Vous voulez dire que dans une semaine ou deux, vous serez partie ?

— Oui, probablement.

Il hocha la tête.

— Je vais commencer par le sous-sol.

— Parfait. Je vous accompagne. Je me sens beaucoup mieux.

Elle avait encore les jambes tremblantes mais, avec un peu de chance, Liam ne s'en rendrait pas compte. Il la suivit au sous-sol. Elle fut troublée de sentir sa haute silhouette juste derrière elle. *Du calme, ma vieille !* songea-t-elle en essayant de se ressaisir. Il veut juste te rendre service.

Lorsqu'elle alluma la lumière, Harper ne put s'empêcher de s'excuser pour le désordre.

— Papa entreposait là tous ses outils, et il y a aussi les conserves de maman et des cartons entiers de décorations de Noël. Cela va être du boulot de débarrasser tout ça.

Liam examina à la torche électrique les soupiraux.

— Je ne vois aucune trace d'effraction.

Elle se sentit complètement idiote d'être allée à la police parce qu'elle avait entendu des grattements et reçu un mail bizarre.

— Plus qu'à remonter, alors ! dit-elle d'un ton faussement enjoué.

À l'étage, ils passèrent en revue chaque pièce. Liam ouvrit tous les placards et vérifia soigneusement les fenêtres. Sans rien trouver de suspect nulle part. Harper était de plus en plus gênée au fur et à mesure de l'inspection. Au grenier, ils durent se faufiler entre les boîtes de rangement en plastique empilées jusqu'au plafond.

— Encore des décorations pour diverses occasions, expliqua-t-elle. À chaque fête, que ce soit la Saint-Valentin, la Saint-Patrick, ou ce que vous voudrez, maman tenait à faire les choses en grand et sortait toutes ses babioles.

Comme elle prononçait ces mots, elle se prit à regretter le bon vieux temps. *Avant* la mort de Presley, bien sûr, car après, plus personne n'avait eu le cœur à fêter quoi que ce soit.

— Cette maison est immense, fit remarquer Liam tandis qu'ils regagnaient la cuisine. Vous venez d'une famille nombreuse ?

— Non, pas du tout. Je n'avais qu'une sœur. Avec nos parents, cela faisait donc quatre personnes. Mon père parlait souvent de lâcher son travail à l'usine et d'ouvrir des chambres d'hôtes. Mais il est mort avant d'avoir pu réaliser son rêve. Et maman a laissé tomber. Je pense qu'elle n'était pas très emballée par ce projet. Je dois dire que Presley et moi n'avions aucune envie de partager la maison avec des étrangers.

— Je suis désolé pour votre sœur.

— Vous avez tout entendu, ce matin, quand je discutais avec Bryce des circonstances de sa mort ?

— Oui, j'avoue. Je n'ai pas pu faire autrement. J'hésite toujours à l'interrompre au beau milieu d'une conversation.

— Je comprends. Mais cela fait dix-sept ans qu'elle est morte, alors vous n'avez pas besoin de marcher sur des œufs quand vous évoquez les faits.

Harper jeta machinalement un coup d'œil par-dessus son épaule vers la cage d'escalier.

— Elle a fait une chute en descendant à la cuisine et a perdu connaissance. La soupe qu'elle faisait réchauffer a pris feu. Elle est morte asphyxiée.

— Je vois.

Le regard bienveillant du policier lui mit du baume au cœur. Les gens à qui elle parlait de l'accident avaient parfois des réactions bizarres. La plupart du temps, ils s'empressaient de changer de sujet. Liam n'en fit rien.

— Quelle épreuve terrible ça a dû être pour votre famille.

— Oui. Presley n'avait que seize ans.

— Vous étiez très proches ?

— Aussi proches qu'on peut l'être quand on a sept ans de différence. Je l'admirais. Presley était belle et intelligente. Très brillante, pour tout dire. Elle donnait des cours particuliers pour se faire de l'argent de poche. À votre patron, entre autres.

D'un geste de la main, elle l'invita à se rasseoir à la table de la cuisine. Cette fois, ils prirent place côte à côte. Troublée, Harper serra sa tasse de café à deux mains pour résister à l'envie qu'il lui prit soudain de le toucher.

— Et vous ? dit-elle pour masquer sa gêne. Vous avez des frères et sœurs ?

Il lui sourit.

— Oh que oui ! J'ai trois frères et deux sœurs, qui vivent pour la plupart à Arlington.

— Vos parents sont encore en vie.

— Oui. Tous deux sont en pleine forme.

— Quelle chance !

Il y eut un silence, et leurs regards s'accrochèrent l'un à l'autre. Puis Liam repoussa sa chaise.

— Il faut que j'y aille, dit-il. Vous vous sentez de rester seule cette nuit ?

— Oui, bien sûr.

Ils se levèrent de concert. À regret, en ce qui concernait Harper, très attirée par Liam. Mais, dans la mesure où elle partait bientôt, à quoi bon nouer quoi que ce soit avec le bel inspecteur ? Quant aux plans d'un soir, non merci ; ce n'était vraiment pas son genre.

— Que diable se passe-t-il encore ? s'exclama Liam en se précipitant à la fenêtre donnant sur l'arrière de la maison.

Intriguée, Harper lui emboîta le pas et se posta à la fenêtre, juste à côté de lui. Le faisceau d'une lampe torche transperçait le marécage, derrière le jardin. Liam se rua dehors. Harper attrapa la lampe de poche qui était accrochée dans la penderie, à portée de main, en cas de coupure de courant. Puis elle sortit à son tour et rattrapa Liam au milieu du jardin.

— Rentrez, ordonna-t-il. Je vais voir ce que c'est.

— Seul ?

— Je suis flic.

— Vous devriez peut-être prévenir le commissariat. Ce serait plus prudent, vous ne pensez pas ?

— Il n'y a pas lieu de s'inquiéter. J'ai mon téléphone dans ma poche et aussi une arme de poing, si cela peut vous rassurer. Attendez-moi à l'intérieur. Je reviens tout de suite.

Mais elle ne l'entendait pas de cette oreille.

— Je préfère rester avec vous. Je trouve cela plus rassurant.

Ils s'enfoncèrent dans les marais sombres et silencieux. Les genêts griffaient les jambes de Harper, et ses baskets s'enfonçaient dans le sol détrempé couvert d'aiguilles de résineux. Au loin, résonnaient dans la nuit les clapotis de la rivière tumultueuse et, par intermittence, le hululement d'un hibou solitaire. Le clair de lune faisait luire les cimes des cyprès et des myrtes.

Juste au moment où Harper commençait à se demander s'ils n'avaient pas rêvé, le faisceau de la torche reparut.

— On dirait que notre rôdeur s'éloigne, chuchota-t-elle.

Liam augmenta l'intensité de la lampe de poche qu'il braqua sur le rôdeur.

— Si je ne craignais pas que vous me couriez après, je le poursuivrais, dit Liam.

— Heureusement que je suis là, alors.

Il lui jeta un regard noir.

— Je vais quand même m'approcher un peu, histoire de voir ce qu'il fabrique.

— Nous sommes à deux pas de la voie ferrée. Il s'agit probablement d'un vagabond qui traîne dans le coin.

— Il n'a pas froid aux yeux après tous les meurtres qui ont été commis ici ces dernières années.

— Il y en a eu beaucoup ? s'enquit Harper.

— En l'espace de dix ans, on en a recensé pas moins de six. Les victimes sont toutes des SDF. Vous n'étiez pas au courant ?

— J'avais entendu dire qu'il y avait eu des meurtres, mais je ne savais pas combien. Six, c'est épouvantable. Ils se battent entre eux ou quoi ?

— C'est une hypothèse, répondit Liam sans épiloguer.

— J'ai l'impression que vous ne la trouvez pas satisfaisante. Je me trompe ?

Le vrombissement d'un moteur se fit entendre au loin, mais aucun phare ne brilla dans la nuit.

— Pensez-vous que ce soit l'individu à la torche ? demanda-t-elle.

— Si c'est lui, il prépare un mauvais coup, j'en ai bien peur.

— L'individu en question peut très bien être une femme, fit remarquer Harper. Je crois en l'égalité des chances, y compris dans le domaine de la criminalité.

— C'est une position qui se défend. Je vous propose de rentrer affûter vos arguments chez vous. Mais saurez-vous retrouver votre chemin ?

— Oui, sans problème. J'ai laissé la véranda allumée.

— Parfait. Je vais voir de quoi il retourne.

Elle avait dit qu'elle était capable de retrouver son chemin, pas qu'elle allait rentrer docilement.

— Soyez prudent, répondit-elle avant de tourner les talons.

Elle fit mine de rebrousser chemin. Dès que Liam fut hors de vue, elle se figea et attendit, aux aguets. Elle préférait rester là, aux premières loges, plutôt que se morfondre chez elle, où le moindre craquement ne manquerait pas de la terroriser.

Des phares brillèrent soudain au loin et disparurent à un tournant de la route départementale à la sortie de la ville.

Inquiète, Harper gardait les yeux rivés sur Liam qui arpentait à grands pas les marais qu'il balayait de sa lampe de poche. Elle aurait préféré qu'ils rentrent tous les deux et que le policier demande du renfort – au cas où cela tournerait mal.

Un oiseau de nuit poussa un cri perçant qui lui donna la chair de poule. S'il fallait en croire la légende, le rapace nocturne avait délivré un message de mort.

3

Nous y voilà ! Il avait failli marcher sur le corps qui gisait à plat ventre sur le sol détrempé. Liam braqua sa lampe sur la victime, dont il releva machinalement les caractéristiques – mâle de type caucasien, un mètre quatre-vingts environ, cheveux châtains dans le cou, vêtu d'un jean, de rangers et d'une veste en lainage lacérée dans le haut du dos. De toute évidence, l'homme avait été poignardé.

Le mode opératoire reliait ce crime à la série de meurtres sur laquelle il enquêtait.

Comme il l'avait dit à Harper, cela durait depuis des années. Malin, le tueur laissait toujours s'écouler plusieurs mois avant de frapper à nouveau. Ses victimes étaient également choisies avec soin. Il s'agissait le plus souvent de vagabonds qui avaient coupé les ponts avec leurs familles, si bien que personne ne remarquait leur disparition avant des mois, voire des années – quand on finissait par s'en apercevoir, ce qui n'était pas toujours le cas. Son oncle Teddy avait vraisemblablement fini de cette façon, au fin fond d'un bled perdu. Peut-être même à Baysville, allez savoir…

Liam chassa cette pensée et se concentra sur ce qu'il avait à faire. Avant d'appeler le poste de police, il tenait à bien s'imprégner de la scène. S'agenouillant près du corps, il chercha tout autour d'éventuels indices – un bouton, un papier de bonbon, un objet que le meurtrier aurait pu laisser tomber par mégarde.

Mais il ne releva rien d'intéressant.

En plus d'être malin, le tueur était lâche et vicieux. Il poignardait ses victimes dans le dos et s'acharnait sur elles, les criblant de coups de couteau.

Liam sortit son téléphone pour signaler ce nouveau crime. Il venait de raccrocher lorsqu'une branche craqua non loin de lui.

— Inspecteur ? C'est vous, inspecteur Andrews ?

Une demi-douzaine d'hommes chevelus, barbus, et plus ou moins déguenillés, surgit brusquement des ténèbres. Liam reconnut plusieurs d'entre eux.

L'un des hommes s'avança vers lui tandis que ses compagnons restaient prudemment en arrière.

— C'est Gunner, inspecteur. On est à la recherche de notre copain, Larry.

— Quand l'avez-vous vu pour la dernière fois ?

— Ce matin. Il a fait une collecte parmi nous et s'est porté volontaire pour aller en ville acheter de quoi manger. Depuis, on ne l'a pas revu.

— Il est châtain et porte une veste en lainage ? interrogea Liam, qui connaissait déjà la réponse.

— Ouais, c'est ça. Vous l'avez vu ?

— Hélas oui. Il est là, mais je vous préviens, ce n'est pas beau à voir.

Joignant le geste à la parole, Liam braqua sa lampe de poche sur le corps du SDF.

— C'est bien lui, n'est-ce pas ?

Gunner tomba à genoux, atterré.

Liam le laissa recouvrer ses esprits puis il lui demanda :

— Avez-vous vu quelqu'un rôder dans le coin ?

— Ouais, on a vu une torche et on l'a suivie. C'est comme ça qu'on est arrivé là.

— Larry avait-il des ennemis en ville ?

— Non, pas qu'on sache. Il n'y avait pas longtemps qu'il était à Baysville.

Cela n'avait rien d'étonnant. La plupart de ces vagabonds ne restaient jamais plus de quelques semaines au même endroit. Ils avaient la bougeotte et reprenaient vite la route. En fait, on ne savait jamais où ils étaient, ce qui compliquait les recherches, quand l'un d'eux était porté disparu.

Baysville avait longtemps été un eldorado pour ces pauvres bougres qui ne possédaient à peu près rien d'autre que les quelques hardes qu'ils avaient sur le dos. Ils gagnaient de quoi subsister en travaillant dans les champs car, à une époque, la culture du tabac et du maïs était prédominante dans la région. En hiver, ils se faisaient employer par les usines de transformation de viande de porc. Mais aujourd'hui, Baysville vivant essentiellement du tourisme, les débouchés pour ces travailleurs itinérants avaient presque entièrement disparu.

— Si vous n'y voyez pas d'inconvénient, j'aimerais que vous et vos amis restiez dans les parages encore un petit moment. Il se pourrait que j'aie d'autres questions à vous poser, une fois que le légiste sera là et que nous aurons passé la scène au peigne fin.

— D'accord. On ne bouge pas.

Gunner n'avait visiblement aucune envie de se retrouver face à une meute de flics, mais Liam, qui le connaissait un peu, savait qu'il ne ferait pas la bêtise de s'enfuir.

Il risquait lui aussi de rester là un bon moment. Peut-être devrait-il appeler Harper pour lui expliquer la situation ? Lorsqu'ils en auraient terminé avec la scène de crime, il serait probablement trop tard pour passer chez elle. Il n'avait aucune raison de retourner la voir, de toute façon, hormis pour lui rendre sa lampe de poche et pour prendre sa voiture, qu'il avait laissée dans l'allée. Il avait inspecté la maison de la cave au grenier et n'avait rien trouvé qui pût expliquer les bruits inexpliqués qu'elle disait avoir entendus.

Il se passa une main dans les cheveux. C'est vrai que la nuit, on se sentait parfois seul et on avait vite fait de prendre peur. Harper ne décrocha pas lorsqu'il l'appela. Il lui laissa un message vocal.

Juste au moment où des lumières bleues stroboscopiques apparaissaient sur King Street, son téléphone sonna. Liam aida ses collègues à le localiser en leur donnant quelques indications puis il signala sa présence en agitant la lampe de poche au-dessus de sa tête.

— Que se passe-t-il ? Qu'avez-vous découvert ? demanda derrière lui une voix qu'il reconnut immédiatement.

Il fit volte-face.

— Je pensais que vous étiez rentrée chez vous, dit-il.

— Vous croyez au Père Noël !

Harper se mit à fureter autour de la scène de crime. Il sut exactement à quel moment elle repéra le corps. Il entendit son souffle se bloquer dans sa gorge.

— Il est… Il est…

— Mort, oui. J'ai prévenu les collègues. Toute la troupe va débarquer d'une seconde à l'autre. Vous feriez mieux de rentrer, dit-il en pressant fugacement sa main tremblante.

La voiture de patrouille se gara à quelques mètres d'eux. Un inspecteur et un expert en médecine légale sortirent du véhicule et se mirent tout de suite au travail. Après avoir pris des photos de la scène de crime, ils firent disparaître le corps en le fourrant dans un sac. Tandis que Liam les informait de ce qu'il savait, une sirène hurla au loin. Moins de cinq minutes plus tard, une seconde voiture de police arriva. Bryce Fairfax était au volant.

Il ne manquait plus que lui ! songea Liam.

Mains sur les hanches, le chef de police se mit à parader autour de la scène de crime. Lorsqu'il vit Harper, il fit des yeux comme des soucoupes.

— Qu'est-ce que vous fichez là ?

— Nous avons vu une lumière dans les marais, et Liam… je veux dire,l'inspecteur Andrews, a voulu aller voir ce que c'était.

Bryce foudroya Liam du regard.

— Les civils n'ont rien à faire sur une scène de crime, à moins qu'ils n'aient été témoins du crime, bien entendu.

Liam serra les dents. Le chef trouvait toujours à redire à tout ce qu'il faisait. Depuis sa mutation dans les services de police de Baysville, cinq mois plus tôt, il ne se passait pas un jour sans que Liam ne se fasse critiquer.

— Ce n'est pas sa faute, dit Harper. Il ne voulait pas que je vienne, mais je ne l'ai pas écouté.

— C'est ce que je vois.

Bryce jeta de nouveau un regard noir à Liam, qui comprit que le chef n'en resterait pas là et lui demanderait des explications ultérieurement.

— Je rentre chez moi, déclara Harper avec un petit sourire penaud.

— Je vais vous faire raccompagner, dit Fairfax en faisant signe à un des policiers présents.

Ils passèrent l'heure suivante à enregistrer des dépositions et à chercher des indices. Bryce interrogea les SDF, se montrant avec eux extrêmement méprisant et désagréable. Il finit par les laisser partir mais non sans leur avoir interdit formellement de quitter la ville. Liam était prêt à parier qu'ils allaient décamper à la première occasion. Bryce ferait bien de se rendre compte que son attitude était contre-productive et que, tel que c'était parti, ils allaient se retrouver une fois de plus avec un meurtre non résolu sur le dos.

— On va s'arrêter là pour ce soir, les gars, déclara Bryce en remontant sa ceinture et en bombant le torse. On a vraisemblablement affaire à un règlement de comptes entre deux pochards ou deux camés. Une dispute qui a dégénéré.

— Et la voiture qu'on a entendue démarrer ? fit remarquer Liam. Il y avait quelqu'un qui traînait dans les marais.

Bryce gloussa.

— Sans doute des gamins qui cherchaient un coin tranquille pour se bécoter. Vous savez comment sont les jeunes. Sam, vous allez rester ici pour sécuriser la scène de crime jusqu'à ce qu'un de vos collègues de l'équipe de nuit vienne vous remplacer. George, vous pouvez rentrer chez vous. Il faut que je parle à Andrews.

Tandis que George s'en allait et que Sam continuait d'explorer la scène, Liam se retrouva seul avec son chef.

— Peut-on savoir ce que vous fabriquiez chez Harper Catlett ? demanda Bryce.

— Je lui avais proposé d'inspecter sa maison. Elle semblait traumatisée par ces bruits inexpliqués et ce mail bizarre dont elle vous a parlé ce matin. Depuis, un type au volant d'un pick-up a tenté de l'écraser. Il faut que je rédige un rapport.

Bryce se fourra dans la bouche un chewing-gum à la cannelle.

— Il y a certaines choses que vous devez savoir au sujet de Harper. Sa sœur Presley est morte dans cette maison il y a dix-sept ans. Harper n'avait que neuf ans, au moment du drame, et c'est elle qui a découvert le corps. Elle a prétendu qu'un homme décharné – ou quelque créature terrifiante – était penché sur sa sœur, et que quand elle est arrivée il s'est volatilisé. La police a fouillé toute la maison de fond en comble. Il n'y avait personne. Aucune trace d'une quelconque intrusion ni quoi que ce soit de suspect. Vous me suivez ?

— C'est ce qu'elle m'a dit. Mais où voulez-vous en venir ? Elle mentait, d'après vous ?

— Disons qu'elle a pu s'imaginer tout ça. Ce n'était qu'une gamine, sans doute très impressionnable. Peut-être venait-elle de faire un cauchemar quand elle a découvert le corps de Presley… Il est possible aussi qu'elle ait pensé au Zombie des Marais.

— Le Zombie des Marais ? Qu'est-ce que c'est que cette histoire ?

— Une légende locale. Certaines personnes, des enfants, surtout, disent l'avoir vu. Il s'agirait d'un bonhomme maigre et répugnant totalement insaisissable. Il apparaîtrait aux fenêtres des maisons ou des bâtiments vides, généralement en fin de journée. Quand quelqu'un perd quelque chose… un manteau, un gâteau, une couverture, c'est toujours le Zombie des Marais qui est passé par là.

— Si je comprends bien, vous pensez que lorsqu'elle a découvert le corps de sa sœur, Harper a pu se laisser influencer par cette légende ?

— C'est bien possible. Pendant longtemps, les autres gosses l'ont harcelée à propos de ce qu'elle prétendait avoir vu.

— Les enfants sont parfois cruels. Et ses parents, qu'en disaient-ils ?

— Son père était mort un an plus tôt. Ruth, sa mère, l'a obligée à consulter un psychologue.

Pauvre gosse ! songea Liam, bouleversé. Ça n'avait pas dû être facile.

— Mais pourquoi me racontez-vous tout ça ? demanda-t-il.

— C'est pourtant clair, non ? Elle affirme avoir entendu des bruits bizarres et reçu un mail de menace, mais comme par hasard ce mail a disparu.

Liam sentit la moutarde lui monter au nez.

— Harper n'est pas folle, répliqua-t-il d'un ton acerbe.

Il avait soigné ses mains et ses genoux écorchés après que le pick-up avait failli l'écraser, juste devant chez elle. Et il y avait un témoin qui avait tout vu.

— Pas la peine de monter sur vos grands chevaux ! Je n'ai jamais dit qu'elle était folle.

— Vous l'avez laissé entendre.

— Je vous ai exposé les faits, rien de plus. Juste

pour que vous ne preniez pas au pied de la lettre tout ce qu'elle raconte. Vous n'avez rien trouvé dans la maison, je suppose ?

— Non, rien, admit Liam à contrecœur. Mais il est indéniable que quelqu'un a tenté de l'écraser.

— Faites quand même gaffe, inspecteur. J'essaye juste de vous prévenir. Vous passez chez elle, en uniforme, et vous attardez à discuter avec elle, en tête à tête. Allez savoir ce qu'elle peut s'imaginer ! Je ne voudrais pas qu'une plainte pour harcèlement sexuel soit déposée contre vous.

— Vous n'avez aucune crainte à avoir, assura Liam sèchement. Il est peu probable que je la revoie avant son départ.

— Tant mieux.

Liam capta le message cinq sur cinq : il *ne devait pas* revoir la jeune femme. Ordre de son patron.

Après avoir remonté encore une fois la ceinture de son pantalon, Bryce s'achemina vers sa voiture.

Liam se frotta le visage en soupirant. La lumière de la véranda de Harper brillait de l'autre côté du marais. C'était pour lui qu'elle l'avait laissée allumée. Elle l'attendait. Il allait lui rapporter sa lampe de poche puis il s'en irait, bien qu'il ne partageât pas du tout les craintes de son chef quant aux intentions de la jeune femme.

Lorsqu'il arriva au pied de la véranda, elle ouvrit la porte moustiquaire et lui fit signe d'entrer. Liam gravit les quelques marches et lui tendit la lampe.

— Merci pour la lampe. Elle m'a été très utile.

— De rien, dit-elle en venant à sa rencontre pour récupérer son bien. Je vous offre un café ?

— Désolé, mais je ne peux pas m'attarder. Il faut que je rentre au poste pour rédiger mon rapport. Je vous laisse.

Elle posa une main sur son bras. Une main dont la chaleur irradiait à travers la manche de son uniforme.

— Je vous suis très reconnaissante d'être passé, dit-elle en le gratifiant d'un petit sourire. Et de m'avoir prise au sérieux. On a plutôt tendance à se méfier de ce que je peux raconter.

— Oui, c'est ce qu'on m'a dit.

Harper fit la grimace.

— Bryce vous a mis au parfum, on dirait. Il ne lui a pas fallu longtemps.

— Peu importe ce que pensent les gens.

— C'est facile à dire. Cette histoire m'a poursuivie pendant des années. Même si plus personne ne m'en parlait, j'aurais dû me douter qu'elle était encore bien présente dans toutes les mémoires. Bon sang, j'en viens parfois à me demander si je n'ai pas tout inventé !

— Je comprends mieux que vous vouliez vendre la maison et retourner à Atlanta. Vous avez trop de mauvais souvenirs, ici.

— J'en ai de bons, aussi. Du temps où nous vivions tous les quatre sous ce toit. Cela a été une époque heureuse. C'est après que ça s'est gâté. Mais je suppose que la roue tourne pour tout le monde.

— Absolument.

Liam sortit ses clés de voiture de sa poche.

— Je vous recroiserai peut-être ? dit-elle.

La note d'espoir qui perçait dans sa voix troubla Liam.

— Peut-être, qui sait ?

Il fit volte-face et commença à descendre les marches, à regret. Ses jambes pesaient des tonnes. Il n'avait aucune envie de s'en aller. En fin de matinée, Harper avait failli se faire écraser et voilà à présent qu'un meurtre était perpétré tout près de chez elle. Et si l'assassin les avait vus sortir de la maison, tout à l'heure ? Contrairement à Bryce, il ne pensait pas qu'il s'agissait d'un règlement de comptes entre SDF. Son chef n'avait pas envie de se casser la tête à élucider ce genre d'affaire.

Liam ne se le pardonnerait jamais s'il arrivait quelque chose à Harper pendant la nuit. Il ne pouvait pas la laisser comme ça, à la merci d'un criminel.

Il se retourna vers la jeune femme.

— Vous voulez faire un saut au supermarché avec moi ? J'ai quelques courses à faire avant qu'il ferme, à 21 heures.

Son visage s'illumina.

— En fait, je suis tellement nerveuse que je risque d'avoir du mal à dormir. Je pourrais peut-être m'acheter des somnifères ou quelque chose. J'arrive tout de suite. J'attrape mon sac et je vous rejoins devant la maison.

Bryce n'en saurait jamais rien. Et quand bien même, Liam s'en moquait. Il était dans la police depuis des années et savait ce qu'il faisait. Ce n'était pas comme s'il débutait et allait se faire piéger par une femme un peu dérangée. Non, ce n'était pas du tout le genre de Harper. Bryce se trompait sur son compte. Il s'était forgé d'elle une image qui ne correspondait pas – ou ne correspondait plus, à la réalité.

Elle l'attendait dans l'allée, à côté de la voiture. Il s'empressa de lui ouvrir la portière, et elle s'assit sur le siège passager, son sac sur les genoux. Liam se glissa derrière le volant et tourna la clé de contact.

— Vous arrive-t-il, à vous aussi, de vous retrouver avec un réfrigérateur vide ? demanda-t-elle. À Atlanta, ça m'arrive tout le temps. Je travaille jusqu'à pas d'heure et oublie de faire les courses. Du coup, je mange souvent mal.

— Les courses dont je parlais ne sont pas pour moi.

Elle lui jeta un regard étonné.

— Elles sont pour les SDF, expliqua-t-il. Gunner, dont on peut dire qu'il est leur chef, a raconté tout à l'heure qu'ils s'étaient tous cotisés pour donner à celui qui s'est fait poignarder de quoi faire les courses pour le dîner.

— Vous êtes brave de leur acheter de quoi manger.

— Oh ! ce n'est pas grand-chose, vous savez. Et puis, j'ai un faible pour ces gens-là. Mon oncle a été SDF, pour tout vous dire. Il est possible qu'il le soit encore. Nous n'avons plus aucune nouvelle de lui depuis des années.

— C'est affreux. Vous étiez proches ?

— Pas moi, mais ma mère aimait bien l'oncle Teddy. Contre toute logique, elle espère encore le revoir un jour.

Liam traversa un carrefour. Il n'en revenait pas d'avoir parlé de son oncle à la jeune femme, alors qu'il la connaissait à peine. Cela ne lui ressemblait pas.

— Ce n'est pas impossible. Il peut réapparaître brusquement.

— J'ai essayé de retrouver sa trace, bien sûr. Il y a une dizaine d'années, il a été arrêté plusieurs fois à Baysville pour vagabondage et occupation illégale de bâtiments à l'abandon. Il a même été incarcéré à la prison du comté, ce qui lui a permis d'échapper quelques jours au froid et à la faim. Mais après cela on ne sait pas ce qu'il est devenu. J'ai montré sa photo à Gunner et à ses potes. Sans résultat. Personne n'a rien pu me dire à son sujet.

— Vous avez fait ce que vous avez pu pour le retrouver. Je suis sûre que votre mère vous en est reconnaissante.

Ni l'un ni l'autre n'éprouva le besoin de rompre le silence qui s'installa tandis qu'ils traversaient le centre-ville. Quelques couples se baladaient au bord de la rivière, d'autres sortaient des restaurants qui n'allaient pas tarder à fermer. Une odeur de langouste et de pâté de crabe embaumait l'air, si prégnante qu'elle pénétrait dans l'habitacle de la voiture. L'un des nombreux avantages qu'il y avait à habiter dans une ville touristique était l'abondance de restaurants et de bars.

Liam regretterait Baysville lorsque le moment serait venu pour lui de s'en aller. Son chef et ses collègues l'ignoraient, mais il n'était pas là pour longtemps. Une seule personne connaissait la vraie raison de sa présence, et Liam savait qu'il pouvait compter sur sa discrétion.

— Cela doit être pas mal de grandir à Baysville, dit-il.

— Je confirme. Mais dans mon cas, ce qui a tout gâché, c'est l'accident de Presley. Et ce que j'ai vu – ou cru voir, au moment de la tragédie.

— Pourriez-vous me décrire encore une fois ce que vous avez vu ? Plus précisément, je veux dire ?

— Un homme était penché sur Presley. Ou tout du moins une silhouette humanoïde. Il était d'une pâleur extrême. Lorsqu'il a levé les yeux et m'a vue, diverses émotions sont passées dans son regard et se sont inscrites sur son visage : de la colère, de la surprise et surtout de la peur. Je ne sais pas de lui ou de moi, lequel était le plus effrayé.

— Quelle taille faisait-il ?

— Difficile à dire dans la mesure où il était penché en avant, mais il ne m'a pas paru spécialement grand. Il était vêtu de vieilles hardes dégoûtantes et il était lui-même d'une saleté repoussante. Sans la crasse qui recouvrait son visage, il aurait presque été phosphorescent tellement il était pâle. On aurait vraiment dit un spectre.

— Le fameux Zombie des Marais, peut-être ?

Elle esquissa une petite grimace.

— Bryce s'est montré très loquace, ce soir, à ce que je vois. Et moi qui pensais qu'il m'aimait bien, que le fait de chérir la mémoire de Presley nous rapprochait.

Ce genre d'erreur de jugement pouvait se révéler dangereuse. Liam aurait dû se taire, mais ce fut plus fort que lui.

— Un petit conseil, dit-il d'un ton contraint. Ne vous fiez pas trop à Bryce Fairfax. Il se pourrait qu'il ne soit pas celui qu'on croie et qu'il cache bien son jeu.

4

Elle aurait dû être épuisée, après toutes ces émotions. Au lieu de quoi, Harper n'arrêtait pas de se tourner et de se retourner dans son lit, incapable de trouver le sommeil. Même quand elle ne tendait pas l'oreille, à l'affût d'un bruit insolite, elle demeurait sur le qui-vive. Autant qu'elle ait pu en juger jusque-là, revenir à Baysville n'avait pas fait disparaître sa peur des fantômes, revenants et autres phénomènes paranormaux. Elle se devait cependant de rester, coûte que coûte, et de se colleter avec ses souvenirs. En vidant les penderies et les armoires, en se débarrassant du mobilier, des bibelots et de tout objet lié à la maison, Harper avait espéré chasser pour de bon l'aura de mystère et la tristesse attachées à ces lieux.

Elle avait échoué et le déplorait amèrement. Bien qu'elle eût grand besoin de dormir huit heures d'affilée, le sommeil lui était refusé. L'expérience lui avait appris que lorsque tous les autres stratagèmes s'étaient révélés inefficaces – du bain chaud à la séance de yoga, en passant par le verre de lait et les dix gouttes de lavande dans un diffuseur d'huiles essentielles —, le moyen ultime consistait à lire le texte le plus barbant qu'on puisse se procurer. Forte de cette pensée, Harper sortit de son lit et se rendit dans la chambre de sa mère. Du tiroir du bureau, elle extirpa une liasse de paperasses en tout genre. *Autant faire d'une pierre deux coups*, songea-t-elle. Elle trierait les papiers de sa mère jusqu'à ce que ses yeux se ferment.

Elle regagna sa chambre, la liasse dans les mains, et s'assit dans son lit, le dos calé par plusieurs oreillers. Puis elle se mit à l'ouvrage. Il y avait là des dizaines de talons de chèque et de vieilles factures, ainsi que divers modes d'emploi – sa mère était décidément de la vieille école et n'accordait aucune confiance aux fichiers PDF et à l'ordinateur en général. Harper avait trié environ les deux tiers du tas de paperasses lorsqu'elle tomba sur un document officiel qui capta toute son attention.

Elle retint son souffle en lisant l'en-tête : Rapport d'autopsie de Presley Lee Catlett. Tandis qu'elle prenait connaissance du document, la feuille de papier jauni tressaillait entre ses doigts tremblants. « Cause du décès : asphyxie suite à une grave lésion de la colonne vertébrale au niveau de la quatrième vertèbre cervicale. » S'ensuivaient plusieurs paragraphes rapportant les observations faites sur le corps de Presley, notamment la blessure qu'elle avait à la base du crâne et les dommages constatés sur ses organes internes, qui résultaient tous de l'asphyxie par absorption de fumée. « Autres observations : la défunte était enceinte de neuf semaines. Signé du Dr Thomas J. Lumpkin, médecin légiste. »

Enceinte ? Abasourdie, Harper laissa tomber sur le lit le rapport d'autopsie.

— Presley attendait un enfant ? dit-elle d'une voix suraiguë, semblant oublier qu'elle était seule dans la maison et que personne ne pouvait lui répondre.

Pourquoi sa mère n'avait-elle jamais mentionné cette grossesse ? Harper se leva et se mit à marcher de long en large dans sa chambre, en proie à une profonde détresse. Telle une vague de fond, le chagrin la submergea tout entière, alors qu'elle pensait avoir fait son deuil depuis longtemps. Neuf semaines, bon sang ! Sa sœur était forcément au courant.

Et sa mère aussi. Mais elle n'en avait jamais soufflé mot

à Harper. Pourquoi ce silence ? Était-ce pour l'épargner, pour alléger sa peine, qu'elle lui avait caché ce détail ?

Qui d'autre avait su ? Le père de l'enfant que portait Presley avait-il été informé ? Harper cessa brusquement d'arpenter sa chambre. Le nom du petit ami de Presley venait de lui revenir en mémoire. Allen Spencer. Sa sœur et lui avaient rompu peu de temps avant l'accident. À l'époque, cette rupture avait laissé Harper indifférente. Mais, maintenant qu'elle savait, une question l'obsédait. Allen avait-il rompu avec Presley parce qu'elle lui avait annoncé qu'elle était enceinte ?

Les premières lueurs de l'aube filtraient déjà à travers le rideau de dentelle. Le jour allait se lever. Et Harper se rendait compte que la grossesse de Presley rendait effectivement sa mort encore plus tragique.

Mais ce bébé, l'aurait-elle gardé ? Telle qu'elle connaissait sa sœur, Harper était à peu près sûre que oui. Mais imaginons que son petit ami n'ait pas été d'accord et que sous le coup de la colère il l'ait tuée ?

L'esprit en ébullition, Harper se recoucha. Allen n'avait rien d'un meurtrier, se raisonna-t-elle. Il était pasteur, aujourd'hui, et très respecté dans sa paroisse. Aux dernières nouvelles, il était marié et avait trois enfants. De plus, l'homme qu'elle avait vu, ou cru voir, cette nuit-là, n'était en aucun cas Allen.

Elle éprouva soudain le besoin de prendre l'air. De sortir de cette maison oppressante. Mais où aller à une heure aussi matinale ? Le seul endroit déjà ouvert était le Dixie Diner, le snack-bar du bout de la rue dans lequel sa mère travaillait. Un beignet fourré au chocolat et un grand cappuccino devraient lui remettre les idées en place et la réconforter après toutes ces émotions. Sur un coup de tête, elle prit son téléphone et envoya un texto à Kimber, son amie d'enfance, pour lui proposer de se joindre à elle et de partager ses agapes.

Par chance, Kimber était disponible et toute disposée à la retrouver au Dixie Diner dans trente minutes.

— Je n'en reviens pas que ce meurtre, hier soir, ait eu lieu si près de chez toi, dit Kimber en frissonnant. Un peu plus, et ça se produisait dans ton jardin, sous tes yeux.

Rhoda, une serveuse, vint se mêler à la conversation.

— J'ai entendu la nouvelle à la radio, ce matin, dit-elle en lissant son tablier. Vous n'aviez pas besoin de ça, après tout ce qui vous est arrivé.

Compatissante, elle tapota l'épaule de Harper avant d'aller servir de nouveaux clients.

— As-tu vu ou entendu quelque chose ? demanda Kimber.

— Et si nous parlions d'autre chose ?

Kimber acquiesça d'un hochement de tête.

— OK, j'ai compris. Si tu changes d'avis plus tard, passe-moi un coup de fil.

Harper s'imprégnait des délicieuses odeurs de chocolat chaud, de café fraîchement torréfié et de muffins sortant du four qui embaumaient dans toute la salle. Avec ses tables en formica turquoise, ses serveuses en petit tablier blanc, et ses habitués qui buvaient des litres de café dans des mugs en faïence blanche, le snack-bar avait un style vintage très sympathique. Harper s'y sentait bien, comme dans une bulle, à l'abri de ses préoccupations.

— Et voilà pour vous, ma belle ! dit Rhoda en revenant avec sa commande. Vous savez, il ne se passe pas un jour sans que je ne pense à votre maman.

Rhoda, qui avait travaillé avec sa mère pendant presque trente ans, secoua la tête, ses boucles grises menaçant de s'échapper de la résille noire qui les recouvrait.

— Chaque matin, je m'attends à la voir arriver et enfiler en vitesse son tablier.

Rhoda se tourna vers Kimber.

— Et pour vous, mon chou, ce sera quoi, ce matin ?

— Un café noir et deux toasts, s'il vous plaît.

Kimber sourit en voyant la moue dégoûtée de Harper.

— Comment te dire ? Depuis la naissance des enfants, j'enchaîne les régimes.

— Tu es superbe, assura Harper.

Kimber était une grande blonde dotée de pommettes hautes et bien dessinées et d'une aura de reine du bal de fin d'année, bien qu'elle ne fût plus lycéenne depuis des lustres. Elle était en outre très intelligente. À la tête d'une agence immobilière, Kimber régnait également sur un mari et trois enfants avec un aplomb qui faisait l'admiration de Harper.

— Tu t'en sors, avec cette maison à vider ? demanda Kimber. Je te rappelle qu'en cas de besoin j'ai une équipe d'agents d'entretien de choc qui peut te la nettoyer du sol au plafond en deux temps trois mouvements, et pour un prix très raisonnable.

Harper refusa d'un geste de la main.

— Oui, je sais. Il faut d'abord que je fasse du tri, que je me débarrasse de tout ce que je ne veux pas garder. Mais après je ferai sûrement appel à ton équipe de choc.

— D'accord. J'imagine que ça ne doit pas être facile de quitter une maison dans laquelle on a vécu si longtemps. Cela va te prendre encore combien de temps ? Je suppose que tu es impatiente de reprendre ton travail à Atlanta, non ?

— Je vais appeler mon assistante et lui demander de contacter les clients qui m'ont sollicitée pour leur expliquer que je suis retenue ici et qu'il leur faudra patienter jusqu'à mon retour.

— Ils comprendront, j'en suis sûre. Fais-moi signe quand tu seras prête à mettre la maison en vente. Ce ne sera pas facile – c'est une vieille bâtisse —, mais je suis la meilleure ; je te trouverai un acquéreur.

— Même après ce qui est arrivé à Presley dans cette maison ?

— Ce ne sera pas la première maison que je vends dans laquelle un accident tragique s'est produit. C'est vrai que ça complique un peu les choses, mais ce n'est pas rédhibitoire. À condition de savoir contourner habilement cet obstacle, ce qui n'est pas à la portée de n'importe quel agent immobilier.

Kimber se mit à rire.

— Ne va surtout pas t'imaginer que j'essaye de te forcer la main pour toucher la commission. Parce que, bon sang, si ça ne tenait qu'à moi, tu reviendrais vivre à Baysville ! J'aurais bien besoin d'une amie, ajouta la jeune femme dont le visage de madone arbora soudain une expression pensive.

— Comment ça ? Des amis, tu en as à la pelle. Tu vis ici depuis ta naissance.

— Mouais. En fait, c'est plus compliqué que ça. Habiter dans une petite ville ne facilite pas forcément les contacts.

Harper fronça les sourcils. Elle ne reconnaissait plus son amie. Où était la Kimber toujours positive et enthousiaste de sa jeunesse ?

— Qu'est-ce qui ne va pas ? demanda-t-elle sans détour.

Kimber croisa les mains sur la table et la gratifia d'un petit sourire crispé.

— Rien du tout. Juste un de ces matins où tout va de travers.

Harper planta son regard dans les yeux de son amie – des yeux du même bleu que la rivière qui traversait la ville, ce qui était bien le signe que Kimber était faite pour vivre à Baysville. Mais que savait-on vraiment de la vie des autres, en dehors de ce qu'ils voulaient bien montrer ? Presley avait porté sur ses jeunes épaules un lourd secret, dont elle n'avait jamais soufflé mot à personne, autant que Harper le sache. Dans une petite ville, tout se savait et les commérages allaient bon train.

Mais la grossesse de Presley n'avait fait l'objet d'aucun ragot. En tout cas, aucun dont elle ait eu connaissance. Se penchant au-dessus de la table, Harper demanda à mi-voix :

— As-tu entendu courir des bruits au sujet de Presley ?

Kimber battit des paupières.

— Quel genre de bruits ? Je ne comprends pas ; il y a si longtemps qu'elle est morte.

— Avant l'accident, as-tu entendu parler de, euh, sa… vie sexuelle ?

— Tout ce que je sais, c'est qu'elle sortait avec Allen Spencer. J'ignore s'ils couchaient ensemble. Mais pourquoi cette question ?

Harper hésitait à cracher le morceau. Avait-elle le droit de divulguer le secret de Presley ? Après toutes ces années, cela avait-il encore de l'importance ?

— Laisse tomber, dit-elle. J'ai trié de vieux papiers et ça m'a rendu un peu sentimentale.

— Cela se comprend. Ta sœur était plutôt réservée, mais c'était une fille intelligente et adorable. Pour autant, ne va surtout pas la mettre sur un piédestal. Elle était si jeune… Je ne sais pas ce que tu as découvert, mais Presley n'était sûrement pas parfaite. Comme tout le monde, elle a bien dû faire quelques bêtises. Notre propre adolescence n'a pas toujours été exemplaire, je te rappelle, déclara Kimber en lui décochant un clin d'œil.

— Oui, c'est le moins qu'on puisse dire. Il faut croire que je n'ai pas trop le moral, moi non plus. Ma maison me… perturbe toujours autant.

— À cause des souvenirs ?

— Oui, mais pas seulement. Il y a aussi tous ces bruits bizarres et cette impression persistante d'être épiée. La sensation d'une présence. Je sais qu'il y a sûrement une explication logique à tout ça mais elle m'échappe, et à force ces phénomènes me mettent à cran.

Kimber était la seule personne à laquelle elle pouvait

parler de ses problèmes. Les autres lui tournaient le dos ou la prenaient pour une folle. C'était insupportable.

— Et voilà ! dit Rhoda en posant sur la table la commande de Kimber. Bon appétit, les filles !

Tandis que Harper se jetait voracement sur son beignet fourré, Kimber se mit à grignoter son toast du bout des dents.

— Cela tombe bien que tu aies proposé qu'on se retrouve, dit-elle après avoir bu une gorgée de café noir. J'ai quelque chose à te demander.

La bouche pleine, Harper se contenta de hausser les sourcils.

— Il s'agit de ta maison, continua Kimber en se carrant au fond de son siège, endossant ses fonctions d'agent immobilier. Comme je te l'ai dit, c'est un bien qui ne sera pas facile à vendre. Je suis prête à relever le défi, cependant, mais il y a une solution beaucoup plus simple… que ce soit moi qui l'achète.

— Toi ? Mais pourquoi ? demanda Harper, abasourdie.

Kimber et son mari vivaient en dehors de la ville, dans une vieille ferme qu'ils avaient entièrement rénovée.

— Je croyais que tu adorais ta ferme.

— C'est le cas, assura Kimber. Nous n'avons aucunement l'intention de déménager. L'achat de ta maison serait plutôt un investissement. J'ai étudié le marché très attentivement ; je suis sûre que je pourrais en tirer des revenus substantiels en la transformant en chambres d'hôtes.

À ces mots, Harper eut un serrement de cœur.

— C'était le rêve de papa, confia-t-elle. Il avait presque fini par convaincre maman, mais à la mort de Presley le projet est tombé à l'eau.

— Oui, je m'en souviens. C'est d'ailleurs ce qui m'a donné l'idée. Nous avons toutes les deux beaucoup à y gagner, moi parce que ce serait probablement un bon investissement, et toi parce que tu serais débarrassée de ce souci et pourrais retourner à Atlanta l'esprit tranquille.

Kimber semblait très excitée.

— Si j'achète la maison, non seulement elle sera entre de bonnes mains, mais en plus le vieux rêve de ton père sera enfin réalisé.

Très juste. Harper était cependant très loin de partager l'enthousiasme de son amie.

Le sourire de Kimber pâlit.

— Tu fais une drôle de tête. Cela t'embête que ce soit moi qui achète la maison ?

— C'est-à-dire que… Je ne m'y attendais pas du tout, bredouilla Harper, mal à l'aise.

Kimber lui tapota le dos de la main.

— Si tu n'as pas envie, ce n'est pas grave. Mais réfléchis-y bien avant de refuser. Il va sans dire que si je l'achète, je te confierai toute la partie décoration. Ce sera encore un peu ta maison, comme ça. Sans compter que le fait de pouvoir dormir dans ton ancienne maison pourrait t'inciter à venir plus souvent à Baysville.

— Je te remercie, Kimber. Accorde-moi quelques jours de réflexion. Je te tiens au courant.

— Oui, bien sûr.

Harper était réticente et ne s'expliquait pas pourquoi. La proposition de Kimber lui permettrait de couper très vite les ponts avec tout ce passé qui l'encombrait. Elle n'aspirait qu'à se débarrasser de ce fardeau et à retrouver sa vie à Atlanta. Le snack-bar était maintenant en plein coup de feu : les gens se pressaient au comptoir pour prendre des cafés à emporter. Un petit groupe de policiers en uniforme entra. Harper reconnut parmi eux Liam et Bryce. Liam dépassait d'une tête ses collègues. Impossible de le manquer. Elle sentit son cœur s'emballer.

Le téléphone de Kimber se mit à vibrer. Elle répondit, l'air préoccupé.

— Le devoir m'appelle, dit-elle sèchement. Je dois voir un client. Désolée, mais il faut que je te laisse.

— Pas de problème. Juste une question avant que tu

files : ta brigade d'agents d'entretien est-elle apte à prendre en charge un gros chantier de nettoyage ?

— Elle ne recule devant rien, qu'il s'agisse de vider entièrement une maison ou de la remettre en état après un incendie. Le travail ne lui fait pas peur.

Harper extirpa de son sac un trousseau de clés qu'elle remit à Kimber.

— Je l'engage, dans ce cas. J'ai besoin de bras vigoureux pour débarrasser les vieux outils de papa, dans le sous-sol, et ses établis. Après avoir donné tout ce qui est en bon état, tes agents devront apporter le reste à la déchetterie. Passe à la maison quand tu pourras pour jeter un coup d'œil au sous-sol et estimer ce que ça me coûtera. Tu peux venir même quand je ne suis pas là.

— Je passerai dans la journée, promit Kimber.

Après s'être mises d'accord pour dîner ensemble quelques jours plus tard, Kimber partit à son rendez-vous. Harper la regarda à travers la vitre gagner sa voiture à pas pressés et s'engouffrer dedans. Vendre la maison à Kimber ? Elle avait du mal à se faire à cette idée. Dieu sait pourtant que cela lui simplifierait la vie…

— Harper ? Liam s'avança vers sa banquette. Vous permettez que je m'assoie à votre table ?

— Je vous en prie.

Il prit place en face d'elle, ses yeux gris rivés dans les siens, comme s'il cherchait à lire au fond de son âme.

Bryce s'approcha à son tour.

— Bonjour, Harper. Avez-vous reçu d'autres mails menaçants ou encore entendu des bruits bizarres ?

Plusieurs clients se tournèrent vers eux. Elle s'empourpra. Quel besoin avait-il de beugler ?

— Non, pas au cours des dernières vingt-quatre heures.

— Tant mieux. Vous savez où nous trouver, en cas de besoin. Vous venez, Andrews ?

— J'arrive dans deux minutes.

Ils échangèrent un regard. Elle perçut une légère tension entre les deux hommes.

— Ne vous attardez pas trop longtemps, nous avons du boulot, déclara Bryce avant de se tourner vers Harper et de taper sur la table. Je vous dis à bientôt, alors. Mais pas au poste, j'espère.

Elle plongea le nez dans son cappuccino, soulagée de constater qu'elle n'était plus la cible de tous les regards. Liam se pencha au-dessus de la table et demanda à mi-voix :

— Vous êtes sûre que ça va ? Vous avez l'air… épuisée.

— Je n'ai pas beaucoup dormi, la nuit dernière. Je n'arrêtais pas de penser à ce pauvre type qui s'est fait trucider derrière chez moi. J'ai voulu trier des vieilles paperasses pour me changer les idées, mais je suis tombée sur un truc qui m'a complètement chamboulée.

— Vous voulez en parler ?

Le rugissement d'un moteur attira l'attention de la jeune femme. À l'extérieur, Bryce, au volant d'une voiture de police, quittait son stationnement.

— On vous attend au poste, non ? Vous avez du travail, d'après ce qu'a dit Bryce.

— Rien ne presse, assura Liam sans la quitter des yeux.

Elle se retrouva, sans trop savoir comment, à lui parler du rapport d'autopsie et de la grossesse cachée de sa sœur. Pourquoi éprouva-t-elle le besoin de se confier à lui plutôt qu'à son amie d'enfance ? Il n'avait pas connu Presley, aussi avait-elle peut-être moins l'impression de la trahir en discutant avec lui de cette funeste découverte.

— C'est flippant de l'avoir appris de cette manière, dit Liam.

— Je ne comprends pas que maman ne m'en ait jamais parlé.

— Elle voulait sans doute vous épargner toute peine supplémentaire.

— C'est probable. Mais j'aurais préféré qu'elle me mette au courant. Maman s'est renfermée sur elle-même après la mort de Presley. Elle se contentait d'accomplir machinalement les gestes du quotidien.

— Pensez-vous que cette grossesse ait un rapport avec sa mort… et avec ce que vous avez vu ce soir-là ?

— Non. Son petit ami, Allen Spencer, ne ressemble pas du tout à la personne que j'ai aperçue en bas de l'escalier. N'empêche que je me demande s'il était au courant.

Elle vida d'un trait le reste de son cappuccino. S'il l'avait réconfortée dans un premier temps, il lui semblait trop sucré et écœurant, à présent.

— Je peux lui poser la question, si vous voulez.

— Vraiment ? Pensez-vous qu'on puisse aller l'interroger, de but en blanc ? Je le connais à peine et vous ne l'avez jamais vu. Il ne faudrait pas qu'une telle démarche vous attire des ennuis. Il pourrait se sentir harcelé, non ?

— Mieux vaut éviter de le braquer, bien sûr. En y mettant les formes, ça ne devrait pas poser de problème. Je lui dirai que j'enquête sur la mort de Presley car de nouveaux éléments ont été portés à notre connaissance. Ce qui est la pure vérité.

— Il est pasteur, maintenant. Il risque fort de mal prendre la suspicion qu'il va sentir peser sur lui. Il vaut mieux que ce soit moi qui l'interroge. Je suis sûre que ça passera mieux.

— Je ne sais pas…

— C'est un homme d'Église. Il avait de l'affection pour ma sœur. Sa mort tragique l'a probablement marqué. Il ne m'enverra pas promener.

— D'accord. Mais je vous accompagne. Pas en ma qualité d'inspecteur de police. Je me changerai et je vous laisserai mener l'interrogatoire.

La gentillesse de Liam lui allait droit au cœur. Harper ne pouvait cependant chasser l'horrible soupçon qu'elle sentait poindre en elle. Pourquoi faisait-il tout ça ? Il la connaissait à peine.

— Pourquoi ? demanda-t-elle tout à trac.

— Pourquoi quoi ?

— Pourquoi êtes-vous si gentil ?

— Je ne sais pas. Peut-être parce que je suis un type bien, tout simplement.

C'était logique. Pourquoi fallait-il qu'elle se méfie constamment de tout le monde ? Si sa mère avait été encore de ce monde, elle lui aurait dit qu'à cheval donné, on ne regarde pas les dents.

— OK. On va faire comme ça. Quand êtes-vous disponible ?

— Ce soir après le travail, si vous voulez. Il faut que le pasteur soit libre aussi, bien sûr. Mais ne le prévenez surtout pas de notre visite, recommanda Liam avant de finir son café.

— Ah bon ? Pour quelle raison ?

— Ce n'est peut-être pas lui que vous avez vu le soir du meurtre, mais il se pourrait que votre sœur et lui se soient disputés à propos de la grossesse. Elle souhaitait peut-être garder l'enfant et lui n'était pas d'accord. Furieux, il aurait pu engager quelqu'un pour la tuer.

— Un adolescent faisant appel à un homme de main ? Cela semble un peu tiré par les cheveux.

— Dans mon métier, on voit de tout, vous savez. Les gens sont capables du pire quand ils sont hors d'eux ou poussés dans leurs derniers retranchements. À propos, j'ai signalé ce pick-up noir qui a cherché à vous écraser. Pour l'instant, je n'ai eu aucun retour.

Liam s'extirpa de la banquette.

— Je vous appelle en fin de journée.

Harper s'attarda quelques minutes de plus, réfléchissant au scénario imaginé par le policier. Le Allen qu'elle avait connu était un garçon posé et un peu gauche, mais ne dit-on pas qu'il n'est pire eau que l'eau qui dort ?

— Tout se passe bien, ma belle ? Encore un peu de café, peut-être ? dit Rhoda, une cafetière fumante dans les mains.

— Non, merci. Il faut que j'y aille, maintenant.

Harper laissa sur la table un bon pourboire et se leva. Elle remarqua alors que des gens attendaient dans l'entrée qu'une table se libère. Pas étonnant qu'après sa journée de travail au snack-bar sa mère rentrât à la maison exténuée…

Elle salua les serveuses d'un signe de la main et sortit. Autour d'elle, tout le monde courait dans tous les sens. Pour la plupart des gens, il était l'heure d'aller au bureau. Harper se sentait exclue de toute cette joyeuse effervescence. À Atlanta, elle aussi menait une vie très active et avait des journées bien remplies. Ici, elle n'avait d'autre perspective qu'un tête-à-tête avec une maison victorienne sinistre qu'elle allait devoir finir de vider et de nettoyer. Bien que ce fût la maison dans laquelle elle avait grandi, elle n'y retournait pas de gaieté de cœur. Ce constat la rendait triste. Si elle avait eu deux doigts de jugeote, elle aurait appelé Kimber et accepté son offre d'achat sur-le-champ. Dans deux jours, elle pourrait être de retour à Atlanta et retrouver sa petite routine.

Mais en avait-elle vraiment envie ? Elle n'en était même plus très sûre.

Secouant sa mélancolie, Harper se hâta vers sa voiture. Il fallait qu'elle s'active ; l'oisiveté ne lui valait rien. Elle décida de s'octroyer jusqu'au lendemain pour réfléchir à la proposition de Kimber et lui donner sa réponse.

— Harper ? Harper Catlett ?

La voix grave lui disait quelque chose. Elle fit volte-face et vit le capitaine Carlton Fairfax qui fonçait tout droit sur elle. Un capitaine à la retraite, en fait. Comparé à son fils, le père de Bryce avait tout faux. Tandis que Bryce était athlétique, Carlton était trapu. Autant Bryce avait un côté charmeur et beau ténébreux, autant son père était repoussant avec son sourire de faux jeton. Seules leurs mâchoires carrées et l'autorité naturelle qui se dégageait d'eux leur donnaient un air de famille.

Il lui tendit une main charnue qu'elle serra à contrecœur. Elle crut qu'il allait lui broyer les os. Cherchait-il à établir sa suprématie de mâle ? À lui montrer d'emblée qui était le plus fort ? se demanda Harper en réprimant un cri de douleur.

— Je vous ai reconnue à votre crinière rousse, déclara-t-il d'un ton enjoué.

Elle lui décocha un sourire crispé. Après la tragédie, il s'était montré bienveillant avec sa mère et elle. Sans compter qu'il avait été le premier à arriver sur les lieux du drame et qu'il s'était empressé de les prendre en charge.

— Désolé pour votre maman. Ruth était une brave femme. Et une grosse travailleuse. J'imagine que vous n'allez pas vous éterniser à Baysville. Quand repartez-vous ?

Le contredire lui procura un malin plaisir.

— En fait, je vais peut-être rester.

Cette affirmation la stupéfia elle-même.

Il accusa le coup.

— J'aurais pensé qu'un bled comme Baysville serait sans intérêt pour une jeune décoratrice d'intérieur installée à Atlanta.

Il donnait l'impression de vouloir qu'elle s'en aille.

— Le maire est un copain à vous, il me semble, non ? Cela m'étonnerait qu'il trouve votre description de Baysville très flatteuse.

Il émit un rire de hyène mais n'avait pas vraiment l'air amusé. Harper ouvrit sa portière.

— Cela m'a fait plaisir de vous revoir, dit-elle avant de se glisser au volant.

Puis elle referma la portière, mettant ainsi fin à la conversation. Elle vit dans le rétroviseur qu'il n'avait pas bougé et l'observait tandis qu'elle quittait son stationnement et s'engageait dans Main Street. Son regard insistant la mit mal à l'aise. Peut-être parce que Liam lui avait conseillé de se méfier de Bryce. Le père ne valait sans doute pas mieux que le fils. Et dire qu'autrefois, comme toutes les filles de son âge, elle en pinçait pour Bryce… Aujourd'hui, elle ne lui vouait plus la même admiration, surtout depuis qu'il avait tourné en dérision les faits étranges qu'elle lui avait rapportés.

Elle alluma la radio, bien décidée à ne pas se laisser démoralisée par tout ça. La découverte qu'elle avait faite la nuit dernière lui avait de toute évidence mis les nerfs à fleur de peau. Du coup, elle se méfiait de tout le monde. Il allait falloir qu'elle se calme avant d'aller confronter le pasteur.

5

Presque déserte, l'église était lugubre. De part et d'autre de l'autel, le verre dépoli des vitraux étincelait comme des rubis et des émeraudes dans la lumière déclinante du crépuscule. Un silence pesant régnait, lourd des milliers de prières compressées entre les murs de pierre de l'édifice.

Au loin, la voix haut perchée d'une fillette résonna – insolite et discordante. Liam ne comprit pas ce qu'elle disait, mais il devina à son ton qu'elle était contrariée.

— Le jeudi soir, les jeunes de la paroisse se retrouvent dans la crypte, chuchota Harper. Si mes souvenirs sont bons, la réunion devrait commencer dans une quinzaine de minutes. Quand j'ai appelé, la secrétaire m'a dit qu'Allen animait ces réunions en personne et qu'il pourrait nous accorder quelques minutes.

— Ah ! Il est donc au courant de notre visite ?

— Si la secrétaire lui a parlé de mon coup de fil, oui. Je sais que vous auriez préféré qu'il ne soit pas prévenu, mais elle m'a demandé si je souhaitais le rencontrer.

— Aucune importance. Il va nous falloir descendre dans la crypte, si je comprends bien.

Liam avait lui aussi baissé la voix, comme par déférence.

— Je voulais vous demander, est-ce Allen qui officiait aux funérailles de votre mère ?

— Non, nous fréquentions une autre église, de l'autre côté de la ville.

Quittant la travée principale, ils empruntèrent un

corridor chichement éclairé le long duquel se trouvait une rangée de portes closes identifiées par des plaques correspondant à divers groupes d'étude biblique. Un rai de lumière filtrait de dessous la dernière porte, projetant des ombres dansantes sur le linoléum qui recouvrait le sol.

— Allen ? Vous êtes là ?

Liam reconnut la voix geignarde entendue un instant plus tôt. Elle provenait de l'escalier, à sa gauche. Une adolescente apparut, visiblement surprise de les trouver là. Dans son visage émacié, ses yeux semblaient démesurément grands, impression qu'accentuait encore sa coupe de cheveux, un carré très court.

— Nous aussi, nous le cherchons, dit Harper en s'approchant de l'escalier au milieu duquel l'adolescente s'était figée. Faites-vous partie du groupe qui se réunit le jeudi soir ?

— Oui, on peut dire ça.

Une sorte de bruissement sourd au bout du corridor attira l'attention de Liam, qui se dirigea sans bruit vers la pièce éclairée. Il entendit chuchoter et reconnut le crissement caractéristique d'une fermeture Éclair. Il pensa qu'il pouvait s'agir de deux ados délurés qui avaient décidé de se donner un peu de bon temps avant la réunion.

La porte s'ouvrit, et un homme d'une quarantaine d'années sortit de la pièce en se passant une main dans les cheveux. Ses lunettes étaient légèrement de travers. Il plaqua sur ses lèvres un sourire factice.

— Quelqu'un m'a appelé ?

— Allen Spencer ? demanda Liam.

Le pasteur referma vite la porte derrière lui et s'éloigna à grands pas, comme un homme affairé.

— Oui ? Je vous connais ?

— Où étiez-vous donc ? lança l'adolescente en bousculant Liam et se plantant devant Allen, qu'elle scruta d'un air suspicieux, le regard mauvais.

Voilà qui devenait très intéressant. Le pasteur cachait

quelque chose, apparemment. S'il avait une liaison avec sa secrétaire, il ne pourrait pas être poursuivi car légalement il n'y avait là rien de répréhensible. Mais la manière dont l'adolescente venait de l'apostropher, la suspicion et la jalousie que Liam avait surprises dans son regard laissaient penser qu'il s'agissait d'autre chose. Allen séduisait-il ses jeunes paroissiennes ? Ou pire encore ?

— Un petit instant, Kristen, dit Allen sèchement en s'écartant de la jeune fille lorsqu'il aperçut Harper.

Plissant les yeux, il lui offrit timidement une poignée de main mais n'accorda pas un regard à Liam.

— N'êtes-vous pas…

— Harper Catlett. La sœur de Presley.

Elle lui serra la main.

— Oui, bien sûr. Il y a une ressemblance. J'ai appris pour votre mère. Je suis désolé. Que puis-je faire pour vous ?

Liam trouva bizarre l'empressement du pasteur à les entraîner vers son bureau – à l'opposé de la salle dont il venait de sortir. Son attitude pour le moins suspecte n'échappa pas à Harper, qui lança à Liam un regard entendu.

Allen pressa les interrupteurs et les fit entrer, les invitant à s'asseoir sur le canapé qui faisait face à son bureau.

— Prenez place, je vous en prie. Mais j'ai peu de temps à vous accorder parce qu'il est bientôt l'heure de la réunion avec les jeunes de la paroisse. Kristen, pourrais-tu descendre installer les chaises, s'il te plaît ?

L'adolescente fit la moue. Liam crut qu'elle allait refuser, mais elle finit par sortir en traînant des pieds. Elle descendit l'escalier en faisant un maximum de boucan, histoire de bien marquer son mécontentement. Liam resta debout sur le pas de la porte tandis que Harper s'asseyait.

Allen se planta derrière son bureau, croisant les doigts sur le plateau d'acajou.

— Vous devez vous sentir bien seule depuis le décès de votre mère, commença-t-il d'un ton onctueux.

Liam avait l'impression qu'il récitait une leçon apprise par cœur.

— Mais la mort n'est pas la fin, elle…

— Merci, mais je ne suis pas là pour ça, le coupa Harper.

— Ah ? fit le pasteur, étonné, en la scrutant de derrière ses lunettes aux verres épais.

Le téléphone fixe posé sur son bureau se mit à sonner. Allen sursauta.

— Je vous prie de m'excuser un petit instant. Je préfère répondre, au cas où on aurait besoin de moi rapidement.

Cet appel tombait au bon moment. Liam fit un petit signe à Harper.

— Je reviens tout de suite, murmura-t-il.

Elle acquiesça d'un hochement de tête. Absorbé dans sa conversation téléphonique, Allen ne fit pas attention à lui.

Liam sortit et referma doucement la porte derrière lui. Puis il retourna au bout du corridor, désireux de tirer l'affaire au clair. S'il voyait une femme s'éclipser discrètement de la pièce dans laquelle se trouvait Allen quelques instants plus tôt, Liam saurait que le pasteur était un sale hypocrite qui trompait allègrement sa femme, mais cela n'irait pas plus loin. En revanche, s'il fricotait avec des adolescentes, c'était une autre histoire. Il risquait gros si les soupçons de Liam se confirmaient.

Liam ouvrit la porte et entra. Il n'y avait personne. La seule source de lumière provenait d'un lampadaire. Quelques chaises pliantes étaient disposées en cercle au milieu de la pièce. Les étagères qui garnissaient les murs étaient couvertes de livres et de statues d'angelots.

Où était donc passée la personne qui se trouvait avec Allen ?

— Vous pouvez sortir de votre cachette, lança Liam à la cantonade. Je ne vous veux aucun mal.

Du coin de l'œil, il capta un mouvement sur sa gauche. Bingo ! La tête d'une toute jeune fille émergea de derrière le dossier d'un énorme fauteuil à oreilles placé près de la fenêtre, au fond de la pièce. Ils se dévisagèrent en silence.

— Qui êtes-vous ? murmura-t-elle.

Machinalement, il s'apprêta à sortir son insigne pour le lui brandir sous le nez, mais il se ravisa, conscient que la gamine était déjà bien assez apeurée. Inutile qu'elle sache d'emblée qu'il était de la police.

— Liam Andrews. Sortez donc de là !

Elle s'extirpa de sa cachette en se tripotant les cheveux.

— J'ai, euh, perdu une boucle d'oreille. En fait, j'étais en train de la chercher.

— En ce cas, il aurait été judicieux d'allumer le plafonnier pour y voir quelque chose.

— Ouais, admit-elle avec un sourire contrit. Je n'y ai pas pensé.

Il riva son regard dans le sien.

— Comment avez-vous perdu cette boucle d'oreille ?

Elle haussa les épaules et écarta les mains, paumes en l'air, pour exprimer son incapacité à répondre à cette question.

— Allez savoir…, murmura-t-elle.

Puis elle passa devant lui, tête basse.

— Attendez un instant, dit Liam.

Elle fit volte-face.

— Oui ?

— Quel âge avez-vous ?

— Quinze ans. Pourquoi ?

— Que faisiez-vous ici, presque dans le noir, en tête à tête avec le révérend ?

— Hein ? Quoi ? Je… ne comprends pas, bredouilla-t-elle en rougissant.

— Vous pouvez tout me dire. Je suis policier. Je vous aiderai.

Elle jeta sur la porte un regard de biche aux abois.

— Préféreriez-vous parler de tout ça avec une femme ? Je peux appeler une de mes collègues, si vous voulez.

Elle se mit à se mordiller la lèvre inférieure puis, lentement, elle se dirigea vers la porte.

— Je… suis en retard. Il faut que j'y aille.

— Comment vous appelez-vous ?

— Mary Smith.

À d'autres ! songea Liam. Mais il avait pitié de la gamine et ne voulait surtout pas la brusquer.

— Ce qui se passe ici avec le révérend Spencer est répréhensible, dit-il calmement. Comme je vous l'ai dit, je peux vous aider. Mais j'ai besoin de connaître votre nom. Il me faut également le numéro de téléphone de vos parents.

À ces mots, la gamine paniqua et prit ses jambes à son cou.

Liam se lança à sa poursuite dans le couloir. Alerté par le bruit de la cavalcade, le pasteur passa la tête dans l'entrebâillement de la porte de son bureau.

— Tout va bien ? demanda-t-il en fronçant les sourcils. Emily, où cours-tu comme ça ?

Harper bouscula Allen et sortit à son tour pour prêter main-forte à Liam.

— Emily, attendez ! cria-t-elle en courant après l'adolescente. À une femme, elle parlera plus facilement, dit-elle à voix basse à Liam. Laissez-moi faire.

L'adolescente s'arrêta et jeta un coup d'œil par-dessus son épaule.

— Peut-on parler une minute ? demanda Harper en s'avançant tout doucement, une main tendue. Juste vous et moi.

Allen arriva à leur hauteur, tout essoufflé.

— Qu'est-ce qu'il t'arrive, Emily ?

Ce sale hypocrite prenait un ton gentil, mais Liam n'était pas dupe. Lorsqu'il intercepta le regard menaçant que le révérend lança à Emily, il s'empressa de s'interposer entre lui et l'adolescente.

— Harper, pouvez-vous prendre en charge Emily pendant que je m'occupe de M. Spencer ?

— Venez, Emily, dit Harper avec un sourire en glissant un bras derrière les épaules de la jeune fille. Tout va bien se passer, vous verrez. Vous n'avez rien à craindre.

Liam se réjouissait de pouvoir compter sur Harper pour lui donner un coup de main. L'arrestation serait bien plus facile si la victime n'y assistait pas car celle-ci risquait de chercher à protéger son agresseur en prétendant qu'il ne s'était rien produit.

— Je vous emmène au poste, dit-il à Spencer. Pour y être interrogé.

— Interrogé ? Comment… ça ?

— Je suis inspecteur de police, et à ce titre il m'appartient de faire toute la lumière sur cette affaire.

Liam éprouva un malin plaisir à voir le révérend ouvrir de grands yeux effarés et se tasser soudain sur lui-même. Il s'approcha tout près de lui – si près qu'il pouvait sentir sa sueur aigre, sous l'odeur boisée de son après-rasage.

— Mais je n'ai rien fait de mal, protesta le révérend en proie à une panique qu'il avait visiblement de plus en plus de mal à contrôler. Vous ne pouvez pas m'emmener contre mon gré.

— C'est ce que nous allons voir. Allen Spencer, vous êtes en état d'arrestation. Je vous conseille de me suivre sans discuter.

S'écartant un instant du suspect, Liam donna quelques instructions à Harper.

— Je vous confie Emily. Ne lui parlez pas de ce qui vient de se passer. Une collègue habilitée à entendre les victimes d'abus sexuels va venir l'interroger. Je l'appelle tout de suite.

— D'accord. Je comprends.

Après avoir joint le commissariat, Liam escorta le suspect jusqu'à sa voiture et le fit monter dedans. Comme tétanisé, le révérend n'opposa aucune résistance.

— Emily va être interrogée par une spécialiste de ce genre d'affaire. La vérité ne tardera pas à éclater, alors vous feriez mieux de tout avouer maintenant. Des aveux spontanés pourraient vous valoir une remise de peine.

— Entre Emily et moi, il n'y a strictement rien. Je ne suis que son guide spirituel. Vos insinuations sont odieuses. Que vont penser mes paroissiens ? C'est ma réputation qui est en jeu !

Liam poursuivit, implacable.

— Vous feriez mieux de m'écouter et de tout avouer au lieu de persister dans le déni.

Allen secoua la tête, comme hébété.

— Ce n'est pas possible. Je vous en prie. Je ne faisais que parler avec Emily. Rien d'autre.

— Ah bon ? En ce cas, pourquoi étiez-vous enfermé avec elle dans une salle dont la lumière n'était pas allumée ?

— Je vous assure que…

— Nous vous avons quasiment pris sur le fait.

— Vous n'avez aucune preuve, protesta faiblement Allen, le visage blême. Écoutez, continua-t-il après avoir humecté ses lèvres minces et passé une main lasse dans ses cheveux. Je reconnais avoir eu des gestes qu'on peut qualifier de déplacés, mais ça n'est jamais allé plus loin…

Liam se sentit empli de dégoût.

— Elle est mineure. Vous reconnaissez avoir eu avec elle un contact physique de nature sexuelle ?

— Oui, mais je répète que nous n'avons jamais été jusqu'au bout et que…

— Vous êtes en état d'arrestation. Je vous conduis au poste où vous serez interrogé en bonne et due forme.

Allen se mit à trembler.

— C'en est fini de ma réputation. Je suis perdu.

— Voilà ce que c'est que de fricoter avec une mineure ! Ne bougez pas d'ici. Je reviens tout de suite.

Liam retourna dans l'église et se laissa guider par le bruit étouffé des voix de Harper et d'Emily, qui étaient allées s'asseoir dans le bureau du révérend. Elles tournèrent la tête lorsqu'il entra. L'adolescente, qui avait pleuré, se tamponna les yeux avec un mouchoir en papier. Harper se leva et, après avoir tapoté l'épaule d'Emily, rejoignit Liam dans le couloir.

— Alors ? Il a avoué ? demanda-t-elle.

— Oui, à l'instant. Comment va Emily ?

— Elle est terrorisée. Ses parents vont arriver d'une minute à l'autre. C'est elle qui les a appelés.

— Très bien. Vous n'avez pas parlé avec elle de ce qu'il s'était passé, n'est-ce pas ?

— Non.

— Parfait. Je vous laisse. Ma collègue ne va tarder. Je vais faire en sorte qu'on vous reconduise chez vous.

— Ne vous inquiétez pas pour moi ; je me débrouillerai. Que va-t-il se passer ? Je doute qu'Emily soit la seule victime du révérend Spencer. Il faudrait peut-être interroger aussi Kristen.

— Ce sera fait.

— Il faut que ça s'arrête. Ce type est un pervers. Un prédateur.

— Je suis d'accord. Avez-vous pu le questionner au sujet de votre sœur ?

— Oui, mais je n'ai pas appris grand-chose. Faites ce que vous avez à faire et on se voit ce soir.

Il acquiesça et regagna son véhicule, la tête bourdonnante de mille questions. Pouvait-il réellement y avoir un lien entre la grossesse de Presley et son décès ? Il aurait souhaité en discuter avec un collègue, mais c'était beaucoup trop risqué. Si jamais Bryce apprenait qu'il s'intéressait à cette vieille affaire, il aurait sans aucun doute une raison de plus de le détester. Surtout après l'arrestation de ce soir. Liam savait que son patron tiquerait quand il apprendrait que le révérend Spencer était en garde à vue. Bryce craindrait trop de perdre la face si les charges contre Spencer se révélaient sans fondement. Le chef de la police de Baysville tenait plus que tout à son image, d'où son insistance pour que la chaîne de commandement soit respectée à la lettre et d'où la mainmise qu'il exerçait sur l'ensemble des services de police. Jusque-là, Liam n'avait pas réussi à savoir si cette attitude découlait d'un manque de confiance en soi ou si Bryce cherchait à couvrir des malversations.

Liam était là pour découvrir ce qu'il en était et, comme à chaque fois que l'objectif de sa mission lui revenait à l'esprit, il se sentait mal à l'aise. Avait-il vraiment envie d'aider Harper à enquêter sur la mort de sa sœur ? Pourquoi tenait-elle tant que ça à connaître la vérité, alors qu'elle était seulement de passage à Baysville ? Était-ce juste un caprice de sa part ?

En tout cas, plus il la voyait et plus elle lui plaisait. Il appréciait sa compagnie et la recherchait – en dehors même de l'affaire sur laquelle ils enquêtaient. Ce qu'il aimait chez elle, c'était sa gentillesse et sa vivacité d'esprit, auxquelles s'ajoutait une réelle sollicitude envers son prochain. Il allait devoir tenir la bride serrée à ses émotions s'il voulait avoir une chance de résister à l'attirance que la jeune femme exerçait sur lui. Au moins jusqu'à ce que le mystère entourant la mort de sa sœur soit éclairci et que la plainte déposée contre le pick-up qui avait essayé de l'écraser ait abouti ou été classée sans suite. Il valait donc mieux qu'il évite de la voir trop souvent – que ce soit à titre personnel ou pour parler de l'enquête.

Mais il n'avait jamais été du genre à se laisser dicter sa conduite. Il était évident que Bryce n'avait aucune envie d'enquêter sur la mort de Presley Catlett ou sur le véhicule qui avait failli écraser Harper. Or Liam sentait que ces deux affaires méritaient d'être creusées. Entre Harper et lui, il n'y aurait donc rien pour l'instant. Mais c'était facile à dire…

6

C'est avec un grand sourire que Harper accueillit Liam le lendemain matin.

— Je savais que vous alliez passer, déclara-t-elle d'un ton enjoué en l'invitant à entrer.

Il leva la main pour refréner son enthousiasme.

— Je ne vais malheureusement pas pouvoir rester. J'étais dans le coin et je voulais vous demander ce que Spencer avait dit quand vous l'avez interrogé au sujet de votre sœur, hier soir.

— Je n'ai pas pu en tirer grand-chose, à vrai dire.

Elle alla s'asseoir sur la balancelle et fit signe à Liam de la rejoindre. Après une courte hésitation, il finit par prendre place à côté d'elle.

— Je n'arrête pas de penser à la petite Emily, confia-t-elle. J'espère qu'elle est la seule victime.

— Cela m'étonnerait. Les prédateurs sexuels s'en prennent rarement à une seule personne.

Harper avait encore du mal à imaginer que le révérend Allen puisse être un criminel. Mais, s'il était à ce point perverti, ses agissements avec ses jeunes paroissiennes n'étaient peut-être pas les seuls crimes à son actif…

— Quoi qu'il en soit, dit-elle, je lui ai parlé du rapport d'autopsie qui révélait que Presley était enceinte. Il a affirmé qu'elle et lui n'avaient jamais couché ensemble, qu'ils se fréquentaient de manière informelle et qu'ils avaient rompu au moins deux ou trois semaines avant la tragédie.

— Vous pensez qu'il dit la vérité ?

— Je n'en sais rien. Je ne sais plus que penser. Maman tenait beaucoup à ce que Presley lui présente ses petits copains, même s'ils n'étaient pas si nombreux que ça. En fait, je crois qu'en tout et pour tout Presley nous en a présenté trois.

— Pour moi, il ment. Sinon, il ne se serait pas empressé de minimiser la nature de sa relation avec votre sœur.

— Allez savoir, murmura Harper en pianotant du bout des doigts sur ses genoux. Je ne l'ai jamais dit à personne, mais il m'est arrivé d'entendre Presley sortir en douce de la maison une fois que maman était couchée.

— Elle allait retrouver Allen, d'après vous ?

— C'est ce que j'ai toujours pensé. Je l'avais évidemment questionnée au sujet de ses virées nocturnes, mais elle prétendait qu'elle allait se balader avec ses copines. Je savais qu'elle me racontait des bobards.

— C'est arrivé souvent ?

Harper prit le temps de la réflexion avant de répondre.

— Plusieurs fois, mais je ne pourrais pas vous dire combien exactement. En tout cas, cela s'est passé dans les deux ou trois semaines qui ont précédé sa mort.

— Vous voulez dire que…

L'émetteur-récepteur qu'il portait à la ceinture se mit à grésiller. Un message plus ou moins audible en sortit.

— Le devoir m'appelle, dit Liam en se levant. On se voit plus tard pour discuter de tout ça et décider de ce qu'on fait.

— D'accord. C'est un appel d'urgence ?

— Non.

Il refusa de lui en dire plus. Elle lui jeta un regard perplexe. Vivre avec un flic ne devait pas être facile tous les jours, songea-t-elle. Des moments comme celui-là, il devait y en avoir tout le temps – quel stress ça devait être…

— J'espère qu'il n'y a rien de grave, dit Harper.

Il hocha la tête et regagna son véhicule. Comme elle s'apprêtait à rentrer, sa voisine, Mme Henley, lui fit signe de venir. Elle rejoignit la vieille dame, avec qui elle bavarda pendant plus d'une heure.

Puis elle rentra.

La puanteur la prit à la gorge.

Des relents de pourriture, auxquels se mêlaient des odeurs âcres et prégnantes d'urine et de sueur aigre, flottaient dans le salon. Mais le pire, c'était qu'elle avait *déjà* senti cet air fétide. Le soir de la tragédie. L'odeur de fumée n'avait pas réussi à masquer la puanteur qui se dégageait de la créature qu'elle avait vue s'enfuir. Une puanteur telle qu'elle donnait envie de vomir.

Instinctivement, Harper se couvrit le nez et la bouche avec le bas de son T-shirt puis, non sans hésitation, elle entra dans la cuisine pour y chercher la cause de cette infection. Un rongeur avait pu s'introduire dans la maison et crever dans un coin. Elle ne voyait pas d'autre explication. Tout était propre et en ordre ; aucun reste de nourriture ne traînait sur la table et il n'y avait pas de vaisselle sale dans l'évier. La poubelle avait été sortie. En se pinçant le nez, elle ouvrit la fenêtre. À tout prendre, elle préférait encore l'air vif du mois d'octobre à cette odeur ignoble.

Elle inspecta l'ensemble de la maison, pièce après pièce, en ouvrant toutes les fenêtres sur son passage. Sans rien trouver qui puisse expliquer la pestilence qui l'obligeait à respirer par la bouche et la faisait larmoyer. À l'étage, l'odeur était un peu moins prégnante. Avant d'ouvrir les fenêtres de sa chambre, elle s'emmitoufla dans sa robe de chambre en polaire et attrapa le plaid posé au pied de son lit. Il ne lui restait plus qu'à allumer des bougies partout et à pulvériser du désodorisant dans chaque coin et recoin du rez-de-chaussée. Son plaid drapé autour des épaules, elle ouvrit le tiroir de sa table de chevet, espérant y trouver les bougies et les allumettes qui servaient en cas de panne d'électricité. Et ses yeux tombèrent sur une feuille de papier jauni sur laquelle elle reconnut l'écriture de sa mère. Comment cette lettre avait-elle atterri là ? Intriguée, Harper oublia instantanément les bougies et la mauvaise odeur. S'asseyant sur le lit, elle se mit à lire la lettre, adressée à sa tante, la sœur de sa mère, et écrite trois mois après la mort de Presley.

Ma chère Ana,

Pas un jour ne se passe sans qu'un nouvel élément vienne encore ajouter à notre chagrin. Ce matin au courrier, il y avait le rapport d'autopsie. Son contenu a été un choc terrible. Presley était enceinte. Je ne sais pas trop quoi en penser. Cette nouvelle rend sa mort encore plus tragique. Je ne sais pas comment je tiens. Intérieurement, j'ai l'impression de partir en vrille. Je me demande si… si je ne suis pas en train de perdre les pédales. J'entends des bruits, figure-toi. De drôles de bruits qui, la nuit, m'empêchent de dormir. Je suppose que c'est à cause de ce que Harper prétend avoir vu ce soir-là, mais je n'ai pas le courage de m'en assurer.

Si seulement je pouvais prendre mes cliques et mes claques et ficher le camp… Aller en Floride où le soleil brille toute l'année et où les plages de sable blanc sont si belles. J'espère qu'un jour Harper aura une vie meilleure, loin de cette ville et des souvenirs doux-amers qui y sont attachés. Mais déménager n'est pas envisageable actuellement. Je n'en ai pas les moyens. Alors je m'échine au travail toute la journée au snack-bar et rentre à la maison à reculons pour retrouver Harper qui est elle aussi au trente-sixième dessous. Je sais ce que tu vas me dire – qu'il faut tenir bon, que ma fille cadette a plus que jamais besoin de moi. Je fais ce que je peux, je t'assure. Mais je suis une coquille vide désormais, qui n'a plus rien à donner, et je crois que Harper l'a compris, hélas.

La lettre s'achevait sur ces mots. Elle n'était pas signée et n'avait jamais été envoyée. Ce que Harper venait de lire ne la surprenait pas vraiment. Mais cela ne l'empêchait pas d'éprouver de la colère et de la rancœur. D'en vouloir à sa mère d'avoir eu le cœur brisé après la mort de son mari et de sa fille aînée. Elle avait l'impression de ne pas avoir compté, d'avoir en quelque sorte grandi dans une famille d'accueil incapable de lui apporter l'amour et la sécurité nécessaires à son épanouissement.

Froissant la lettre, elle la jeta rageusement par terre et redescendit au rez-de-chaussée d'un pas de grenadier. Elle passa sa colère sur la bombe de désodorisant qu'elle vida en quelques minutes. Puis elle récupéra toutes les bougies qu'elle put trouver et en alluma dans chaque pièce.

Il y avait sûrement une explication logique à cette odeur pestilentielle qui, depuis la tragédie, apparaissait mystérieusement de temps en temps. Le problème serait heureusement bientôt réglé car Harper avait fait appel à une entreprise locale de dératisation au sujet de laquelle elle n'avait lu que de bons avis sur Internet. L'intervention était prévue pour le lendemain matin. Après le passage des dératiseurs et le ménage par le vide qu'elle avait entrepris, la maison serait de nouveau vivable. Du moins l'espérait-elle. Pas tant pour elle que pour ceux qui l'habiteraient après elle. Car, si elle avait deux doigts de bon sens, elle appellerait Kimber sans délai et accepterait son offre.

Une coquille vide qui n'a plus rien à donner.

À force de résonner douloureusement dans sa tête, ces mots réactivèrent la colère larvée au creux de son ventre. La mort de Presley avait été un drame terrible pour sa mère, mais Harper aussi avait souffert. Son enfance avait pris fin brutalement. Et aujourd'hui elle avait besoin de savoir ce qu'il s'était passé. Elle resterait donc à Baysville jusqu'à ce que toute la lumière soit faite sur la mort de sa sœur. S'il s'agissait vraiment d'un accident, elle l'accepterait, mais, s'il s'agissait d'un meurtre, elle découvrirait qui en était l'auteur.

Sa décision prise, Harper appela son assistante à Atlanta et lui expliqua qu'elle prolongeait son absence jusqu'à une date indéterminée. Muriel se montra compréhensive et confiante en ses capacités à prendre les commandes de l'agence. Au besoin, elle pourrait faire appel à des designers en free-lance pour des projets ponctuels, si la charge de travail devenait trop importante. En raccrochant, Harper s'en voulut de tout faire reposer sur les épaules de Muriel et se promit que lorsqu'elle rentrerait elle dédommagerait généreusement son assistante.

La puanteur avait presque disparu. Harper referma toutes les fenêtres et s'assit à la table de la cuisine pour faire le point sur l'enquête qu'elle menait avec l'aide officieuse de Liam. À ce stade, tout ce qu'ils avaient pour étayer la thèse du meurtre, c'était la fureur d'un petit ami qui n'avait aucune envie d'être papa.

Elle eut beau pianoter sur sa feuille avec son stylo, aucune autre piste ne lui vint à l'esprit. En tout cas pour l'instant. Les bruits inexpliqués entendus dans la maison et cette horrible odeur la préoccupaient moins que le mail qu'elle avait reçu lui enjoignant de « ficher le camp » et que le pick-up qui avait failli l'écraser lorsqu'elle était allée relever son courrier. Rien ne prouvait que ces incidents fussent liés, bien sûr, mais il y avait une probabilité – une forte probabilité – pour que quelqu'un cherche à lui faire quitter Baysville. Et, si c'était le cas, il y avait fort à parier que cela avait à voir avec Presley, Harper n'ayant aucun ennemi dans cette ville.

Cette pensée était pour le moins déstabilisante. À partir de maintenant, Harper allait devoir redoubler de vigilance et s'assurer que portes et fenêtres étaient toujours soigneusement fermées afin d'éviter toute intrusion.

L'état d'urgence était déclaré.

— Vous êtes arrivé à destination, annonça la voix désincarnée du GPS.

Liam fronça les sourcils à la vue d'une hideuse maison en parpaings qui semblait avoir poussé au milieu des marais. La végétation grimpait le long des murs couverts de moisissures. Une Chevrolet rouillée était garée n'importe comment devant la bâtisse presque aveugle, derrière laquelle se trouvait une vieille grange dont le toit s'était en partie effondré. Complètement isolée – car il n'y avait âme qui vive à plusieurs kilomètres à la ronde —, la maison semblait abandonnée.

Liam sentit se dresser les poils de ses bras et de sa nuque. Le silence oppressant qui régnait alentour ne lui disait rien de bon. Un appel anonyme avait signalé un cambriolage en cours à cette adresse. Liam alluma sa radio et informa la répartitrice de sa position et des premières constations qu'il avait faites.

— Vous ne voulez pas attendre du renfort avant de vous approcher de la maison ? demanda la jeune femme.

Il hésita. Ils manquaient cruellement de personnel, et l'équipe de jour était sur le point de quitter le travail. La lumière déclinait déjà, et de gros nuages s'amoncelaient dans le ciel.

— Non, pas la peine d'envoyer du renfort. L'endroit a l'air désert.

— Restez en ligne, ordonna la répartitrice.

— Bien reçu.

Au volant de sa voiture de patrouille, Liam s'approcha de la maison, devant laquelle il se gara. Puis il coupa le contact. À nouveau, le silence le frappa. Un silence aussi insolite que perturbant. Une volée d'étourneaux quitta brusquement la cime d'un liquidambar dans un grand battement d'ailes désordonné qui semblait faire écho au vacarme que faisait le cœur de Liam dans sa poitrine. Il suivit des yeux les oiseaux, qui volaient très haut dans le ciel, à la recherche d'un perchoir pour la nuit.

Liam s'avança vers la porte avec prudence. Il frappa deux coups, mais personne ne répondit. Aucun bruit, aussi ténu soit-il, n'indiquait qu'il y eut quelqu'un dans la maison. Par acquit de conscience, Liam frappa à nouveau.

— Il y a quelqu'un ? Ouvrez, c'est la police.

Rien ne bougea. Il s'approcha de la fenêtre et colla son nez aux carreaux qui étaient si crasseux qu'il était presque impossible de voir au travers. Il distingua un lit une place entouré de toutes sortes de détritus. Comment pouvait-on vivre dans une telle saleté ? Depuis une autre fenêtre, il vit un canapé défoncé qui perdait son rembourrage. Il y avait des ordures tout autour, étalées sur la moquette tachée, élimée et décolorée. Il fit ensuite le tour de la maison pour jeter un coup d'œil à l'arrière. La seule et unique fenêtre de ce côté-là était celle de la cuisine, minuscule et encore plus sale que le reste de la maison. Des poêles et des casseroles débordaient de l'évier, et des boîtes en carton vides traînaient par terre et sur le plan de travail.

Il n'y avait rien à voler dans un endroit pareil. Si quelqu'un avait cherché à s'introduire dans les lieux, c'eût été tout au plus pour y passer la nuit à l'abri.

Pour ne pas faire les choses à moitié, Liam décida cependant de pousser jusqu'à la grange. Comme il se dirigeait vers la vieille bâtisse, il remarqua que l'herbe était écrasée à certains endroits, comme si un véhicule avait roulé dessus. Les traces de pneus faisaient le tour de la grange.

Qu'est-ce que c'était que cette histoire ?

Plutôt que continuer à pied, il valait mieux aller chercher la voiture. Liam alluma sa radio.

— Il n'y a personne, dit-il. Mais je vais…

Une détonation lui fit relever la tête. On lui tirait dessus ! La balle fendit l'air et vint se loger dans sa cuisse gauche.

— Inspecteur Andrews ? Tout va bien ?

D'instinct, il se jeta à plat ventre par terre et sortit son arme de service, dont il retira la sécurité. Le sol froid se mit à trembler sous lui tandis qu'un bruissement se faisait entendre dans la grange. Un homme corpulent, tout de noir vêtu et portant une cagoule en lainage, sortit en trombe du bâtiment et se mit à courir en direction d'un bosquet qui se trouvait à moins de dix mètres.

— Arrêtez, cria Liam. Police !

— Inspecteur Andrews ? demanda derechef la répartitrice. Un policier à terre ! hurla-t-elle en donnant l'adresse de la maison.

L'homme en noir détalait à toutes jambes, sourd aux injonctions de Liam, même lorsque celui-ci tira en l'air en guise de sommation. Ce salopard allait sauter dans sa voiture ou dans celle d'un complice et disparaître pour de bon. Liam sentait le sang dégouliner le long de sa jambe, mais sa blessure était présentement le cadet de ses soucis. Sa priorité était de se mettre à l'abri pour éviter d'être touché à nouveau car il n'était pas exclu que l'homme lui tire encore dessus. Il se remit debout tant bien que mal et, clopin-clopant, gagna la grange, distante de seulement quelques mètres. Lorsque, enfin, il atteignit son but, il suait autant que s'il avait parcouru plusieurs kilomètres en courant. Au loin, il entendit vrombir un moteur et il vit, à travers les planches disjointes de la grange, briller les feux arrière d'un véhicule qui filait dans la direction opposée à la route principale. Son assaillant prenait la fuite dans un 4x4.

— Inspecteur Andrews ?

Liam porta son talkie-walkie à sa bouche.

— Je vous écoute, dit-il d'une voix haletante.

Il fut surpris d'avoir du mal à parler. Maintenant que tout danger immédiat était écarté et que l'adrénaline refluait, la douleur commençait à se faire sentir. Le moment était venu de faire un état des lieux. Lorsqu'il étendit sa jambe pour évaluer l'étendue des dégâts, il ne put s'empêcher de grimacer. Sa blessure lui faisait un mal de chien. La balle s'était logée dans sa cuisse gauche, un peu au-dessus du genou. Dix centimètres plus bas, sa rotule explosait. Il avait eu de la chance…

Les secours arrivaient, toutes sirènes hurlantes. D'habitude, c'était lui qui venait en aide aux autres. Cela lui faisait bizarre que la situation soit inversée. Il se remit debout et sortit de la grange en sautant à cloche-pied sur sa jambe valide, réprimant une brusque envie de vomir et une horrible sensation de vertige.

Il vit son collègue Sam sortir de la voiture de patrouille et se précipiter vers lui au mépris du danger. *Son collègue*. Que penseraient Sam et les autres s'ils connaissaient la vraie raison de sa présence à Baysville ? Le considéreraient-ils comme un traître ?

Et si la balle qu'il avait reçue n'était pas seulement un avertissement – si le tireur avait visé le cœur ?

7

Harper jeta ses clés de voiture sur le plan de travail et prit le mot que lui avait laissé Kimber. La brigade de nettoyage qu'elle lui avait conseillée interviendrait le lendemain matin. *Enfin une bonne nouvelle*, songea-t-elle. Toute la journée, elle avait épluché en vain archives et coupures de presse. Bizarrement, les journaux avaient très peu parlé de la mort de Presley.

Elle monta à l'étage, un verre de chardonnay à la main. Assise sur son lit, elle s'empara de la télécommande et alluma la télévision en se frottant les yeux. Elle y voyait trouble à force de scruter sur un écran d'ordinateur des articles de journaux et des microfiches. La torpeur l'envahit, et elle se sentit sombrer inexorablement dans les noirs abîmes du sommeil. Mais, en même temps, son cerveau résistait.

Il y avait quelque chose qui clochait dans cette maison. De jour, elle pouvait toujours prétendre le contraire et trouver des explications rationnelles aux phénomènes qu'elle avait observés, mais la nuit, quand elle se retrouvait seule entre ces murs, la peur la submergeait comme une nappe de brouillard glacial. La maison dans laquelle elle avait grandi était alors dénuée de charme et de chaleur. Aucun souvenir heureux ne lui revenait à la mémoire. Rien de positif à quoi elle aurait pu se raccrocher. Cet endroit était au contraire à jamais associé au drame qui y avait eu lieu, au deuil et au chagrin. La vieille demeure victorienne semblait animée d'une vie qui lui était propre, comme si ses murs l'épiaient dans tous ses faits et gestes, comme s'ils l'écoutaient respirer, comme s'ils renfermaient une menace inconnue susceptible de bondir sur elle au moment où elle s'y attendrait le moins.

Elle connaîtrait alors le même sort que Presley.

Il y a quelque chose qui cloche... Cette assertion tournait en boucle dans son esprit embrumé, comme une mise en garde. Mais son corps las n'aspirait qu'à prendre un peu de repos. Juste quelques instants, le temps de recharger ses batteries. C'était sans danger.

Scratch scratch.

Somnolente, elle sentait confusément qu'il fallait qu'elle se réveille. Il se passait quelque chose d'anormal.

Scratch scratch.

Un énorme fracas se produisit non loin d'elle, la tirant brutalement de sa torpeur. Les quelques secondes de flottement que l'on éprouve souvent au sortir du sommeil lui furent épargnées. Se dressant sur son séant, elle passa instantanément d'un état semi-comateux à l'hyper vigilance. L'écran du petit poste de télévision posé sur la commode éclairait faiblement la pièce, plongée dans la pénombre. Un journaliste commentait d'une voix monocorde les images vidéo d'une fusillade qui avait éclaté quelque part, à l'autre bout du monde. Le bruit qui l'avait réveillée était peut-être celui de cette fusillade dont on parlait à la télé.

Elle aurait aimé le croire. D'où aurait-il pu venir, sinon ? Cette explication ne suffit pas cependant à calmer les battements frénétiques de son cœur.

Le fracas recommença. *Bang, bang, bang, bang...* Une douzaine de minibombes explosant les unes après les autres. À cette série d'explosions succéda un bruit d'une autre nature – comme si on avait renversé un sac de billes sur le parquet.

Qu'est-ce que ça pouvait bien être ? Son cœur tambourinait contre sa cage thoracique, comme s'il cherchait à s'en échapper.

Un halètement se fit entendre. Lent, profond, délibéré.

Harper était tétanisée, incapable du moindre geste. Seule sa poitrine montait et descendait au rythme effréné de sa respiration.

Puis il y eut un gloussement, un son rauque et lugubre.

Elle avait la langue collée au palais et la bouche sèche comme le désert de Gobi ; elle aurait été incapable d'articuler la moindre parole.

Ressaisis-toi, que diable ! se morigéna-t-elle, furieuse de perdre les pédales pour si peu. Jetant un coup d'œil au verre vide posé sur la table de nuit, elle incrimina le vin qu'elle avait bu. Mais comment était-ce possible ? L'alcool ne lui avait jamais fait cet effet.

La voix haletante pouffa à nouveau avec un très léger écho. Ce n'était pas une voix qu'elle connaissait. Un gémissement lui échappa, et elle se rencogna contre la tête de lit en bois.

Le grattement habituel reprit de plus belle, comme une cavalcade de souris.

— Du balai ! cria-t-elle en balançant un livre contre le mur.

Tu ne m'aimes plus, Harper ? Tu es ma sœur. Ma petite sœur chérie.

Que n'aurait-elle donné pour pouvoir se lever et sortir de cette satanée maison pour ne plus jamais y mettre les pieds…

Le calme revint soudainement. Harper se raidit, dans l'attente du second round. Elle savait qu'elle ne s'en tirerait pas à si bon compte. La nuit était loin d'être terminée…

Elle fut tirée de ses sombres pensées par un bruit de verre brisé, suivi d'un reniflement peu ragoûtant, comme si quelqu'un pleurait dans la pièce d'à côté.

Il y eut comme un coup, assez fort pour fracasser les

lattes du parquet. À bout de nerfs, Harper se boucha les oreilles.

— Fichez le camp tout de suite ! Vous n'avez rien à faire dans cette maison. Je ne crois pas aux fantômes, revenants et autres créatures surnaturelles !

Elle était bel et bien en train de devenir folle pour parler à un être invisible, tout droit sorti de son imagination enfiévrée.

Le silence se fit, enfin, mais le danger n'avait pas disparu. Il planait dans l'air comme un mauvais présage. Elle savait que tôt ou tard elle devrait l'affronter à nouveau.

Elle était revenue pour essayer de faire toute la lumière sur la mort de Presley. Mais si elle aboutissait à la conclusion qu'elle n'avait plus toute sa raison, eh bien, il fallait qu'elle l'accepte et se fasse soigner. Tendue, Harper retenait son souffle, à l'affût de moindre bruissement.

Le bruit avait cessé pour de bon et, maintenant qu'elle n'entendait plus rien, elle commençait à se demander si elle n'avait pas rêvé. Ou dramatisé. Les craquements, grincements et claquements n'avaient rien d'anormal dans une vieille maison.

Pour mieux s'en convaincre, elle monta le son de la télévision et vida le reste de son verre de vin. Elle ne retrouverait pas le sommeil, elle le savait. Changeant de chaîne, elle décida de regarder le dernier bulletin d'informations. Aucune nouvelle ne retint son attention, du moins jusqu'à ce qu'on annonce qu'un policier du coin s'était fait tirer dessus.

Abasourdie, Harper se pencha en avant pour mieux voir les images de l'intervention des secours. Le policier blessé était allongé sur une civière et recouvert d'un drap, mais, lorsqu'elle vit ses cheveux blonds, elle comprit.

Liam.

Son cœur se serra douloureusement. Où avait-il été touché ? Ses jours étaient-ils en danger ? Elle préférait ne pas y penser. Il était pâle, mais avait l'air conscient lorsqu'il avait été chargé dans l'ambulance. C'était plutôt bon signe.

Liam était à Baysville depuis peu, et elle savait pertinemment que ses relations avec Bryce étaient tendues. Il ne lui avait pas semblé très proche non plus de ses collègues.

Il fallait qu'elle fonce à l'hôpital ; Liam avait besoin d'une présence amicale à son chevet.

Elle lui devait bien ça après tout ce qu'il avait fait pour elle. Et puis, autant lui rendre visite puisqu'elle ne dormait pas.

Sa décision prise, Harper se leva et se posta devant le miroir de sa chambre. Elle allait avoir besoin d'un bon coup de peigne. Elle se rendit à la salle de bains et commença par s'asperger le visage d'eau froide. Lorsqu'elle tendit la main vers la serviette, ses doigts ne rencontrèrent que du vide. Elle regarda par terre. La serviette avait disparu. Haussant les épaules, Harper pensa qu'elle avait dû la mettre au sale et qu'elle avait oublié d'en sortir une du placard. Ses ablutions terminées, elle descendit après avoir allumé toutes les lumières.

Les néons aveuglants, les voix inconnues et l'odeur d'éther qui flottait dans l'air lui donnèrent la chair de poule. Le regard de Liam se posa sur un homme en blanc qui avait un stéthoscope autour du cou. Il était à l'hôpital, bien sûr. Il avait dû s'évanouir, à un moment ou à un autre. Ce qui valait sans doute mieux, au vu de la douleur lancinante qu'il ressentait dans sa jambe gauche.

— Nous avons retiré la balle, annonça le médecin, penché au-dessus de lui. Tout va bien. Vous risquez d'avoir un peu mal pendant quelques jours, je ne vous le cache pas. Il vaudrait mieux que vous restiez allongé au moins jusqu'à demain. Nous allons vous faire une piqûre sédative et vous pourrez rentrer chez vous avec une prescription d'antalgiques.

Liam acquiesça d'un battement de paupières. L'anesthésiant qu'on lui injecta dans la cuisse calma aussitôt la douleur dans sa cuisse. Une infirmière le transféra ensuite de la salle de réveil à une chambre temporaire où il allait rester en observation pendant encore quelques heures. Il venait de passer du fauteuil roulant au lit lorsque Bryce débarqua dans la chambre, le front marqué de rides profondes.

— Bon sang, Andrews, dit-il en se passant une main dans les cheveux. J'ai l'impression que vous l'avez échappé belle, ce soir.

— N'exagérons rien.

— Je n'exagère pas. J'ai parlé aux hommes qui sont arrivés sur la scène et ont pris votre déposition.

L'infirmière les interrompit.

— Vos vêtements sont là, dit-elle en montrant un grand tiroir métallique à côté du lit. Si vous avez du mal à vous habiller, je vous aiderai. Mais, comme le médecin vous l'a dit, vous feriez mieux de rester tranquille jusqu'à demain matin.

— Je préfère rentrer chez moi. Je vais me débrouiller, je vous remercie, répondit Liam avant de se tourner vers Bryce. Si le tireur avait voulu me tuer, il aurait pu cent fois. Cette balle était un simple avertissement.

— Un avertissement ? Mais à propos de quoi ?

— Je me le demande bien.

Liam se leva du lit en faisant porter tout son poids sur sa jambe droite. Il tenta de prendre appui sur la gauche mais, malgré l'analgésique, c'était trop douloureux. Se rasseyant sur le bord du lit, il sortit ses vêtements du tiroir. Ils étaient tachés de sang. Il ne pouvait pas les remettre.

Bryce leva le sac en plastique qu'il avait dans les mains.

— Tenez. C'est un uniforme neuf. Je me doutais que vous en auriez besoin, après ce qui est arrivé.

— Merci, mon vieux. Je récupère mon insigne sur ma vieille chemise et je balance tout le reste à la poubelle.

— Pour en revenir à ce que vous disiez, pourquoi

s'agirait-il d'un avertissement ? Je pense plutôt que vous avez pris un voleur la main dans le sac. Il a tiré pour échapper à la police, tout simplement.

— Il n'y a rien à voler dans cette baraque pourrie. Et c'est un coup de fil anonyme qui nous a signalé le cambriolage. J'en déduis que le tireur m'attendait.

— La régulatrice a tracé l'appel, mais…

— Je parie que c'était un téléphone jetable, dit Liam en commençant à s'habiller.

Son chef acquiesça d'un hochement de tête.

— Raison de plus pour penser qu'il s'agit d'un avertissement, continua Liam en boutonnant sa chemise.

Bryce se passa sur le visage une main large comme un battoir.

— Un avertissement qui rime à quoi, si vous ne savez pas à quoi il se rapporte ? Vous ne voyez vraiment pas ce qui a pu vous valoir cet avertissement ?

Il avait bien une petite idée, mais Bryce était la dernière personne à qui il avait envie d'en parler. Tout en enfilant son pantalon avec moult précautions pour éviter tout contact avec sa blessure, Liam observa son chef du coin de l'œil. Bryce avait vraiment très mauvaise mine, comme s'il n'avait pas dormi depuis une semaine et était sous pression. Avait-il découvert ce que fabriquait sa nouvelle recrue ? La couverture de Liam était-elle grillée ?

— Non, je n'en ai pas la moindre idée, répondit Liam, impassible. Et vous ? Vous pensez à quelque chose ?

— Je me demande si ce n'est pas lié, d'une manière ou d'une autre, à Harper Catlett. Cette famille porte la poisse, on dirait.

— Pourquoi ? Parce que sa sœur a péri dans un incendie involontaire ?

Bryce tiqua mais continua à défendre son point de vue.

— Dès qu'elle a débarqué à Baysville et a commencé à poser des questions, les ennuis ont commencé. Elle vous a accaparé avec ses histoires de bruits inexpliqués et de mail de menace, et voilà maintenant que comme par hasard vous vous faites tirer dessus. C'est la première fois qu'un truc pareil arrive à un policier dans cette ville.

— Simple coïncidence, déclara Liam.

S'il la jouait finement, il pourrait laisser Bryce croire ce qu'il voulait. En fait, cela l'arrangeait que son patron se fourvoie car ainsi Liam avait plus de chances de ne pas être démasqué. Mais, en même temps, il déplorait que Harper soit suspectée à tort d'être à l'origine de ce qu'il s'était passé ce soir.

— Je ne crois pas aux coïncidences.

— Pourquoi accusez-vous Harper ? Vous étiez persuadé que les phénomènes étranges qu'elle nous a signalés étaient le fruit de son imagination, et pour vous, la mort de sa sœur ne peut être qu'accidentelle. Alors pourquoi ce revirement, tout à coup ?

— Disons qu'il s'agit d'une intuition.

— Eh bien, si vous ne croyez pas aux coïncidences, moi, je ne crois pas à l'intuition, répliqua Liam en se chaussant.

Il dut serrer les dents lorsqu'il se pencha en avant pour enfiler ses chaussures.

Bryce arqua un sourcil.

— Vous n'avez jamais eu ce genre de conviction profonde au cours de votre carrière ?

— Si, bien sûr. Mais la conviction en question possède généralement un fondement factuel. Hier soir, par exemple, en arrivant sur les lieux, j'ai vite senti que quelque chose ne tournait pas rond. J'ai eu tort de ne pas suffisamment prendre en compte tout ce qui m'a paru suspect – le fait que la maison soit isolée, que l'appel soit anonyme, et cette impression désagréable d'être observé.

— Vous jouez sur les mots, Andrews. Harper est une enquiquineuse. Je vous avais prévenu.

Liam haussa les épaules. Soit Bryce était trop obtus pour admettre qu'il avait une dent contre la jeune femme, soit – et c'était beaucoup plus embêtant – il avait découvert que Liam avait infiltré clandestinement ses services et il cherchait par tous les moyens à le dissuader de pousser plus loin ses investigations. Quoi qu'il en soit, Liam n'avait jamais laissé une mission en plan et ce n'était pas maintenant qu'il allait commencer. Coûte que coûte, il bouclerait son enquête sur les meurtres de SDF et découvrirait si la police de Baysville cherchait à étouffer ces assassinats.

— Vous voulez que je vous ramène ? demanda Bryce.

— Si cela ne vous dérange pas, j'accepte volontiers.

Un petit coup frappé à la porte restée entrouverte leur fit tourner la tête.

— Puis-je entrer ?

Le son de la voix familière fit battre plus fort le cœur de Liam. Il n'eut pas le temps de répondre que Harper passait la tête dans l'entrebâillement de la porte.

Bryce soupira et gagna la sortie à grands pas.

— J'imagine que vous préférez rentrer avec Harper plutôt qu'avec moi, dit-il. Je vous souhaite un bon rétablissement, Andrews. Prenez autant de jours de repos que nécessaire.

Après avoir salué Harper d'un signe de tête, il quitta la pièce.

Harper s'avança vers le lit. Sa chevelure rousse flamboyait de mille feux sous les néons impitoyables. Liam brûlait d'envie de passer les doigts dans cette masse douce et soyeuse. Après la brutalité avec laquelle il avait pris congé de la jeune femme, la veille, il ne s'attendait absolument pas à ce qu'elle lui rende visite à l'hôpital.

— J'ai appris ce qu'il s'était passé en regardant le journal télévisé, expliqua-t-elle. J'espère que je ne vous dérange pas.

Elle l'examina de la tête aux pieds.

— Est-ce que c'est grave ?

— Non, la blessure est superficielle, assura Liam. La

balle a été extraite et la blessure recousue. Bientôt, il n'y paraîtra plus.

Elle avait les lèvres qui tremblaient. Elle tendit la main comme pour le toucher puis se ravisa.

— Bryce disait que vous alliez avoir besoin qu'on vous ramène chez vous ?

Il regrettait de ne pas pouvoir prendre le volant. Rien ne l'horripilait autant que de se sentir dépendant.

— Oui, j'en ai bien peur. Mais si cela vous pose un problème, j'appellerai un taxi.

— Si tard, vous n'en trouverez pas. Nous ne sommes pas à Atlanta.

— Très juste.

Ils se dévisagèrent l'un l'autre, un peu gênés. Liam se revoyait gisant dans la gadoue, blessé et attendant les secours – l'esprit obnubilé par Harper.

— Lorsque j'en aurai fini avec tout ça, dit-il d'un ton hésitant, si vous êtes toujours à Baysville, nous pourrons peut-être…

Il laissa sa phrase en suspens.

— Oui, pourquoi pas, répondit Harper dans un souffle.

Elle lui caressa le visage du bout des doigts. Il ferma les paupières pour mieux savourer la douceur de ce geste qui le bouleversait. Toute sa vie, il s'était senti rejeté, mal aimé, solitaire. Quand elles ne l'incitaient pas à la méfiance, ses missions d'infiltration l'obligeaient à garder une certaine réserve.

Mais, avec Harper, il se sentait parfaitement à l'aise. Une fois sa mission terminée…

— Excusez-moi, dit une infirmière en faisant irruption dans la chambre. J'ai cru comprendre que vous étiez sur le point de sortir. Je ne me trompe pas, n'est-ce pas ?

Sous l'œil goguenard de l'infirmière, Harper laissa retomber sa main et s'écarta.

— Je vous embête une minute avec les papiers à remplir et je vous libère. Vous allez pouvoir rentrer chez vous.

Rentrer chez lui avec Harper. Si la soirée avait mal commencé, elle semblait à présent très prometteuse.

8

Harper s'empressa de rejoindre la sortie pour rapprocher sa voiture de l'entrée de l'hôpital, devant laquelle Liam l'attendrait dès que son autorisation de sortie aurait été signée. Les deux infirmières de garde ne levèrent même pas les yeux de leurs dossiers lorsqu'elle passa devant elles. Elle remarqua que, de part et d'autre du couloir, les portes des chambres étaient pour la plupart entrouvertes. Les machines bipaient, bourdonnaient, clignotaient à tout va, au chevet de malades qui, allongés dans leurs lits et reliés à des tuyaux et des intraveineuses, semblaient prendre leur mal en patience. Liam avait de la chance d'avoir échappé à tout ça.

Les semelles en caoutchouc de ses baskets crissaient sur le linoléum, produisant un couinement insolite qui se répercutait d'un couloir à l'autre.

Des pas derrière elle, tout aussi sonores, lui firent tourner la tête. Elle craignit un instant qu'une infirmière ne vienne lui annoncer que finalement Liam passerait la nuit à l'hôpital.

Mais le couloir était vide. Une porte était légèrement entrouverte, comme si quelqu'un venait de se glisser dans la chambre. Harper sentit sa gorge se serrer. Hâtant encore le pas, elle gagna les ascenseurs, pressa fébrilement le bouton pour descendre et s'engouffra dans la cabine qui se mit aussitôt en branle. Au rez-de-chaussée, elle sortit de l'ascenseur et traversa le hall désert. Elle n'en menait pas large.

Scratch, scratch.

L'inconnu chaussé comme elle de semelles en caoutchouc était de nouveau là. Il avait dû prendre l'escalier. Elle jeta discrètement un coup d'œil derrière elle et vit un homme de haute taille vêtu d'un manteau blanc se hâter vers un distributeur de boissons chaudes. Il n'y avait vraiment pas de quoi paniquer, songea-t-elle en continuant son chemin. Mais l'absence de policiers en uniforme à l'entrée de l'hôpital l'intrigua. Où diable étaient-ils passés ? Peut-être avaient-ils migré aux urgences pour protéger plus efficacement Liam…

Pour couronner le tout, un orage avait éclaté. Les bourrasques secouaient violemment les arbres, et le bruit de la pluie qui martelait les toits et le sol était assourdissant. Bon gré, mal gré, Harper allait devoir braver les éléments déchaînés. Comme elle était partie de chez elle précipitamment, elle n'avait pas de parapluie, si bien que le temps de traverser la rue elle se retrouva trempée comme une souche, les cheveux plaqués sur les joues et dans le cou.

Il n'y avait plus que quelques voitures dans le parking sous abri. Elle n'eut aucun mal à repérer la sienne. Tout en marchant, elle sortit les clés de son sac.

Il n'y avait aucun bruit suspect. En dehors du léger bourdonnement des néons qui tapissaient le plafond, c'était étonnamment calme comparé au vacarme qui régnait à l'extérieur, mais Harper sentit immédiatement qu'elle n'était pas seule. D'instinct, elle se mit à courir vers sa voiture, dont elle déverrouilla à distance les portières. Le bip résonna dans le parking en béton, et les phares s'allumèrent brièvement.

Harper se glissa au volant, verrouilla les portières et s'apprêta à démarrer. Tout près, le moteur d'un autre véhicule vrombit brusquement, mais le conducteur n'avait pas allumé ses phares. Le cœur battant, la jeune femme mit le pied au plancher et sortit en vitesse de ce parking sordide. Liam l'attendait devant l'entrée de l'hôpital. Une infirmière était avec lui.

— Prenez soin de vous, dit-elle après l'avoir aidé à s'installer sur le siège passager.

Puis elle lui fit un signe de la main et referma la portière.

— J'espère qu'on vous a donné des antalgiques, dit Harper en le voyant grimacer de douleur. Parce qu'à cette heure-ci toutes les pharmacies sont fermées.

— J'ai ce qu'il faut, ne vous inquiétez pas. Mais je préfère m'en passer.

Elle démarra et suivit ses instructions, se dirigeant vers l'extérieur de la ville et roulant bientôt sur une route de campagne sombre et déserte. Harper allait doucement car il faisait nuit noire et il pleuvait à verse.

— Dans moins de deux kilomètres, nous serons chez moi, annonça Liam d'un ton enjoué. Par ce temps, je reconnais que le trajet n'est pas très agréable.

Des phares apparurent soudain derrière eux, se rapprochant de plus en plus. Et zut ! Ils étaient suivis, et Harper n'aimait pas beaucoup ça. Elle enfonça la pédale d'accélérateur tandis que Liam se retournait en fronçant les sourcils.

— Ils roulent comme des fous et nous collent de trop près. Surtout sur chaussée mouillée.

— Dommage que nous ne soyons pas dans votre voiture de patrouille. Je parie qu'il suffirait d'allumer les gyrophares pour qu'ils cessent aussitôt de faire les malins.

Levant le menton, elle jeta un coup d'œil dans le rétroviseur. Malgré la pluie battante, elle réussit à distinguer le véhicule qui les pourchassait.

— Oh ! non ! murmura-t-elle. Un pick-up noir.

Depuis qu'elle avait failli se faire écraser devant chez elle par un pick-up noir, elle s'en méfiait comme de la peste.

Il y eut comme une explosion.

— C'était le tonnerre ? demanda-t-elle sans trop y croire.

— Non, répondit Liam en jurant. Ils nous tirent dessus.

Il plongea la main dans sa poche droite et jura de plus belle ;

— Bryce a pris mon arme de poing pour la mettre en lieu sûr.

Le pied au plancher, Harper essayait de ne pas perdre son sang-froid, mais son cœur battait à tout rompre. Les pneus crissèrent, et la voiture se mit à tanguer d'un côté et de l'autre de la chaussée sous l'effet de l'aquaplaning. Luttant contre la panique, Harper reprit tant bien que mal le contrôle du véhicule tandis que Liam appelait ses collègues à la rescousse.

La police arriverait trop tard, elle le savait. Il fallait qu'elle trouve un moyen de les sortir de là. Mais se concentrer dans ces conditions était presque mission impossible. Le pick-up cherchait maintenant à les doubler. Il roulait pleins phares. Cela allait mal finir. Il fallait agir. Tenter le tout pour le tout.

Avisant une petite route, deux cents mètres plus loin, elle accéléra encore et au tout dernier moment donna un grand coup de volant à droite.

La voiture dérapa dangereusement.

— Qu'est-ce que vous fichez ? dit Liam en s'agrippant à deux mains au tableau de bord.

Lorsque leur poursuivant freina, le pick-up partit en vrille dans un nuage de poussière.

Harper souffla bruyamment. Au prochain virage, elle tournerait de nouveau à droite et repartirait vers la ville. Avec un peu de chance, le conducteur du pick-up les perdrait de vue ou renoncerait à les poursuivre car en ville cela deviendrait trop risqué pour lui.

— Vous avez réussi à le semer, on dirait, déclara Liam, admiratif. Bien joué ! Une voiture de police est en route.

— Lequel de nous deux était visé, vous ou moi ?

— Peut-être bien les deux.

Au loin, les sirènes hurlaient. Harper tourna dès qu'elle le put.

— Bon sang ! Il prend la fuite.

Liam signala à la répartitrice, qui était restée en ligne, que le pick-up filait vers le nord en empruntant la route départementale 78.

— Vous pensez qu'ils vont le rattraper ? demanda Harper.

— Cela m'étonnerait.

Liam jeta à la jeune femme un regard admiratif.

— Vous, en tout cas, au volant, vous assurez ! Vous nous avez sans doute sauvé la vie.

— On va où, du coup ? Au commissariat ?

Ils étaient de retour en ville, au grand soulagement de Harper, dont les doigts relâchèrent un peu leur pression sur le volant.

— Arrêtez-vous une minute, dit Liam, l'oreille collée à son téléphone.

Harper obtempéra. Elle l'observa tandis qu'il écoutait son interlocuteur avec la plus grande attention.

— Merci. C'est une bonne idée, en effet. À demain.

Il coupa la communication et se tourna vers Harper.

— Le pick-up a réussi à semer la voiture de patrouille. Bryce va faire surveiller ma maison toute la nuit, par mesure de sécurité. Vous feriez mieux de venir chez moi. Je ne vous vois vraiment pas rester seule, après ce qu'il vient de se passer.

— J'avoue que la perspective de me retrouver seule dans cette horrible baraque ne me réjouit pas outre mesure.

Pendant tout le trajet jusque chez Liam, Harper ne put s'empêcher de jeter des regards inquiets dans son rétroviseur, appréhendant de voir surgir à nouveau le pick-up noir. Mais ils arrivèrent à destination sans encombre. Dès qu'elle eut coupé le contact, la fatigue se fit durement sentir. Lorsqu'elle sortit de la voiture, ses jambes flageolaient.

Ils durent pourtant courir sous la pluie jusqu'à la porte que Liam s'empressa d'ouvrir.

Il habitait dans une jolie maison de plain-pied. Les canapés en cuir de buffle grainé, l'immense téléviseur, la table basse en chêne foncé – tout indiquait qu'il vivait là seul. Aucun bibelot, coussin, tableau ou ornement ne venait adoucir cet intérieur typiquement masculin. Ce parti pris minimaliste était plutôt réussi et plaisait bien à Harper qui déplorait cependant l'absence de la moindre touche personnelle.

— Vous êtes locataire, je suppose ? dit-elle.

Il clopina jusqu'au canapé, dans lequel il se laissa tomber, déclinant toute aide de sa part.

— À quoi voyez-vous ça ? demanda-t-il.

— Aux murs complètement nus. Au fait qu'il n'y ait ni photos ni objets personnels nulle part. Puis-je vous servir quelque chose à boire ?

— Je prendrais bien une bière, mais j'imagine qu'avec les médicaments dont on m'a bourré à l'hôpital ce n'est pas très indiqué. Un verre d'eau fera l'affaire.

Elle trouva une bouteille d'eau dans le réfrigérateur et regagna la salle de séjour. Liam était pâle et avait les traits tendus, comme s'il luttait stoïquement contre la douleur. Harper s'en voulut de l'avoir entraîné dans son délire. Quelque chose lui disait que si elle ne s'était pas mise à enquêter sur la mort de Presley, rien de ce qui s'était produit ce soir ne serait arrivé.

— Vous avez besoin d'autre chose ? s'enquit-elle en lui tendant la bouteille d'eau.

— Non, ça ira. Merci… pour tout.

Il but à la bouteille longuement tandis qu'elle tripotait les manches de son pull.

— Pensez-vous qu'on ait cherché à nous tuer à cause des recherches que nous avons entreprises sur la mort de ma sœur ? demanda-t-elle.

Liam abaissa la bouteille et secoua la tête.

— Rien ne permet de le penser.

— Je me disais que… Allen…

Elle laissa en suspens sa phrase lourde de sous-entendus.

— Spencer est une ordure mais probablement pas un tueur sans scrupule. Il est bien trop lâche, d'après moi.

— Il a pu payer quelqu'un pour faire le boulot à sa place, suggéra Harper.

— Je doute qu'il ait autant de suite dans les idées et qu'il ait ce genre de relations dans son entourage, mais je suis prêt à l'interroger à nouveau.

Elle approuva et jeta un coup d'œil autour d'elle.

— Si vous n'avez pas de chambre d'amis, je ne vois aucun inconvénient à dormir sur le canapé. Il fera bientôt jour, de toute façon. N'hésitez pas à m'appeler si vous avez besoin de quoi que ce soit.

— J'ai une objection.

— Ah bon ? Laquelle ?

— Je pense que nous devrions dormir dans le même lit. Attention, continua Liam en levant la main. Je ne dis pas que nous devrions coucher ensemble. Encore que ce serait loin de me déplaire…

Un sourire en coin apparut sur ses lèvres.

Tout d'abord interloquée, puis soulagée – et vaguement déçue-, Harper partit d'un petit rire mal assuré.

— Trêve de plaisanterie ! Mais, après ce à quoi nous avons échappé ce soir, je crois que je serais plus tranquille si je pouvais garder un œil sur vous, déclara Liam en se levant du canapé.

Des grésillements se firent soudain entendre. Harper pivota sur ses talons, scannant la pièce du regard.

— Ce n'est rien. J'ai un balayeur de fréquences de police et un talkie-walkie, expliqua Liam en désignant l'enchevêtrement de boîtiers et de fils qui recouvrait l'extrémité d'une table, à l'autre bout du séjour. J'ai aussi un téléphone fixe ancien modèle et un répondeur.

Des voix désincarnées parlaient de manière plus ou

moins codée d'un incident qui avait eu lieu à trois rues de là. Elle crut comprendre qu'un habitant s'était plaint de l'intrusion dans son jardin d'un individu à l'allure louche.

— C'est sûrement le Zombie des Marais, dit-elle avec un sourire las.

Liam poussa un grognement.

— Vous n'allez pas vous y mettre, vous aussi ! À chaque fois que quelque chose disparaît ou que quelqu'un traîne à un endroit inhabituel, tout le monde ici évoque ce mystérieux Zombie des Marais.

— Il s'agit d'une légende locale, dit Harper en se dirigeant vers le balayeur de fréquences de police. Vous ne voulez pas que je l'éteigne ? L'écouter H24 ne fait sûrement pas partie de vos obligations. Surtout quand vous êtes censé vous reposer.

— Non, laissez-le allumé. Je préfère savoir ce qu'il se passe, au cas où on aurait besoin de moi. C'est pourquoi je tiens à conserver une ligne de téléphone fixe, même si je ne l'utilise que très rarement. On ne sait jamais qu'une grosse affaire nous tombe dessus.

— Que pourrait-il se passer dans un bled comme Baysville ?

— Ce n'est pas aussi calme que vous semblez le penser. En dehors des meurtres en série de SDF, le bruit court qu'il y aurait un cercle de jeux d'argent et un réseau de prostitution. Je n'ai pas encore pu vérifier ce qu'il en était, cependant.

— Eh bien, quelle histoire ! Je n'en ai jamais entendu parler.

Liam se dirigea clopin-clopant vers la cuisine.

— Si c'est vrai, on ne va pas le crier sur tous les toits. Vous avez faim ?

— Non merci. Et vous ? Je peux vous préparer quelque chose, le cas échéant.

— Non, ça ira.

Elle le suivit dans sa chambre, propre et bien rangée,

mais assez austère avec son mobilier foncé et ses rideaux occultants. En voyant le lit, elle ne put s'empêcher de rougir bêtement. Beaucoup plus à l'aise, Liam s'assit sur le bord du matelas pour retirer ses chaussures.

— Approchez, dit-il en l'invitant d'un geste à prendre place à côté de lui.

Harper se déchaussa et s'assit à son tour sur le lit.

— Je veux que vous vous sentiez en sécurité et je veux vous savoir en sécurité. Vous pouvez dormir là. Je vais dormir par terre.

Elle n'était pas d'accord. Dans son état, elle n'allait pas le laisser dormir par terre.

— Il n'en est pas question ! dit-elle d'un ton sans réplique, en se demandant après coup s'il ne risquait pas de mal interpréter ses propos. C'est moi qui dormirai par terre, si ça vous embête de partager le lit.

— Ce n'est pas que ça m'embête, mais je tiens à ce que vous soyez à l'aise.

— Il n'y a pas de problème. J'ai toute confiance en vous.

Il lui prit la main, et ils s'allongèrent sur le lit l'un à côté de l'autre pour essayer de dormir un peu, bercés par le crépitement de la pluie sur le toit. La chaleur que dégageait le corps de Liam avait quelque chose d'intime et de réconfortant. Harper se félicitait d'avoir accepté sa proposition. Chez elle, elle aurait passé la nuit, ou ce qu'il en restait, à se tourner et se retourner dans son lit, à l'affût de tous ces bruits bizarres qui défiaient la raison. Les doigts de Liam s'animèrent dans sa paume, caressant doucement l'intérieur de son poignet puis de son avant-bras jusqu'au coude. Jamais elle n'aurait imaginé qu'il pût s'agir là d'une zone érogène. Pourtant, partout où il la touchait, elle sentait ses sens s'éveiller.

— Vous devez être épuisé, dit-elle au bout d'un moment.

— Plus tendu que fatigué. Si vous n'avez pas trop sommeil, parlez-moi de votre famille.

— Il n'y a pas grand-chose à en dire puisqu'ils sont

tous morts. Dites-moi plutôt à quoi ressemblent vos parents et vos frères et sœurs.

Un petit sourire joua sur les lèvres de Liam, qui ne se fit pas prier, répondant d'un ton enjoué :

— Ils débordent d'énergie, parlent tous en même temps et ne vous laissent pas une seconde de répit. Grandir avec trois frères et deux sœurs n'est pas de tout repos, croyez-moi. Surtout quand leur bande de copains traîne à la maison presque en permanence.

Elle trouvait cela plutôt sympa. Après la mort de son père et de sa sœur, l'ambiance à la maison était plutôt morose. Il régnait chez les Catlett un silence pesant qui rendait encore plus douloureux le processus de deuil.

— Et cet oncle Teddy que vous avez évoqué l'autre jour ? C'est à cause de lui que vous êtes si gentil avec les vagabonds qui campent près des voies de chemin de fer ?

— Je ne les aide pas tant que ça, protesta-t-il. Je leur apporte des victuailles et des vêtements de temps à autre. J'espère qu'une bonne âme a fait de même pour mon oncle quand il est passé dans le coin.

Se tournant vers lui, elle le dévisagea.

— Il est venu à Baysville ? Comment le savez-vous ?

— Il a été arrêté deux ou trois fois parce qu'il squattait dans des bâtiments vides. Il a même passé quelques jours en prison.

— C'est triste pour ce pauvre homme.

— La tristesse n'est pas de mise ce soir, déclara Liam en pressant doucement ses doigts. Merci d'être là.

Pendant quelques instants, ils gardèrent le silence. Mais ni l'un ni l'autre n'arrivaient à dormir. Une connivence existait entre eux, qui allait bien au-delà du rapprochement induit par l'enquête sur la mort de Presley. Harper se sentait attirée par Liam, irrépressiblement. Et, après les événements de ces derniers jours, le sentiment d'urgence qui l'habitait la poussait à exprimer sans délai ce qu'elle ressentait.

Elle l'embrassa sur la bouche, grisée par la chaleur de son corps et par son odeur légèrement boisée. Le désir palpitait au creux de son ventre, impérieux. Lorsqu'il la repoussa, elle gémit de frustration.

— J'ai promis d'être sage, se justifia-t-il d'une voix rauque.

Et si je vous demandais de ne pas l'être ? Elle garda ses réflexions pour elle et se contenta de presser chastement sa main. Il s'était pris une balle dans la jambe et était assommé par les antalgiques. Il avait grand besoin de repos.

Tandis que Liam s'endormait, Harper s'abandonna à une douce torpeur, une main posée sur la poitrine de son compagnon dont le souffle régulier l'apaisait. La *perfection* de ce moment était indéniable. Liam n'était pas entré dans sa vie par hasard, elle en était persuadée, même si les circonstances étaient loin d'être idéales.

Liam la rendait forte, prête à surmonter n'importe quel obstacle. Ragaillardie, elle se leva discrètement et sortit de la chambre sur la pointe des pieds. Un verre d'eau, un passage aux toilettes et elle se recoucherait vite pour sombrer elle aussi dans un sommeil réparateur.

— Andrews, tu es là ?

La voix grave, virile, résonna dans la maison silencieuse. L'homme semblait aux abois.

— C'est Eason. Décroche, bon sang ! Il faut que nous parlions de la prochaine partie de poker et que nous convenions d'un rendez-vous avec les filles.

Harper se figea, éberluée par ce qu'elle venait d'entendre. Une partie de poker ? Des *filles* ? Qu'est-ce que Liam pouvait bien à voir avec tout ça ?

Les ressorts du matelas grincèrent puis il y eut un bruit de pas pesants. Liam passa devant elle sans s'arrêter et se précipita, malgré sa patte folle, vers le téléphone.

— Eason ? Pourquoi m'appelles-tu sur le fixe ?

Il se tut, écouta ce que lui disait son interlocuteur.

— Non. Pas encore. J'ai besoin de plus de temps. Il va falloir être patient. Mais ça avance. Si tu viens maintenant, tu risques de tout faire capoter.

Il y eut une nouvelle pause.

— Ouais, d'accord. Tout va bien, ne t'en fais pas.

Liam raccrocha et se tourna lentement vers elle. La lueur bleutée des appareils posés sur la table accentuait la pâleur de son visage fermé. Cet homme était plein de mystère ; elle ne le connaissait pas aussi bien qu'elle le pensait. *Il n'est pas celui qu'il prétend être. Il t'a menti.*

Elle déglutit pour se débarrasser de la boule qui s'était formée dans sa gorge.

— Qui êtes-vous ? murmura-t-elle.

Sacré bon sang ! Juste au moment où ils recommençaient à se faire confiance mutuellement. Mais c'était entièrement sa faute. Lorsqu'ils étaient partis se coucher, Liam avait oublié son téléphone portable au salon. Et, bien sûr, Eason, qui avait appris qu'il s'était fait tirer dessus, s'était inquiété qu'il ne réponde pas à ses textos. Liam n'était pas dans son état normal – à cause de la dose massive d'antalgiques qu'on lui avait administrée à l'hôpital. À cause aussi d'une jolie rousse, qui avait présentement les yeux rivés sur lui et qui se posait visiblement tout un tas de questions.

Il avança vers elle tout doucement pour ne pas l'effaroucher.

— Je suppose qu'il n'y a aucune chance pour que vous oubliiez ce que vous venez d'entendre ?

— Pas la moindre chance, en effet.

Il soupira.

— C'est bien ce que je pensais.

Elle jeta un coup d'œil derrière lui, cherchant des yeux son sac à main qu'elle avait laissé au pied de la table basse. Avait-elle peur de lui ? Allait-elle filer sans demander son reste ? Il n'en était pas question. Il lui devait des explications. *Tu es prêt à faire sauter ta couverture ? À sacrifier des mois de travail ?* Il lui semblait presque entendre les protestations véhémentes d'Eason, outré par sa décision de tout révéler.

— Que se passe-t-il ? demanda Harper en reculant d'un pas, le regard étréci.

Le plus simple était de lui montrer. Lorsqu'il s'avança, elle eut un mouvement de recul.

— Je vais chercher mon portefeuille, expliqua-t-il.

Il gagna la chambre aussi vite que le lui permettait sa blessure et prit son portefeuille dans la poche de son jean. Puis il revint au salon, soulagé de constater que Harper n'avait pas bougé. Sortant son badge de son portefeuille, il le lui tendit.

— Je travaille sous couverture pour une division de l'ATF en Virginie.

— L'ATF ? demanda-t-elle en scrutant le badge.

— Le Bureau des Alcools, Tabacs et Armes à feu.

Elle lui rendit son badge.

— Quel rapport y a-t-il avec les jeux d'argent et la prostitution ?

— En fait, notre domaine d'activité est bien plus vaste que ne le laisse penser le nom de l'organisme pour lequel nous travaillons. Nous luttons contre la criminalité afin de protéger la sécurité publique.

— Contre la criminalité ? Votre ATF a bien mal choisi sa cible en venant à Baysville. Ici, la criminalité est quasi inexistante, surtout comparé à de plus grandes agglomérations.

— N'empêche qu'il y a à Baysville une série de meurtres inexpliqués.

— Les meurtres de SDF ?

— Nous avons de bonnes raisons de croire que le tueur ou les tueurs sont impliqués dans un réseau mafieux de jeux d'argent et de prostitution.

— La mafia ? Ici, à Baysville ?

Elle le regardait d'un air incrédule. Qu'allait-il devoir lui révéler pour qu'enfin elle le croie ?

— À Baysville, la criminalité est circonscrite et non liée à un réseau plus important, précisa-t-il.

Pensive, elle se tapotait les lèvres avec son index droit.

— Si je comprends bien, la fusillade à la maison abandonnée n'a rien à voir avec un cambriolage qui aurait mal tourné. Et, en rentrant de l'hôpital, c'est après vous qu'en avait notre poursuivant. Votre enquête est sur le point d'aboutir, et ça ne plaît pas à tout le monde, on dirait.

À ces mots, il sentit se dénouer les tensions qui contractaient douloureusement ses épaules. Ouf, elle comprenait !

— Absolument. C'était un avertissement.

— Mais qui…

Elle s'interrompit, scrutant son visage impassible.

— Vous ne pouvez pas me le dire, bien sûr. De toute façon, il vaut sans doute mieux que je ne le sache pas.

— Le savoir risquerait de vous mettre en danger, en effet, admit Liam sans détour.

L'effet produit par l'antalgique qu'on lui avait injecté dans la cuisse commençait à disparaître, laissant place à une insupportable sensation de brûlure. Passer la nuit debout à discutailler n'était sûrement pas très recommandé dans son état. Il se massa les tempes, cédant à la fatigue.

— Il faut que vous vous reposiez, décréta Harper en le prenant par le coude et en le reconduisant au lit.

Il se glissa sous les couvertures et, instinctivement, chercha à nouveau la main de la jeune femme pour nouer ses doigts aux siens. Misère, il commençait à y prendre goût ! Il se serait bien vu dormir avec elle chaque nuit après lui avoir fait l'amour passionnément, et se réveiller chaque matin en la sentant blottie contre lui. Mais ce genre de fantasmes lui étaient interdits car ils pouvaient le conduire à sa perte.

— Laissez-moi vous remercier encore une fois, murmura-t-il avant de lâcher prise totalement.

— C'était le moins que je puisse faire après l'aide que vous m'avez apportée quand je suis allée signaler que j'avais reçu un mail de menace. Je vous sais gré aussi de ne pas avoir cru Bryce quand il a laissé entendre que je n'avais pas toute ma raison. Même si… Bon, il vaut mieux laisser tomber.

Liam n'avait plus sommeil, brusquement. Il alluma sa lampe de chevet et, prenant appui sur un coude, plongea son regard dans les yeux bleu-gris de la jeune femme.

— Il vaut mieux laisser tomber quoi ?

— J'aurais mieux fait de me taire. On peut dire que rien ne vous échappe, à vous.

— Je vous écoute.

Elle soupira ostensiblement mais finit par obtempérer.

— J'ai encore entendu des bruits bizarres dans la maison. En fait, ça ne fait qu'empirer.

— Il y a sûrement une explication. Les fantômes, ça n'existe pas.

— Je le pensais aussi… Jusqu'à récemment. Mais il faut se rendre à l'évidence : soit ma maison est hantée, soit je suis en train de perdre la boule !

Il prit entre deux doigts une mèche de cheveux qui lui barrait la joue et la lui glissa derrière l'oreille.

— Je ne crois en aucune de ces deux hypothèses.

— Alors comment expliquez-vous ces bruits bizarres ?

— Je ne sais pas. Mais nous éluciderons ce mystère. Ensemble. Je vous le promets.

9

Pendant la journée, il n'y a aucun danger.

Liam avait tenu à se remettre au travail sans délai, espérant retrouver la trace du propriétaire du pick-up noir qui les avait poursuivis la veille. De son côté, Harper avait également pas mal de choses à faire.

Elle avait le cœur léger lorsqu'elle rentra chez elle, et le sourire aux lèvres en repensant à sa nuit chez Liam. Une nuit très chaste pourtant, si l'on exceptait les deux baisers follement torrides qu'ils avaient échangés. Du coup, elle était rechargée à bloc, en pleine forme malgré le manque de sommeil.

Elle descendit au sous-sol : tant qu'à s'y mettre, autant commencer par le commencement. Le sous-sol était méconnaissable. Les agents d'entretien de Kimber avaient fait du bon boulot. Les étagères, les outils, les cartons : tout avait disparu, conformément à sa requête. Le sol avait même été balayé et les carreaux des fenêtres étincelaient. Pour le prix, c'était vraiment plus que satisfaisant. Elle s'empressa d'appeler son amie pour l'inviter à boire un café. Harper en profiterait pour la payer. Ce serait plus sympa que de lui envoyer un chèque.

Elle monta ensuite à l'étage et entra dans la chambre de sa mère. Aujourd'hui, elle apporterait les cartons de vêtements à un organisme de bienfaisance. Elle en aurait alors terminé avec ce côté de la maison. Après une douzaine d'allers et retours dans l'escalier, elle empila les cartons dans sa voiture et décida de s'accorder une pause. Kimber n'allait pas tarder ; il était temps de préparer le café. L'arôme des grains de café fraîchement moulus la revigora. En un tournemain, tasses et sous-tasses furent disposées sur la table. Harper sortit aussi un paquet de cookies aux pépites de chocolat. Faits maison, ils auraient été meilleurs, mais elle savait que de toute façon Kimber n'y toucherait pas.

Des pneus crissèrent sur le gravier. Elle regarda par la fenêtre et vit Kimber sortir de sa berline. Elle portait un élégant tailleur-pantalon bleu marine, mais elle avait les traits tirés et cet air soucieux qui avait déjà interpellé Harper la dernière fois qu'elles s'étaient vues. Qu'était-il arrivé à la pom-pom girl exubérante au regard pétillant ? Comme elle se posait cette question, Harper songea qu'au fil des années Kimber était devenue de plus en plus distante. Au début, Harper avait mis ce changement de caractère sur le compte du stress engendré par la carrière d'agent immobilier que son amie menait de front, parallèlement à sa vie de mère de famille nombreuse. Mais aujourd'hui elle ne savait plus que penser. Et si Kimber avait des problèmes conjugaux ? Richard et elle semblaient faits l'un pour l'autre, mais qu'en était-il vraiment ? À moins de partager leur vie, impossible à savoir.

Harper ouvrit tout grand sa porte, accueillant son amie avec un sourire radieux qui, l'espérait-elle, la dériderait peut-être.

— Bonjour, Kimber, entre donc.

Elle la serra dans ses bras puis l'entraîna dans la cuisine.

— Assieds-toi. Le café est prêt.

— Je ne vais pas pouvoir rester. J'ai une journée portes ouvertes qui commence dans moins d'une heure.

Au lieu de s'asseoir, Kimber se mit à fureter un peu partout, inspectant les pièces du rez-de-chaussée.

— Tu as presque tout débarrassé, on dirait.

— Je fais une pièce par jour.

— À ce rythme-là, tu devrais avoir terminé avant la fin de la semaine, dit Kimber en regagnant la cuisine.

Elle s'assit sur le bord de la chaise, comme montée sur ressorts.

— Oui, ce serait bien.

Harper versa le café dans les tasses.

— As-tu réfléchi à ma proposition ? demanda Kimber.

— Je ne bouge pas pour l'instant. Si je décide de vendre, je te ferai signe.

Les yeux de Kimber étincelèrent.

— Comment cela ? Ton travail ne t'appelle-t-il pas à Atlanta ?

Décontenancée par le ton sec de son amie, Harper but une gorgée de café avant de répondre.

— Je me suis arrangée. La boîte peut tourner sans moi.

Elle poussa un chèque sur la table.

— Je te remercie pour ton aide. J'ai mis un peu plus pour les pourboires.

Kimber fourra le chèque dans son sac griffé puis but son café, l'air préoccupé.

— Tout va bien, Kimber ? Tu n'es pas obligée d'entrer dans les détails, si ça te gêne, mais tu sembles au bout du rouleau. Je m'inquiète pour toi.

— Pour moi ? dit-elle en reposant sa tasse d'un geste brusque. Tout va très bien. Pourquoi est-ce que ça irait mal ?

N'empêche que le sourire de Kimber était mal assuré et son ton anormalement cassant.

Harper la dévisagea, la mine sombre. Kimber n'était pas quelqu'un qui se confiait facilement si elle avait des problèmes. Elle faisait comme si tout allait bien et n'avait besoin de rien ni de personne.

— Ne pense pas que je veuille me mêler de tes affaires, dit Harper. Mais j'ai l'impression que… tu n'es pas très heureuse. Tu as toujours l'air débordée et préoccupée.

Kimber carra les épaules, prête à monter au créneau.

— Je dois m'occuper de l'agence et c'est beaucoup de

travail, crois-moi. Et toi, mieux que personne, devrais savoir à quel point c'est stressant. En plus, j'ai une famille et…

— Je t'en prie, l'interrompit sèchement Harper.

Contre toute attente, les yeux de Kimber s'emplirent de larmes. Harper attrapa un mouchoir en papier et le lui tendit.

— Toi et moi sommes amies depuis des lustres, Kimber. Et quand, au collège, le monde s'est écroulé autour de moi, tu m'as prise sous ton aile et aidée à remonter la pente. Et ça, vois-tu, je ne l'oublierai jamais. Alors si tu as des ennuis et que veux en parler, sache que je suis là.

Kimber se moucha et renifla.

— Ce n'est rien. Juste un peu de surmenage à force de vouloir tout gérer, au boulot et à la maison.

Harper hocha la tête avec compassion et attendit que son amie lui en dise un peu plus. Mais Kimber se leva, accrochée à son sac comme à une planche de salut.

— Je ne vais pas passer la matinée à geindre sur ma condition. Que dirais-tu de venir dîner chez moi un soir de la semaine prochaine ? Richard serait content de te voir.

Harper en doutait. Richard ne pensait qu'au sport et à la moto – domaines qui ne l'intéressaient absolument pas. Elle n'avait rien contre lui ou contre ses hobbies, mais Richard et elle n'avaient tout simplement rien en commun. Et peut-être que c'était la même chose entre Kimber et elle, la vie les ayant irrémédiablement éloignées l'une de l'autre.

Attristée par cette pensée, elle raccompagna son amie à sa voiture, devant laquelle elles se firent la bise, mais le cœur n'y était pas. Puis Harper rentra chez elle. Elle avait le moral à zéro et dut convoquer le souvenir de Liam, et de son réveil à ses côtés, pour retrouver un peu d'énergie. *Allons, ma vieille, secoue-toi !* Si Liam avait repris le travail, elle était capable d'en faire autant. Ses recherches à la bibliothèque lui avaient permis de retrouver les noms et numéros de téléphone des camarades de Presley. Elle n'avait pas l'intention de bavasser sur la grossesse de sa sœur, mais elle voulait savoir si celle-ci avait parlé à quelqu'un de son état ou d'éventuels problèmes relationnels.

Son entrain retrouvé, elle s'assit à la table de la cuisine et commença à passer ses coups de fil. Une bonne heure plus tard, sa liste avait déjà bien diminué. Elle avait rayé quelques noms, les numéros de téléphone associés s'étant révélés hors service, mais sinon la plupart des amis de Presley avaient été contents d'évoquer le bon vieux temps et de partager avec elle quelques souvenirs. C'était réconfortant de constater qu'après toutes ces années personne n'avait oublié Presley.

Et maintenant ? s'interrogea Harper en pianotant sur la table avec son stylo, indécise sur ce qu'elle allait faire. Le tic-tac sonore de l'horloge de parquet rendait l'ambiance lugubre. Elle pressentait un désastre imminent et n'arrivait pas à se défaire de cette impression pénible. Peut-être que Liam et elle pourraient réfléchir ensemble, ce soir, à la suite à donner à leur enquête. Avec un peu de chance, il aurait listé quelques propriétaires de pick-up noirs qu'il faudrait interroger.

En attendant, il était l'heure de passer à table. Harper sortit du congélateur un sachet de scampis qu'elle fit réchauffer à la poêle. Sa sœur adorait les scampis. Mais elle n'était plus là pour les partager avec elle, songea la jeune femme, le cœur lourd.

D'énormes grésillements vinrent soudain perturber la quiétude de la cuisine, comme si quelqu'un, dans la pièce d'à côté, avait allumé la télévision sur une chaîne cryptée. Épouvantée, Harper baissa le gaz sous les scampis et s'essuya les mains sur son tablier. Il fallait qu'elle aille voir. Il n'y avait que cela à faire. Mais elle était tétanisée.

Les grésillements cessèrent aussi soudainement qu'ils étaient apparus. *Ouf !* se dit Harper, en sortant de sa léthargie. Son soulagement fut de courte durée, cependant, car du sous-sol montait à présent un bruit de pas lourds et réguliers.

Il y avait quelqu'un en bas.

Harper se figea à nouveau, paralysée par la peur, comme dans ses pires cauchemars quand, face à un danger imminent, elle était incapable de fuir.

La porte du sous-sol fut secouée violemment.

— Partez ! cria-t-elle d'un ton péremptoire, comme si hurler pouvait dissuader un fantôme de s'incruster.

Lorsque, enfin, elle réussit à s'arracher à sa transe, elle fonça vers le tiroir à couverts et en extirpa un grand couteau à désosser à la lame bien aiguisée.

Le piétinement reprit de plus belle.

Les doigts crispés sur le manche du couteau, Harper traversa prudemment la salle à manger. Sans bruit, elle s'approcha de la porte donnant accès au sous-sol. Le bruit de pas cessa à nouveau.

Qui se cachait derrière cette porte, bon sang ?

La curiosité l'emportant sur la peur, Harper respira un grand coup et ouvrit la porte toute grande.

Une sensation de fraîcheur et d'humidité la saisit.

— Il y a quelqu'un ? demanda-t-elle bêtement.

Elle ne s'attendait pas vraiment à ce qu'on lui réponde, mais le son de sa propre voix la rassurait.

Un silence profond accueillit ses paroles.

Humectant ses lèvres sèches, elle descendit lentement les trois premières marches de l'escalier puis se pencha en avant pour scruter le sous-sol plongé dans l'obscurité. Efficaces, les agents d'entretien l'avaient presque entièrement vidé. Il n'y avait aucun recoin où se cacher. Donc personne. Rien qui puisse expliquer le bruit de pas entendu un instant plus tôt.

Elle remonta les trois marches. À reculons. Pour le cas où.

En haut de l'escalier, elle referma vite la porte. Seul le son souffle haletant résonnait à présent dans la maison vide.

Il y avait forcément une explication logique, même si pour l'instant elle lui échappait. Quoi qu'il en soit, elle allait faire un saut au magasin de bricolage pour acheter un verrou. C'était sans doute inutile et absurde, mais c'était le seul moyen pour elle d'espérer pouvoir dormir la nuit.

Regagnant la cuisine, elle posa le couteau sur le plan de travail et retira les scampis du feu. Une odeur de beurre roussi empuantissait l'air. Elle n'avait plus faim, de toute façon, et n'aspirait qu'à une chose : sortir prendre l'air.

Une fois dehors, elle s'obligea à respirer calmement. Pour reprendre ses esprits. Qu'est-ce que c'était encore que cette histoire à dormir debout ?

Mme Henley sortit de chez elle, emmitouflée dans un gros pull.

— Harper ? lança-t-elle depuis l'autre côté de la rue. Qu'est-ce qui vous prend de sortir sans manteau ? Il fait frisquet.

Harper tremblait malgré elle, mais cela n'avait rien à voir avec le froid. Elle fut tentée de tout raconter à sa voisine, mais hésita. Qu'allait penser Mme Henley ?

— Eh bien, c'est-à-dire que... j'ai cru entendre marcher dans la maison et j'ai pris peur.

Mme Henley secoua la tête d'un air compatissant et traversa pour la rejoindre.

— Votre maman disait toujours qu'elle entendait des bruits, elle aussi. Mais, comme je le lui ai souvent expliqué, une vieille maison, ça respire. C'est pareil chez moi.

Les paroles de Mme Henley déconcertèrent Harper. Sa mère entendait des bruits ? Première nouvelle.

— Maman a-t-elle précisé de quelle sorte de bruits il s'agissait ? S'est-elle jamais plainte que la maison soit hantée ?

Une lueur espiègle brilla dans les yeux bleu pâle de la vieille dame.

— Nous plaisantions souvent à ce sujet, confia-t-elle. Il arrivait que Fred – mon défunt mari – fasse un raffut du diable dans la maison et qu'à cause de lui je ne puisse pas fermer l'œil de la nuit. Le matin, je me lamentais auprès de Ruth. Alors quand elle entendait des bruits inexpliqués, elle venait me le dire. Et on en riait ensemble.

D'un geste brusque, Harper saisit une mèche de cheveux qui lui fouettait le visage. Elle, elle ne trouvait pas cela drôle du tout.

Mme Henley posa une main sur son bras.

— Vous vous sentez mieux, à présent ?

— J'ai une idée, déclara-t-elle d'un ton qu'elle voulut enjoué. Auriez-vous la gentillesse de venir me tenir compagnie pendant que je prépare à manger ?

Comme prévu, la vieille dame accepta avec enthousiasme.

— Mais oui, avec grand plaisir. Cela me rappellera les bons moments que nous passions ensemble, Ruth et moi. Nous buvions des litres de café et débattions sans fin des derniers livres parus, des émissions de télévision et…

Harper n'écoutait plus que d'une oreille les propos de Mme Henley, qui était un véritable moulin à paroles. Comment sa mère faisait-elle pour la supporter ? Il est vrai qu'elle était si seule, songea-t-elle avec un serrement de cœur. Elle se prit à regretter de ne pas lui avoir rendu visite plus souvent, de ne pas avoir essayé de mieux la comprendre.

Malgré la présence à ses côtés de sa bienveillante voisine, Harper fut de nouveau assaillie par un mauvais pressentiment lorsqu'elle regagna sa cuisine et remit la poêle à chauffer. Le bavardage incessant de la vieille dame ne l'empêchait pas de tendre l'oreille, mais rien d'anormal ne se produisit.

En présence d'un témoin, évidemment, le fantôme de la maison ne se manifestait pas.

10

La vue du campement ne manquait jamais de le déprimer. Cette poignée de tentes miteuses à moitié affaissées et ces abris de fortune formés de simples bâches tendues entre deux arbres offraient un spectacle pitoyable. Assis autour du feu de camp, les SDF se réchauffaient comme ils pouvaient et mangeaient, pour les plus chanceux, des saucisses bon marché cuites sur la braise ou du lard grillé. Une odeur de graillon saturait l'air, à laquelle se mêlaient des relents de pourriture. Des canettes vides et des boîtes de conserve, des gobelets en plastique et toutes sortes de détritus jonchaient le sol autour des tentes. Liam songea que sa mère serait consternée de connaître le mode de vie que son frère avait adopté, aussi se gardait-il bien de lui parler de ses visites aux sans-abri car il savait qu'elle lui aurait posé mille questions.

D'après ce qu'il avait lu, on estimait à plus de vingt mille le nombre de marginaux, un nombre qui tendait cependant à diminuer. Leur mode de vie n'avait guère évolué ; ils étaient encore très attachés à leurs traditions, parfois incompatibles avec la vie moderne. Le premier à s'en plaindre était Gunner, qui se vantait d'avoir visité tout le pays en grimpant dans des trains de marchandises, dont il sautait quand l'envie lui prenait de planter sa tente. Cela devenait de plus en plus difficile, et à son âge ce genre de sport n'était pas sans danger.

Comme d'habitude, Gunner s'approcha pour l'accueillir.

— Qu'est-ce qui vous arrive ? demanda-t-il en voyant Liam boiter. Vous vous êtes fait mal à la jambe en sautant du train ?

Il lui décocha un clin d'œil assorti d'un sourire édenté.

— Cela ne risque pas ! Je n'ai pas ton agilité, répliqua Liam sur le même ton en lui tendant le sac de courses qu'il avait dans les mains.

Les six ou sept autres SDF se levèrent comme un seul homme et s'approchèrent à leur tour. Le froid et la faim marquaient leurs visages pâles et émaciés. Liam connaissait par leur nom la plupart des permanents : Sam, Grady, Biff, Tick et Buster. Il lui avait fallu des semaines pour gagner leur confiance et les apprivoiser suffisamment pour qu'ils acceptent ses dons de nourriture. Tout démunis qu'ils étaient, ils avaient leur fierté.

Gunner distribua les provisions, répartissant équitablement les conserves et autres denrées de première nécessité. Il laissa dans le sac les hot-dogs, déclarant qu'il les gardait pour plus tard. Puis il se tourna vers Liam.

— Vous vouliez me voir ? lui demanda-t-il d'un ton confidentiel.

— Oui. Suis-moi. On va s'asseoir dans ma voiture. On y sera au chaud.

Dès qu'ils se furent éloignés, et que personne ne risquait plus d'entendre ce qu'ils disaient, Gunner revint à la charge :

— Qu'est-ce qui est arrivé à votre jambe ?

— J'ai pris une balle. Mais ce n'est pas grave, juste un peu gênant pour bosser, le temps que ça cicatrise.

Gunner siffla entre ses dents mais ne fit pas de commentaires. Il attendit qu'ils soient tous deux confortablement assis dans la voiture de Liam pour demander :

— Ça a un rapport avec le meurtre de Larry ?

— Je suis convaincu que oui. Il faut juste le prouver. Et ça, ce n'est pas gagné.

— On commence à avoir peur, figurez-vous. On était

bien, ici, à Baysville, mais les gars en ont marre de toutes ces histoires et parlent d'aller s'installer ailleurs. De migrer vers le sud, au moins jusqu'au retour du printemps.

— Ce n'est pas une mauvaise idée.

Gunner frotta son visage ridé et buriné.

— De nos jours, on n'est plus tranquille nulle part, déplora-t-il. Surtout à mon âge. Les jeunes sont des durs à cuire. La drogue les a pervertis. Ils font n'importe quoi. Ce n'est plus comme autrefois.

— Parle-moi de Larry. Il se droguait, lui ?

— Non, c'était un type bien. Il avait du fric, mais personne ne savait comment il se le procurait. Parfois, il disparaissait pendant plusieurs heures, voire plusieurs jours, puis il revenait les poches pleines et les bras chargés de victuailles.

— Il faisait peut-être du trafic de drogue, non ?

— Larry ? Jamais de la vie ! Son fils était mort d'une overdose, alors vous pensez bien qu'il n'y touchait pas.

— Et Ash, le gars tué l'an dernier ? Est-ce qu'il s'absentait, lui aussi, et revenait avec plein de fric ?

Gunner ouvrit de grands yeux, comme s'il venait de faire une découverte capitale.

— Et comment ! s'exclama-t-il. Vous croyez qu'il y a un lien ?

— Il va falloir que je trouve pour qui ils bossaient. Cette information pourrait bien nous mener tout droit au tueur. Il y a des gens qui viennent au campement pour vous proposer du boulot ?

— Ouais, ça arrive. Surtout aux beaux jours, quand les agriculteurs cultivent leurs champs ou que des particuliers décident de repeindre leur intérieur et ont besoin d'un coup de main.

Liam réfléchit à ce qu'il venait d'apprendre. Il avait découvert l'existence d'un réseau clandestin de jeux d'argent qui, depuis peu, donnait aussi dans la prostitution. Les meurtres de SDF étaient, d'une manière ou d'une autre, probablement liés à ce réseau – il devait juste trouver comment. Et pour cela, il avait besoin de Gunner.

— Je présume que maintenant que Larry est mort, celui qui l'employait va lui chercher un remplaçant. Si quelqu'un vient vous voir pour vous proposer de l'argent contre un service plus ou moins louche, tu pourras me prévenir ?

— Bien sûr, chef.

— Je te dédommagerai, Gunner.

— Pas la peine. Vous nous apportez à manger chaque semaine, c'est déjà beaucoup.

— J'y tiens, insista Liam, qui avait des scrupules à mêler Gunner à tout cela.

Mais que le sans-abri lui serve ou non d'informateur, ses jours – et ceux de ses potes —, étaient sérieusement en danger.

— Je vais vous dire ce que vous pourriez faire pour moi, dit Gunner en se grattant les poils du menton.

— Je t'écoute.

— Quand votre enquête sera bouclée, aidez-moi à trouver du boulot. Un vrai travail, je veux dire. Stable et qui me rapporte de quoi me payer un toit.

Liam le regarda d'un air surpris.

— Tu veux te ranger ?

— Au cas où vous ne vous en seriez pas aperçu, je me fais vieux.

Gunner gloussa et remonta son pantalon en loques.

— Je n'ai plus autant envie de bouger. Je ne regrette rien. J'ai vu du pays et apprécié de me sentir libre comme l'air. Mais, pour tout vous dire, je ne suis pas sûr de supporter de vivre dehors un hiver de plus.

— Si ta décision est prise, je peux t'emmener dans un foyer et t'aider à trouver du travail. On y va quand tu veux.

— Mais vous avez besoin de moi ici.

— Je peux m'adresser à Buddy ou à un des autres.

Dis-moi simplement lequel est le plus digne de confiance, selon toi.

Gunner secoua la tête.

— Non, pas question que je vous laisse tomber. Je vais remplir ma part du marché. Après, vous m'emmènerez où vous voudrez.

— Promets-moi de faire attention. Ne te fie à personne. Même pas aux flics.

Surtout pas aux flics. Sur les meurtres de SDF et sur le reste, la police fermait les yeux ou, pire encore, menait la danse.

— Au moindre danger, continua Liam, je veux que tu m'appelles. Tu n'as pas perdu ton téléphone, au moins ?

Gunner s'empressa de l'extirper de la poche de sa veste. Il le brandit fièrement. Grâce à une mesure gouvernementale prise en faveur des sans-abri, des téléphones portables leur avaient été fournis gratuitement. Ce téléphone était parfois leur seul lien avec le monde extérieur.

— Vous ne pouvez pas savoir comme ces téléphones nous sont utiles. C'est vraiment un beau cadeau qu'on nous a fait là, déclara Gunner en fourrant le téléphone dans sa poche.

Quelque temps après son arrivée à Baysville, Liam avait fait en sorte que Gunner et ses potes aient tous des téléphones. Il avait suffi de les domicilier dans le foyer le plus proche.

Gunner lui tendit la main.

— Je vous dégotte des infos pour votre enquête, et vous, vous me trouvez une place au foyer. D'accord ?

— D'accord.

Quoi qu'il arrive, Liam aiderait Gunner à sortir de cette vie d'errance. Il espérait secrètement qu'une bonne âme avait fait de même pour son oncle.

Gunner descendit de voiture. Liam lui fit un signe de la main et rejoignit la route. Harper habitait un peu plus loin, sur la droite. Quand elle saurait qu'il était allé au campement, elle rouspéterait et lui rappellerait qu'il était censé se reposer, mais il avait trop envie de la voir.

Lorsqu'on frappa à la porte d'entrée, Harper se figea, terrorisée, les doigts crispés sur la cuillère en bois avec laquelle elle remuait la soupe qui cuisait sur la gazinière. Après un rapide coup d'œil à Mme Henley, elle poussa un soupir de soulagement. Sa voisine avait entendu frapper, elle aussi. Elle n'avait pas rêvé.

— Ne bougez pas, je vais voir ce que c'est, décréta Mme Henley en se levant de table. Vous attendez quelqu'un ?

Harper vit le pick-up rouge de Liam garé dans l'allée. Elle avait été tellement absorbée dans sa conversation avec sa voisine qu'elle ne l'avait pas entendu arriver.

— C'est Liam.

Mme Henley haussa les sourcils.

— Qui ?

— L'inspecteur Andrews. Vous l'avez vu le soir où j'ai failli me faire écraser.

— Ah, oui. Il m'avait bien semblé qu'entre vous et lui, il se passait quelque chose, confia-t-elle avec un sourire espiègle. Il va peut-être réussir à vous faire rester à Baysville. Je vous laisse, en tout cas.

— Ne vous sentez pas obligée de partir, protesta Harper.

Mme Henley lui décocha un clin d'œil.

— J'ai été jeune. Je sais ce que c'est.

— Si vous ne restez pas à dîner, prenez au moins un peu de soupe que vous mangerez chez vous. Je vous la mets dans un Tupperware pendant que vous allez ouvrir.

Son cœur bondit lorsqu'elle entendit la voix grave de Liam. Et, quand elle vit sa haute silhouette et ses yeux gris acier, une nuée de papillons s'envola dans son ventre. Elle s'efforça de cacher sa joie. Avec sa blessure, Liam n'était pas censé prendre le volant.

— Vous ne devriez pas…

— Tout va bien.

C'était vite dit, songea Harper, moins optimiste que lui.

— Vous avez besoin de repos. Sinon, votre blessure risque de mal cicatriser.

— Quelle blessure ? demanda Mme Henley.

— Asseyez-vous, ordonna Harper à Liam en tirant une chaise.

— Rien de grave, assura Liam. Juste une…

— Il a reçu une balle dans la jambe.

Mme Henley en eut le souffle coupé.

— Dans quel monde vivons-nous ? déplora-t-elle en secouant la tête. Voilà maintenant que les gens tirent sur la police !

Elle prit la boîte en plastique que lui tendit Harper.

— Merci, ma chère. Et vous, jeune homme, soyez prudent.

— Oui, madame. Je vais essayer.

Après le départ de la vieille dame, Liam déclara :

— Ça sent diablement bon, ici. Qu'avez-vous préparé à manger ?

— De la soupe de crabe et des scampis. Vous n'êtes pas allergique aux fruits de mer, au moins ?

— Non, mais je me serais contenté d'un hamburger acheté au coin de la rue… du moment que nous sommes ensemble.

La vague de chaleur qui déferla en elle n'avait rien à voir avec le fait qu'elle soit aux fourneaux. Bonté divine ! Il était grand temps qu'elle se calme. Même sa voix la troublait plus que de raison.

S'approchant de la gazinière, elle vérifia les brûleurs. C'était un peu une manie chez elle quand elle cuisinait. Mais, depuis l'incendie qui avait coûté la vie à sa sœur, elle redoublait de prudence.

— Pour répondre à votre question de tout à l'heure, je suis passé voir Gunner au campement, près de la voie ferrée, dit Liam.

— Vous y êtes allé pour lui apporter à manger ou pour lui parler de votre enquête ?

— Les deux, en fait.

Harper lui sut gré de sa franchise. S'il acceptait de discuter avec elle de sa mission clandestine, c'était bien qu'il lui faisait un peu confiance, non ? Continuant de s'affairer autour de ses casseroles, elle se demanda s'il allait lui en dire plus.

— Je suis convaincu qu'il y a un lien entre les meurtres de SDF et les réseaux de jeux d'argent et de prostitution, lâcha-t-il soudain.

— Qu'est-ce qui vous permet de le penser ? demanda-t-elle.

— La personne qui dirige ces réseaux fait vraisemblablement faire le sale boulot par des gens en situation de précarité.

— Le sale boulot ? Rosser ceux qui ne payent pas leurs dettes de jeu, par exemple ?

— Oui, par exemple. Et veiller à ce que les prostituées reversent bien la majeure partie des sommes qu'elles empochent.

Elle regagna la table en secouant la tête.

— Et dire que tout ça se passe sous notre nez !

— Assez parlé travail. Et vous, qu'avez-vous fait, aujourd'hui ?

Harper hésita. Après ce qu'il venait de lui confier, elle se sentait incapable de lui dissimuler la vérité. Mais, si elle lui parlait des phénomènes étranges qu'elle avait observés pas plus tard que ce matin, la croirait-il folle ? En même temps, elle avait très envie de savoir ce qu'il en pensait. S'il la prenait pour une cinglée, c'en était fini de leur relation. Elle voulait être fixée avant d'aller plus loin.

— Il s'est encore passé quelque chose d'anormal, dit-elle comme on se jette à l'eau. Ce n'est pas facile. Je ne voudrais pas que vous pensiez que j'ai perdu la raison. Cela ne se produit que quand je suis seule, en plus, et…

Il crocheta son menton du bout de son index pour l'obliger à le regarder dans les yeux.

— Vous pouvez tout me dire. J'ai appris à ne plus m'étonner de rien, vous savez. Je ne vous jugerai pas. Avez-vous encore entendu des bruits inexpliqués ? Ou reçu des mails de menace ?

— J'ai entendu des bruits.

Il ne manifesta ni surprise ni scepticisme.

— Si vous pensez que je suis en train de devenir folle, dites-le.

Il se leva et balaya la pièce du regard.

— À quel moment les avez-vous entendus ?

— Hier soir, avant d'aller vous rendre visite à l'hôpital. J'avais bu un verre de vin et somnolais. Les bruits m'ont tirée de ma torpeur. Et ce matin aussi, j'en ai entendu.

Liam fit le tour de la pièce qu'il scruta du sol au plafond.

— L'un des bruits me fait penser à un caillou qu'on cognerait contre des carreaux de fenêtre. Cela me replonge dans le passé.

— Comment cela ? demanda Liam en continuant son inspection.

— Comme je vous l'ai raconté, il est arrivé que Presley sorte en douce pendant la nuit. Une fois, j'ai entendu des cailloux rebondir sur les vitres de sa fenêtre. Quelqu'un l'attendait dehors, je suppose. Je n'avais que neuf ans à l'époque et ne voulais pas dénoncer ma grande sœur. Peut-être que si je l'avais fait…

Harper déglutit et s'éclaircit la voix.

— Peut-être que maman lui aurait passé un savon et qu'aujourd'hui Presley serait encore en vie.

Liam s'agenouilla devant elle.

— Arrêtez immédiatement de battre votre coulpe. Vous n'y êtes pour rien. Il s'agit d'un accident.

— Un accident ? Vraiment ? dit Harper d'une voix enrouée. Il y avait cette *chose* debout à côté d'elle.

Liam se redressa.

— Un mystère à la fois. Étiez-vous dans votre chambre quand vous avez entendu les bruits ?

— Hier soir, oui.

— Et ce matin ?

— J'étais ici, dans la cuisine. Et il faisait grand jour. Impossible d'incriminer les effets de l'alcool ou de la fatigue. Je ne vois aucune explication logique. Strictement aucune.

— Il y a de quoi flipper. Vous devez avoir eu la peur de votre vie. Ce qui est très certainement le but recherché.

— Les bruits sont terrifiants… quand ce n'est pas la poignée de la porte du sous-sol qu'on secoue, ce sont des halètements, des grattements et même des pleurs d'enfant.

Elle ne put réprimer le frisson qui la parcourut de la tête aux pieds.

— Si Mme Henley n'était pas venue me tenir compagnie, poursuivit-elle, je crois que j'aurais pris ma voiture et serais venue chez vous.

— Allons jeter un coup d'œil.

— À quoi ? demanda Harper, perplexe.

— Votre chambre, pour commencer. Je veux tirer l'affaire au clair.

Le voyant monter à l'étage, elle fut bien obligée de le suivre.

— Cela ne sert à rien, grommela-t-elle. Tant que vous serez là, il ne se passera rien.

— C'est justement ce qui m'interpelle.

Dès les premières marches, il fut essoufflé et n'arrêtait pas de toucher sa blessure. Mais Harper s'abstint de tout commentaire. Quand Liam avait décidé quelque chose, rien ne pouvait le faire changer d'avis.

Elle saisit la rampe en acajou ciré et monta derrière lui. Une fois dans la chambre, Liam scruta la pièce du sol au plafond et regarda derrière les meubles. Il détonnait dans cet univers ultra-féminin, et Harper ne pouvait détacher ses yeux du lit – dans lequel elle s'était plus d'une fois imaginée batifolant avec lui.

Elle se racla la gorge.

— Que cherchez-vous, au juste ?

— Je vous le dirai quand je…

Comme il passait la main sur le dessus d'une aquarelle accrochée au mur en face du lit, Harper le vit se figer.

— Et voilà ! dit-il triomphalement en lui montrant sa trouvaille.

— Qu'est-ce que c'est ?

— Une caméra. Je parie qu'il y a aussi des micros cachés quelque part.

Comment était-ce possible ? D'où venaient-ils ? Harper secoua la tête, atterrée.

— Ce n'est pas à moi. Je ne sais pas d'où ça vient.

— C'est bien ce que je pensais : quelqu'un cherche à vous faire peur, dit Liam en inspectant le dessus de la commode. Bingo ! Je les ai trouvés.

Il tenait au creux de sa main deux minuscules haut-parleurs. Harper eut un mouvement de recul comme s'il s'était agi d'araignées.

— Voilà qui explique les bruits, dit-il.

Comme Harper le regardait sans comprendre, il ajouta :

— Tout est commandé à distance par ordinateur.

Son regard s'était durci, ses yeux gris assombris.

— Qui est venu dans votre chambre ?

— Mais… Euh, je ne sais pas. Personne !

Liam sortit en trombe de la chambre et redescendit au rez-de-chaussée.

— Où allez-vous ?

— Je vais chercher les autres, cria-t-il sans se retourner.

Elle se précipita à son tour dans l'escalier, si pressée de le rattraper qu'elle trébucha à mi-parcours. Tout à coup, sans qu'elle sache ni pourquoi ni comment, ses pieds perdirent le contact avec la terre ferme et se mirent à mouliner dans l'air. Elle n'eut pas le temps de crier que deux bras solides la rattrapaient au vol.

— Je vous tiens, dit Liam.

Elle se blottit contre sa poitrine sanglée dans une chemise blanche fraîchement lavée et repassée. Elle ne s'écarta que lorsque les battements de son cœur eurent repris un rythme normal.

Liam se baissa pour ramasser sur les marches ce qui se révéla être des osselets.

— Des osselets ? dit-elle d'une voix blanche.

Elle en prit un qu'elle serra au creux de sa paume, comme pour s'assurer qu'il était bien réel.

— Presley et moi jouions tout le temps aux osselets.

— Cela n'explique pas comment ils sont arrivés là.

D'un revers de main, Harper sécha discrètement les larmes qui lui étaient montées aux yeux. Elle adorait jouer aux osselets. C'était le seul jeu où elle battait sa sœur aînée. Assises en tailleur sur le sol de leur chambre, Presley et elle pouvaient passer des heures à jouer. Très animées, les parties donnaient lieu à des cris et des fous rires.

Elle compta les osselets récupérés sur les marches. Il y en avait huit.

— Il en manque deux, dit-elle. Le jeu en comporte dix.

Des yeux, elle chercha les pièces manquantes sur les marches, mais elles n'y étaient pas.

— Ce n'est pas le problème, fit remarquer Liam. Comment ces osselets ont-ils atterri là ? Voilà la vraie question. Les avez-vous semés dans l'escalier à un moment ou à un autre ?

— Il y avait des années que je n'avais pas touché à des osselets, assura Harper. Ces osselets sont apparus comme par enchantement.

Liam secoua la tête.

— C'est de la manipulation. On essaye de vous faire douter de votre santé mentale.

— Mais pourquoi ? Dans quel but ? Je n'ai aucun ennemi.

Harper le suivit dans la cuisine, où il procéda à une inspection complète. Il extirpa de derrière le grille-pain une caméra et des haut-parleurs identiques à ceux qu'il avait trouvés à l'étage.

— Ils étaient bien planqués, fit-il remarquer, visiblement très fier d'avoir réussi à mettre la main dessus.

Serrant les huit osselets dans le creux de sa paume, Harper se laissa tomber sur une chaise, comme foudroyée par la découverte stupéfiante que Liam venait de faire. Et elle qui se croyait bien tranquille dans cette maison, qui y avait mangé et dormi, qui s'y était douchée et baignée sans se douter de rien…

— Allez voir s'il y en a dans la salle de bains, dit-elle d'une voix rocailleuse.

Si on l'avait filmée nue, était-ce pour la faire chanter ?

— Si ça se trouve, il y a des photos de moi dénudée qui circulent sur le darknet, s'alarma Harper.

Le visage de Liam s'assombrit.

— C'est extrêmement peu probable. La personne qui a planqué chez vous ces caméras et ces haut-parleurs avait tout autre chose en tête.

Elle ne demandait qu'à le croire mais, quoi qu'il en soit, son intimité avait été violée et elle ne se sentirait plus jamais en sécurité dans cette maison.

— Je remonte voir en haut, déclara Liam.

Harper posa sa tête sur la table et ferma les yeux. Quel cauchemar ! songeait-elle, complètement démoralisée, tandis que les pas de Liam résonnaient de plus en plus fort à l'étage.

— Bonne nouvelle ! cria-t-il. Il n'y a rien dans les salles de bains.

— J'imagine que je dois considérer que j'ai de la chance.

— Je veux les noms de toutes les personnes qui sont

venues ici ces deux ou trois derniers jours, dit Liam en balayant d'un doigt l'écran de son téléphone.

— Il ne peut pas s'agir de quelqu'un que je connais, protesta Harper.

— Détrompez-vous. Le coupable se trouve forcément dans votre entourage. Je vous écoute pour les noms.

— D'accord. Alors voyons, j'ai eu la visite de Kimber. Et après, son équipe d'agents d'entretien est intervenue en mon absence pour débarrasser le sous-sol. Peut-être qu'il y a dans cette équipe quelqu'un qui a voulu me jouer un sale tour. Me flanquer la frousse, quoi. Histoire de pouvoir ensuite rigoler un bon coup avec ses potes. Les noms, nous les aurons par Kimber. Vous pensez pouvoir trouver le coupable juste en interrogeant ces gens ? Et si toute l'équipe était dans le coup ?

— Tout est possible, concéda Liam sans cesser de prendre des notes sur son téléphone. Qui d'autre est venu ici ?

— Personne.

— Ce n'est pas vrai. Mme Henley vient juste de partir.

— Lurlene Henley ?

Harper faillit s'étrangler d'indignation.

— Vous plaisantez ?

— Pas du tout. Je suis on ne peut plus sérieux.

— C'est ma voisine depuis toujours. Une amie de ma mère. Pour quelle raison chercherait-elle à me rendre folle ?

— Je ne sais pas, mais si elle en a une, nous la trouverons. Qui d'autre ?

— Un livreur est passé hier après-midi pour m'apporter un colis, mais je ne l'ai pas quitté des yeux.

Liam nota rapidement puis rempocha son téléphone.

— Je vais faire un compte rendu à Bryce et charger deux hommes de venir vérifier qu'il n'y a plus aucun dispositif électronique planqué dans la maison.

— Je vous remercie.

Il la dévisageait en silence.

— Qu'y a-t-il ? demanda-t-elle, intriguée.

— Vous m'avez bien dit que votre amie voulait vous acheter la maison, n'est-ce pas ?

— Oui, en effet. Pourquoi ?

— À quel point ce projet lui tient-il à cœur ? Irait-elle jusqu'à vous faire peur pour vous obliger à vendre ?

— N'importe quoi ! Kimber a longtemps été ma meilleure amie. Elle a une agence immobilière qui marche bien et n'attend pas après ma maison pour faire bouillir la marmite.

Liam ressortit son téléphone.

— Quel est son nom de famille, déjà ?

— Collins. Comme dans Collins Immobilier.

— C'est noté.

— Ce n'est pas elle. Kimber n'a rien à voir avec tout ça.

— Nous verrons.

— Je ne veux pas me brouiller avec elle.

— Si elle n'a rien à cacher, elle ne verra aucun inconvénient à répondre à quelques questions. Normalement, elle doit avoir vos intérêts à cœur puisque c'est votre amie. Elle ne devrait donc pas refuser de nous aider à démasquer le coupable.

Harper soupira, exaspérée par sa logique implacable.

— Votre raisonnement tient la route. Je n'ai rien à répondre à cela.

Liam opina du bonnet, visiblement satisfait.

— Parfait. Parce que je n'aimerais pas être en désaccord avec vous. Et si nous mangions un morceau et remettions cette discussion à plus tard ? Je meurs de faim, pour tout vous dire.

— J'ai bien peur de ne rien pouvoir avaler. Vous avez de la chance d'arriver à compartimenter vos émotions, grommela-t-elle.

Elle reconnaissait cependant que s'il n'avait pas cette capacité, il aurait beaucoup plus de mal à exercer ce métier.

Liam posa une main sur la sienne.

— Quoi que nous découvrions, souvenez-vous que la vérité est moins terrible que de vivre dans la peur.

— Vous avez raison. J'appréhende de dormir sous ce toit, désormais.

— Alors venez chez moi, proposa Liam à brûle-pourpoint, ses yeux gris rivés dans ceux de la jeune femme.

— Mais je ne…

— Venez, insista-t-il en caressant du pouce le dos de sa main. Au moins jusqu'à ce que nous ayons tiré l'affaire au clair.

— Non. Je pense que ce ne serait pas une bonne idée. Ce n'est pas en fuyant qu'on résout un problème.

— Vous rendriez service à la police, qui va continuer de patrouiller chaque nuit devant ma maison jusqu'à ce qu'on sache qui nous a tiré dessus. S'il faut qu'en plus elle surveille la vôtre, elle risque de ne plus savoir où donner de la tête.

Elle hésitait.

— Faites-le pour moi, alors, dit Liam en lui décochant ce sourire en coin qu'elle trouvait irrésistible. J'ai déjà bien assez de soucis sans avoir besoin de passer la nuit à me demander si vous allez bien. De plus, ensemble, nous serons plus forts.

— En ce cas, j'accepte.

11

K-i-m-b-e-r C-o-l-l-i-n-s.

Pressant la touche Entrée de son ordinateur, Liam envoya sa requête. Puis il attendit que la base de données de la police de Baysville la traite et que les résultats s'affichent à l'écran. Cela ne donnerait probablement rien, il le savait. Harper était convaincue que son amie était d'une probité absolue et qu'elle jouissait, dans cette ville où elle était née et avait grandi, d'une respectabilité irréprochable.

Son expérience dans la police lui avait appris qu'on pouvait avoir un pedigree prestigieux et mal tourner. Les individus privés de toute moralité ou prêts à tout provenaient de tous les milieux.

Pendant que l'ordinateur moulinait, Liam prit connaissance des derniers éléments dans l'affaire Allen Spencer. Deux autres adolescentes étaient venues porter plainte contre le pasteur. Le juge avait fixé le montant de la caution à plusieurs milliers de dollars, mais, bien que le pasteur ne fût plus en odeur de sainteté à Baysville, il avait réussi à réunir les fonds et à recouvrer sa liberté. Jusqu'au procès, il avait l'interdiction d'approcher des mineurs. Il avait en outre été destitué de ses fonctions.

Un signal sonore indiqua à Liam qu'un résultat avait été trouvé. Liam s'empressa d'ouvrir le document PDF et le parcourut des yeux. On y faisait mention de quatre inculpations pour chèques sans provision, toutes prononcées au cours de ce dernier mois. Les affaires de Kimber n'étaient donc pas aussi florissantes que le pensait Harper. Ou alors, elle vivait au-dessus de ses moyens et cela avait fini par lui retomber sur le nez. Certes, Kimber Collins n'avait tué personne, mais elle n'était pas non plus un enfant de chœur. À l'évidence, lesdits chèques en bois ne relevaient pas d'une simple étourderie. Au total, il y en avait pour plus de cinq mille dollars. En l'espace de cinq jours, Kimber avait signé pour trois mille euros de chèques alors que son compte était dans le rouge – d'où la requalification du délit en escroquerie, passible d'une peine de prison pouvant aller jusqu'à deux ans. Elle était actuellement en liberté provisoire.

Il pianotait sur son bureau avec un crayon en réfléchissant à cette histoire de chèques sans provision et en observant deux détenus de confiance qui balayaient des feuilles juste devant sa fenêtre, lorsqu'un coup sec frappé à sa porte le tira de ses rêveries. Appuyé au chambranle, Bryce le fixait, l'air mécontent.

— Vous ne devriez pas être là, rouspéta le chef de police. Vous ne serez d'aucune utilité si nous sommes appelés quelque part. En fait, vous serez plus une gêne qu'autre chose.

— C'est pourquoi je suis assis derrière ce bureau. Pendant un jour ou deux, je vais me cantonner à la paperasse. Un coup de main ne serait pas de refus, ajouta Liam d'un ton sarcastique.

Bryce s'approcha du bureau et s'assit dans le fauteuil en face de lui.

— C'est quoi, cette paperasse ?

— Dépôts de plaintes, rapports d'incidents. La routine, quoi. Je me rends utile comme je peux.

Bryce eut l'obligeance de paraître contrit.

— Je vous en sais gré, marmonna-t-il avant de se fourrer dans la bouche un chewing-gum à la cannelle.

— Vous vouliez me voir ? demanda Liam.

— J'ai appris que vous étiez venu travailler, alors je voulais vous dire de ne pas partir en intervention.

— Je n'en avais pas l'intention, rassurez-vous.

— Tant mieux. Parce que présentement vous êtes un boulet.

Mais moi, au moins, je suis un flic intègre… contrairement à vous. Gardant pour lui ses réflexions, Liam rétorqua :

— Message reçu, chef. Je reste tranquille jusqu'à nouvel ordre.

— Parfait, dit Bryce, satisfait que son autorité ne soit pas contestée. Je déjeune avec mon père, à midi. Vous voulez que je vous rapporte un burger ? C'est le moins que je puisse faire pour un policier blessé.

Sa proposition décontenança Liam.

— Non merci. C'est gentil, mais j'attends Harper qui ne devrait pas tarder à arriver.

Pour une fois, Bryce ne haussa pas les yeux au ciel, comme il le faisait dès qu'il était question de la jeune femme.

— Je suis surpris qu'elle n'ait pas encore quitté la ville.

— Elle n'est pas pressée de partir. Pourquoi le serait-elle ? Cela étant, j'ai l'impression qu'elle est ici *persona non grata.*

— Que voulez-vous dire ? Vous parlez de ce mystérieux mail l'enjoignant de ficher le camp ?

Liam hésita. En cherchant à lui tirer les vers du nez, il risquait d'éveiller la méfiance de son chef.

— Oui, entre autres choses. Il y a ce mail, mais aussi ce pick-up qui a failli l'écraser, répondit-il sans entrer dans les détails. Kimber Collins fait-elle partie de vos connaissances ?

— Je la connais depuis toujours. Elle a épousé Richard, un ami à moi. Pourquoi cette question ?

Liam haussa les épaules avec nonchalance.

— J'étais en train de consulter le journal des arrestations quand son nom m'a sauté aux yeux. Je ne la connais pas personnellement, mais je sais que Kimber est une amie de Harper.

— En effet. Les Collins ont eu, semble-t-il, des problèmes d'argent, récemment.

— Dans quelle branche son mari travaille-t-il ?

— Les assurances. Je pensais que ça marchait bien. La récession n'arrange pas ses affaires, je suppose.

— C'est possible. Mais il se peut aussi que Richard, ou Richard *et* Kimber aient des addictions coûteuses.

— Ils possèdent une très belle maison et des voitures haut de gamme. Leurs enfants fréquentent les meilleures écoles privées de la région. Bref, tout ça a un coût. Si leurs revenus ont baissé, peut-être vivent-ils aujourd'hui au-dessus de leurs moyens. C'est aussi simple que ça. Pas besoin d'aller imaginer Dieu sait quoi !

— Bien sûr, mais qui vous dit que votre ami n'a pas un problème ? lança Liam, histoire de tâter le terrain. Il est peut-être accro à la drogue ou aux jeux d'argent. Ou bien il fréquente des prostituées.

Bryce s'empourpra et se leva d'un bond.

— Richard ne tromperait pas sa femme, protesta-t-il. Il est fou d'elle. Il a tendance à boire, ça, d'accord, mais il n'est vraiment pas du genre à se droguer.

— Et les jeux d'argent ? Le bruit court qu'on s'en donne à cœur joie, ici. Et que la police laisse faire.

— Première nouvelle !

Bryce feignait la stupéfaction, mais Liam l'avait vu se décomposer. Soit il était d'une naïveté confinant à la bêtise, soit il était lui-même impliqué dans cette affaire de réseau clandestin. Liam aurait plutôt parié sur cette seconde hypothèse, mais il se garda bien de livrer à son chef le fond de sa pensée.

— Je vais ouvrir grand mes oreilles, dit Bryce dès qu'il se fut ressaisi. Je vais aussi interroger mon père à ce sujet. Si vous avez des pistes sérieuses, prévenez-moi.

Compte là-dessus ! songea Liam, qui répondit hypocritement :

— Bien sûr, chef.

Après l'avoir gratifié d'un hochement de tête, Bryce sortit sans se presser.

Il était temps pour Liam de filer. Harper et lui avaient prévu de se retrouver pour manger en vitesse, avant d'aller rendre visite à Kimber à son bureau, soi-disant pour lui demander les noms de ses agents d'entretien. Mais Liam espérait pouvoir la cuisiner, en veillant cependant à ne pas trop insister. Harper n'appréciait pas beaucoup qu'il suspecte son amie, et si en plus Richard était pote avec Bryce…

Dans un bled, on avait vite fait de heurter la susceptibilité des gens.

L'intérieur de Collins Immobilier dénotait d'entrée de jeu une certaine aisance. Du magnifique lustre en cristal à la luxueuse moquette et au mobilier en acajou, tout respirait la réussite sociale et la richesse. En connaisseuse, Harper admira l'élégance des murs couleur crème qui mettaient en valeur le mobilier foncé, et le choix judicieux de quelques bibelots turquoise et corail pour compenser le côté austère de l'acajou. Cet endroit avait été pensé afin que femmes et hommes se sentent à l'aise pour peaufiner les derniers détails de leur offre d'achat ou de leur prêt.

— Je ne m'attendais pas à ce que tu viennes accompagnée, déclara Kimber en les voyant arriver.

Harper lui sourit.

— Je te présente Liam, un ami. Nous avons déjeuné ensemble, alors je lui ai proposé de venir avec moi pour faire ta connaissance. Cela ne t'ennuie pas, j'espère ?

— Non, pas du tout, assura Kimber en leur désignant le canapé blanc. Asseyez-vous. Je vais vous chercher les noms des agents d'entretien qui sont allés chez toi J'ai imprimé la liste.

Liam n'avait pas encore dit un mot, mais il y avait déjà comme un malaise. Peut-être à cause de l'uniforme qu'il portait… Harper aurait dû lui demander de venir en civil. Et puis, cela aurait sans doute été plus facile si Harper n'avait pas appelé Kimber avant pour lui raconter ce qui lui arrivait.

— Tiens, voilà la liste, dit Kimber en prenant place dans un large fauteuil, en face d'eux. Mais je suis sûre qu'aucun de mes employés n'a quoi que ce soit à voir avec l'auteur de cette très mauvaise blague.

Harper parcourut la liste des yeux.

— Vous les connaissez ? s'enquit Liam.

— J'en connais deux ou trois, mais si Kimber se porte garante pour eux, je considère qu'ils sont hors de cause.

— J'interrogerai notre base de données. Si l'un d'eux a un casier, je le saurai.

— Ce n'est pas le cas, affirma Kimber. Avant d'embaucher quelqu'un, je vérifie toujours ses antécédents.

Liam plia la feuille de papier et la fourra dans la poche de sa veste.

— Certains délinquants passent à travers les mailles du filet, fit-il remarquer.

— Pourquoi ces agents d'entretien s'en prendraient-ils à Harper ?

— C'est ce que nous cherchons à découvrir. Il semblerait que quelqu'un craigne qu'elle ne pose trop de questions au sujet de Presley.

Kimber croisa les jambes avec désinvolture et se carra au fond de son fauteuil. Harper était soulagée de la voir aussi décontractée. Kimber savait qu'elle ne risquait rien. Elle n'avait rien fait de mal.

— J'ai bien peur de ne pas pouvoir vous aider, inspecteur. Mais, s'il advenait que vous cherchiez une maison, n'hésitez pas à m'appeler.

— Kimber est le meilleur agent immobilier de la ville. Elle a même proposé de m'acheter ma maison pour en faire un B & B, si je décide un jour de la vendre.

— Un B & B ? s'exclama Liam en se tournant vers Kimber. Je dois dire que cela m'étonne un peu. Comment pourriez-vous continuer de vous occuper de l'agence et tenir en même temps des chambres d'hôtes ?

— Je prendrais quelqu'un pour le B & B, bien sûr.

— Ce serait quand même lourd de gérer les deux de front. Surtout au début, quand il faut trouver du personnel, promouvoir l'établissement et tout le reste.

— Je me sens de taille à relever le défi, déclara Kimber, très sûre d'elle.

— J'imagine que vous comptez sur le B & B pour résoudre vos problèmes de trésorerie.

Quels problèmes de trésorerie ? Mais qu'est—ce qu'il racont*e ?* Harper les regardait tour à tour, consciente du changement d'ambiance dans la pièce. Il y avait de l'électricité dans l'air. Kimber avait les doigts crispés sur les bras de son fauteuil et les lèvres tendues comme un élastique. Liam attendait, complètement immobile – tel un lion s'apprêtant à bondir sur sa proie.

— Qu'est-ce que c'est que cette histoire ? demanda Harper, rompant le silence embarrassant.

Elle chercha le regard de Liam, mais il ne quittait pas Kimber des yeux. Pourquoi n'avait-il pas tenu sa promesse de ménager son amie ? Il était en train de faire tout le contraire.

Kimber s'essuya les mains sur sa jupe crayon bleu marine et décocha à Liam un sourire plein d'amertume.

— Je vois que vous vous êtes renseigné sur moi.

— Cela fait partie de mon boulot. Et, quand la sécurité de Harper est en jeu, il me tient particulièrement à cœur de le faire correctement. Elle s'est plainte à plusieurs reprises d'avoir entendu des bruits inexpliqués dans sa maison.

— Jamais je ne ferais de mal à Harper ! s'écria Kimber en quêtant du regard l'aide de son amie.

Harper se leva.

— C'est bon, dit-elle d'un ton résolu qui donnait clairement le signal du départ. On s'en va. Merci pour la liste.

— Je n'ai peut-être pas pris le problème par le bon bout, déclara Liam en étendant un bras sur le dossier du canapé, visiblement peu pressé de s'en aller. Et si tout ce qui se passe dans cette maison résultait d'une tentative de pousser Harper à vous vendre la maison ?

— Vous avez un sacré culot !

Perdant brusquement son calme, Kimber bondit, toute tremblante d'indignation.

— Je connais Harper depuis toujours. De quel droit vous permettez-vous de venir ici et de lancer de telles accusations contre moi ?

Kimber se tourna vers Harper.

— Et toi, tu me crois, j'espère ?

Harper ouvrit la bouche pour répondre par l'affirmative, mais son *oui* resta coincé dans sa gorge. Elle jeta un regard à Liam dont le calme et l'assurance tranquille lui donnèrent à réfléchir. Ses yeux gris la suppliaient de lui faire confiance. Comment pouvait-elle lui refuser le bénéfice du doute ? Après tout, il n'avait jamais douté d'elle, même lorsque son chef laissait entendre qu'elle était psychologiquement instable. Elle prit sa respiration et déclara :

— Je pense que nous devrions laisser Liam s'exprimer.

Si Liam accueillit ces paroles avec soulagement, elles firent à Kimber l'effet d'une gifle en pleine figure. Folle de rage, elle leur montra la porte.

— Sortez d'ici tout de suite ! Je ne laisserai personne m'insulter et m'accuser de quelque chose que je n'ai pas fait.

— Nous avons trouvé des caméras et des haut-parleurs planqués en différents endroits de la maison, dit Liam.

Si je les confie à la police scientifique pour analyse, vos empreintes seront-elles dessus ?

— Comment osez-vous ? Je vais porter plainte pour harcèlement moral !

Il devint évident que Kimber feignait l'indignation lorsque ses lèvres se mirent à trembler et qu'elle s'effondra dans le fauteuil qu'elle avait quitté moins d'une minute plus tôt.

Consciente que son amie n'avait pas répondu à la question de Liam concernant les empreintes, Harper sentit son cœur se serrer. Comment Kimber avait-elle pu lui faire une chose pareille ?

Liam se pencha en avant, prêt à porter le coup de grâce.

— Il suffirait que je demande un mandat de perquisition pour que tous vos ordinateurs et vos téléphones soient saisis et…

— Vous n'avez aucune preuve sérieuse qui vous permette une telle intrusion dans ma vie privée, répliqua Kimber d'un ton sarcastique.

— Si vous n'avez rien à cacher, pourquoi vous opposeriez-vous à ce que notre expert en informatique judiciaire jette un coup d'œil à votre matériel ?

— J'ai dans mes fichiers tout un tas de renseignements confidentiels sur mes clients. En aucun cas je vous laisserai les consulter sans mandat.

Kimber se tourna vers Harper, en quête d'approbation. Une peur panique se lisait dans ses yeux bleus, d'habitude si froids.

— Tu me crois, Harper, pas vrai ?

Harper jeta un coup d'œil à Liam.

— Elle est coupable, d'après vous ?

— Oui.

Qui croire ? Elle avait du mal à imaginer que Kimber ait pu lui faire cette crasse, mais, poussés dans leurs derniers retranchements, les gens faisaient parfois n'importe quoi.

— Je ne te crois pas capable d'une chose pareille,

Kimber. Mais, si jamais tu l'avais faite, je te *supplie* de me le dire. J'ai besoin de savoir la vérité.

— Avouer vous soulagerait d'un grand poids, ajouta Liam.

— Je ne porterai pas plainte, sois sans crainte.

Kimber les fixa sans rien dire puis, sans préavis, elle posa la tête sur ses genoux et craqua. Aucun son ne sortait de sa bouche, mais les sanglots qu'elle ravalait lui secouaient les épaules. Désemparée, Harper attendit qu'elle se ressaisisse.

Kimber releva la tête.

— Je suis désolée, dit-elle d'une voix étranglée.

Elle qui était toujours si digne, si maîtresse d'elle-même, elle était pathétique avec ses traces de mascara sur les joues. Mais peut-être Harper ne l'avait-elle jamais vue sous son vrai jour. Jusque-là, elle ne l'avait jamais considérée autrement que comme son sauveur, celle qui lui avait témoigné de la gentillesse lorsqu'au collège tout le monde lui tournait le dos.

— Pourquoi ? demanda-t-elle, la gorge serrée.

— Nous avons besoin d'argent. Nous sommes dans une situation désespérée. Richard est un flambeur. Cela a commencé doucement – des paris entre amis sur des équipes de foot ou de basket-ball —, mais une fois que le pli a été pris il s'est mis à jouer de plus en plus gros, à tel point que j'ai dû lui confisquer nos cartes bancaires et cacher le chéquier. Mais il arrive toujours, d'une manière ou d'une autre, à se procurer de l'argent.

Harper prit la boîte de mouchoirs en papier sur le bureau de Kimber et en mit un dans la main de cette dernière.

— Nous sommes à deux doigts de tout perdre, même notre maison, confia Kimber avant de se moucher et de sécher ses larmes, ce qui eut pour effet d'étaler un peu plus le mascara qui maculait ses joues.

— J'ai pensé que… le B & B pourrait nous sauver de la faillite. Même en nous installant dans la maison, il nous resterait deux ou trois chambres à louer. Et j'espérais qu'à terme, nous pourrions restructurer l'espace pour en ajouter d'autres.

Comment les Collins avaient-ils pu en arriver là ? se demandait Harper, consternée. Ils étaient sur le point de perdre la maison que Kimber avait si magnifiquement restaurée. Quel gâchis !

— Pourquoi ne m'as-tu rien dit ? lança Harper, plus désolée pour son amie que fâchée contre elle. Si j'avais su, j'aurais accepté ton offre sans discuter.

Kimber haussa les épaules.

— J'essayais de trouver un moyen de résoudre nos problèmes sans que les affaires de Richard en pâtissent. C'était aussi une question de fierté. Je sais que tu m'as toujours admirée. Je ne voulais pas que tu saches que ça allait mal.

— Cela aurait fini par se savoir puisque vous allez passer en jugement pour chèques sans provision, fit remarquer sèchement Liam.

— J'espère toujours un miracle, admit Kimber. C'est idiot, j'en suis consciente, mais je ne supporte pas l'idée que tout le monde sache que je suis dans le pétrin.

— Tu préfères jouer avec mes nerfs pour me pousser à partir de chez moi plutôt que d'admettre publiquement que tu n'es pas parfaite. C'est sacrément tordu.

— Je comprends que tu puisses être en colère. À ta place, je le serais aussi.

Harper, qui eut soudain le sentiment de ne plus rien avoir à faire ici, attrapa son sac et se dirigea vers la porte d'un bon pas.

— Tu ne vas pas porter plainte, hein ? s'alarma Kimber.

Harper n'avait aucune envie de la rassurer. En tout cas, pas tout de suite. Elle voulait la laisser mariner un peu. Se venger des nuits blanches qu'elle avait passées à cause d'elle.

Une fois dehors, elle ferma les yeux et inspira une grande bouffée d'air frais.

— Tout va bien ? demanda Liam en passant un bras autour de ses épaules.

La chaleur de son corps la réconforta.

— Je devrais aller dire à Kimber que je n'ai pas l'intention de porter plainte, vous ne croyez pas ?

— Pensez plutôt à vous, maintenant. Elle a trahi votre confiance et ne mérite pas votre sollicitude. Moi, je n'irais pas.

12

Que c'est bon d'être chez soi.

Harper se réjouissait de se savoir en sécurité dans cette maison où elle avait grandi. Des policiers étaient venus et avaient passé la maison au crible. Ils n'avaient pas trouvé d'autres caméras ou d'autres haut-parleurs. Elle allait enfin pouvoir dormir en paix. Chez elle. Plus question à présent de squatter chez Liam.

Comment Kimber avait-elle pu faire une chose pareille ?

Harper fit taire sa colère et sa déception. Kimber avait fait assez de mal comme ça – elle préférait passer à autre chose.

Du plat de la main, elle lissa la table en chêne sur laquelle elle mangeait déjà lorsqu'elle était enfant, à cette époque bénie où la famille était encore au complet. Son regard se porta sur le manteau de la cheminée, dans le salon, sur laquelle trônait une photo encadrée de toute la famille qui souriait à l'objectif avec l'insouciance de ceux que la vie a épargné jusque-là.

C'est alors qu'elle fut frappée par quelque chose d'inhabituel. L'odeur était revenue. De simples relents, mais ils imprégnèrent aussitôt les muqueuses de son nez. Bon gré, mal gré, il faudrait qu'elle supporte un jour de plus cette puanteur. Et, pour oublier ce désagrément, elle allait se servir un grand verre de thé glacé et se plonger dans un bon bain parfumé. Sa mère avait fait installer un jacuzzi dans la salle de bains du rez-de-chaussée pour soulager son arthrite. Harper l'utilisait de temps en temps pour se délasser.

Une autre mauvaise surprise l'attendait, cependant. Lorsqu'elle voulut accompagner son thé glacé d'un ou deux cookies, elle constata que la boîte à gâteaux était vide. Elle l'avait pourtant remplie deux jours plus tôt. Les flics qui avaient fouillé la maison avaient dû se servir, songea-t-elle, moyennement convaincue par cette supposition.

Dans la salle de bains, le transistor de sa mère, couvert de poussière, n'avait pas bougé de son étagère. En le voyant, Harper se rappela combien sa mère aimait la musique classique. Lorsqu'elle avait envie de s'accorder un peu de répit, elle ne faisait pas la sieste mais prenait un bain en écoutant un concerto ou une symphonie sur son poste de radio. Le son était toujours très fort parce que sa mère était sourde d'une oreille, suite à une infection contractée lorsqu'elle était enfant.

Sans réfléchir, Harper prit le transistor et l'alluma. Les accords puissants de la célèbre valse de Strauss, *Le Beau Danube bleu*, emplirent soudain l'espace. Harper se revit alors dansant avec Presley sur ce même morceau, virevoltant dans la cuisine et le corridor jusqu'à en avoir le tournis.

Ce souvenir, longtemps enfoui dans les tréfonds de sa mémoire, la rendit nostalgique. Elle remplit machinalement le jacuzzi d'eau chaude et décida que tant qu'à se replonger dans le passé, autant le faire jusqu'à au bout. Elle dispersa dans l'eau une généreuse poignée des sels de bain de sa mère, parfumés au gardénia, puis elle finit de se déshabiller et entra dans le jacuzzi.

La caresse de l'eau chaude lui fit instantanément un bien fou. La méthode de sa mère pour se détendre était imbattable. Harper ferma les yeux et laissa son esprit vagabonder – elle était à Vienne, au bal, et le Danube coulait tout près.

Ses problèmes étaient enfin résolus. C'en était fini des

bruits inexpliqués et des mails de menace. Plus personne n'allait chercher à la rendre folle. Tout s'arrangeait. Liam ne se ressentait déjà presque plus de sa blessure, et leur relation était de jour en jour plus solide. Plus torride, aussi, songea Harper encore troublée par ses baisers. À bien des égards, elle avait de la chance. Beaucoup de chance.

Un grand fracas provenant de l'extérieur l'arracha brutalement à ses rêveries. Son regard se porta aussitôt sur la fenêtre de la salle de bains. Était-ce une branche d'arbre qui avait heurté les carreaux ? Un animal, peut-être ? Non, pour faire un boucan pareil, il ne pouvait s'agir que d'un humain.

Harper frissonna, et son cœur s'emballa.

Une silhouette apparut derrière la fenêtre – seules la tête et les épaules étaient visibles à travers les vitres en verre dépoli. Il y avait bel et bien quelqu'un. En panique, elle voulut sortir du jacuzzi, mais son peignoir était suspendu à une patère, hors de portée. Elle ne pouvait cependant pas rester dans son bain sans rien faire alors qu'un salopard de voyeur l'épiait. D'un bond, elle se leva et enjamba le bord du jacuzzi, puis elle attrapa son peignoir, l'enfila à toute vitesse et le ceintura.

— Sortez de là, sale pervers ! Attendez un peu que j'appelle la police.

Elle vit derrière les vitres des yeux ronds comme des billes et une bouche béante. Malgré la déformation due au verre dépoli, la forme de ce visage, ce profil, lui disaient quelque chose. La colère finit par l'emporter sur la peur. Qui était ce tordu qui l'espionnait ? Les gens de cette ville étaient-ils tous tarés sous leurs dehors débonnaires ?

L'homme disparut.

Harper n'hésita que le temps d'un battement de cils. C'était risqué, elle le savait, mais c'était le seul moyen d'identifier son voyeur, qui avait pris la fuite. Elle ouvrit la fenêtre et se pencha un peu pour pouvoir mieux le voir.

Elle reconnut immédiatement cette silhouette chétive.

— Hé ! cria-t-elle. Qu'est-ce que vous faites là, Allen ?

Il tourna la tête. Ses yeux étaient agrandis d'effroi. Il s'immobilisa, indécis, ne sachant s'il devait s'enfuir ou assumer les conséquences de ses actes.

— Revenez ici, ordonna-t-elle. Expliquez-vous avant l'arrivée de la police. Vous risquez moins gros si vous faites ce que je vous dis.

Elle vit les épaules d'Allen s'affaisser, puis il revint sur ses pas en traînant des pieds et jura entre ses dents d'un ton rageur.

— Un pasteur est-il censé parler aussi mal ? railla Harper. Encore qu'après avoir été surpris en train d'épier une femme à travers la fenêtre de sa salle de bains, la grossièreté doit être le cadet de ses soucis.

— Ce n'est pas ce que vous croyez, protesta Allen en levant les mains devant lui. Pitié, n'appelez pas la police. J'ai déjà bien assez d'ennuis comme ça.

— Que voulez-vous que ça me fasse ?

— Si mon sort vous indiffère, pensez à ma famille. Ma femme et mes gosses seront dévastés. Laissez-moi au moins m'expliquer.

— Je vous accorde une minute. Pas une de plus. Vous avez intérêt à être convaincant.

Aux abois, il balaya le jardin d'un regard circulaire.

— Retrouvons-nous sous la véranda, suggéra-t-il. On ne sait jamais, si quelqu'un me voit, on pourrait se demander ce que je fais là.

Harper ne put s'empêcher de rire. Il s'était introduit dans son jardin en douce et traînait sous ses fenêtres et il s'inquiétait de ce que les gens allaient penser ?

— Je vous conseille de ne pas chercher à filer.

— Je n'en ferai rien. Je tiens à m'expliquer pour dissiper ce malentendu. Mais habillez-vous d'abord. J'ai une réputation à préserver.

Voilà que maintenant il lui faisait la leçon ! Ce sale hypocrite avait un sacré toupet !

Harper enfila un jean et un T-shirt, et courut rejoindre son visiteur sous la véranda. Contre toute attente, il n'était pas parti. Assis dans la balancelle, il patientait, comme un brave pasteur venu prêcher la bonne parole à une de ses paroissiennes.

L'enfoiré.

— Je pensais que vous en pinciez plutôt pour les très jeunes filles. Pourquoi m'espionniez-vous à travers la fenêtre de ma salle de bains ? Je ne vois qu'une seule raison.

Allen tressaillit.

— Ce n'est pas ce que vous croyez. Je ne savais pas que la fenêtre donnait sur la salle de bains. Je vous assure. Asseyez-vous ; je vais tout vous expliquer.

— Je vous remercie, mais je préfère rester debout.

— Comme vous voudrez.

Il prit une profonde inspiration et expira bruyamment en passant une main dans ses cheveux clairsemés.

— Je vous cherchais pour avoir une discussion avec vous, justement. En voyant votre voiture dans l'allée, je me suis douté que vous étiez chez vous. J'ai frappé plusieurs fois à la porte de devant, puis je suis passé derrière et j'ai frappé à nouveau, mais vous n'avez pas répondu.

— Quelqu'un de normal en aurait conclu que la personne n'était pas disponible, quelle qu'en soit la raison.

— Pour une fois que je vous trouvais chez vous et que ce *flic* ⊠ son mépris transparut dans la manière dont il prononça ce mot – n'était pas là, je voulais en profiter.

— Tout ce que vous avez à me dire, vous pouvez le dire devant l'inspecteur Andrews.

— Non, pas vraiment. C'est lui qui m'a mis dans ce pétrin.

Elle haussa les sourcils, attendant qu'il développe.

— Il a fichu ma vie en l'air. Je n'ai plus de travail car j'ai été destitué de mes fonctions de pasteur, et ma femme est sur le point de me quitter. En plus de cela, je n'ai plus un sou. Je me suis endetté pour payer la caution. Vous n'imaginez pas à quel point tout cela est dur pour moi.

— Faites-moi grâce de vos histoires à faire pleurer dans les chaumières. Si vous étiez resté en prison, cela ne m'aurait pas chagrinée plus que ça. C'est pour Emily et les autres victimes éventuelles que je m'inquiète.

— Je vous en supplie, Harper. Parlez-lui et essayez de le convaincre de m'aider à me sortir de ce pétrin.

Allen se fourrait le doigt dans l'œil s'il s'imaginait que Liam pouvait ou voulait faire quelque chose pour lui.

Comment Presley avait-elle pu être attirée par ce pauvre type ?

— La loi punit ceux qui s'en prennent à des mineures. Vous devriez être jeté en prison.

— Je n'ai violé personne. Ce que j'ai fait est mal, c'est vrai, mais je peux me faire soigner. Prendre un nouveau départ.

— Emily est encore une enfant. Vous n'avez aucune excuse et ne méritez aucune clémence. Et n'essayez pas non plus de me faire croire que vous n'étiez pas en train de me reluquer par la fenêtre de la salle de bains, parce que là aussi ce serait peine perdue.

— Je ne voyais rien à travers le verre dépoli. Vous n'allez pas lui parler de cet incident, n'est-ce pas ? Comme je vous l'ai dit, je vous cherchais.

Un frisson de dégoût parcourut la jeune femme.

— Ne vous approchez plus jamais de moi, Allen. Et ne revenez pas chez moi.

— Par égard pour ce qu'il y a eu entre Presley et moi, pourriez-vous m'accorder ne serait-ce qu'un peu d'indulgence ?

— Vous êtes répugnant. Il n'y avait plus rien entre Presley et vous, à supposer même qu'il y ait eu un jour quelque chose. C'est vous qui m'avez dit qu'elle avait rompu avec vous quelques semaines avant sa mort. Vous ne méritez aucune pitié.

— Et si je vous disais que j'ai des renseignements qui pourraient vous intéresser ?

À ces mots, Harper sentit son cœur bondir dans sa poitrine.

— Quelle sorte de renseignements ?

— Vous vouliez savoir si c'était moi qui l'avais mise enceinte. La réponse est non. Mais je sais qui Presley voyait en secret après avoir rompu avec moi.

— Qui ?

Allen leva un doigt et l'agita de gauche à droite.

— Je ne vous le dirai que si vous acceptez de ne pas parler à votre ami de ma présence derrière la fenêtre de votre salle de bains. De plus, je veux être bien traité au moment de mon procès.

— Je ne marche pas. Dites ce que vous savez à Liam, si vous ne voulez pas me le dire. Peu importe. Sachez en tout cas que vous n'avez pas le droit de garder cela pour vous.

Il poussa un gros soupir.

— Bon, d'accord. Qu'est-ce que j'ai à perdre ? J'ai déjà presque tout perdu. Mais si vous trouviez en vous la moindre miséricorde, touchez deux mots de mon…

— Qui était-ce ? demanda Harper d'un ton sec.

— Bryce Fairfax.

Lorsque le téléphone sonna, Liam reconnut tout de suite le numéro. Il prit la communication en pressant le bouton du système Bluetooth de son véhicule.

— Il y a un problème, Gunner ?

— On m'a contacté.

Enfin. Un premier filon dans cette enquête compliquée.

— Qui était-ce ? On fait appel à toi pour quoi faire ?

— Le type ne m'a pas donné son nom. Il s'est pointé au campement et a commencé à discuter avec Buddy. Mais Buddy a haussé les épaules et s'est barré. Il se méfie des gens qu'il ne connaît pas. Alors le type s'est mis à chercher quelqu'un d'autre, de plus sociable, et c'est là que je me suis ramené, l'air de rien, pour voir ce qu'il voulait.

Liam le laissait parler, ne voulant pas le brusquer, mais il brûlait que Gunner en vienne aux faits. Tout ce qui l'intéressait, c'était de savoir à quoi ressemblait l'individu et ce qu'il attendait de Gunner. Il s'abstint cependant d'interrompre son interlocuteur qui, il le savait, risquait de perdre le fil et de tout recommencer depuis le début.

— Quand il a parlé d'un boulot qui consistait à convaincre des mecs de payer leurs dettes de jeu, j'ai d'abord fait mine de ne pas être intéressé non plus. Pour finalement m'approcher de lui, dès que Buddy a eu le dos tourné, et lui glisser que j'avais besoin de me faire un peu de cash.

Lorsque Gunner s'interrompit pour reprendre son souffle, Liam en profita pour poser la question qui lui brûlait les lèvres.

— Est-ce qu'il t'a donné un truc à faire ?

— J'y arrive, chef. Et donc, quand je lui ai dit…

Liam se gara le long de la chaussée et prépara un papier et un stylo pour prendre des notes. Machinalement, il toucha sa blessure, qui n'était plus vraiment douloureuse. Juste un peu sensible. Il allait retrouver le salaud qui lui avait tiré dessus.

— Et le voilà qui me dit que je ne suis peut-être pas assez costaud pour le boulot en question. Il lui fallait des gars musclés pour bousculer un peu les mauvais payeurs. Inutile de vous dire que là il m'a sacrément énervé. Je lui ai expliqué que j'étais un teigneux et que j'avais remporté plus d'un combat quand une bagarre éclatait au campement. Il n'a pas eu l'air convaincu, ce crétin, mais il a finalement proposé de me prendre à l'essai. Il me filait cent dollars, en espèces, pour flanquer une bonne leçon à un mec qui ne respectait pas ses engagements. Alors je lui…

Liam n'y tint plus.

— Comment s'appelle la cible ? demanda-t-il.

— La cible ? Vous voulez dire le mec que je suis censé dérouiller ? Une minute, mon pote, j'y viens. Et donc, je dis au type que le tarif est de cent cinquante dollars, à prendre ou à laisser. Juste pour lui donner l'impression que sa proposition ne m'intéressait pas plus que ça, vous comprenez. Sinon, il se serait peut-être méfié. Bref, il a accepté et m'a filé cinquante dollars. Il a dit que le reste, je l'aurai demain, une fois que j'aurai fait le boulot.

Liam avait le cœur qui battait à cent à l'heure.

— Qui dois-tu tabasser ?

— Au début, il ne voulait pas me donner son nom. Juste son adresse. Mais j'ai insisté pour avoir au moins le nom du mec, à défaut de sa photo. Je voulais être sûr de ne pas me tromper. Ce sont des choses qui arrivent, hein ? Ça n'avait pas l'air de lui plaire, mais il a quand même fini par sortir son téléphone et il m'a montré le mec en photo. Un mec bien, genre BCBG. Avec de belles fringues et une de ces coupes de cheveux à la mode qu'on ne peut pas se faire faire chez n'importe quel coiffeur. Enfin, bref, vous voyez le genre.

— Oui, très bien. Continue, dit Liam, à deux doigts de se taper la tête contre le tableau de bord.

— Je ne sais pas si je vous l'ai dit, mais d'après ce que j'ai compris, il ne s'agissait pas seulement de passer à tabac les mauvais payeurs. De temps en temps, il fallait aussi aller intimider des filles qui gardaient pour elles le prix de leurs passes. Alors là, je l'ai arrêté tout de suite. Je lui ai dit que ce boulot n'était pas pour moi mais que je lui trouverais quelqu'un. Et là, le type me demande pour qui je me prends. Si je suis le prince des clodos. Je lui réponds que…

Liam regarda l'heure. Harper devait l'attendre pour dîner, mais le travail d'abord. S'ils continuaient à se fréquenter, elle s'en rendrait vite compte. Elle risquait de trouver cela rédhibitoire, mais elle ne serait pas la première à le laisser tomber pour cette raison, estimant que le jeu n'en valait pas la chandelle. Encore que de la part de Harper cela l'étonnerait beaucoup.

— Bref, on a échangé nos numéros de téléphone. Je suis censé l'appeler une fois que j'aurai fait le boulot.

— Parfait. Donne-moi son numéro. Il s'agit probablement d'un téléphone jetable, mais je vérifierai.

Liam nota le numéro que lui dicta Gunner.

— Et maintenant on fait quoi, chef ? Comment le type va-t-il réagir quand il va constater que je me suis défilé ? Il risque de mal le prendre et ça, ça m'embête un peu. Je ne voudrais pas l'avoir à mes trousses parce que, ce type-là, il n'a pas l'air de rigoler.

— Je vais contacter ce soi-disant mauvais payeur et le cuisiner jusqu'à ce qu'il se mette à table et me donne les noms de tout ce beau monde. Avec un peu de chance, le réseau sera très vite démantelé. En attendant, je t'emmène dans un lieu sûr.

— Je vous remercie, chef, mais il vaudrait mieux attendre demain. Si je pars comme ça, mes potes vont trouver ça louche. Et imaginez que le type se pointe au campement et ne me voie pas. Ça ficherait tout en l'air.

Gunner n'avait pas tort, mais Liam ne voulait pas le mettre dans une situation délicate.

— Je prends le risque, dit-il.

Gunner rigola.

— Pour tout vous dire, j'ai envie de passer la soirée avec mes potes. Une dernière fois, vous comprenez ?

— Tu es sûr ?

Liam n'aimait pas trop cela. Gunner prenait des risques.

— Affirmatif, chef, dit Gunner, soudain d'une concision étonnante. Retrouvez-moi demain à 16 heures à la clairière. Au fait, le nom de la cible, c'est Richard Collins.

Collins… ? Le mari de Kimber ? Une petite visite s'imposait.

Les pièces du puzzle commençaient à se mettre en place. L'enquête serait bientôt bouclée, songea Liam en quittant son stationnement pour poursuivre sa route.

13

— Où allez-vous, comme ça ? lança Liam depuis sa voiture en voyant Harper dévaler les marches de son perron.

Elle retournait chez Kimber pour lui dire qu'elle n'allait pas porter plainte contre elle. Elle en voulait toujours autant à son amie mais, consciente que Kimber vivait des moments difficiles, elle préférait lui épargner des soucis supplémentaires.

Lorsqu'elle lui eut fait part de son intention, il haussa les sourcils.

— Le moment est mal choisi, dit-il d'un ton qui n'augurait rien de bon.

— Pourquoi ? Vous y allez aussi ? Puis-je venir avec vous ?

— Il ne s'agit pas d'une simple visite, Harper. Je passais juste vous dire de ne pas m'attendre.

Elle soupira.

— Que se passe-t-il, Liam ? Je finirai par le savoir, vous le savez bien. Et de toute façon vous ne pourrez pas m'empêcher d'y aller.

Comme il lui expliquait ce qu'il allait faire chez les Collins, elle monta dans sa voiture sans lui demander son avis.

— Je peux vous aider, affirma-t-elle. Richard et Kimber sont des amis et ils me sont redevables de ne pas porter plainte contre eux. De plus, j'ai besoin de sortir de cette maison.

— Comment cela ? Il s'est passé quelque chose ? s'enquit Liam en démarrant.

Après une courte hésitation, elle cracha le morceau.

— Allen Spencer est venu rôder autour de la maison.

— Quoi ? Que voulait-il ?

— Plaider sa cause. Nous convaincre de retirer les charges qui pèsent contre lui.

— Hors de question.

— C'est ce que je lui ai dit.

Comme s'il avait senti qu'elle ne lui disait pas tout, Liam prit sa main et la porta à ses lèvres pour déposer un baiser à l'intérieur de son poignet.

— L'entrevue avec les Collins ne sera pas longue, promit-il. Si quelque chose vous préoccupe, nous en discuterons tout de suite après.

Pendant le reste du trajet, elle s'absorba dans la contemplation du paysage. Au détour de la route, la vieille ferme de 1830, construite en brique rouge dans le style fédéral américain, apparut soudain au milieu d'une vaste prairie dans laquelle paissaient plusieurs chevaux.

— C'est superbe, n'est-ce pas ? dit-elle d'un ton rêveur. Mais attendez de voir l'intérieur. Chaque pièce possède sa cheminée, et la cuisine avec son mur de brique et ses appareils électroménagers vintage est…

— Cette maison a dû leur coûter une fortune, fit remarquer Liam. Pas étonnant qu'ils soient criblés de dettes.

— C'est l'addiction aux jeux d'argent de Richard qui est à l'origine de leurs problèmes, pas la rénovation, répliqua Harper du tac au tac.

Sa réaction épidermique la surprit elle-même. Comment pouvait-elle encore défendre Kimber après ce qu'elle lui avait fait pour la pousser à partir de chez elle ?

— S'il ne s'agissait que de rembourser leur prêt immobilier, ils s'en sortiraient, ajouta Harper. Mais avec les dettes de jeu, leur situation devient de jour en jour plus critique.

— Quelle qu'en soit la raison, ils se sont mis dans le pétrin.

Liam s'arrêta dans l'allée pavée qui décrivait un demi-cercle devant la propriété.

— Et si vous attendiez dans la voiture ? Richard risque de mal réagir.

— Raison de plus pour que je vous accompagne. Ma présence lui rappellera qu'il a intérêt à se tenir à carreau, s'il ne veut pas que je porte plainte.

Ils remontèrent l'allée jusqu'à la maison.

— Au printemps, c'est encore plus beau, déclara Harper. Et avec les rosiers et les plantes aromatiques, vous ne pouvez pas imaginer comme ça sent bon.

Mais Liam gardait le silence, insensible au charme du lieu. À ses mâchoires crispées, elle comprit qu'il avait endossé son rôle de flic. Il appuya sur la sonnette et, sans échanger un mot, ils attendirent qu'on leur ouvre la porte. Une bonne minute plus tard, une fillette en pyjama Hello Kitty apparut sur le seuil. Elle riva sur les visiteurs ses grands yeux bleus – de la même nuance de bleu que ceux de sa mère.

— Harper ! s'exclama-t-elle en se jetant sur la jeune femme, qu'elle entoura de ses bras.

— Salut, Courtney, dit Harper avec un grand sourire. Contente de te voir, ma puce.

— Qui est-ce ? Je t'ai dit de ne pas ouvrir, sauf si…

Sortant de la salle de séjour, Kimber se figea au milieu du vestibule, étonnée de les voir là et visiblement inquiète.

Liam avait préféré venir par surprise. Il voulait éviter que le couple fasse appel à un avocat et que qui que ce soit d'autre de la police de Baysville s'en mêle.

— Puis-je vous parler une minute à vous et à votre mari ? demanda-t-il.

Kimber porta machinalement une main à sa gorge.

— Retourne au salon, Courtney.

La fillette fila sans discuter. Dès qu'elle eut disparu, Kimber les dévisagea tour à tour.

— Vous n'allez pas… m'arrêter ? bredouilla-t-elle.

— Non, madame. Mais il faut absolument que je voie votre mari. Il est à la maison ?

— Oui. Je vais vous l'appeler, dit Kimber de mauvaise grâce en se résignant à les faire entrer. Allons dans la véranda ; nous y serons tranquilles. Richard ? cria-t-elle. Nous avons de la visite.

Harper, qui connaissait bien la maison, ouvrit la marche. Elle avait vaguement l'impression de trahir son amie. Elle était si souvent venue ici… Elle faisait presque partie de la famille.

Mais, tout cela, c'était bel et bien fini.

La véranda était une pièce presque entièrement vitrée, ouverte sur les bois environnants. Le salon de jardin en rotin blanc et les paniers de fougères suspendus aux poutres du plafond rendaient l'endroit accueillant. Kimber les invita à prendre place autour d'une table en pin naturel. Richard fit son apparition quelques instants plus tard, arborant une tenue décontractée et ce sourire factice dont il ne se départait jamais.

En voyant leurs mines sombres, cependant, il changea de tête.

— Que se passe-t-il ?

— Ferme la porte. Je ne veux pas que les enfants entendent.

— C'est si grave que ça ? plaisanta-t-il, ce qui ne fit sourire personne.

Il vint s'asseoir à la table, sur laquelle il croisa les mains.

Liam se présenta, et les deux hommes se serrèrent la main. Richard les fixait les uns après les autres d'un air interrogateur.

— J'ai fait quelque chose de complètement idiot, déclara Kimber, la tête basse.

— Ce n'est pas la raison de notre visite, dit Liam.

Richard avait les yeux rivés sur sa femme.

— Qu'est-ce que tu as fait ?

— Je voulais absolument m'approprier la maison de Harper. J'ai toujours pensé qu'il y avait moyen de la transformer en chambres d'hôtes et d'en tirer des revenus substantiels. Nous avons tellement besoin d'argent…

Richard se rembrunit, visiblement mécontent que sa femme évoque ouvertement leurs difficultés financières.

— Vous pourrez expliquer tout ça à votre mari plus tard, dit Liam. Ce n'est pas la raison de notre visite et, comme vous le savez, Harper a décidé de ne pas porter plainte. En fait, c'est vous, Richard, que nous sommes venus voir. Vous êtes dans le pétrin.

— Moi ? C'est une plaisanterie, j'imagine. Je ne sais même pas qui vous êtes. Que nous voulez-vous, à la fin ?

Kimber lui donna une tape sur les mains pour le faire taire.

— Il est policier, Richard.

Le dépit se peignit sur ses traits.

— J'ai intérêt à coopérer, alors.

Liam approuva d'un hochement de tête.

— J'ai appris que vous jouiez de manière assidue à des jeux d'argent et que vous n'arriviez plus à honorer vos dettes.

— Encore ? s'exclama Kimber, les yeux étincelant de colère. Ne me dis pas que tu as recommencé. Tu avais promis, Richard.

Il avait baissé les yeux, tel un gamin pris en faute. En le voyant rougir jusqu'à la racine des cheveux, Harper eut un peu pitié de lui. Lui qui était toujours si insouciant et sûr de lui… Et qui aimait Kimber à la folie. Son addiction aux jeux d'argent devait être plus forte que tout. Il ne savait plus ce qu'il faisait.

— Est-ce que tu es allé à tes séances de psychothérapie, au moins ? demanda Kimber. Ou est-ce que tu m'as menti pour ça aussi ?

— J'y suis allé. Mais j'ai cru… qu'en deux ou trois parties, je pourrais me refaire. Gagner de quoi payer quelques factures.

— Toujours la même rengaine ! À quoi bon m'échiner au travail, si c'est pour que tu dilapides tout notre argent au poker ?

Richard releva la tête et regarda Liam, ignorant sa femme en furie.

— Comment avez-vous su, pour mes dettes de jeu ?

— J'ai mes sources, répondit Liam. C'est arrivé à un point où vos créanciers ne vont plus se contenter de menaces verbales. Ce soir, ils ont décidé d'employer la manière forte pour récupérer leur argent.

Un grand silence accueillit la nouvelle.

Kimber recouvra la première l'usage de la parole.

— Que voulez-vous dire ? murmura-t-elle.

— Oh ! mon Dieu. Qu'est-ce que j'ai fait ? grommela Richard en prenant son visage dans ses mains. Je vais aller à la banque et les rembourser demain à la première heure.

— Aller à la banque ? railla Kimber. Pourquoi faire ? Les comptes sont à sec. Tu nous as mis sur la paille !

— Et toi, alors ? Tu n'y as pas contribué, peut-être, en achetant cette baraque et la rénovant à grands frais ?

La porte de la véranda grinça, et Courtney passa la tête par l'ouverture.

— Qu'est-ce que vous avez à crier comme ça ? lança-t-elle, inquiète et à deux doigts de fondre en larmes.

— Tu es content de toi ? dit Kimber à son mari à mi-voix. Tout va bien, ma chérie, affirma-t-elle en se forçant à sourire. Retourne au salon pour regarder la télévision avec tes sœurs.

— File, dit Richard d'un ton bourru. Nous vous rejoignons bientôt.

La fillette sentait bien qu'il se passait quelque chose, mais elle finit par s'en aller en refermant la porte derrière elle.

— Merci de m'avoir prévenu, dit Richard d'une voix éteinte.

Il dut prendre appui sur la table pour se lever de sa chaise. Harper ne l'avait jamais vu aussi abattu.

— Je vais faire attention, assura-t-il.

— Et nous ? demanda Kimber en s'adressant à Liam. Ces hommes vont-ils s'en prendre aussi à moi et aux enfants ? Sommes-nous en danger ?

— Je ne les laisserai pas vous toucher, promit Richard. Je t'en donne ma parole.

— Je sais ce qu'elle vaut, ta parole. Tu avais promis de ne plus jouer, non ?

— Vous pouvez venir chez moi jusqu'à ce que ça s'arrange, proposa spontanément Harper, qui pensait surtout à Courtney et à ses sœurs.

— Tu serais prête à nous héberger après… après tout ce que je t'ai fait ? bredouilla Kimber, en larmes.

— C'est pour les filles que je m'inquiète, précisa Harper avant de se tourner vers Liam, qui semblait préoccupé. S'ils viennent à la maison, vous pourrez plus facilement planifier un coup monté, j'imagine.

— Oui, probablement, admit-il.

— Je peux me débrouiller tout seul. Je n'ai pas besoin de votre aide. Ou d'un… coup monté.

Tous les regards se braquèrent sur Richard. La stupéfaction était générale.

— Supposons que vous réussissiez à échapper à un homme de main ce soir, dit Liam, plus prompt que les autres à réagir. Qu'en sera-t-il demain soir ? Et après-demain soir ? Vous ne pouvez pas rester aux aguets avec votre femme et vos enfants vingt-quatre heures sur vingt-quatre et sept jours sur sept.

— Ne sois pas idiot, Richard. Accepte son aide. Écoute-le, dit Kimber. Sinon, c'est bien simple, je te quitte. Je refuse de mettre mes enfants en danger. Nous partirons, et je peux te garantir qu'aucun juge ne t'accordera de droit de garde. Tu veux parier avec moi ?

Richard se laissa retomber sur sa chaise, la tête rentrée dans les épaules.

— Vous ne pouvez pas comprendre.

— Expliquez-nous, dit Liam.

— La lutte est inégale. C'est le pot de terre contre le pot de fer.

— Pouvez-vous être plus explicite ?

— Pourquoi pensez-vous que ce réseau de jeux d'argent dure depuis aussi longtemps ? Je peux vous donner le nom du type qui organise les parties de poker et qui ramasse le fric. Vous pouvez toujours l'arrêter pour l'interroger, mais cela ne vous servira pas à grand-chose. Il clame partout que son boulot est sans risque. Les flics sont dans le coup.

Liam s'en doutait depuis le début, mais sa première réaction fut de défendre l'institution pour laquelle il travaillait.

— Et attention, continua Richard. Ils ne se contentent pas de fermer les yeux. Ils chapeautent tout le réseau. Vous voyez le problème. Je ne peux rien faire d'autre que rembourser et fermer ma gueule.

— Quelle preuve avez-vous de ce que vous avancez ?

— Aucune. C'est juste une rumeur. Mais cela fait sens, vous ne pensez pas ?

Liam ne pouvait prétendre le contraire. Il se mit à pianoter nerveusement sur la table, réfléchissant aux options qui s'offraient à lui. Il décida de ne pas révéler à Richard qu'il était un agent infiltré, mais il hésitait à faire appel à l'artillerie lourde. Son instinct lui soufflait qu'il était trop tôt. Tant qu'il n'avait pas appréhendé l'homme qui avait engagé Gunner, il ne pouvait rien prouver. Il devait faire parler ce type, l'amener à balancer les grosses pointures pour lesquelles il travaillait. Intervenir maintenant risquait de compromettre sérieusement ses chances de démanteler le réseau.

— Et si vous cachiez un micro sur Richard quand il va jouer au poker ? suggéra Kimber. Vous prendriez les coupables la main dans le sac.

— Tu veux me faire tuer, c'est ça ? protesta Richard. Le divorce ne te suffit pas ?

— Il y a un meilleur moyen, dit Liam. Si nous voulons mettre la main sur le grand manitou, il faut faire pression sur son bras droit, ce qui signifie, dans le cas présent, que nous devons coincer le sbire qui s'occupe du recouvrement des dettes.

— Vous voulez dire que nous allons laisser un gars me casser la figure pour pouvoir ensuite l'arrêter pour coups et blessures ? Très peu pour moi.

— Écoutez-moi une minute…

— C'est hors de question, décréta Richard en se levant à nouveau. Vous pouvez tous partir. J'en ai assez entendu.

— Vous devriez accepter de coopérer, conseilla Harper d'un ton posé. Vous n'avez pas de quoi rembourser vos dettes. Et, même si vous aviez cet argent, comment ferez-vous la prochaine fois que vous perdrez ? Liam a une solution pour vous tirer de là.

Richard se rassit, l'air désemparé. Liam gratifia Harper d'un regard approbateur. Elle connaissait bien les Collins et savait qu'ils avaient toute confiance en elle.

— Fais ce qu'on te dit, Richard, renchérit Kimber en posant une main sur l'épaule de son mari avant de se tourner vers Liam. Vous êtes sûr qu'il ne lui arrivera rien ? demanda-t-elle. On peut compter sur vous ?

— Absolument.

Harper se leva.

— Je propose que nous fassions les sacs des filles et allions chez moi. Qu'en dites-vous ?

Liam lui adressa un hochement de tête. Elle avait deviné

qu'il réussirait plus facilement à convaincre Richard d'accepter son plan si Kimber n'était pas là.

— Cela semble être une bonne idée, dit celle-ci, apparemment pressée de s'en aller. À plus tard, Richard. Fais attention à toi.

— C'est juste une formule ou tu tiens encore à moi ? répliqua-t-il d'un ton bourru.

Ils se levèrent, et le regard de l'un accrocha celui de l'autre tandis que leurs mains, comme aimantées, se rejoignaient et que leurs doigts s'entremêlaient. Malgré les trahisons et les déceptions, il était évident qu'ils s'aimaient encore.

Puis les deux femmes quittèrent la pièce, laissant Richard en tête à tête avec Liam dans la véranda.

— En quoi votre plan consiste-t-il exactement ? s'enquit Richard en se passant une main dans les cheveux. Je suis prêt à tout pour éviter à ma famille de pâtir de mon inconséquence.

Liam craignait qu'il n'appelle Bryce dès qu'il aurait tourné les talons. Harper l'avait prévenu que Richard et Bryce étaient copains. Au lycée, ils jouaient dans la même équipe de foot. Depuis, de l'eau avait coulé sous les ponts, bien sûr. Et Liam avait vu comment Richard regardait Kimber et ses filles. Il les aimait ; cela ne faisait aucun doute.

— Si vous ne coopérez pas à cent pour cent avec moi ou parlez à qui que ce soit de ce plan, j'arrêterai Kimber pour actes de malveillance.

— Kimber ? Mais qu'est-ce qu'elle a fait ?

— Pour faire court, elle a caché des caméras et des haut-parleurs chez Harper pour la pousser à quitter Baysville et à lui vendre la maison. Votre femme n'a qu'une idée en tête : transformer cette maison pour en faire des chambres d'hôtes. Elle pense que c'est LÀ solution pour résoudre vos problèmes d'argent.

— Elle serait prête à vendre notre ferme ? Elle l'adore,

pourtant. Je ne serais pas étonné qu'elle l'aime même plus que moi.

— Ce n'est pas l'impression que j'ai. Elle voulait à tout prix vous aider à sortir de l'impasse.

Une lueur d'espoir brilla au fond des yeux de Richard.

— Je ne sais pas ce que vous mijotez, mais je suis partant.

— Pour commencer, il me faut le nom du type qui collecte l'argent des paris, dit Liam.

— D'accord. Il s'appelle Mitchell Sullivan. C'est le pharmacien de Baysville.

Liam eut du mal à cacher sa surprise. L'implication d'un notable de la ville n'aurait pourtant pas dû l'étonner. L'appât du gain ne sévissait pas que dans les milieux défavorisés.

— Et Sullivan récupère le fric sur son lieu de travail ?

— Ouais. On lui envoie un texto pour le prévenir qu'on est arrivé. Il sort par la porte de derrière et récupère les billets de banque, qu'on a glissés dans une enveloppe neutre. Pour lui, il s'agit d'une transaction commerciale comme une autre. Ce en quoi il a probablement raison.

14

Liam avait les yeux rivés sur Harper, qui guidait Gunner à travers les bois obscurs. Il aurait préféré qu'elle ne vienne pas, mais elle n'avait rien voulu entendre. Il savait que tenter de la tenir à l'écart n'aurait servi à rien. Elle serait venue quand même, au péril de sa vie.

Il pataugeait dans le marécage dans lequel, à chaque pas, ses pieds risquaient de s'enfoncer. L'humidité avait transpercé le cuir prétendument imperméable de ses boots. Il avait bien fait de prévoir une paire de chaussettes de rechange pour Gunner, même si le pauvre bougre en avait vu d'autres et se fichait sans doute pas mal d'avoir les pieds mouillés. Par chance, la lune était presque pleine, ce qui facilitait leur progression dans les marais et les bois, derrière les habitations. Mais ce clair de lune avait aussi un inconvénient : ils risquaient de se faire repérer.

Liam restait loin derrière eux, s'efforçant de marcher sans bruit et de se baisser lorsqu'ils sortirent de la forêt et se retrouvèrent à découvert. Gunner avait essayé de le dissuader de l'accompagner. Il disait n'avoir pas besoin de garde du corps pour se rendre chez les Collins et trouvait déjà assez vexant d'avoir à suivre Harper. Mais Liam s'était incrusté malgré tout, car il sentait que cela risquait de mal tourner.

Il y eut comme un bruissement d'ailes, tout près, et une branche d'arbre céda. Sans doute une chouette. Liam s'immobilisa et tendit l'oreille. Mis à part le murmure des arbres et un chien, au loin, qui aboyait par intermittence, il n'entendit rien. Même pas les pas de Gunner et Harper, qui le devançaient d'une quinzaine de mètres. Harper connaissait bien le secteur et leur avait indiqué sur un plan la direction à suivre. Elle avait tenu néanmoins à leur servir de guide, arguant que les marais étaient redoutables quand on ne les connaissait pas.

Enfin, une lumière brilla au creux de la clairière, juste devant eux. Ils y étaient. Liam suivit des yeux Gunner et Harper tandis qu'ils s'approchaient de la maison des Collins et poussaient une fenêtre qui avait été laissée entrouverte exprès.

Liam sentit se dresser les poils de sa nuque et une sourde appréhension l'envahir. Il n'avait pourtant aucune raison d'avoir peur. Mais bizarrement, sans qu'il puisse s'expliquer pourquoi, il avait l'impression d'être observé.

Un cri provenant de la maison retentit soudain dans la nuit.

— Non, je vous en prie ! Je vais vous rembourser. Arrêtez !

Bien que le scénario ait été soigneusement préparé jusque dans ses moindres détails, que Richard se soit entraîné à supplier son supposé agresseur, Liam avait peur. Et si l'homme qui avait recruté Gunner avait décidé de faire surveiller les nouvelles recrues lors de leur première mission ? Cela expliquerait qu'il se sente épié, songea Liam, de plus en plus mal à l'aise. Et si on les avait vus ?

Des ombres bougèrent et se déplacèrent. Sur sa droite, la silhouette d'un individu grand et baraqué, vêtu tout en noir, surgit soudain de derrière le tronc d'un énorme chêne et détala à travers champs. L'homme se trouvant à une cinquantaine de mètres de lui, Liam ne parvint pas à voir son visage. La silhouette fut de nouveau avalée par la nuit. Moins de dix secondes plus tard, le bruit d'un moteur de voiture se fit entendre. Les phares du véhicule éclairèrent brièvement les bois et les champs, puis la voiture démarra sur les chapeaux de roues et fila sur la route départementale.

Liam s'approcha aussitôt de la maison et frappa à la porte de derrière. Il n'avait plus besoin de se cacher. L'homme chargé de surveiller Gunner était parti. Qu'allait-il penser du fait que celui-ci ne soit pas venu seul ? Apparemment, cela n'avait pas eu l'air de le déranger beaucoup. Il était juste venu s'assurer que la nouvelle recrue s'était bien acquittée de sa mission. Peu lui importait que Gunner se soit fait accompagner par un de ses potes SDF.

— Qui est-ce ? demanda Gunner derrière la porte.

— Liam. La voie est libre.

À ces mots, la porte s'ouvrit toute grande et Liam entra. Richard, visiblement nerveux, était dans la cuisine, où Gunner, qui semblait ne pas en mener large non plus, l'avait rejoint. À côté des deux hommes, Harper était d'un calme olympien, parfaitement à l'aise dans son rôle, comme si elle l'avait déjà joué une douzaine de fois.

Richard s'empressa d'aller verrouiller la porte.

— Quelqu'un vous a vu ? demanda-t-il.

— Non, je ne pense pas. Mais un homme, planqué dans les bois, surveillait la maison. Il est parti peu après que Gunner et Harper se sont introduits à l'intérieur.

— Nous avons entendu vrombir le moteur de sa voiture, dit Gunner. Ces gars-là ne plaisantent pas, on dirait.

— Dès que tu auras été payé, j'arrêterai ce gugusse, promit Liam. Demain à la première heure, des agents vont virer de l'argent sur votre compte, Richard. Vous pourrez rembourser vos dettes. Après l'arrestation, j'appellerai mes collègues à la rescousse.

— Les fédéraux, hein ? dit Richard. La police municipale risque de faire plus de mal que de bien.

— Mes collègues du FBI attendent mon signal, prêts à intervenir. Dans vingt-quatre heures environ, nous pourrons procéder à au moins deux arrestations. Celle du type qui a recruté Gunner et celle de celui qui encaisse l'argent des paris. J'espère que l'un des deux au moins nous fera des aveux complets.

Richard acquiesça même si de toute évidence il ne partageait pas l'optimisme de Liam. Mais, à la place de Richard, Liam aussi aurait été dans ses petits souliers jusqu'au dénouement de l'affaire.

Harper enleva sa casquette de tricot noir, libérant son abondante chevelure rousse qui se parait sous la lumière de beaux reflets cuivrés.

— Je n'arrive pas à croire que Mitchell Sullivan soit impliqué là-dedans, dit-elle. Il cache bien son jeu, celui-là.

Gunner, adossé contre le canapé, passa ses mains tavelées sur le cuir lisse.

— C'est une chouette maison que vous avez là. Vous devez en être sacrément fier.

Richard haussa les épaules.

— C'est beaucoup de soucis et de stress, il faut bien le reconnaître. J'en ai assez des faux-semblants. Il est grand temps pour moi d'affronter mes démons pour résoudre les problèmes et retrouver une vie de famille harmonieuse.

— Ce sera un réel soulagement pour Kimber, marmonna Harper.

— Je n'ai jamais été riche, mais j'ai vu du pays, confia à son tour Gunner. Après avoir beaucoup bourlingué, j'ai envie de me poser. À mon âge, il serait plus que temps, hein ?

Levant leurs bières, les deux hommes trinquèrent.

— Désolé d'interrompre votre petite beuverie, mais on n'a pas que ça à faire, dit Liam en sortant de ses poches une longue bande de coton blanc et un kit de maquillage. Encore une chance que ce soit Halloween. Les magasins regorgent de cosmétiques et artifices en tout genre Avec ce truc-là, on devrait pouvoir faire croire à un œil au beurre noir, et le tissu va servir à fabriquer une écharpe. Quand vous rencontrerez Sullivan, ce serait peut-être pas mal que vous boitiez légèrement. Attention quand même à ne pas en faire trop. Il ne faudrait pas éveiller sa suspicion.

Richard lorgnait le kit de maquillage d'un air dubitatif.

— Je porterai des lunettes de soleil, alors pas besoin de charger le maquillage. Sullivan ne verra pas mes yeux.

— Les lunettes noires, c'est une bonne idée. Je vais vous prêter un micro, que vous glisserez sous votre chemise. C'est dommage que nous ne puissions pas filmer, mais ce serait beaucoup trop risqué.

— Sullivan ouvre à peine la bouche, d'habitude. Tout va très vite. Il prend l'enveloppe et basta.

— En ce cas, c'est vous qui prendrez la parole. Vous direz par exemple « Voici ce que je vous dois pour la dernière partie de poker », histoire d'engager la conversation. Vous pourrez peut-être aussi soulever une seconde vos lunettes en disant que vous avez compris qu'il valait mieux payer dans les temps.

— Pigé.

— Envoyez-moi un texto dès que vous serez de retour dans votre voiture, indiqua Liam. Et toi, Gunner, préviens-moi quand le type qui t'a recruté t'aura rappelé pour convenir avec toi d'un rendez-vous. Le mieux serait qu'il revienne te payer ce qu'il te doit au campement. Je pourrai me cacher dans une tente. Évite si possible de le retrouver dans les bois.

— Message reçu, chef.

— Je t'ai réservé une place au foyer et tu es attendu à la mairie pour passer un entretien d'embauche. Ils ont besoin d'un agent d'entretien sérieux.

Gunner se racla la gorge.

— Vous pouvez compter sur moi, chef.

— Je sais. Pour cette nuit, je te propose de venir dormir chez moi. Pour plus de sûreté.

— Acceptez, Gunner, insista Harper.

— Ne vous en faites pas pour moi. Je suis très bien au

campement, avec mes potes. Nous veillons les uns sur les autres. Impossible qu'on me tombe dessus par surprise.

— C'est toi qui vois.

Liam n'était qu'à moitié rassuré mais, si Gunner estimait qu'il n'avait pas besoin de sa protection, libre à lui.

— Si l'un de vous voulait bien me ramener en voiture au campement, ça m'arrangerait, déclara le vieil homme. Mes jambes ne sont plus toutes jeunes, et ce soir j'ai déjà pas mal marché.

Richard lui offrit une poignée de main.

— Merci de votre aide. Et merci à vous aussi, Harper, pour tout ce que vous avez fait. Grâce à vous tous, je ne me suis pas fait tabasser devant ma femme et mes filles. Je vous suis très reconnaissant à tous les trois de m'avoir évité ça.

— On avait tous à gagner à coopérer, fit remarquer Gunner avant de finir sa bière. Il faut que je rentre, maintenant.

Richard alla s'affairer à la cuisine.

— Laissez-moi vous préparer un repas à emporter, dit-il en sortant du réfrigérateur du fromage et du jambon.

Il les mit dans un grand sac qu'il remplit de boîtes de conserve, paquets de chips et pain de mie.

— Vous pouvez aussi prendre le pack de bières.

— Ce n'est pas de refus, dit Gunner, tout content. Ce soir, au campement, ça va être la fête.

Harper ouvrit la porte de chez elle. Liam et elle furent accueillis par les cris perçants des fillettes.

Kimber se précipita dans le vestibule.

— Comment ça s'est passé ? Richard n'a rien ?

— Richard va très bien, s'empressa de la rassurer Harper. Cela s'est plutôt bien passé.

— *Plutôt bien ?* Que veux-tu dire par là ?

— Comme je viens de te le dire, Richard va très bien.

À quoi bon lui raconter qu'on l'avait vue entrer dans la maison avec Gunner ? Kimber se ferait du souci pour rien. D'autant plus qu'on ne pouvait rien y faire. Liam lui adressa un discret hochement de tête, la confortant dans sa décision de passer ce détail sous silence.

— Je crois que je vais rentrer, dit-il en faisant un pas vers la porte.

Harper lui jeta un regard surpris. Pourquoi était-il si pressé de partir ?

Sans crier gare, Kimber se jeta au cou du policier.

— Je ne vous remercierai jamais assez. Richard et moi vous devons une fière chandelle.

— Il n'y a pas de quoi.

— Je reviens tout de suite, dit Harper à Kimber avant de sortir derrière Liam. Vous ne voulez pas rester pour dîner ?

— J'ai encore pas mal de choses à faire. Il faut encore que je m'assure qu'il n'y a pas de problème.

Elle pinça les lèvres.

— Vous vous inquiétez pour Gunner, c'est ça ? Si vous allez planquer au campement, je viens avec vous. Je prendrai la relève quand vous voudrez dormir un peu.

— Vous feriez mieux de rester avec Kimber. Elle a bien besoin de compagnie, ce soir.

— C'est une grande fille. Je vous accompagne.

D'un coup de menton, Liam lui désigna la fenêtre, derrière laquelle Kimber attendait, le nez collé au carreau, l'air inquiet. Ses filles l'entouraient. Leurs visages étaient crispés.

— C'est peut-être une grande fille, et je vous accorde qu'elle n'a pas été très réglo, mais je pense vraiment qu'elle a besoin de vous. Et ses enfants aussi.

Harper poussa un soupir.

— OK, vous avez gagné. J'ai hâte que tout soit terminé et voudrais déjà être à demain soir. L'homme qui se trouve à la tête de ce réseau criminel est sûrement celui qui nous a tirés dessus et pourchassés.

— Oui, sans aucun doute.

Conscient d'être observé, Liam se contenta de la serrer brièvement dans ses bras avant de se diriger vers sa voiture.

Lorsqu'elle rentra, Harper constata que Kimber s'était affalée sur une chaise et qu'elle avait la tête dans ses mains. Elle avait vraiment l'air épuisée. À en juger par ses paupières gonflées et ses yeux rouges, elle avait dû beaucoup pleurer.

— Les filles, pourriez-vous monter un petit moment pendant que je parle avec votre maman ?

Kimber se redressa et plaqua sur ses lèvres un sourire las.

— Allez vite prendre votre bain et vous mettre en pyjama. Je vous rejoins dans deux minutes.

Les filles obéirent, mais le cœur n'y était pas.

— Richard ne m'a pas appelée, dit Kimber d'une voix enrouée. Nous pourrions rentrer dès ce soir, mais ce n'est pas ce qu'il souhaite, apparemment. Parce que autrement j'aurais eu des nouvelles.

— Il n'ose pas, je pense. Ou bien il a honte. Vous ne vous êtes pas quittés en très bons termes, je te rappelle. De plus, ici, il vous sait en sécurité.

— Mais il devrait me téléphoner. Ce n'est pas moi qui suis à l'origine de cette situation.

— Il n'en est pas responsable à cent pour cent, si tu veux mon avis, dit doucement Harper. Mais, à vous deux, je suis sûre que vous allez trouver une solution.

— Je reconnais que j'ai dépensé sans compter ces dernières années, mais, si nous n'avons plus un sou aujourd'hui, c'est surtout à cause de Richard et de son addiction au jeu. Quand il a finalement accepté de suivre une psychothérapie, j'ai cru qu'il avait décroché. En fait, il m'a menti. Une fois de plus.

— C'est ton couple, Kimber. À toi de voir.

Harper ne se serait pas permis de l'influencer ou de la juger.

Hochant la tête, Kimber refoula ses larmes avec force clignements de paupières.

— Je ne mérite pas ta gentillesse. Je suis sincèrement désolée, tu sais. Je m'en veux d'avoir cherché à t'effrayer avec tous ces bruits.

— N'en parlons plus, veux-tu ? Je t'ai déjà dit que je te pardonnais.

— Vraiment ?

— Oui, je t'assure.

Elle ne mentait pas. La confiance avait été rompue et jamais plus sans doute Harper n'aurait les mêmes sentiments à l'égard de Kimber, mais elle était toute disposée à tourner la page.

La sonnette de la porte d'entrée retentit. Kimber fit un bond sur sa chaise. Ses grands yeux bleus s'emplirent d'effroi.

Harper s'empressa de la rassurer.

— Pas de panique, c'est probablement le livreur de pizza. Je vais voir.

Mais, lorsqu'elle ouvrit la porte, elle resta bouche bée.

— Richard ? bredouilla-t-elle quand elle fut revenue de sa surprise.

Une chaise racla le parquet dans la cuisine, et des cris jaillirent de la salle de séjour.

— Papa ! Papa !

Les filles déboulèrent dans le vestibule et se jetèrent dans les bras de leur père. Un peu en retrait, Kimber observait la scène en silence.

S'avançant vers elle, Richard demanda :

— Es-tu prête à rentrer ?

Le visage fermé, Kimber semblait sur le point de se disputer à nouveau avec son mari, mais contre toute attente elle combla la distance qui les séparait et le prit dans ses bras.

Harper sentit les larmes lui monter aux yeux. Ces retrouvailles la bouleversaient sans qu'elle sache trop pourquoi. Laissant la petite famille tout à son bonheur, elle quitta le vestibule sur la pointe des pieds.

Quelques instants plus tard, Kimber et Richard, penauds mais plus complices que jamais, entrèrent dans la cuisine, tendrement enlacés.

— Je rapatrie ma famille à la maison, déclara Richard, le regard brillant de gratitude. Merci de votre accueil. Nous vous sommes tous très reconnaissants.

— Il n'y a pas de quoi. Vous pouvez rester dîner, si vous voulez. J'ai commandé deux grandes pizzas.

Richard sortit un billet de vingt dollars de son portefeuille et le lui mit de force dans la main.

— C'est gentil, mais nous préférons rentrer. Je pense que vous comprendrez.

Les filles se précipitèrent dans leurs chambres pour rassembler leurs affaires. Moins de dix minutes plus tard, les Collins étaient partis. À nouveau seule, Harper trouva la maison bien vide. Mais maintenant, au moins, elle pouvait aller rejoindre Liam là où il planquait.

Elle monta en vitesse pour se changer, mais, au milieu de l'escalier, quelque chose qui brillait sur l'une des marches attira son attention. Intriguée, elle se baissa.

Encore un osselet.

Elle le ramassa et l'examina, incrédule. Un frisson la parcourut. *Je ne l'ai pas vu l'autre fois, c'est tout.* Pourtant, Liam et elle avaient cherché partout les deux osselets manquants. *Arrête ! Arrête tout de suite !* Minuscule, l'osselet avait très bien pu passer inaperçu.

Elle le fourra dans sa poche, se changea rapidement et s'empressa d'aller rejoindre Liam au campement près de la voie ferrée.

Elle n'eut aucun mal à repérer sa voiture, dont les phares illuminaient la nuit dans toutes les directions. N'était-il pas censé être en planque ? Que diable se passait-il ici ?

Harper gara sa voiture à côté du pick-up de Liam, s'éjecta de son siège et courut rejoindre le policier, qui venait à sa rencontre.

— N'approchez pas, dit-il en écartant les bras pour lui barrer le passage. Ce n'est pas beau à voir.

Mais sa mise en garde ne servit à rien. Instinctivement, Harper jeta un coup d'œil derrière lui et aperçut Gunner, face contre terre, baignant dans une mare de sang.

15

Jamais Harper n'avait autant fréquenté les hôpitaux que depuis qu'elle était de retour à Baysville. Avec ses horribles chaises en plastique, ses magazines cornés et sa machine à café bruyante qui délivrait un jus de chaussette imbuvable, la salle d'attente réservée aux visiteurs du Tidewater Community Hospital commençait à lui sortir par les yeux. Il n'y avait plus que Liam et elle dans cette salle d'attente, et Harper se demandait si le chirurgien ne les avait pas oubliés.

Elle se leva et alla jeter un coup d'œil dans le couloir, complètement désert. Ici, contrairement aux urgences où tout le monde courait dans tous les sens, c'était le calme absolu.

Liam, qui s'impatientait aussi, se mit à faire les cent pas dans le couloir, braquant toutes les dix secondes son regard sur les portes closes du bloc opératoire. Elle le regarda aller et venir tandis que des images de Gunner gisant face contre terre et baignant dans son sang défilaient dans son esprit, tels des instantanés : son T-shirt lacéré de coups de couteau dans le dos, ses doigts enfoncés dans le sol, son téléphone en miettes à côté de lui. Liam avait ramassé sur la scène de crime des emballages de chewing-gum qu'il avait glissés dans des sacs à pièces à conviction pour que la police scientifique les analyse.

À son arrivée au campement, Liam avait fait une autre

découverte : il n'y avait plus personne. Les compagnons de Gunner avaient tous fait leur baluchon et mis les voiles.

Comment avaient-ils pu abandonner Gunner alors qu'il venait de se faire sauvagement poignarder ? Peut-être l'avaient-ils cru mort… Il s'en était fallu de peu. C'était un miracle qu'à l'âge qu'il avait le SDF n'ait pas succombé à ses blessures.

Sans Liam, qui se faisait du souci pour lui et avait voulu s'assurer que tout allait bien, il serait mort ; cela ne faisait pas l'ombre d'un doute. Mais Harper voyait bien que Liam se reprochait ce qui était arrivé à Gunner.

— Il est entre de bonnes mains, affirma-t-elle. Et c'est un dur à cuire. Je suis prête à parier tout ce que j'ai qu'il va s'en remettre.

— C'est entièrement ma faute. Je n'aurais jamais dû le laisser seul.

— Arrêtez de vous culpabiliser. Vous avez tout fait pour le convaincre de rester. C'est lui qui a voulu retourner au campement.

— N'empêche que si je ne l'avais pas impliqué dans mon enquête il ne serait pas au bloc.

— Vous aviez une bonne raison de le mettre à contribution. Ce n'est pas en vous fustigeant que vous allez éradiquer la corruption à Baysville.

Il poussa un soupir de frustration.

— Vous avez raison. Depuis cette agression, je suis encore plus déterminé à faire intervenir dès que possible les fédéraux. Et demain matin je demande des explications à Bryce.

— Bryce ? lança Harper en se raidissant. Des explications à propos de quoi ?

— Il ne peut pas ignorer ce qu'il se passe dans sa ville. Je vais jouer cartes sur table et voir comment il réagit.

— J'espère que vous vous trompez à son sujet.

Bryce frimait un peu et avait tendance à abuser de son autorité, mais ce n'était pas un mauvais bougre. Presley lui avait donné des cours de maths quand il était au lycée. Et maintenant que Harper savait que sa sœur avait eu une aventure avec lui…

— Je l'espère aussi. Mais, s'il est complice, il tombera comme les autres.

— Et Mitchell Sullivan ? Il ne faut pas l'oublier, celui-là.

— Sans Richard Collins, jamais nous n'aurions soupçonné le pharmacien. Et nous ne saurions toujours pas pourquoi les SDF se faisaient tuer. Ces meurtres sont directement liés aux réseaux de jeux clandestins et de prostitution.

— Il faut qu'on retrouve le salaud qui a poignardé Gunner, déclara Harper d'un ton âpre.

— Le mode opératoire utilisé dans ces meurtres est toujours le même : le tueur poignarde ses victimes dans le dos.

Harper frissonna.

— Pourvu que Gunner s'en sorte et puisse nous décrire son agresseur, murmura-t-elle.

Les portes du bloc opératoire s'ouvrirent, et un homme en tenue de chirurgien s'avança vers eux.

— Vous êtes les policiers qui attendent des nouvelles du patient ?

Harper ne jugea pas utile de lui préciser qu'elle ne faisait pas partie de la police. Elle voulait être avec Liam si par malheur les nouvelles étaient mauvaises. Elle scruta l'expression du chirurgien, cherchant à deviner ce qu'il en était, mais elle ne décela rien de particulier.

— Gunner a-t-il supporté l'opération ? demanda Liam d'une voix tendue.

— Sans aucun problème, assura le médecin. Son poumon droit a été touché mais nous avons pu le sauver. Il a fallu le transfuser car il avait perdu beaucoup de sang, et suturer toutes ses blessures, qui étaient nombreuses, comme vous le savez. Mais son état est stable et, malgré son âge, il devrait s'en sortir, à moins qu'il ne fasse une pneumonie.

Harper poussa un gros soupir de soulagement.

— Pouvons-nous le voir ? demanda-t-elle.

— Il va être transféré en salle de réveil. Normalement, les visites ne sont pas autorisées. Vous voulez l'interroger au sujet de son agresseur ?

— Oui. Pour les besoins de l'enquête.

— Suivez-moi, dit le médecin.

Il les guida au pas de charge le long d'un couloir auquel ils accédèrent après avoir passé deux jeux de portes à double battant, et les fit entrer dans une salle remplie de blouses blanches, de charlottes, de masques et de protège-chaussures.

— Il ne va pas tarder à se réveiller. Posez-lui vos questions et partez. Mon patient a besoin de repos.

Le médecin les emmena ensuite dans une pièce comportant plusieurs box séparés les uns des autres par des rideaux.

— Il est là, dit-il en ouvrant un des rideaux.

Gunner avait les yeux fermés, et son visage était aussi blanc que les draps de son lit. Il était sous perfusion, et des moniteurs contrôlaient en permanence ses fonctions vitales.

— Gunner ? appela tout doucement Liam, qui semblait avoir des scrupules à le réveiller. Comment te sens-tu, mon vieux ?

Gunner remua les paupières et fronça les sourcils.

— Hein ? Quoi ? dit-il d'une voix pâteuse.

— C'est moi, Liam. Harper est là aussi.

Il s'approcha du lit et posa une main sur l'avant-bras du malade.

— Tu nous as flanqué une de ces frousses. Mais tu vas t'en tirer, Dieu merci.

Gunner les fixa sans les voir puis son regard se posa

sur l'intraveineuse qu'on lui avait plantée dans le bras. Harper caressa ses doigts pour le rassurer.

— Tu es à l'hôpital suite à l'agression dont tu as été victime hier soir, dit Liam. Que s'est-il passé, Gunner ? Tu te souviens de quelque chose ?

Dans le regard du vieil homme apparurent soudain de la souffrance et de la peur.

— Je n'ai jamais eu aussi mal de toute ma chienne de vie, grommela-t-il.

— Désolé d'insister, mon vieux, mais c'est important. As-tu vu le visage de ton agresseur ?

Gunner passa la langue sur ses lèvres sèches.

— Oui, mais pas longtemps. Je ne le connais pas.

Liam et elle échangèrent un coup d'œil. L'agresseur n'était donc pas l'homme qui avait recruté Gunner pour tabasser Richard.

Gunner tenta de s'asseoir dans son lit, mais il était encore beaucoup trop faible.

— Et les autres gars ? demanda-t-il. Sont-ils… ?

— Ils vont bien, répondit Liam. Toi seul as été agressé. Dis-moi ce dont tu te souviens.

— On venait de finir de manger. Il faisait nuit. J'ai reçu un texto qui disait : « J'ai votre argent. Retrouvez-moi derrière votre tente. »

Gunner s'interrompit pour reprendre son souffle.

— Prends ton temps, dit Liam. Encore quelques questions et je te laisse tranquille. Que s'est-il passé quand tu es allé au rendez-vous ?

— Quelqu'un m'est tombé dessus par-derrière. Et ensuite…, j'ai senti qu'on me frappait.

— Ton agresseur a-t-il dit quelque chose ?

— Non, rien du tout.

— Quelle taille faisait-il, d'après toi ? Il avait un tatouage ou un autre signe distinctif ?

— Il était costaud. Pas gros. Plus très jeune, je dirais. Avec des cheveux grisonnants.

Cette description ne leur serait pas d'un grand secours. Elle n'était pas assez précise.

— On va en rester là pour l'instant, dit Liam. Repose-toi et je reviendrai te voir un peu plus tard, quand tu auras récupéré. Tu pourras peut-être me donner plus de détails et regarder des photos anthropométriques.

Harper pressa gentiment la main du vieil homme, et Liam et elle s'écartèrent du lit. Elle allait refermer le rideau lorsque Gunner ajouta quelque chose.

— Faut pas vous tracasser, chef.

Liam le regarda d'un air perplexe.

— Comment ça ?

— Ce n'est pas votre faute.

Liam prit une grande inspiration.

— Tu ne passeras plus une seule nuit dehors, Gunner. Je t'en donne ma parole.

Le trajet de retour se fit dans le silence. Liam paraissait tendu. Lorsqu'il s'arrêta devant chez elle, Harper ressentit le besoin de le réconforter.

— Le pire a été évité, dit-elle. Il va s'en remettre, Liam.

— Encore une chance ! S'il avait succombé à ses blessures, je ne me le serais jamais pardonné.

— Vous ne pouvez pas être partout à la fois. Ce n'est pas votre faute.

— C'est ce qu'il a dit, lui aussi. Mais moi, ce n'est pas comme ça que je le vois.

— Venez chez moi ; il faut qu'on parle, tous les deux.

— Non. Vous avez besoin de dormir. Et moi aussi. Je suis mort de fatigue.

— Alors venez dormir avec moi.

Son audace la surprit elle-même. Elle savait ce qu'impliquait sa proposition. Par *dormir*, elle entendait *faire l'amour*, bien sûr. Et tant pis si elle passait pour une dévergondée ! Elle brûlait d'enfoncer ses doigts dans les cheveux de Liam et de l'embrasser voluptueusement pour chasser la tristesse qu'elle lisait dans ses yeux. Elle le désirait et n'aspirait qu'à se confondre avec lui au creux d'un même lit.

Elle l'aimait.

Ce constat s'imposa à elle comme une évidence. Elle était sûre de ses sentiments. Mais le moment était mal choisi pour lui parler d'amour, elle en était consciente. Rien ne l'empêchait cependant de lui montrer par ses baisers et ses caresses à quel point elle tenait à lui.

— Allez, venez, insista-t-elle d'une voix enjôleuse.

Il hésita encore un instant puis sortit de son pick-up et claqua la portière. À sa démarche un peu lourde, à son regard terne, à son visage sévère, elle devina qu'il était épuisé.

Elle sentit aussi, tandis qu'ils avançaient vers le perron, que Liam était sur la défensive, comme s'il cherchait à ériger une barrière entre eux. Elle ne s'était jamais entichée d'un policier. Et elle n'en avait même jamais connu avant lui. Mais, autant qu'elle puisse en juger, Liam avait du mal à s'affranchir de sa vie professionnelle. Ce qu'elle pouvait comprendre. Son empathie faisait partie de ce qu'elle aimait en lui. Si elle voulait partager sa vie un jour – et Dieu sait qu'elle le voulait-, elle allait devoir le prendre comme il était. Mais comment pouvait-elle l'aider ?

Dans le vestibule, elle se serra contre lui.

— Gunner a de la chance que vous l'ayez à la bonne.

— Il aurait peut-être mieux valu pour lui que nos chemins ne se croisent pas, rétorqua Liam d'un ton amer.

— Vous voulez en parler ?

— Il n'y a rien à en dire. Il vaut sans doute mieux que je rentre chez moi. Je ne veux pas vous embêter davantage avec mes états d'âme.

Il tenta de la repousser.

— J'aimerais que vous restiez, dit posément Harper.

— Pourquoi ? Ce soir, je crains de ne pas être d'une agréable compagnie.

— Peu importe. Je n'exige rien. Je veux juste être avec vous.

Pour la première fois de la soirée, elle le vit se dérider. Il l'attira contre lui, referma ses bras sur elle et se mit à lui caresser le dos. Au contact de ses mains expertes, elle frissonna, en proie à un désir grandissant.

Levant la tête, elle prit son visage entre ses mains, sentant sous ses paumes les poils de sa barbe mal rasée. Lorsqu'il écrasa sa bouche sur la sienne, elle oublia tout le reste. Liam la serrait contre lui avec emportement. Sa chaleur, son odeur, le goût de sa bouche la grisaient. Elle passa les mains sous sa chemise et à son tour elle lui caressa le dos. Elle sentait ses muscles jouer sous ses doigts. Liam respirait de plus en plus vite. S'enhardissant, elle modela ensuite ses pectoraux puis ses abdominaux, au tracé si parfait.

Liam se figea et s'écarta légèrement, ses yeux gris plantés dans ceux de Harper.

— Vous êtes sûre que c'est ce que vous voulez ? demanda-t-il d'une voix rauque.

Harper savait ce qu'elle faisait, mais elle lui sut gré de prendre la peine de s'assurer que c'était bien le cas.

— J'en suis sûre et certaine, déclara-t-elle en se pendant à son cou.

16

Liam entra sans bruit dans le bureau de Bryce, qui était assis à son bureau et plongé dans la lecture d'un dossier. Puis il referma la porte d'un geste brusque. Surpris, Bryce releva la tête.

— Qu'est-ce que vous fichez, Andrews ? Vous voyez bien que je suis occupé !

— Ce que j'ai à vous dire va vous intéresser.

— Faites vite. Je suis débordé, avec toutes ces paperasses.

— Vous devriez peut-être passer plus de temps sur le terrain et un peu moins au bureau, si vous voulez être efficace.

Bryce claqua le dossier sur son bureau.

— Je suis ici dans *mon* bureau, et le chef, c'est *moi*. Vous feriez bien de vous en souvenir. Mais, puisque vous êtes là, vous allez répondre à ma question : qu'est-ce qu'il vous a pris d'arrêter Mitchell Sullivan ?

— Il collecte les gains générés par un important cercle de jeux d'argent qui sévit depuis des années juste sous votre nez.

— Mitchell ? Vous voulez rire. Jamais un homme avec son statut, un pharmacien, ne tremperait dans ce genre de magouille à deux balles !

— Attention, il ne s'agit pas d'un cercle confidentiel. Il génère des milliers de dollars de revenus. Il s'est même diversifié, développant parallèlement un réseau de prostitution.

Croisant les bras sur sa poitrine, Bryce se cala dans son fauteuil.

— Mais je ne vous apprends rien, n'est-ce pas ? Vous êtes parfaitement au courant de ce qu'il se passe.

— Pourquoi devrais-je vous croire ? Depuis le tout premier jour, celui où vous êtes venu pour un entretien d'embauche, vous n'avez pas arrêté de me mentir. J'aurais mieux fait de m'écouter et de ne pas vous prendre.

Liam ne se laissa pas démonter.

— Appelez cela mentir si ça vous chante. Moi, j'appelle cela faire mon travail.

Rouge de colère, Bryce se leva et le fusilla du regard.

— Qu'êtes-vous venu faire à Baysville, d'abord ?

Liam riposta en posant lui aussi une question.

— Comment avez-vous découvert que j'opérais sous couverture ?

— En tant qu'ancien capitaine des sapeurs-pompiers, mon père a de nombreux contacts dans la police et les autres organes chargés de faire appliquer les lois. Il a souvent collaboré avec les forces de l'ordre. L'un de ses vieux amis de Richmond vous a balancé.

Liam nota dans un coin de sa tête qu'il faudrait qu'il interroge Carlton Fairfax à ce sujet.

— Depuis quand le savez-vous ?

— Quasiment depuis le début.

Pas étonnant que son chef l'ait tout de suite pris en grippe, songea Liam. Et qu'il soit constamment en train d'abuser de son autorité. Son territoire était menacé.

— En ce cas, pourquoi ne pas me l'avoir dit avant que vous m'ayez démasqué ? demanda Liam, intrigué.

— Vous connaissez le proverbe : il faut garder ses amis près de soi, et ses ennemis encore plus près.

— Je ne suis pas votre ennemi. Normalement, vous et moi poursuivons le même objectif. Débarrasser la ville de la pègre qui la gangrène.

— Oui, bien sûr. C'est mon vœu le plus cher, déclara

Bryce en se rasseyant. Bon sang, Andrews, pourquoi croyez-vous que j'ai choisi ce métier ?

— Par orgueil ? Pour montrer à votre père que vous pouviez administrer cette ville aussi bien que lui avait administré la brigade des sapeurs-pompiers ?

Il était évident pour lui que Bryce entretenait une relation fusionnelle avec son père. Il l'avait constamment sur le dos, comme si l'ancien capitaine des pompiers regrettait d'avoir pris sa retraite et voulait continuer de gérer certaines choses en coulisses.

Un minuscule muscle se mit à palpiter sur la mâchoire de Bryce, et le crayon qu'il tenait entre ses doigts se brisa en deux avec un énorme crac. Un lourd silence s'ensuivit.

— J'ai l'impression que je touche un point sensible, fit remarquer Liam.

— Qu'est-ce que c'est que cette histoire de crime organisé ? Je suppose qu'on vous a envoyé à Baysville parce que les fédéraux ont trouvé bizarre que nous n'ayons pas résolu les meurtres de SDF.

— C'est effectivement ce qui a attiré notre attention au départ, admit Liam.

Après s'être demandé s'il allait en dire plus, il décida que jouer franc jeu avec Bryce serait probablement plus constructif. Ses collègues du FBI allaient débarquer à Baysville ce soir ou demain matin au plus tard. Liam tenait à être le premier à interroger le chef de police car il espérait le faire craquer.

— Les meurtres sont notre priorité, je ne vous le cache pas. Mais je suis maintenant convaincu que ces meurtres sont intimement liés au cercle de jeux et au réseau de prostitution.

Rouge de colère, le visage de Bryce sembla soudain se vider de tout son sang.

— Ma théorie vous dérange ? lança Liam, impitoyable.

— Je ne vois pas comment tout cela serait lié.

— Celui qui est à la tête de ces activités illégales

recrute depuis des années des SDF pour tabasser les joueurs qui ne payent pas leurs dettes.

Une lueur de compréhension apparut dans les yeux de Bryce.

— Vous pensez qu'il a tué les SDF pour s'assurer qu'ils ne parleraient pas ?

— Il doit considérer qu'une fois qu'ils ont servi, il vaut mieux s'en débarrasser avant qu'ils ne posent trop de questions. Il sait qu'il peut en trouver autant qu'il veut et qu'il ne risque pas grand-chose en les faisant disparaître. Qui va signaler la disparition d'un SDF ? Qui va faire pression pour qu'on retrouve le meurtrier ? Parfois, les victimes ne sont même pas identifiées.

— Tout ça, ce sont des suppositions, mais quelle preuve avez-vous ?

— Pourquoi devrais-je vous dévoiler toutes mes cartes ? demanda Liam. Annoncez la couleur. Montrez-moi que je peux avoir confiance en vous.

— Je refuse d'entrer dans ce jeu-là. Vos insinuations sont odieuses.

— Odieuses ? Comment cela ? Expliquez-vous.

— Les meurtres ont été commis à plusieurs mois, voire plusieurs années d'intervalle. Et toutes les victimes sont des SDF. Vous savez aussi bien que moi que parmi ces gens il y a un gros pourcentage de drogués, d'alcooliques et de psychotiques, d'où le climat de violence omniprésente dans lequel ils vivent, et qui fait d'eux des victimes potentielles.

Liam pensa à son oncle Teddy.

— Cela ne signifie pas que leurs vies comptent moins.

— Je n'ai jamais dit ça.

— Ah bon ? Parce qu'il nous a semblé que vous ne vous bougiez pas beaucoup pour résoudre ces meurtres. D'où ma présence à Baysville.

— C'est faux. À chaque fois, j'ai fait tout ce que j'ai pu pour faire avancer l'enquête.

— Vraiment ?

Bryce balança son poing sur le bureau.

— Comment osez-vous ? C'est facile pour vous, les fédéraux, de critiquer. Nous ne disposons pas des mêmes moyens logistiques que vous. Et notre budget est limité. Je fais avec ce que j'ai, figurez-vous.

— Eh bien, vous faites peu, désolé de vous le dire.

— Seriez-vous en train de m'accuser d'incompétence… ou de pire encore ?

Bryce sortit de sa poche un paquet de chewing-gums, s'en fourra un dans la bouche et se mit à mâcher rageusement.

Liam fixa un instant le papier à rayures rouges et blanches qui enveloppait le chewing-gum puis il leva lentement les yeux vers Bryce.

— Qu'est-ce qu'il y a ? demanda le chef de police, décontenancé.

Liam prit le papier et l'examina de plus près, puis il l'approcha de son nez. L'odeur de cannelle était très présente. Impossible de se tromper. Cela correspondait parfaitement.

— J'ai trouvé des emballages identiques sur la scène de crime, à côté de Gunner, dit-il posément.

— Et alors ?

— Alors je les ai ramassés. Ce sont des pièces à conviction et, en tant que telles, elles sont parties à Richmond pour être analysées.

— Vous n'y trouverez pas mes empreintes. N'importe qui, n'importe quand, a pu jeter par terre ces emballages de chewing-gum. Je ne suis pas le seul à en manger.

— À la cannelle ? Ce n'est pas si courant que ça, de nos jours. On ne les trouve pas partout. Et bizarrement vous n'êtes jamais loin quand il se passe quelque chose.

Bryce prit un air buté.

— Je ne suis pas un meurtrier.

— Vous non, mais vous le connaissez, n'est-ce pas, Bryce ?

Il mâcha consciencieusement son chewing-gum, le temps de chercher ses mots.

— J'ai toujours eu des doutes. Mais rien que je puisse prouver.

— C'est un flic, c'est ça ? Vous feriez mieux d'abattre vos cartes. En protégeant un policier véreux, vous risquez de vous attirer de graves ennuis.

Liam sentit son cœur se serrer en repensant à Gunner baignant dans son sang, le dos lardé de coups de couteau. Laissé pour mort. Il avait promis au SDF qu'il retrouverait son agresseur. C'était le moins qu'il puisse faire après avoir échoué aussi lamentablement dans sa mission de protection.

— Je vous le ferai payer si l'enquête révèle que vous auriez pu empêcher ces agressions et que vous n'avez rien fait, dit-il d'un ton sans concession.

— Je ne cherche pas à défendre un policier véreux, protesta Bryce. J'ai interrogé longuement Mitchell Sullivan, hier, et il a réfuté toutes les accusations. Apparemment, en plus de sa pharmacie, il possède une entreprise de rénovation. Richard Collins lui a réglé en espèces une facture en souffrance.

— Avez-vous demandé à voir ses livres comptables ?

— Oui, bien sûr. Il a dit que son avocat nous les fournirait.

— Il ment. Quand mes collègues du FBI vont lui tomber dessus, il changera de disque. Nous finirons bien par lui faire cracher le morceau.

— Si vous le dites…

Liam scruta Bryce d'un air intrigué.

— Je pensais que Richard Collins était votre ami. Vous préférez croire Sullivan plutôt que Collins,

Détournant les yeux, Bryce se mit à fixer la fenêtre. Les coudes posés sur son bureau, il avait joint le bout de ses doigts. Liam comprit qu'il avait besoin de temps pour formuler sa réponse car une terrible bataille se livrait en lui.

— Parfois, dit enfin Bryce d'une voix contrainte, on ne sait plus qui croire. À qui se fier.

Le sentant vulnérable, Liam sut que s'il jouait finement la partie, il découvrirait ce qui tracassait Bryce et en quoi le dilemme de son patron était lié à son enquête.

— Nous avons démarré du mauvais pied, vous et moi, Bryce. Et si nous travaillions ensemble pour arrêter ces criminels ? Dites-moi simplement ce qui vous préoccupe. Je vous promets de ne porter aucun jugement avant que les pièces du puzzle ne soient toutes en place. Il n'y a pas plus équitable que moi.

Bryce acquiesça mais continua de fixer la fenêtre, comme s'il espérait qu'une solution à ses tourments apparaisse miraculeusement.

— Vous savez quelque chose, n'est-ce pas ? dit Liam

— Ce ne sont que des suspicions. Rien de concret.

— De deux choses l'une : soit vous me racontez ce que vous savez, soit c'est aux huiles qui vont venir de Richmond que vous aurez affaire. On va montrer à Gunner les photos de tous les flics de Baysville. S'il reconnaît son agresseur, ça va être la pagaïe au poste de police. Dans le meilleur des cas, vous serez viré. Et vous devrez vous estimer heureux si par la suite vous arrivez à vous dégotter un boulot de vigile.

— Au diable mon futur boulot ! Le pétrin dans lequel je suis actuellement est autrement plus préoccupant.

— Allez-y, videz votre sac.

Bryce se frotta le visage puis acquiesça lentement. En le voyant baisser les yeux et avaler plusieurs fois sa salive, Liam se demanda s'il n'allait pas se mettre à pleurer. Ses yeux brillaient lorsque, enfin, il se décida à parler.

— S'il se passe réellement ce que vous dites et que ces activités illégales sont liées aux meurtres des SDF, vous ne cherchez pas dans la bonne direction.

— Je sais que votre première réaction est de protéger vos collègues, mais…

— Le coupable ne fait pas partie de la police.

— En ce cas…

— Intéressez-vous plutôt à un ancien pompier.

Un ancien pompier ? Carburant à toute vitesse, le cerveau de Liam traita cette information en une fraction de seconde. Un seul résultat s'imposa à son esprit.

— Vous voulez dire qu'il s'agit de…

— Mon père.

Carlton Fairfax.

Bryce était-il assez fourbe pour détourner les soupçons sur son père dans le but de sauver sa peau ? Liam ne se posa pas la question longtemps ; il sentait d'instinct que Bryce disait la vérité.

Le chef de la police se leva brusquement et se mit à faire les cent pas dans son bureau.

— Puissé-je me tromper, marmonna-t-il.

Liam changea de tactique et prit un ton compatissant.

— Si vous m'expliquez sur quoi vous fondez vos soupçons, nous pourrons voir ensemble ce qu'il en est.

— Cela a commencé quand j'étais au lycée. En classe de terminale, pour être précis. J'avais la belle vie, à l'époque. Tout était simple. Je sortais avec Julie, qui est devenue ma femme, et j'ai eu la chance qu'on me propose une bourse d'études pour jouer au football à Alabama. Le seul hic, c'est que je n'avais pas de bons résultats en maths. Mais, avec son entêtement habituel, mon père a pris les choses en main. Mon avenir était tout tracé.

Bryce poussa un grand soupir. Debout à côté de la fenêtre, il réfléchissait à la suite de son récit.

— C'est comme ça que j'ai rencontré Presley. Et que les ennuis ont commencé.

En entendant Bryce parler de la sœur de Harper, Liam se raidit.

— Elle vous a donné des cours de maths, si je me souviens bien ?

— Oui, c'est ça. Presley était une drôle de fille. D'une intelligence très supérieure à la moyenne mais d'une timidité presque maladive.

Un sourire triste apparut fugacement sur ses lèvres.

— Comme un imbécile, je m'étais mis dans la tête de la dévergonder.

— Et ce projet, vous l'avez mis à exécution, n'est-ce pas ?

Liam prit soudain conscience des implications que comportait l'aveu de Bryce.

— C'est de vous qu'elle était enceinte ?

Bryce regagna son fauteuil.

— Quand elle m'a appris la nouvelle, dit-il, j'ai eu l'impression que le ciel me tombait sur la tête. Quel bougre d'idiot, j'étais ! Comment avais-je pu faire preuve d'une telle inconscience ?

Liam l'observait, attentif au plus petit détail dans son langage corporel, à la moindre nuance dans l'intonation de sa voix.

— Étiez-vous en colère ? demanda-t-il. Furieux au point de la tuer ?

— Non, absolument pas. Jamais je n'aurais fait le moindre mal à Presley. Elle était déterminée à garder l'enfant. Au début, j'ai essayé de l'en dissuader. J'ai tout raconté à mon père, et il est entré dans une rage folle. Il disait qu'en renonçant à la bourse, je sacrifiais ma carrière de footballeur. Il était persuadé que je deviendrais joueur professionnel. En fait, je n'ai jamais vraiment aimé le football. Devenir footballeur, c'était son rêve, pas le mien. Bref, pour en revenir à Presley, ce soir-là, le soir où elle est morte, nous nous sommes retrouvés. J'avais eu la journée pour digérer la nouvelle et je voulais discuter de tout ça avec elle.

— Où l'avez-vous retrouvée ? Que lui avez-vous dit ?

— Comme il faisait un froid de canard, nous sommes allés chez elle, répondit Bryce d'un air contrit. Sa mère était un peu dure d'oreille, ce qui nous facilitait les choses. En général, Presley sortait en douce de la maison et me retrouvait au coin de la rue, où je l'attendais dans ma voiture. Mais cette fois, comme prévu, elle avait déverrouillé la porte de derrière exprès pour moi. Quand je suis arrivé, elle m'attendait, et nous sommes descendus directement au sous-sol. Nous étions deux ados un peu dépassés par les événements, assis sur les marches en ciment, débattant à voix basse de ce que nous allions faire. Presley n'avait pas encore mis sa mère au courant de sa grossesse parce qu'elle avait peur de la décevoir.

Les traits tirés, l'air un peu hagard, les yeux perdus dans l'évocation de ce lointain passé, Bryce continua.

— Mais ce soir-là, au moins, je me suis bien conduit. J'ai dit à Presley que j'allais renoncer à l'université et travailler pour subvenir aux besoins de l'enfant.

— Et comment Presley a-t-elle réagi ? ne put s'empêcher de demander Liam.

— Elle était contente. Reconnaissante. Elle disait que nous y arriverions.

Il poussa un gros soupir.

— C'est l'image que j'ai gardée d'elle.

— Quand vous l'avez quittée, elle était… vivante ?

— Oui.

— Que s'est-il passé, d'après vous ?

— Je n'en suis pas sûr à cent pour cent. Il se peut que j'aie refoulé la vérité et essayé de me persuader que c'était un accident. Apparemment, elle est tombée, s'est cogné la tête et a perdu connaissance. La casserole qu'elle avait mise à chauffer a pris feu. Des tas de gens meurent chaque année dans des accidents domestiques. Et parmi eux il y a des filles de seize ans qui sont enceintes.

— Quand avez-vous compris qu'il ne s'agissait pas d'un accident ? s'enquit Liam doucement.

— Le lendemain, lorsque nous avons appris qu'elle était morte. Mon père a souri. *Souri !* J'en ai eu la chair de poule, figurez-vous. Je me souvenais très bien de la colère qu'il avait piquée quand, quelques heures plus tôt, je lui avais confié que j'allais être papa. Il avait hurlé qu'à cause de Presley j'allais tout gâcher. Qu'il fallait absolument que je la persuade d'avorter. Quand je lui ai dit qu'il n'en était pas question, il a blêmi et fichu le camp. J'ai pensé qu'il finirait par se calmer et par accepter la situation.

Liam avait vu toutes sortes de crimes atroces, mais le mobile de ce meurtre le révulsait.

— Vous pensez que votre père a tué Presley et l'enfant qu'elle portait juste pour que vous puissiez faire carrière dans le football ?

— Et devenir riche et célèbre.

Un rire amer échappa à Bryce.

— Imaginez sa déception quand je suis allé à l'université et que pendant deux ans je suis resté sur la touche. J'ai fini par jeter l'éponge et rentrer à la maison.

— A-t-il avoué le meurtre de Presley ?

— Pas directement. Et j'avais bien trop peur de lui pour lui poser carrément la question. Même s'il avait avoué, qu'aurais-je bien pu faire ? J'étais encore très jeune et lui était capitaine des sapeurs-pompiers, rien de moins. Il était responsable de l'enquête visant à déterminer s'il s'agissait d'un incendie criminel. Alors qui m'aurait cru ?

Il s'interrompit, submergé par l'émotion.

— Et vous savez quoi ? Une partie de moi essayait de se persuader que ce n'était pas vrai, qu'il n'avait pas pu faire une chose pareille. C'était mon père. Et l'imaginer en train de…

Bryce s'était trouvé dans une situation extrêmement difficile ; Liam voulait bien le croire. Homme dur, intransigeant et autoritaire, Carlton était une sorte de tyran domestique. Pour autant, cela ne faisait pas nécessairement de lui un meurtrier. Peut-être voulait-il seulement, par quelque logique tordue, que son fils croie qu'il pouvait contrôler chaque aspect de sa vie.

— Qu'entendez-vous par *pas directement* ? demanda Liam. Votre père a-t-il insinué qu'il l'avait tuée ?

— Pendant des années, ce non-dit terrible a pourri nos relations. Le temps a passé, et j'ai presque fini par me convaincre que mes soupçons étaient infondés. Puis j'ai découvert l'existence de ce cercle de jeu et de ce réseau de prostitution. J'ai même appris par au moins deux sources différentes que c'était mon père qui en était l'initiateur. Alors un jour, j'ai pris mon courage à deux mains et je lui ai demandé ce qu'il en était.

Bryce ferma un instant les paupières et garda le silence. Impatient d'entendre la suite, Liam lança :

— Qu'est-ce qu'il a dit ?

Bryce rouvrit les yeux et fixa Liam.

— Il a rigolé, aussi incroyable que cela paraisse. Je l'ai menacé de l'arrêter et c'est là que le monde s'est écroulé autour de moi. Il a dit que si je m'avisais de lui mettre des bâtons dans les roues, il n'hésiterait pas à me détruire. L'ancien chef de la police, qui était son meilleur ami, lui avait montré le rapport d'autopsie de Presley. Mon père en avait fait une copie, copie dont il s'est ensuite servi pour acheter mon silence. Il menaçait de révéler que Presley était enceinte au moment de sa mort. Il voulait raconter que je lui avais avoué l'avoir tuée dans un moment de colère, et qu'il n'avait rien dit jusque-là mais que sa mauvaise conscience le poussait maintenant à dénoncer mon crime passionnel.

Quelle histoire ! Liam siffla entre ses dents. Et lui qui pensait que le père et le fils entretenaient un rapport quasi fusionnel ! En fait, s'ils déjeunaient si souvent ensemble, et si Carlton passait presque chaque jour au commissariat, c'était juste une forme d'intimidation.

— Tout ça, c'est bien beau, mais à aucun moment votre père n'a avoué le meurtre de Presley. Nous pouvons l'inculper pour activités illicites et essayer de lui extorquer des aveux… pour ce meurtre et pour tous les autres. Comme je vous l'ai dit, les SDF ont probablement été assassinés parce qu'ils étaient susceptibles de parler et de faire capoter cette organisation criminelle.

Bryce mit son visage dans ses mains et poussa un grognement d'animal blessé.

— Mon père fait n'importe quoi.

Liam comprenait le désarroi de son chef, mais se lamenter ne servait pas à grand-chose. Ils avaient du pain sur la planche si Bryce voulait corriger les nombreux torts qu'il avait faits à la ville qu'il était censé protéger.

— Vous allez devoir choisir, Bryce, car le moment est venu d'agir. Soit vous nous aidez à boucler l'enquête, soit vous restez sous la coupe de votre père. À vous de voir, mais c'est tout de suite qu'il faut vous décider.

Bryce redressa les épaules et approuva d'un bref hochement de tête.

— Par quoi commençons-nous ? demanda-t-il.

— Avant d'interroger votre père, je propose que nous rassemblions toutes les charges que nous avons contre lui. Allons à l'hôpital soumettre à Gunner les photos de tous les policiers de la ville, et celle de votre père, que nous glisserons au milieu. Avec un peu de chance, il identifiera son agresseur. Puis nous cuisinerons Sullivan jusqu'à ce qu'il avoue et balance ses complices.

L'inspecteur Combs passa la tête dans l'entrebâillement de la porte.

— Dites, chef, il y a votre père qui vous attend pour aller déjeuner.

— Dites-lui que je ne suis pas disponible aujourd'hui.

Combs opina et fila.

Bryce se leva de sa chaise.

— On y va. Je vous suis.

17

Associé au délicieux parfum du gel douche à la rose, le jet d'eau chaude la requinqua. À moins que ce ne fût l'effet de la nuit torride qu'elle avait passée avec Liam. Quoi qu'il en soit, la vie lui semblait aujourd'hui pleine de perspectives enthousiasmantes. Harper envisageait sérieusement de concrétiser le vieux projet de son père d'ouvrir des chambres d'hôtes. Elle prendrait quelqu'un pour s'en occuper, et pourrait même vendre son agence de décoration intérieure à Atlanta pour venir s'installer à Baysville. Elle aurait probablement moins de clients ici qu'à Atlanta mais, le coût de la vie étant beaucoup moins élevé dans sa ville natale que dans la capitale de l'État de Géorgie, elle s'en sortirait très bien.

Mais comment Liam réagirait-il ? Même s'il n'était pas comme Doug allergique à l'engagement, il risquait de trouver ses projets un peu prématurés et bien trop précipités. Mais elle, elle n'avait pas envie de vivre indéfiniment dans l'incertitude.

Que se passerait-il lorsque Liam aurait bouclé son enquête ? Plus rien ne le retiendrait à Baysville. Son QG se trouvait à Richmond. Supporterait-elle de le suivre à droite et à gauche, au gré de ses missions ? Et, surtout, de vivre en sachant qu'il risquait à tout moment de se faire tuer ? Était-ce la vie dont elle avait envie ?

Elle y réfléchirait le moment venu, décida-t-elle en fermant le robinet de la douche avant d'essorer soigneusement ses cheveux. Cela ne l'empêchait pas de faire des projets et d'en discuter avec Liam.

Dès qu'elle fut habillée, Harper alluma son ordinateur et lança son moteur de recherche sur la création d'entreprise.

Un petit *ding* retentit, l'avertissant de l'arrivée d'un nouveau mail dans sa messagerie. Elle parcourut la liste des mails non lus et tomba sur un message dont l'objet n'était pas indiqué. Sans doute un spam qui était passé à travers les mailles du filet. Elle cliqua dessus pour l'ouvrir. Il provenait à nouveau de minus@life.com, mais le message était vide. Il s'agissait probablement d'un bug. En repensant au précédant message de ce destinataire et à son injonction de ficher le camp de la maison, Harper sentit la peur lui nouer le ventre.

Refusant de laisser ce fichu message lui gâcher la journée, elle se leva de sa chaise, s'étira voluptueusement et contempla le lit à baldaquin qui ressemblait à un champ de bataille. Ses muscles endoloris lui rappelaient les galipettes que Liam et elle avaient faites au creux de ce lit, la nuit dernière. L'agent Sullivan s'était révélé être un amant merveilleux, aussi passionné qu'attentionné, qui l'avait comblée au-delà de toute espérance.

Jamais aucun homme avant lui ne lui avait fait un tel effet.

Le sourire aux lèvres, elle se mit en devoir de refaire le lit. Comme elle lissait les draps du plat de la main, ses doigts butèrent sur un petit objet pointu, coincé entre le drap-housse et le drap de dessus. Une boucle d'oreille, peut-être ? Harper souleva le drap et découvrit, stupéfaite, l'osselet manquant.

Et de dix. Le compte est bon.

Cet osselet n'était pas là quand ils s'étaient couchés. Sinon, ils s'en seraient forcément aperçus. Et, depuis, il n'y avait eu personne d'autre qu'eux dans la maison. Liam était parti au travail, mais elle, elle n'avait pas bougé.

Comment cet osselet avait-il pu arriver là ?

Intriguée, et inquiète malgré elle, Harper s'éloigna du lit. Devait-elle appeler Liam ? Pour lui dire quoi ? Qu'elle avait trouvé un osselet à un endroit insolite ? Même elle se rendait compte qu'elle passerait pour une folle. Pendant des années, à l'école, on l'avait traitée de cinglée. Elle n'avait pas envie que ça recommence.

Il était exclu qu'elle continue à vivre dans cette maison. B & B ou pas. Hantée ou non. En ce qui concernait la maison, voilà qui était réglé. Il lui restait maintenant beaucoup d'autres décisions à prendre.

Elle enfila ses baskets pour descendre au rez-de-chaussée et se rapprocher de la porte… Pour le cas où.

Ding.

Encore lui ! songea-t-elle, excédée. D'un clic rageur, elle ouvrit le second message de minus@life.com

C'est à VOUS qu'il s'en prendra la prochaine fois.

Le souffle lui manqua, et son cœur se mit à lui marteler les côtes. La prochaine fois ? Cela laissait clairement entendre que quelqu'un s'en était pris à Presley.

Harper éteignit l'ordinateur et descendit en vitesse. La cuisine était telle qu'elle l'avait laissée après avoir préparé le petit déjeuner. Son sac et ses clés de voiture étaient sur la table. Rien n'avait bougé. Ce constat la rassura quelque peu, mais pas au point de l'inciter à passer la journée seule dans cette maison. Elle allait se réfugier à la bibliothèque municipale où elle pourrait reprendre ses recherches sur la création d'entreprise en toute tranquillité.

La sonnerie du téléphone vrilla l'air, la faisant sursauter. Un numéro inconnu. Elle répondit.

— Avez-vous parlé à Andrews ? demanda Allen tout à trac, sans même s'annoncer.

— Bien le bonjour à vous aussi, dit Harper d'un ton ironique. Oui, je lui ai parlé.

— A-t-il accepté de m'aider ?

— Je n'en sais rien. C'est à lui de voir.

— Je ne suis plus le même homme.

Quel minable, songea Harper, profondément dégoûtée.

— Laissez-moi tranquille, Allen. Je suis occupée.

— Ce n'est pas une raison pour être aussi désagréable. Je vais vous laisser, si je vous dérange.

Harper lui raccrocha au nez. Elle s'apprêtait à remettre son téléphone dans sa poche quand elle l'entendit – un grincement, un frottement qui provenait de l'étage et troublait le silence ambiant. Ce n'était pas possible. Toute la maison avait été passée au peigne fin par la police. Il n'y avait plus de haut-parleurs, plus de micros, plus rien.

Un coup sourd atterrit juste au-dessus de sa tête. Le vacarme que faisait le sang qui rugissait dans ses oreilles couvrit son cri suraigu. Puis il y eut un bruit de pas précipités et, malgré elle, Harper jeta un coup d'œil vers l'escalier.

Une paire de jambes blanches et squelettiques apparut, et – bien qu'elle n'eût aucune envie de voir le reste – son regard poursuivit machinalement sa trajectoire ascendante tandis que ses pieds la clouaient traîtreusement au sol. Les jambes étaient celles d'une étrange créature vêtue de guenilles qui flottaient sur son corps décharné, un corps qui aurait pu être celui d'un enfant, d'un homme ou… encore de quelque chose d'autre.

Et Harper se trouva presque nez à nez avec l'apparition cauchemardesque qui hantait ses nuits depuis des années.

L'être fantomatique qui s'était penché sur le corps sans vie de Presley.

Il avait de grands yeux noirs dans un visage émacié aux traits en lame de couteau. Il était d'une pâleur spectrale, mais une épaisse couche de crasse recouvrait ses joues creuses. Ses cheveux fins et clairsemés pendaient en touffes grasses sur ses épaules maigres. Les pointes semblaient avoir été tailladées aux ciseaux à papier.

Passé le choc que lui causa la vue de l'intrus, ce fut ensuite l'odeur pestilentielle qu'il dégageait qui la frappa. Voilà qui expliquait les mystérieuses mauvaises odeurs.

C'était pour lui régler son compte qu'il était là. Après avoir tué sa sœur, ça allait être son tour, songea Harper, paniquée.

— Partez tout de suite ! beugla l'individu. Il arrive !

Comment cela ? Parlait-il de lui à la troisième personne ? Elle ne prit pas la peine de lui poser la question. Son corps réagissant enfin au signal de danger que lui transmettait son cerveau, elle s'arracha à sa transe et s'élança vers le vestibule, les jambes flageolantes.

On frappa à la porte d'entrée, si fort que le coup fit trembler le chambranle et se répercuta dans les synapses de la jeune femme.

— N'ouvrez surtout pas ! hurla l'homme, qui avait descendu plus de la moitié de l'escalier.

Comme si elle allait l'écouter ! Elle ouvrit la porte toute grande et… resta bouche bée devant l'homme qui se tenait sur le seuil.

— Capitaine Fairfax ?

Liam mis à part, personne ne pouvait mieux tomber. Du moins était-ce ce dont elle essayait de se persuader, car son instinct, lui, l'incitait à la plus grande méfiance.

Allons, réfléchis deux minutes. Il y a dix-sept ans, le capitaine Fairfax avait patiemment recherché l'origine de l'incendie qui avait coûté la vie à Presley. C'était lui qui était arrivé le premier sur les lieux pour les sauver, sa mère et elle.

Mais, bien qu'elle ne pût s'expliquer pourquoi, Harper ne l'avait jamais aimé. Et ce n'était pas près de changer. Surtout quand il débarquait chez elle quelques secondes après que son cerveau l'eut prévenue d'un danger imminent.

— Qui est chez vous ? lança Fairfax de sa voix tonitruante. J'ai entendu quelqu'un crier.

Harper jeta un coup d'œil derrière elle, mais l'homme s'était volatilisé. Tout comme la première fois. Sauf que là, c'était le matin, et non tard le soir. Ce qui, d'une certaine façon, était encore plus terrifiant.

Une petite voix intérieure la mit en garde contre son visiteur. *Ne le fais pas entrer.* Elle décida de l'écouter, et tant pis s'il la taxait d'instabilité mentale parce qu'elle avait refusé de le faire entrer !

— Je vous prie de m'excuser, mais j'étais sur le point de sortir, dit-elle en s'apprêtant à passer le seuil de sa porte.

Fairfax fut plus rapide qu'elle. Il tendit un bras charnu entre elle et l'extérieur, comme une barricade infranchissable. Son regard se porta derrière elle sur la table de la cuisine, sur laquelle elle avait laissé son sac et ses clés.

— Vous partiez sans vos affaires ?

— J'allais juste faire un petit tour, prétendit Harper avec un aplomb qui l'étonna elle-même.

— Il faut que nous parlions, d'abord.

— D'accord. Asseyons-nous là, suggéra Harper en désignant la véranda. Où est votre voiture ? demanda-t-elle en voyant qu'il ne l'avait pas garée dans l'allée.

— En bas de la rue, à deux pas. J'avais un déjeuner dans le coin et j'ai pensé que je pourrais passer.

Comme s'il lui rendait visite tous les quatre matins, songea Harper, de plus en plus méfiante.

Le capitaine Fairfax n'était pas un de ses amis. Tant s'en faut.

— Où avez-vous mangé ? Au Crab Shack ? J'adore leurs tacos à la crevette.

Elle se mit à jacasser, espérant secrètement que si elle arrivait à le retenir assez longtemps sur le pas de la porte quelqu'un finirait bien par passer.

— Et leurs gambas à la vapeur façon Old Bay, vous les avez déjà goûtées ? C'est leur spécialité.

— Je ne suis pas venu pour discuter cuisine, répondit-il sèchement.

Il avait les lèvres pincées, et ses yeux marron brillaient d'un éclat inquiétant. Il lui faisait penser à un loup affamé qui s'apprêterait à bondir sur sa proie.

Il ne faut surtout pas qu'il sente que tu as peur. Elle releva le menton et fit mine d'être offusquée.

— Monsieur Fairfax, dit-elle d'une voix cassante, je vais faire un tour, comme je viens de vous l'expliquer, alors veuillez me laisser passer.

Le gant était jeté.

Il ne chercha même pas à y mettre les formes et répliqua d'un ton qui ne souffrait aucune contradiction :

— Il n'en est pas question. Rentrez. Nous parlerons à l'intérieur.

Brusquement, elle se baissa et tenta de passer sous son bras. Il émit un gloussement cynique, l'empoigna sans ménagement et la poussa dans la maison. Affolée, elle fouilla des yeux la rue déserte. Où diable était passée Mme Henley ?

— Mais que me voulez-vous, à la fin ?

Elle le fusilla du regard, affichant un air bravache bien qu'en réalité elle n'en menât pas large, et priant pour que la peur qu'elle ressentait ne se remarquât pas.

— Je veux vous parler et je ne bougerai pas d'ici tant que vous et moi n'aurons pas eu une petite conversation.

Au vu de sa détermination et surtout de sa stature massive lui bloquant le passage, Harper comprit avec effroi qu'elle n'avait aucune chance de lui échapper. Sans compter que quelque part derrière elle, ou sur le côté, la créature spectrale attendait de l'avoir à nouveau tout à elle. *Pas de panique ! Un ennemi à la fois. Concentre-toi : tu vas trouver un moyen de t'en sortir.*

Et, soudain, elle eut comme une illumination. Pivotant sur ses talons, elle fonça vers la porte de derrière. Elle se cogna la jambe à la table de la cuisine en passant, mais y fit à peine attention, absorbée par sa course éperdue, portée par l'instinct qui lui ordonnait de fuir.

Son cœur battait à tout rompre et son sang pulsait dans ses oreilles, mais rien n'aurait pu l'empêcher d'atteindre la porte de derrière, qu'elle avait en ligne de mire. Juste à côté de la porte, il y avait une grande fenêtre qui donnait sur le jardin. Un gros pick-up noir était garé près de la véranda. Était-ce celui de Fairfax ? Était-ce le pick-up qui avait failli l'écraser ? Celui qui les avait pourchassés, Liam et elle ? S'il n'avait rien à cacher, pourquoi Fairfax avait-il garé son véhicule à l'arrière de la maison ? Un soupçon terrifiant l'effleura : et s'il avait prévu de la faire monter dedans de force pour ensuite se débarrasser d'elle une fois pour toutes ?

Elle devenait franchement parano. Carlton Fairfax avait toujours été un homme autoritaire et terriblement arrogant. Peut-être l'était-il aujourd'hui juste un peu plus que d'habitude, tout simplement. Elle ne se risqua pas, cependant, à jeter un coup d'œil derrière elle pour juger de la distance qui les séparait encore.

Elle était à mi-parcours. La porte de derrière avec sa poignée en cuivre rutilante ne se trouvait plus qu'à quelques mètres. Mais les grandes mains de Fairfax la saisirent par les épaules et l'obligèrent à faire volte-face.

— Vous me semblez bien nerveuse, dit-il d'un ton sardonique. Petite, déjà, vous étiez un peu fantasque. Du genre à voir des choses que personne d'autre ne voyait ou à entendre des bruits que personne d'autre n'entendait. Votre mère se faisait du souci pour vous. Il paraît que vous sautiez en l'air au moindre craquement du plancher et trembliez dès qu'une vieille huisserie grinçait dans la maison.

Harper avait appris à se taire pour ne pas inquiéter sa mère, déjà si affectée par la mort de Presley. Et pour essayer de se convaincre que tout allait bien.

— Pourquoi tenez-vous tant à me parler ? demanda-t-elle d'une voix qu'elle eut le plus grand mal à empêcher de trembler.

— Vous et votre petit copain me causez des tas d'ennuis.

— Je ne vois pas ce que vous voulez dire.

— Vous passez votre temps à fureter en ville, à enquêter sur cette vieille affaire.

— Quelle affaire ? Vous parlez des meurtres de SDF ?

Il fit un geste dédaigneux de la main.

— On s'en fiche, des clochards. Bon débarras !

Et ce type avait été capitaine des pompiers ? Il était dur et cruel, dénué de toute empathie. Mais le moment était mal choisi pour lui faire une leçon de morale.

— De quelle affaire parlez-vous, alors ?

— De la mort de Presley.

Le cœur de Harper manqua un battement.

— Où est le problème ? demanda-t-elle.

Elle n'était pas sûre, cependant, d'avoir envie de le savoir. Surtout avec Fairfax qui la dominait d'une bonne tête et écumait de rage juste à côté d'elle.

— Vous doutez que sa mort ait été accidentelle, déclara-t-il. Vous en avez toujours douté.

Ils se défièrent du regard une longue minute. Harper était incapable de détourner les yeux, fascinée par les paillettes jaunes qu'elle voyait briller dans les pupilles de son interlocuteur.

— Je n'ai aucune preuve pour étayer mes soupçons, dit-elle enfin, arborant une expression calme et rassurante.

Fairfax la scruta quelques instants puis secoua la tête.

— J'ai entendu dire que si vous vous attardiez à Baysville, c'était pour découvrir la vérité.

Avec une brutalité qui la prit de court, il l'agrippa fermement par le coude et l'entraîna vers la fenêtre.

— Aïe ! Lâchez-moi, vous me faites mal.

Il tira les rideaux de sa main libre puis se tourna vers elle dans la semi-obscurité, lui soufflant son haleine chaude sur le visage. L'odeur de cannelle la fit grimacer. Sa propre respiration, courte et rapide, emplissait le silence. Tapi dans un coin, l'intrus dépenaillé devait observer la scène.

— Et maintenant nous allons discuter, tous les deux,

dit Fairfax en resserrant un peu plus la pression de ses doigts sur son coude.

Harper réprima un nouveau cri de douleur.

— Pourquoi faites-vous ça ? murmura-t-elle.

Liam fut soulagé de constater que Gunner allait mieux. Assis dans son lit d'hôpital, il faisait honneur à une assiettée de rosbif et de purée. Lorsque Liam et Bryce entrèrent, il s'essuya la bouche du coin de sa serviette et leur adressa son plus beau sourire.

— Qu'est-ce qu'on mange bien, ici, dit-il d'un ton enjoué. Trois repas chauds par jour. Sans parler du thé et du jus de fruits servis à volonté. On ne peut pas faire mieux.

— C'est bien la première fois que j'entends quelqu'un vanter la nourriture de l'hôpital, dit Liam.

— Et le lit est super confortable. On m'a déjà changé les draps alors que je n'ai dormi dedans qu'une seule nuit.

Liam échangea un regard amusé avec Bryce.

— Gunner, tu connais le chef de la police, je suppose ?

— Oui, oui.

Une ombre passa dans le regard du SDF. Liam ne fut pas très étonné. Bryce s'était toujours montré condescendant avec les hommes qui vivaient au campement.

— Désolé de ce qui vous est arrivé, dit Bryce en tendant la main. Je suis venu prendre votre déposition. Nous ferons tout notre possible pour retrouver votre agresseur.

Visiblement surpris, mais pas rancunier pour deux sous, Gunner serra la main de Bryce.

— Merci de vous être déplacé.

Bryce ouvrit un dossier plein à craquer.

— L'inspecteur Andrews m'a tout raconté, y compris que vous aviez conclu un deal selon lequel vous deviez lui servir d'informateur. Au vu de ces informations, nous avons collecté les photos anthropométriques de coupables potentiels. Pouvez-vous y jeter un coup d'œil et nous dire si vous reconnaissez votre agresseur ?

— Avec plaisir.

Gunner posa le dossier sur ses genoux et commença à regarder les photos. Il prenait son temps, examinait chaque cliché très consciencieusement.

Liam retenait son souffle. Et si Carlton Fairfax n'avait pas agi lui-même et engagé un homme de main pour tuer Gunner ?

Alors qu'il secouait déjà négativement la tête car il arrivait à la fin du paquet, Gunner pointa un index décharné sur une des photos.

— C'est lui !

Liam baissa les yeux et découvrit, non sans satisfaction, le visage peu avenant de Carlton Fairfax.

Bryce semblait beaucoup moins ravi. Il fixa Gunner en fronçant les sourcils.

— Vous êtes formel ? Absolument sûr de vous ? Il faisait nuit ; vous ne deviez pas y voir grand-chose.

— C'est lui, je vous dis ! J'en mettrais ma main à couper. Je le reconnais, avec son cou épais de demi de mêlée et ses yeux noirs bizarres, tout piquetés de paillettes jaunes.

— Très bien, dit Bryce, l'air grave. Je vais vous envoyer l'inspecteur Denton pour enregistrer votre déposition en bonne et due forme.

— Vous connaissez le type qui m'a agressé ? demanda Gunner.

Bryce récupéra son dossier et le glissa sous son bras.

— Je vous retrouve dans le couloir, marmonna-t-il en se tournant vers Liam.

— Qu'est-ce qui lui arrive ? dit Gunner tandis que Bryce s'éclipsait.

Liam haussa les épaules et changea de sujet.

— On t'a dit quand tu sortais ?

— En fin d'après-midi, normalement. Je serais bien resté une ou deux nuits de plus. Je suis drôlement bien, ici.

C'est dire combien le statut de SDF de Gunner était devenu pénible avec l'âge…

— Ne t'inquiète pas. Tu peux dormir chez moi jusqu'à ce que tu sois complètement rétabli.

— Je ne voudrais pas vous déranger.

— J'ai une chambre d'amis ; tu y seras très bien et tu ne me dérangeras pas du tout. Il faut que je file, maintenant. Je repasse tout à l'heure.

Liam retrouva Bryce dans le couloir. Il l'attendait, les bras croisés sur la poitrine, le visage sévère.

— Allons-y, dit Fairfax. Nous avons suffisamment d'éléments tangibles pour procéder à l'arrestation.

— Vous n'êtes pas obligé de venir, déclara Liam. Je peux m'en occuper avec l'aide d'un autre inspecteur, si vous voulez.

— Non, je tiens à être là.

Liam acquiesça d'un hochement de tête.

— Où allons-nous trouver votre père à cette heure-ci ? Pouvez-vous l'appeler et lui proposer de vous retrouver quelque part pour manger un morceau ?

— Pas la peine. Je peux vous dire exactement où il se trouve en ce moment.

Bryce sortit un téléphone de la poche arrière de son pantalon et ses doigts s'activèrent sur l'écran.

— Vous avez installé un mouchard sur son téléphone ?

— Non. La plupart du temps, il oublie son téléphone à la maison. J'ai planqué un mouchard sous sa voiture il y a environ deux semaines. Juste après le dernier meurtre.

Devant l'étonnement de Liam, il expliqua :

— Cela faisait longtemps que je le soupçonnais, si vous voulez le savoir. Je savais que ce mouchard serait utile, un jour ou l'autre.

— Vous aviez fait le lien entre lui et les meurtres inexpliqués des SDF ?

— Non, pas vraiment.

Comme ils longeaient le couloir en direction de la sortie, Bryce rempocha son téléphone.

— Où allons-nous ? demanda Liam.

— À King Street. Au numéro 1738.

Liam se figea.

— C'est chez Harper.

— Bizarre. Que peut-il bien faire chez elle ?

— Nous le saurons bientôt. Dépêchons-nous, dit Liam en s'élançant vers l'escalier, le cœur cognant contre ses côtes comme un animal cherchant à s'échapper de sa cage.

18

— Pourquoi je fais ça ? dit Carlton en reprenant sa question mot pour mot. J'ai entendu Bryce et Liam discuter, ce matin, au poste. Comme je vous l'ai dit, votre petit copain et vous n'avez pas arrêté de me causer des ennuis.

Elle n'allait pas le plaindre ou lui présenter des excuses. C'était hors de question. Elle devait cependant tenter de le raisonner, de faire appel à son bon sens, si tant est qu'il lui en restât encore un peu, ce dont Harper commençait à douter.

— Si vous me faites du mal, vous aurez affaire à Liam et finirez vos jours derrière les barreaux. Réfléchissez-y bien.

Il se mit à rire. La jubilation qu'elle lisait dans ses yeux lui glaça le sang. *Cet homme est fou. Dément.* Et c'était *elle* qu'on croyait dérangée ? C'était complètement dingue. Il suffisait de voir son regard pour comprendre que Fairfax avait perdu la raison. Ses pupilles étaient dilatées, et autour de ses iris les paillettes jaunes virevoltaient dans tous les sens.

— De quoi discutaient-ils ? demanda-t-elle.

Avaient-ils compris que Fairfax était dangereux ? Liam allait peut-être voler à son secours. Elle se raccrochait à cet espoir.

— Les questions, c'est moi qui les pose ! répliqua-t-il en la traînant vers le salon. Qu'avez-vous raconté à Andrews au sujet de la mort de votre sœur ?

Dans cette pièce aussi, il prit soin de tirer les rideaux. La maison était à présent plongée dans la pénombre.

— Rien d'autre que… ce que tout le monde sait.

— Cette histoire débile de zombie ?

Sans relâcher son étreinte, Fairfax se dirigea vers la porte d'entrée qu'il ferma à clé d'un mouvement sec du poignet.

Le bruit métallique du pêne coulissant dans la gâche de la serrure résonna en elle comme un arrêt de mort.

— Votre histoire à la gomme n'a fait qu'alimenter cette stupide légende de mystérieux Zombie des Marais.

Il entra dans la cuisine et tira le rideau de la fenêtre au-dessus de l'évier. Harper en profita pour scruter les ombres autour d'eux. Où donc était-il passé, ce fameux zombie ? Elle aurait presque trouvé sa présence rassurante tant elle redoutait la folie meurtrière de Carlton Fairfax.

Il l'entraîna à nouveau vers l'arrière de la maison. Un nouvel accès de panique déclencha en elle un afflux d'adrénaline.

— Où m'emmenez-vous ?

Il ignora sa question.

— Andrews a-t-il d'autres raisons de me soupçonner ? poursuivit-il d'un ton menaçant.

— Non, aucune ! Liam ne sait rien. Et moi non plus. Si ce n'est que… c'était un accident.

— Arrêtez de me prendre pour un imbécile, tonitrua Fairfax.

Se rendant compte qu'elle traînait des pieds, il l'obligea à avancer plus vite. Si vite qu'elle se cogna à la desserte sur laquelle était disposé le service à thé hérité de sa grand-mère Claudia. Une tasse se fracassa sur le parquet en châtaignier. Elle marcha sur des éclats de porcelaine, impossibles à distinguer dans la pénombre. En dernier recours, tendant son bras libre, elle chercha désespérément à s'emparer d'un objet lourd. Ses doigts effleurèrent un candélabre en verre épais. Elle freina des quatre fers pour essayer de s'en saisir, mais elle le manqua. Il s'en était fallu de deux ou trois centimètres.

Contre toute attente, Fairfax passa devant la porte de derrière sans s'arrêter. Il n'avait donc pas prévu de la faire monter dans son pick-up, comme elle l'avait pensé. Son intention était tout autre, comprit-elle, lorsqu'il ouvrit d'un geste brusque la porte donnant sur le sous-sol.

Là où personne ne l'entendrait crier.

— Non !

Elle s'arc-bouta, résista de toutes ses forces. La gifle qu'elle reçut en pleine face lui coupa le souffle. Sa joue droite la brûlait et piquait atrocement comme si elle avait été attaquée par un essaim de frelons. Cette sale brute de Fairfax ne l'avait pas loupée. Elle devait avoir l'empreinte de sa main sur la figure.

— Je vous conseille de me dire tout de suite ce que Andrews sait à mon sujet, vociféra-t-il.

— Sinon quoi ?

Elle lui balança un coup de pied dans les mollets, mais il ne broncha pas.

— Vous me tuerez comme vous avez tué Presley, c'est ça ? Car vous l'avez tuée, n'est-ce pas ?

Si elle devait mourir, que ce soit au moins en sachant enfin la vérité sur ce qui s'était réellement passé ce soir-là.

Fairfax, le regard fixe, perdu dans le vague, parut soudain se calmer.

— C'est ici que tout a commencé, dit-il. Avec votre sœur.

— Comment ça ? Que lui avez-vous fait ?

— Les meurtres. Presley a été la première, confia Fairfax d'un ton léger, comme s'il parlait de la pluie et du beau temps.

Puis il gloussa avant d'ajouter :

— En fait, j'avais l'étoffe d'un meurtrier. J'ai découvert avec Presley que j'aimais tuer.

— Que lui avez-vous fait ? répéta Harper, des sanglots dans la voix.

Il la fixa avec des yeux étrécis.

— Vous ne m'avez donc pas vu ?

— Non.

Il haussa les épaules avec nonchalance.

— Je l'ai frappée derrière la tête. Le coup du lapin. Rapide et efficace. Puis je l'ai portée dans la cuisine et j'ai mis le feu. Pour faire croire qu'elle était morte dans l'incendie, brûlée ou asphyxiée, selon la vitesse à laquelle mes hommes interviendraient.

À ces mots, Harper frémit. Elle imagina la scène, se figura à la place de Presley lorsque Fairfax avait levé la main pour lui porter le coup fatal. Elle espérait que sa sœur était vraiment morte sur le coup et qu'elle n'avait pas repris conscience et dû affronter une mort encore plus atroce.

Et dire que pendant ce temps, sa mère et elle dormaient à l'étage du dessus… Une vague de nausée lui retourna l'estomac.

— Un jeu d'enfant, claironna Fairfax. Elle ne s'y attendait pas du tout. Personne n'a rien entendu.

Il se trompait. Elle, elle avait entendu quelque chose, sauf qu'elle n'avait jamais su quoi. Quoi qu'il en soit, elle avait tout de suite compris qu'un drame avait eu lieu. Si sa mère ne s'était pas réveillée, c'était uniquement parce qu'elle était un peu sourde.

Harper ne voulait pas qu'il entre dans les détails. Elle en avait assez entendu. Mais Fairfax se sentait apparemment en veine de confidences.

— Quand je l'ai montée dans la cuisine, après m'être assuré que son cœur ne battait plus, j'ai fait en sorte qu'on croie qu'elle avait glissé sur le carrelage en voulant se réchauffer un peu de soupe. Cela n'a pas été compliqué de fabriquer une bombe incendiaire en mélangeant dans une bouteille en plastique du chlore et du liquide de frein.

Il a suffi ensuite de verser ce cocktail dans une casserole que j'ai mise à chauffer sur la gazinière. Ni vu ni connu. Et en tant que capitaine des pompiers, c'est à moi qu'on a demandé de juger de la nature de l'incendie. Je me suis garanti qu'on ne puisse jamais soupçonner qu'il ait pu s'agir d'un incendie criminel. Après tout, pour quelle raison aurait-on mis en doute mon rapport ?

Salopard. Harper bouillonnait de colère, écumait de rage, submergée par la haine. Ce monstre avait tué sa sœur et mis le feu à la maison. Sa mère et elle avaient failli périr dans l'incendie.

— Maman et moi aurions pu mourir brûlées vives !

— Je n'avais rien contre vous et pensais que vous vous réveilleriez à temps pour sortir de la maison avant qu'elle ne soit totalement en flammes. Dans le cas contraire, tant pis pour vous ! Mais c'est drôle, quand même. J'ai toujours pensé que vous finiriez par vous souvenir de quelque chose.

— Pas de vous, assura à nouveau Harper. J'ai vu autre chose.

— Le zombie. D'accord. C'est peut-être moi, le zombie.

— Non. Il était tout maigre et petit. Rien à voir avec vous.

— Votre imagination vous a joué des tours, voilà tout. Compte tenu des circonstances, ce ne serait pas très étonnant.

— Non, c'est impossible.

Elle refusait d'entrer dans son jeu. Il ne réussirait pas à la convaincre qu'elle avait inventé ce qu'elle avait vu.

— Il n'y avait pourtant que moi, je vous assure. En dehors de Bryce, bien sûr.

— Bryce ? répéta-t-elle tandis que son cœur se décrochait dans sa poitrine. Que vient-il faire là-dedans ?

S'il était impliqué, ses chances d'en réchapper étaient réduites à zéro.

— Ce garçon est un faible. Il était prêt à renoncer à

sa bourse, à sa carrière de footballeur pour rester ici avec Presley et le bébé. Je ne pouvais pas le laisser faire une chose pareille.

Harper se dévissa le cou et sonda la pénombre à la recherche d'un visage blafard et émacié. Mais où diable était passé le zombie qui vivait dans ses murs ? *Aidez-moi, je vous en prie.*

Pour quelqu'un qui voulait à tout prix qu'*elle* parle, Fairfax était intarissable. Il s'épanchait d'un ton plein de colère et de rancœur.

— J'ai dû m'occuper de tout. Pour que cet imbécile ne se laisse pas piéger bêtement par la première fille venue. Il avait obtenu une bourse à l'université d'Alabama. Vous rendez-vous compte de la chance que c'était ? Une chance inouïe de devenir quelqu'un. Je ne pouvais pas laisser votre sœur le priver de cet avenir prometteur.

— Et c'est pour ça que vous avez tué Presley et l'enfant qu'elle portait, votre propre petit-fils ou petite-fille ? Pour rien du tout, au final. C'est absolument monstrueux.

Encore pire que tout ce qu'elle aurait pu imaginer.

— Après cet incident, je me suis engagé plus à fond dans mes activités annexes.

Le détachement avec lequel il évoquait la mort de sa sœur, qu'il considérait comme un simple *incident,* révulsait Harper. Les conséquences de ce meurtre étaient clairement le cadet de ses soucis. Tout ce qu'il voyait, c'était qu'il lui avait servi de tremplin pour développer son business interlope.

— Un mauvais perdant ne payait pas ses dettes de jeu ? Une prostituée dissimulait une partie de ses gains ? Je recrutais un de ces pauvres hères qui campent au bord de la voie ferrée pour leur faire entendre raison.

— Vous vous mettiez en quête d'un homme de main, murmura-t-elle comme pour elle-même.

— Il fallait bien. Je ne pouvais pas faire le sale boulot moi-même sans risquer d'être reconnu. Quand on a ce genre d'activités, il vaut mieux être prudent et faire preuve de discrétion. D'ailleurs, si les gars se montraient trop gourmands ou essayaient de me faire chanter, je m'en débarrassais vite fait bien fait. Et vous savez quoi ? Tout le monde s'en fichait. Les victimes n'avaient pas de famille pour réclamer justice à cor et à cri. Elles n'étaient personne et ne manquaient à personne. Des parasites, en quelque sorte, que pour le bien de tous je me chargeais d'éliminer. Alors, quand l'un des gars cherchait à m'extorquer plus d'argent que je n'étais disposé à lui en donner, je faisais ce que j'avais à faire. Et pour ça, je n'avais besoin de personne. Je me chargeais personnellement de faire taire définitivement les grandes gueules. Et si vous voulez le savoir, j'aimais ça. Que dis-je ? J'*adorais* ça. Je me réjouissais de punir de ma main les coupables. De sentir mon poignard lacérer leurs dos répugnants. Je n'ai aucun regret.

— Vous ne pourrez pas éternellement passer à travers les mailles du filet. Vous finirez par vous faire prendre. Si vous me tuez, Liam vous traquera sans relâche.

— Je saurai bien l'en empêcher, soyez-en certaine. Mais cette fois je n'engagerai pas quelqu'un pour lui tirer dessus. Je l'abattrai moi-même comme un chien.

— Vous pouvez me tuer, mais après la mort de Presley, ici même, personne ne voudra croire à une nouvelle mort accidentelle, fit remarquer Harper.

— Personne ne pourra prouver que ça n'en est pas une, répliqua Fairfax sans se démonter.

Il tendit son index calleux vers Harper et le fit glisser lentement de son menton à son nombril, un sourire sardonique aux lèvres.

— Dommage que je ne puisse pas vous éventrer, sentir votre sang tiède sur mes mains, le regarder sourdre de votre corps. Les SDF, je suis obligé de les poignarder dans le dos. Je ne veux pas qu'ils me voient. On ne sait jamais. Mais je rêve d'éventrer une femme et de contempler sa lente agonie. Je crois qu'aujourd'hui c'est mon jour de chance. Allez, on y va ; on descend.

Oh ! mon Dieu, il fallait absolument qu'elle fasse diversion, trouve un moyen de le détourner de son objectif. Il était fou à lier. Les yeux lui sortaient de la tête, et le simple fait d'évoquer son fantasme le faisait quasiment saliver. Vite, elle devait trouver un subterfuge.

— Attendez ! Quelqu'un vous a vu entrer chez moi, lança-t-elle, jouant son va-tout.

Une ombre passa dans le regard de Fairfax.

— Je ne vous crois pas. Vous mentez.

— Non, je vous assure. On m'a même prévenue que vous arriviez.

— Ah oui ? Et qui donc vous a prévenue, dites-moi. Votre soi-disant zombie ?

— Il est là, affirma Harper en jetant un coup d'œil autour d'elle.

Elle priait secrètement pour que ce soit vrai. Mais elle n'avait pas rêvé, tout à l'heure. Elle l'avait vu et lui avait parlé. Il était forcément là. Elle savait aussi qu'elle n'avait rien à craindre de lui. Qui qu'il soit, l'intrus n'était pas un assassin. Contrairement à Fairfax.

— À l'aide ! cria-t-elle. Je vous en prie !

— Fermez-la.

Fairfax la saisit à bras-le-corps et la souleva de terre comme une plume, insensible aux coups de pied et coups de poing qu'elle lui assénait.

Brusquement, une silhouette blanche apparut dans la pénombre et alluma la lumière. Le zombie se dressait devant eux, tenant dans sa main noire de crasse un couteau de boucher.

— Lâchez-la, Fairfax.

— D'où sort-il, celui-là ? demanda Fairfax, stupéfait.

De surprise, les bras lui en tombèrent. Harper n'eut même pas le temps de dire ouf qu'elle se retrouva par terre et se carapata vers son sauveur.

Fairfax poussa un grognement et sauta sur celui-ci. Il y eut un bruit funeste de corps qui s'effondre comme une poupée de chiffon. En un clin d'œil, Fairfax avait cloué au sol son adversaire, plus petit et bien moins costaud que lui.

Dehors, au loin, le hululement d'une sirène se fit soudain entendre. Les secours arrivaient, songea Harper, qui se trouvait face à un dilemme. Soit elle fonçait vers la porte, soit elle portait secours à l'homme qui avait tenté de lui venir en aide. Son choix fut vite fait. Contournant les deux hommes à terre, elle courut jusqu'à la salle à manger et s'empara du chandelier en verre qu'elle avait cherché à attraper un peu plus tôt. Il était lourd ; elle l'avait bien en main. Exactement ce qu'il lui fallait. Puis elle se rua sur Fairfax, qui chevauchait son adversaire. Il lui avait pris le couteau et, le bras levé, s'apprêtait à le poignarder.

— Non !

Fairfax se figea et leva la tête, comme s'il venait de se rappeler qu'elle était là. Profitant de cette brève hésitation, elle lui balança le chandelier à la tête. Fairfax le prit dans la tempe gauche. Le sang gicla partout. Fairfax lâcha le couteau pour porter ses deux mains à sa tempe explosée, puis il se roula en boule, comme un animal blessé.

Le zombie ramassa le couteau et se releva.

Le bruit des sirènes était de plus en plus fort. Le chandelier ensanglanté dans la main, elle regarda l'homme dépenaillé en face d'elle.

— Merci, murmura-t-elle. Vous m'avez sauvé la vie.

— Et vous, vous avez sauvé la mienne.

— Alors nous sommes quittes.

Les sirènes faisaient un vacarme assourdissant. Les lumières bleues stroboscopiques des gyrophares filtraient dans le séjour à travers les fentes des rideaux. La police allait faire irruption d'une seconde à l'autre. C'était le moment ou jamais.

— Je savais que je n'avais rien inventé. Vous existez

bel et bien. Je vous ai vu le soir de la mort de Presley. Vous étiez là.

— J'ai essayé de lui venir en aide, mais il était trop tard. Alors je me suis enfui et caché. Comme je l'ai toujours fait.

— Où étiez-vous caché quand…

Des poings martelaient la porte d'entrée.

— Harper ? Tu es là ? Ouvre la porte, mon cœur.

Liam. L'adrénaline qui l'avait galvanisée – pendant ce qui lui avait semblé des heures mais n'avait pas excédé, en réalité, une quinzaine de minutes – reflua d'un seul coup, la laissant complètement atone, privée de toute énergie. Ses jambes pesaient des tonnes. Marcher jusqu'à la porte pour la déverrouiller lui demanda un effort surhumain.

Le soleil la fit cligner des yeux. Elle se retrouva dans les bras de Liam qui la serrait contre lui à l'étouffer.

— Ça va ? demanda-t-il. Où est ce fumier de Fairfax ?

Il la lâcha et entra dans la salle de séjour. Sa main se porta à son holster de ceinture.

— Qui êtes-vous ?

— Je m'appelle… Ralph.

Sa voix se brisa, et sa frêle silhouette fut secouée de tremblements si violents que Harper se demanda s'il n'allait pas s'évanouir de frayeur.

— Je le connais, dit-elle très vite. Il m'a aidée. Fairfax est par terre, près de la fenêtre de la salle manger. Je l'ai… frappé avec ça, expliqua-t-elle en levant le chandelier.

Bryce entra, son arme à la main.

— Je surveille ce type, dit-il à Liam. Allez voir où est mon… Carlton.

Elle posa le chandelier sur un guéridon et fixa Bryce, qui pointait son arme sur Ralph.

L'amant de Presley. Le père de l'enfant qu'elle portait…

— Votre père a tout avoué, dit-elle. Il a tué Presley. Vous le saviez ?

Bryce n'affronta pas son regard, mais elle vit ses mains trembler.

— Je m'en doutais, admit-il.

Derrière eux, la voix de Liam résonna.

— Appelez une ambulance. Pendant ce temps, je lui passe les menottes et lui lis ses droits.

Une ambulance ? Oh ! mon Dieu ! N'y était-elle pas allée un peu fort ?

— Cette salope a essayé de me tuer, grommela Fairfax.

— Dommage qu'elle ait raté son coup ! répliqua Liam.

Puis la cavalerie déboula dans la maison, et Harper se laissa tomber sur le canapé, invitant Ralph, d'un geste de la main, à prendre place à côté d'elle. Il sentait mauvais, il puait atrocement, mais elle n'en avait cure. On apporta une civière et on y installa Carlton. Bryce se pencha sur son père.

— Pourquoi a-t-il fallu que tu la tues ?

Carlton ne chercha pas à nier. Il tendit une main vers son fils.

— Je l'ai fait pour toi, mon garçon.

Ignorant la main tendue, Bryce fit signe aux urgentistes d'emporter la civière.

— Je l'ai fait pour toi, répéta Carlton avant de disparaître.

Liam s'agenouilla devant Harper et prit ses mains dans les siennes.

— Est-ce qu'il t'a fait du mal ?

— Non.

Il la scruta d'un air suspicieux.

— Ta joue est tout enflée. Il t'a frappée.

Sa sollicitude lui alla droit au cœur.

— Ce n'est rien, je t'assure. Si tu as des choses à faire, vas-y. Il n'y a pas de problème.

— Non, je reste avec toi. Qui est ce Ralph ? D'où sort-il ?

Bryce ferma la porte d'entrée et revint vers eux.

— J'ai chargé deux policiers d'escorter mon père

jusqu'à l'hôpital. Si vous voulez, Liam, je peux emmener cet individu au poste et l'interroger pendant que vous prenez la déposition de Harper.

— D'accord, mais avant j'ai quelques questions à lui poser.

Harper en avait aussi.

Bryce se posta près de la porte et attendit.

— Je m'appelle Ralph Poundstone, déclara l'homme en leur décochant un sourire qui dévoila une dentition en piteux état. Mais on m'a surnommé le Zombie des Marais. J'habite ici, par intermittence, depuis une vingtaine d'années.

Il adressa à Harper un hochement de tête contrit.

Celle-ci mit plusieurs secondes à prendre toute la mesure de l'information stupéfiante qu'il venait de leur livrer.

— Vous vivez *ici* ? Dans cette maison ?

— Je vais vous montrer où, dit Ralph en se levant.

Liam et Ralph l'imitèrent. Il les fit monter à l'étage puis traverser le couloir. Tout au bout, il se dirigea vers la penderie de la chambre d'amis. Il l'ouvrit et leur désigna le plafond. Une dalle carrée de cinquante centimètres de côté avait été déplacée, offrant un étroit passage vers les combles.

— Je ne savais pas qu'on pouvait accéder aux combles par là, s'étonna Harper.

— Vous pouvez jeter un coup d'œil, proposa obligeamment Ralph en plaçant un escabeau sous l'ouverture.

— Tu n'as pas besoin de monter, dit Liam. Va plutôt m'attendre en bas, avec Bryce.

— Certainement pas ! protesta-t-elle. J'ai très envie d'aller voir. Il *faut* que j'aille voir si je veux pouvoir un jour me réconcilier avec mon passé.

Ralph les précéda, se glissant lestement à travers l'ouverture. Puis Liam passa et tendit la main à Harper pour l'aider à se hisser à son tour jusqu'aux combles.

L'endroit où Ralph avait élu domicile se révéla être

un réduit de trois mètres carrés sans aucune aération. À peine plus grand qu'un placard à balais ! L'odeur lui fit monter les larmes aux yeux. Un vieux sac de couchage traînait par terre, à même le plancher de bois brut, entouré de papiers de bonbons et de détritus. Des bocaux étaient empilés dans un coin. Harper constata que Ralph semblait apprécier les confitures de sa mère. Et qu'il ne s'était pas privé non plus de se servir dans les vêtements de son père. Elle reconnut aussi certains de ses manuels scolaires du collège.

— Pourquoi ? demanda-t-elle, complètement abasourdie. Pourquoi ici ?

— C'est toujours mieux que dans le froid et sous la pluie. Au retour des beaux jours, je fais mon baluchon et je pars sur les routes. Juste avant l'hiver, je reviens à la maison.

À la maison ? Il considérait qu'il était ici chez lui, songea Harper en frissonnant.

— Nous ne vous avons jamais vu.

— J'attendais que vous soyez tous partis pour entrer discrètement par la porte de derrière. Crocheter la serrure est simple comme bonjour. Vous feriez bien d'en changer.

Les pièces du puzzle s'emboîtaient une à une dans l'esprit de Harper, qui faillit éclater de rire. Tout s'expliquait : la nourriture qui disparaissait mystérieusement, les bruits inexpliqués, l'odeur pestilentielle, et cette étrange sensation d'une présence dans la maison. Et bien sûr, le soir du drame, la silhouette qu'elle avait vue penchée sur Presley. Elle en voulait à l'intrus de s'être imposé dans la maison, d'avoir violé leur intimité à elle et à sa famille, mais en même temps elle lui était reconnaissante d'être là, car sa présence la déchargeait d'un lourd fardeau. Elle n'était pas folle.

— Pourquoi avoir choisi notre maison ? demanda-t-elle.

— Un jour où je passais par là, j'ai vu votre famille sortir de la maison et partir en voiture. Comme j'étais fatigué, que j'avais froid et que je crevais de faim, je me suis faufilé dans le jardin et attaqué à la porte de derrière qui, par chance, était facile à ouvrir. Je suis entré et j'ai mangé. Il faisait bon dans cette maison ; je m'y suis senti si bien que j'ai eu envie de rester. Alors j'ai fureté un peu partout et trouvé cet espace. Je n'avais pas prévu de m'y installer de manière permanente, mais je m'y suis plu et n'en ai plus bougé, finalement.

Liam haussa les sourcils et regarda Harper.

— Violation de domicile et vol, dit-il. Il est bon pour la garde à vue suivie d'un petit séjour en prison.

Mais elle avait encore quelques questions à poser à l'inculpé.

— Étiez-vous dans la cuisine le soir du drame ?

— Presley, murmura-t-il d'un air affligé. Elle était si gentille. Elle me donnait à manger. Une fois, elle m'a même apporté une couverture.

— Quoi ? fit Harper, stupéfaite. Elle savait que vous étiez là ?

— Non, pas dans la maison. Le soir, quand je sortais prendre l'air, il est arrivé qu'on se rencontre dans le jardin. Quand elle me voyait, elle m'apportait de quoi me nourrir. Dans ma tanière, je me sentais parfois à l'étroit ; j'avais besoin de sortir me dégourdir les jambes. Bref, j'avais remarqué que le soir elle sortait en douce. Je savais aussi qui elle allait retrouver. Ce soir-là, j'ai vu son petit ami entrer en catimini. Elle et lui étaient planqués au sous-sol et discutaient à mi-voix. Puis son petit ami est parti, et l'autre homme est arrivé. Celui qui a tenté de vous tuer, tout à l'heure.

— Carlton Fairfax. Continuez.

— Il l'a frappée violemment derrière la tête puis il l'a portée à la cuisine. Elle ne bougeait plus. Elle était morte, je pense. Il l'a posée par terre et s'est activé autour de la gazinière. Après, il est sorti de la maison en vitesse, quelques secondes avant l'explosion. Je ne m'y attendais pas. Tout s'est passé si vite. Quand j'ai vu les flammes, j'ai couru vers elle. Mais c'était trop tard. Elle était bel et bien morte.

Un lourd silence se fit. Harper eut une petite pensée pour sa sœur. *Nous l'avons enfin trouvé, Presley. Ton meurtrier. Il va payer, tu peux me croire.*

— C'est donc Ralph le soi-disant spectre que tu as vu ce soir-là, dit Liam. De par son métier, Fairfax était bien placé pour savoir comment fabriquer un explosif indétectable. Et faire croire à un accident domestique.

— Et les osselets ? C'est vous, n'est-ce pas, qui les avez mis dans l'escalier et dans mon lit ? demanda Harper. Et les mails m'enjoignant de ficher le camp, ils venaient de vous et non de Kimber, je parie ?

— Au cours de mes tribulations, j'ai appris quelques trucs. Je me suis même créé une adresse mail. Je m'en suis servi pour vous mettre en garde. J'ai voulu vous faire peur pour que vous partiez. Je savais qu'un jour ou l'autre, il s'en prendrait à vous aussi.

— Tout ça est bien gentil, mais vous n'allez pas pouvoir rester ici, mon vieux, déclara Liam.

— Mais où ira-t-il ?

— Présentement, il va suivre Bryce au poste de police pour s'expliquer. Nous le garderons quelques jours puis nous lui trouverons un foyer.

Ralph acquiesça et s'empressa de rassembler quelques hardes.

— Est-ce que je peux le prendre ? demanda-t-il en montrant à Harper un exemplaire fatigué de *L'Île au trésor* ?

— Oui, bien sûr.

C'est la gorge serrée que Harper le regarda partir en garde à vue, escorté de Bryce qui semblait l'avoir à l'œil.

— Comment peut-on sentir aussi mauvais ? dit Liam en fronçant le nez, visiblement incommodé par les miasmes que Ralph avait laissés dans son sillage. M'est avis que ton zombie n'a pas pris de douche depuis au moins une paire d'années. Je plains sincèrement Bryce. Le trajet jusqu'au poste va lui paraître interminable.

— Pauvre Bryce ! s'exclama-t-elle en riant de bon cœur. J'aurais peut-être dû proposer à Ralph d'utiliser la salle de bains et lui passer des vêtements propres.

— Non, Bryce n'a que ce qu'il mérite après toutes les vacheries qu'il m'a faites au cours de ces derniers mois. Quant à Ralph, au centre de détention, on va l'obliger à passer sous la douche avant de lui remettre un uniforme.

— J'ai encore du mal à croire qu'il ait pu vivre avec nous pendant toutes ces années sans que nous n'en sachions rien. Terrifiant, quand on y pense. Même si, au final, il est parfaitement inoffensif.

Le visage de Liam devint grave.

— Tu as été très éprouvée, aujourd'hui. Tu es sûre que ça va ?

— Oui. Je suis soulagée de connaître enfin les circonstances dans lesquelles Presley a trouvé la mort. Et de savoir que son meurtrier a été appréhendé.

Elle enfouit sa tête au creux de l'épaule de Liam.

— Fairfax est un monstre, murmura-t-elle. Il ne regrette ni de l'avoir tuée ni d'avoir mis le feu à la maison. Maman et moi aurions pu y passer aussi…

Il lui caressa doucement le haut du crâne puis l'embrassa sur le front, la couvant d'un regard dans lequel se lisaient de l'inquiétude et de l'adoration.

— Quand j'ai su que Carlton était chez toi…

Il s'interrompit pour se racler la gorge.

— J'ai eu la peur de ma vie.

Dans la bouche d'un homme qui s'était fait tirer dessus et qui côtoyait chaque jour le danger, cet aveu valait toutes les déclarations d'amour du monde.

— Tout va bien, assura-t-elle avant de déposer des petits baisers sur sa mâchoire.

— Il y a une chose qu'il faut que tu saches et que j'aurais dû te dire dès le premier jour, dit Liam d'un ton solennel. Je t'aime, Harper. Comme jamais je n'ai aimé personne. J'ai compris presque tout de suite que tu étais la femme de ma vie.

Harper buvait ses paroles comme du petit-lait. Après la journée qu'elle avait passée, elle ne pouvait imaginer connaître un tel bonheur.

— Moi aussi, je t'aime, dit-elle en nouant ses bras autour de son cou.

Épilogue

Harper s'émerveillait des transformations que Kimber et Richard avaient faites dans la maison au cours des six derniers mois. Les murs avaient tous été repeints, les parquets poncés et vitrifiés, et les luminaires changés. Ainsi rénovée, la maison avait fière allure.

— C'est magnifique ! s'exclama-t-elle.

— Tes conseils m'ont beaucoup aidée, notamment en ce qui concerne la couleur des murs. Je n'ai pas tes talents de décoratrice.

— Je suis contente d'avoir pu te rendre service. Et puis, ça me fait de la publicité pour ma nouvelle agence de design.

— Comment vont les affaires ?

— Super bien ! Grâce à tes recommandations.

— Tant mieux. Je savais que ça marcherait.

Kimber grimpait l'escalier avec entrain tout en parlant par-dessus son épaule.

— Tout est prêt pour l'arrivée des touristes, le mois prochain. Nous affichons complet presque tout l'été. Quand tu vas voir les combles, tu ne vas pas les reconnaître.

Harper se réjouissait de voir son amie aussi rayonnante. Elle avait retrouvé la Kimber d'autrefois.

En découvrant les combles, Harper ouvrit de grands yeux. Jamais exploité du temps où elle vivait dans la maison, cet espace avait été aménagé et transformé en bibliothèque. La fenêtre avait été agrandie, les murs de brique enduits, le parquet en châtaignier vitrifié. Des étagères remplies de livres garnissaient trois des murs du sol au plafond et un coin salon occupait le centre de la pièce.

— Nous en avons fait une bibliothèque pour nos hôtes, expliqua fièrement Kimber. Un endroit où ils pourront se détendre en fin de journée, s'ils le souhaitent.

Harper se dirigea vers l'extrémité de la pièce, là où s'élevait autrefois une cloison de contreplaqué. La tanière de Ralph n'existait plus. Et dire que pendant des années il avait passé là les mois d'hiver… Elle avait encore du mal à le croire.

— Tout va bien ? s'enquit Kimber en la voyant songeuse.

— Oui. C'est juste que je pensais à Ralph.

Kimber poussa un grand soupir démonstratif.

— Quel abruti, celui-là !

— Plutôt un pauvre type, rectifia gentiment Harper. Il est bien mieux où il est maintenant.

Souffrant de troubles mentaux et de problèmes de santé, Ralph avait été admis dans un centre spécialisé où il semblait très heureux.

— En fin de compte, il t'a aidée, admit Kimber. Et il a aussi aidé Liam, d'après ce que j'ai compris.

Grâce à Ralph, Liam avait retrouvé la trace de son oncle Teddy. Au cours de leurs pérégrinations, les deux hommes s'étaient croisés et avaient dormi dans les mêmes campements. Teddy était mort de maladie – probablement d'une pneumonie-, et enterré à Baysville. La mère de Liam avait retrouvé l'emplacement et fait ériger une pierre tombale.

Il y eut un bruit de cavalcade dans l'escalier.

— Maman ! Il y a quelqu'un à la porte qui demande Harper.

Intriguée, Harper jeta un coup d'œil par la fenêtre.

— Liam ? Mais que fait-il ici en pleine journée ?

Kimber haussa les épaules mais, à son air, Harper comprit qu'il y avait anguille sous roche.

— Maintenant qu'il est chef de police adjoint, je suppose qu'il peut aller et venir à sa guise, dit Kimber.

Harper allait la questionner et essayer de lui tirer les vers du nez, lorsque Courtney, Anise et Leyla déboulèrent en jacassant comme des pies.

Elles redescendirent donc toutes les cinq au rez-de-chaussée. Harper reconnut sous sa paume le contact lisse de la rampe en acajou et, au pied de l'escalier, elle eut, comme toujours, une pensée pour sa sœur. Mais elle ne se laissa pas submerger par la tristesse. La page était enfin tournée. Comme elle, la maison connaissait une nouvelle vie. Des rires fusaient de nouveau entre ses murs.

Sur le seuil, Liam, accroupi devant Courtney, riait de la plaisanterie que venait de faire la fillette. Il aimait les enfants, ce dont Harper se réjouissait, bien qu'ils n'eussent pas encore évoqué le fait d'en avoir. Mais, depuis que Kimber et sa famille avaient emménagé dans la maison, elle vivait chez Liam. Ils s'entendaient merveilleusement bien et étaient très heureux ensemble.

— Qu'est-ce qui t'amène ? lança-t-elle.

— J'ai pensé que nous pourrions aller faire un tour en voiture avant le dîner.

Voilà qui ne lui ressemblait pas du tout, songea Harper. Lorsqu'elle surprit le regard entendu que Liam échangea avec Kimber, sa perplexité fut à son comble. De toute évidence, il se tramait quelque chose, mais elle allait bientôt découvrir quoi. Comme si de rien n'était, elle prit congé de Kimber et de ses filles.

— Bryce sait que tu fais l'école buissonnière ? demanda-t-elle à Liam lorsqu'ils furent en route.

— Il a insisté pour que je prenne mon après-midi. Il ne veut pas que son adjoint fasse plus d'heures que lui. Il dit que ça la ficherait mal.

Un sourire aux lèvres, Liam alluma la radio. C'était une

belle journée d'avril ; le centre-ville était animé. Lorsqu'ils passèrent devant la majestueuse église en pierre, Harper désigna une grande affiche, collée sur la porte.

— Dimanche, il y a une fête pour l'arrivée du nouveau pasteur, dit-elle. C'est une bonne nouvelle.

Reconnu coupable d'agressions sexuelles sur mineures, Allen Spencer avait été jugé et condamné à sept ans de prison.

— Gunner est-il content de son travail de sacristain ?

— Il est aux anges. D'autant plus que les paroissiens disent qu'ils n'en ont jamais eu de meilleur. Ils le gâtent, lui font des cadeaux, lui mitonnent de bons petits plats.

Ils avaient laissé la ville derrière eux et roulaient à présent dans la campagne. Harper regardait le paysage sans s'inquiéter de leur destination. Jusqu'à ce que l'ancienne maison de Kimber apparaisse et que, à sa grande surprise, Liam quitte la route départementale et s'engage dans l'allée. Elle fut encore plus étonnée de le voir tirer de sa poche un trousseau de clés.

— Entrons jeter un coup d'œil, proposa-t-il.

Même vide, la maison était superbe.

— Je sais que Kimber et Richard ne se plaisaient plus dans cette maison, dit Harper en se dirigeant vers la cuisine, mais moi, à leur place, j'aurais du mal à me résigner à la vendre.

Liam la prit par la taille.

— Et si nous l'achetions ?

— Quoi ? Tu plaisantes, je suppose ?

— Pas du tout. Cette maison t'a toujours plu.

— Oui, mais…

Ce ne serait pas une bonne idée, et ce pour de multiples raisons…

— Harper, épouse-moi, dit Liam tout à trac en posant un genou à terre et en prenant ses mains dans les siennes.

Ces mots balayèrent instantanément toutes ses objections. Les détails, ils les régleraient ensemble.

— C'est une question ou un ordre ? demanda Harper pour le taquiner.

Il lui décocha un clin d'œil et la fit s'allonger près de lui sur le sol de la cuisine.

— Ce que tu voudras.

Un bon moment plus tard, Liam la surprit à nouveau en sortant du réfrigérateur une bouteille de champagne et un énorme gâteau.

— Tu étais sûr de ton coup, on dirait ? fit remarquer Harper.

Cette fois, au lieu de se mettre à rire, il l'attira contre lui et la serra très fort dans ses bras.

— Je ne suis pas aussi présomptueux. Et d'ailleurs, tu n'as pas encore dit oui. Alors ? Tu veux ou tu ne veux pas ?

— Tu essayes de détourner la conversation, murmura-t-elle, éperdue de bonheur. Mais la réponse est oui. Mille fois oui.

DEBRA WEBB

Délicates retrouvailles

Traduction française de
ISABEL ROVAREY

BLACK ROSE

HARLEQUIN

Titre original :
WITNESS PROTECTION WIDOW

1

Quatre jours avant le procès

Dimanche 2 février

Winchester, Tennessee

Il faisait plus froid maintenant.

Le bulletin météo avait prévenu qu'il neigerait lundi. La température était déjà en train de chuter. Elle s'en moquait. Elle n'avait ni rendez-vous ni échéance d'aucune sorte, pas même d'endroit où aller – hormis ici.

Quatre jours.

Quatre jours encore avant le jour J.

Si elle survivait jusque-là.

Elle s'arrêta et fit un tour complet sur elle-même, parcourant les bois sombres du regard. Des arbres, rien que des arbres à perte de vue et ce chemin unique qui disparaissait au loin. Le soleil couchant filtrait entre leurs branches nues. C'était dans cet endroit qu'elle avait passé les dernières semaines de l'été, puis l'automne… Et maintenant la fin de l'hiver approchait à grands pas. Durant tout ce temps, elle n'avait vu qu'un être humain. C'était préférable ainsi, d'après eux. Pour sa protection, ne manquaient-ils jamais de lui rappeler.

Et ils avaient raison. Mais elle ne s'était jamais sentie

aussi seule de sa vie depuis la mort de son père. La première année qui avait suivi son décès, elle s'était forcée à regarder les choses en face, à accepter l'idée qu'elle avait vingt-quatre ans et était désormais orpheline. Sans proches – pas même un parent éloigné. Totalement seule au monde.

Bob lui poussa la jambe du museau. Chassant ces pensées perturbantes, elle baissa les yeux vers son labrador noir.

— Je sais, mon vieux. On devrait rentrer. Il fait froid.

Elle faisait toujours extrêmement attention à l'heure et à la température. Quand il faisait froid comme maintenant, l'idée d'une chute accidentelle et d'une blessure sérieuse la hantait. À d'autres moments, lorsqu'elle ne supportait plus d'être cloîtrée entre quatre murs, même s'il était déjà très tard, elle sortait quand même mais en veillant à ne pas rester partie trop longtemps. Elle ne tenait pas à se retrouver seule au milieu des bois à la nuit tombée – même si elle connaissait le chemin par cœur et aurait sans doute pu rentrer à la cabane les yeux fermés. Elle se remit en marche. Ses chaussures de randonnée crissaient sur les petits cailloux et les quelques feuilles gelées encore éparpillées çà et là sur le sentier. Bob trottait à côté d'elle en agitant joyeusement la queue. Elle n'avait jamais eu de chien avant de venir ici. Quand elle était petite, les animaux domestiques avaient été proscrits de la maison à cause des allergies de sa mère. Ensuite, dans l'immeuble où elle avait vécu seule, les chiens n'étaient pas autorisés.

Même après son mariage et son emménagement dans l'une des immenses demeures d'Atlanta, elle n'avait pas pu prendre de chien. Son mari détestait les chiens, les chats – les animaux de compagnie en général. Comment avait-elle pu ne pas se rendre compte de quel homme il était à ce moment-là ? Quiconque haïssait à ce point les animaux ne pouvait pas être quelqu'un de bien. Tout ce qu'elle avait cru voir de bon en lui n'avait été que pur artifice et n'avait visé qu'à tromper son monde.

Elle frémit et referma les bras autour d'elle. Le seul fait de penser à lui suffisait à la bouleverser. Bientôt, espérait-elle, elle pourrait tirer un trait sur cette partie de sa vie et lui tourner le dos.

Définitivement.

— Ce ne sera pas trop tôt, marmonna-t-elle.

Les veuves, en général, pleuraient la perte de leur époux. Ce n'était pas son cas. Elle avait regretté si souvent de l'avoir rencontré.

Mais c'était arrivé, et rien ne pourrait jamais effacer les cinq années qu'avait duré leur mariage. Au début, elle avait cru à l'illusion qu'il lui avait présentée. Harrison était plus âgé qu'elle, très bel homme, extrêmement charmeur. Elle avait grandi dans une ferme de la Géorgie rurale, entre deux parents qui lui avaient inculqué l'idée que les contes de fées et les rêves n'existaient pas. Il n'y avait de vrai que la réalité, le dur labeur et les maigres fruits qu'on pouvait en tirer et, lorsque le pire arrivait, vaille que vaille, il fallait continuer. Et puis, à l'âge de vingt-six ans, elle avait croisé la route de cet homme qui avait tant de prestance et avait soudain eu la conviction que ses parents avaient eu tort. Harrison avait fait irruption dans sa vie, tel le prince charmant prêt à sauver la demoiselle en détresse.

À ceci près qu'elle n'avait pas été en détresse, en réalité. Mais elle avait tellement rêvé d'un avenir radieux… Tellement espéré que l'avenir lui réserverait de belles choses. Peut-être était-ce pour cela qu'elle n'avait pas vu clair en lui pendant si longtemps. Il avait tout fait pour l'éblouir, avait peuplé sa vie de voyages dans des endroits de rêve, tels que Paris ou Londres. Il l'avait couverte de cadeaux : des vêtements de luxe, des bijoux comme s'il en pleuvait. Elle avait bien tenté de mettre le holà et de lui dire que c'était trop, mais il avait redoublé de zèle.

Il lui avait donné absolument tout ce qu'elle pouvait désirer… Tout sauf des enfants. Il en avait deux, en âge d'aller à l'université, d'un premier mariage. Bien qu'il ait été brouillé avec eux, il n'avait nourri aucun désir de réitérer l'expérience. N'avait nullement souhaité se donner la chance que les choses se passent différemment. Elle en avait été dévastée de chagrin au début, mais elle l'aimait et avait donc appris à vivre avec cette douloureuse restriction. Peu après cette révélation, elle avait trouvé une façon de combler son désir de maternité en faisant du bénévolat au sein d'une organisation humanitaire d'aide à l'enfance défavorisée. Quelques mois après qu'elle avait rejoint ce programme, elle avait été confrontée pour la première fois aux aspects déplaisants de son mari. À sa grande déconvenue, elle avait découvert que nombreux étaient ceux qui pensaient que lui et sa famille étaient des gens notoirement nuisibles.

Elle revoyait encore le regard réprobateur, horrifié de cette femme quand elle avait demandé :

— Vous êtes mariée à Harrison Armone ?

Alice – bien sûr, ce n'était pas son nom à l'époque – avait souri, un peu déstabilisée, et avait répondu :

— Oui.

Du jour au lendemain, la femme avait cessé de lui adresser la parole. Plus que cela, elle avait même tout fait pour l'éviter. Par trois fois, au moins, Alice l'avait surprise bavardant à voix basse avec d'autres bénévoles qui, par la suite, avaient agi de même. Peu à peu, tout le monde s'était mis à lui battre froid, au centre. Alors qu'elle se faisait une joie d'aller y travailler auparavant, elle en était venue à redouter les jours où elle était de service. À partir de ce moment-là, elle avait compris qu'il y avait un réel problème avec son identité – la femme de Harrison Armone.

Si seulement elle avait pris alors la mesure du degré de dangerosité de la famille Armone… Peut-être se serait-elle enfuie avant que le véritable cauchemar ne se fasse jour. Malheureusement, elle n'avait pas été assez maligne pour s'évader à temps.

Elle leva les yeux vers le ciel, visible seulement du fait que l'hiver avait privé les arbres de leur feuillage. Elle ferma les paupières et s'efforça de refouler les images qui ne manquaient jamais d'affluer chaque fois qu'elle repensait au passé. Ces deux premières années avaient été si heureuses. Si parfaites. Elle avait été tenue la plupart du temps éloignée du reste de la famille. Leur propriété était assez distante de celle du père de Harrison. Son mari allait chaque jour travailler dans un immeuble de grand standing situé dans la rue la plus huppée de la ville. Elle avait mené une existence protégée, exempte de toute insatisfaction, de tout tourment. Jusqu'au jour où cette collègue bénévole lui avait posé la question fatale.

L'inquiétude avait grandi en elle jusqu'à prendre des proportions de raz-de-marée submergeant tout sur son passage. Mais les ennuis n'avaient commencé que quelques semaines plus tard… Quand la pression était devenue si grande qu'elle n'avait plus pu l'ignorer.

Sa première grosse erreur avait été de lui demander – sans détour – s'il y avait quelque chose qu'il lui avait caché avant leur mariage.

La question l'avait de toute évidence pris au dépourvu. Il avait voulu savoir d'où lui était venue une idée aussi ridicule. Il s'était exprimé d'un ton calme et aimable, comme toujours, où perçait à peine une pointe de contrariété. Mais quelque chose dans ses yeux l'avait terrifiée – une lueur sauvage qui contredisait l'étrange calme qu'il affichait. Elle n'avait pas répondu, saisie d'une peur irraisonnée qu'il ne se retourne contre ses collègues. Après avoir, avec insistance, cherché à en savoir plus et répété, avec plus d'insistance encore, combien il était peiné de sa question, il avait fini par laisser tomber. Mais elle s'était rendu compte à cet instant que quelque chose avait profondément, radicalement changé.

Que ce soit parce que la relation de confiance s'était brisée ou parce que l'incident lui avait soudainement dessillé les yeux, elle ne l'avait plus vu de la même façon.

Le problème, c'était qu'il s'en était aperçu immédiatement. Il avait compris que la mystification était éventée. Il s'était mis à analyser chaque mot qu'elle prononçait, le moindre de ses gestes, devenant suspicieux de tout, jusqu'à la paranoïa. Jour après jour, le détail de ses journées avait été passé au crible. Ce qu'elle avait fait, qui elle avait vu – rien ne devait plus lui échapper. Puis sa véritable nature s'était révélée. Son changement de comportement avait mis au jour, les uns après les autres, tous les vilains secrets de la famille. Les réunions tardives qui, auparavant, s'étaient tenues chez son père s'étaient tout à coup délocalisées chez eux.

Un soir, au terme d'une réunion particulièrement longue et arrosée, il avait admis avoir voulu maintenir l'illusion d'une « vie normale » et il l'avait accusée d'avoir tout gâché.

À partir de là, son statut avait changé. D'épouse, elle était devenue captive et il s'était mis à la punir d'innombrables façons, toutes plus innommables les unes que les autres, pour avoir réduit à néant le conte de fées qu'il avait créé de toutes pièces. Pour l'avoir démasqué.

Et aujourd'hui, même mort, il la hantait encore.

Elle chassa les souvenirs et se concentra sur le moment présent. L'air vif et froid, vivifiant. La nature, autour d'elle. Elle avait eu ses réticences, au début, mais cet endroit avait un effet purificateur. Elle avait vu tant de cruauté, tant de laideur. C'était le refuge parfait pour guérir.

Et, bien sûr, pour se cacher.

Plus que quelques jours et ce serait le procès. Elle en serait le témoin clé – l'unique personne encore vivante pouvant témoigner contre ce qu'il restait de la famille Armone, Harrison Armone Sr. L'homme avait bâti un empire dans le Sud-Est, et Atlanta était son quartier général. Les Armone vivaient du crime organisé depuis trois générations – quatre si l'on incluait son mari puisque c'était lui qui devait reprendre les rênes des affaires familiales.

Mais il ne comptait plus désormais puisqu'il était mort.

Assassiné par son propre père.

Elle avait vu M. Armone pointer le canon de l'arme sur la nuque de Harrison et appuyer sur la détente. Puis il s'était tourné vers elle et avait annoncé avec un accent de triomphe dans la voix qu'elle était à lui désormais, comme tous les autres biens qu'avait amassés son fils. Il lui accorderait une période de deuil, avait-il ajouté en prenant des airs de grand seigneur, mais, au terme de ce laps de temps, il aurait vis-à-vis d'elle des attentes.

En vingt-quatre heures, tout avait été réglé. Le médecin personnel de la famille avait fourni un certificat de décès, et un autre ami de la famille s'était chargé de trouver un centre funéraire peu regardant qui s'était occupé avec la plus grande diligence de tout le reste. Pas d'enquête, pas de policiers, pas d'autopsie. Cause de la mort : crise cardiaque. L'avis de décès, pompeux à souhait, avait rempli une demi-page de l'*Atlanta Journal-Constitution*.

C'était trois jours après les obsèques que l'occasion de fuir s'était présentée à elle.

Elle était prête. Elle avait commencé à se préparer des mois avant la mort de Harrison. Elle avait caché une somme considérable en liquide ainsi que des cartes bancaires prépayées qui ne permettraient pas de remonter jusqu'à elle. Elle avait même fait l'acquisition d'un téléphone portable – du genre de ceux pour lesquels on pouvait acheter du crédit-temps au supermarché. Le jour J, elle était partie de la maison sans rien d'autre que les vêtements qu'elle avait sur le dos. L'argent et les cartes étaient dissimulés à l'intérieur de sa veste ; en fait, celle-ci était matelassée sur la quasi-totalité de sa surface de billets de banque et de rectangles de plastique, glissés dans des poches qu'elle avait cousues sur l'envers de la doublure. Elle avait mis ses baskets et sa tenue de sport préférées.

C'était une des autres façons dont elle s'était préparée. Peu après que son mari avait commencé à se montrer sous son vrai jour, elle s'était découvert une passion pour l'exercice physique – endurance et musculation.

La semaine précédente, en allant à la salle de sport, elle avait stocké dans un casier du vestiaire un jean, un blouson neuf qu'elle avait acheté spécifiquement à cet effet, un sweat-shirt, une casquette de base-ball, de grosses lunettes de soleil et une pince pour attacher ses longs cheveux et les faire disparaître sous la casquette.

Le jour J, elle avait quitté la salle par une porte arrière presque aussitôt après son arrivée et avait couru près de cinq kilomètres jusqu'au Four Seasons Hotel, où elle avait pris un taxi pour rejoindre la gare routière. Elle avait embarqué à bord d'un car à destination de Birmingham, dans l'Alabama. À Birmingham, elle avait changé de car et en avait pris un qui allait à Nashville, Tennessee, puis, de Nashville, elle s'était rendue à Louisville, dans le Kentucky. Chaque fois, elle avait veillé à modifier son apparence, troquant la veste contre le blouson, vissant une autre casquette sur sa tête, échangeant même ses lunettes de grande marque contre la paire bon marché d'une voyageuse. Enfin, elle était parvenue à destination. Morte de peur mais sans autre recours que celui-là, elle était entrée dans le bureau local du FBI et avait raconté son histoire.

Et aujourd'hui… Elle était ici.

Elle arriva en vue de la petite clairière où se trouvait son domicile temporaire – une cabane rustique. Le soleil couchant jetait ses derniers feux sur la montagne.

Perdue au milieu de nulle part, en pleine montagne, elle attendait le moment de révéler au monde quel genre de monstre était Harrison Armone Sr. Certes, son défunt fils ne valait pas mieux, mais personne ne méritait d'être assassiné, a fortiori par son propre père.

Les trois dernières années de son mariage, alors qu'il se savait percé à jour, la décision qu'il avait prise de laisser Alice voir et entendre certaines choses avait été indubitablement calculée, sans doute dans le but de la soumettre par la peur. Et, pour avoir peur, elle avait eu peur ! Elle avait été terrorisée. Mais elle avait quand même secrètement organisé son évasion.

Le FBI s'était frotté les mains en découvrant les informations qu'elle avait à leur offrir. Mais ils avaient aussi souligné que la maintenir en vie jusqu'au procès n'allait pas être une mince affaire. Donc, bienvenue au programme de protection des témoins ! Elle avait déjà été déplacée une fois. La sécurité du premier endroit où on l'avait conduite avait été compromise au bout de seulement trois mois. Elle n'avait eu aucune idée de ce qui se passait ; elle était tombée des nues lorsque deux *marshals* avaient débarqué pour l'emmener précipitamment.

Jusque-là, les choses s'étaient bien passées à Winchester. Elle restait recluse dans sa cabane, coupée du monde, commandait ses courses en ligne. Le *marshal* affecté à sa sécurité les récupérait et les lui apportait. Bien qu'elle ait un petit SUV pour un éventuel cas d'urgence, elle s'abstenait de sortir de la propriété pour ne pas courir le risque que quelqu'un la voie et se souvienne d'elle.

Ce dont elle avait besoin, le *marshal* le lui procurait.

Le SUV garé à côté de la maison était équipé de quatre roues motrices étant donné qu'elle vivait au fond des bois, au bout d'une petite route de montagne sinueuse. Le *marshal* passait la voir régulièrement. Elle avait à sa disposition un téléphone spécial pour les cas d'urgence et pour le joindre. Il avait d'emblée fait de son mieux pour la mettre à l'aise. Il était patient et attentionné. Beaucoup plus amical et compréhensif que le premier *marshal* qui l'avait prise en charge.

De cela, elle était immensément reconnaissante.

Oui. Elle avait épousé un homme mauvais. Oui, elle avait été la dernière des idiotes. Mais ça avait été indépendant de sa volonté. On lui avait appris à avoir foi en son prochain, à voir le meilleur en chacun… Jusqu'à ce que la vie lui donne des raisons de considérer les choses autrement.

Deux ans. Oui, il lui avait fallu tout ce temps pour percer à jour la façade qu'il avait fabriquée à son intention, mais elle n'était qu'humaine, après tout. Elle avait été amoureuse ; l'amour rendait aveugle, disait-on. Elle avait attendu très longtemps avant d'éprouver de nouveau ce sentiment après son premier chagrin d'amour, à l'âge de vingt et un ans.

— Ça suffit, marmonna-t-elle entre ses dents.

Se reprocher sempiternellement sa naïveté ne changerait rien à l'affaire.

Elle promena son regard sur les arbres nus et la petite cabane. Sa vie était là désormais. Du moins, pour quelques jours encore, jusqu'au procès.

Dans les films, le placement sous programme de protection donnait l'impression d'être une palpitante aventure, mais c'était à des lieues de la réalité. C'était terrifiant. La justice dépendait de sa survie jusqu'au procès, et sa survie dépendait du *marshal* qui était affecté à sa protection, et de ses propres actions. Grâce au FBI, elle savait désormais que les enjeux, dans cette affaire, allaient bien au-delà du seul meurtre de son mari et des éléments dont elle avait eu connaissance. Les Armone avaient commis d'innombrables meurtres. Le champ de compétence du clan couvrait différents domaines : trafic de drogue, trafic d'armes à feu et toutes sortes d'autres activités criminelles. Elle seule détenait le pouvoir de mettre fin à leur règne.

La famille avait beau tremper dans la grande criminalité, elle ne parvenait pas à comprendre comment un père pouvait en venir à assassiner son fils – la chair de sa chair. Bien sûr, Harrison avait cherché les ennuis puisqu'il avait œuvré en sous-main pour renverser son père. À soixante-dix ans, celui-ci n'avait eu nulle intention de prendre sa retraite. Le fils avait voulu détrôner le roi.

Mal lui en avait pris : c'était lui qui s'était fait éliminer.

Elle frissonna à l'idée qu'Armone Sr s'était mis en tête de faire de sa propre belle-fille son nouveau jouet.

Écœurant. Cet homme était immonde. Comme son fils, il se montrait sous des dehors charmants et était bel homme pour son âge. Mais, sous les apparences, se dissimulait un monstre.

Une fois le procès terminé, elle espérait bien ne plus jamais avoir une pensée pour lui et, surtout, ne plus jamais le revoir.

Demeurant aux aguets, elle déverrouilla la porte arrière et fit entrer Bob le premier. Il était entraîné à repérer s'il y avait un problème. Elle n'avait pas de craintes réelles pour l'instant. S'il y avait eu quelque chose qui n'allait pas, il l'en aurait avertie alors qu'ils approchaient de la cabane.

Les chiens étaient de nouveaux alliés dans le programme de protection. Elle n'en avait pas eu dans la première cache. Ce n'était que lorsque Bob était venu vivre avec elle, à son arrivée ici, qu'elle avait réalisé à quel point elle avait été seule pendant si longtemps. Depuis bien avant la mort de son mari.

Elle verrouilla la porte derrière elle, prenant soin de vérifier toutes les serrures. Puis elle suivit Bob dans chacune des trois pièces tandis qu'il opérait son tour des lieux. Il y avait un petit séjour-salle à manger, une chambre avec une salle de bains attenante et le vestiaire buanderie, sur l'arrière. Le mobilier était réduit à sa plus simple expression, mais elle avait ce dont elle avait besoin.

La couverture réseau étant aléatoire pour ne pas dire franchement pointilliste, on lui avait installé un amplificateur de signal ultra-performant. Elle avait également un générateur d'électricité pour prendre le relais en cas de coupure de courant et disposait d'un sac de couchage et de l'équipement de première nécessité pour le cas où elle devrait se sauver en urgence.

Elle frémit. Le feu s'était éteint. Gardant sa veste sur le dos, elle disposa du papier journal et du petit bois dans l'âtre avant d'y ajouter deux bûches une fois le feu amorcé. En quelques minutes, les flammes ronflèrent dans l'âtre, réchauffant déjà la pièce. Elle avait eu une cheminée, étant petite, donc réapprendre à allumer un feu ne lui avait pas posé de problème. Elle retourna à la cuisine et mit la bouilloire à chauffer pour faire un thé.

Bob émit un grondement sourd, les yeux braqués sur la porte d'entrée.

Elle se figea instantanément. Son téléphone était dans sa poche, son arme, encore dans la ceinture de son jean, à l'arrière. C'était un point sur lequel le *marshal* Holloway avait beaucoup insisté. Il lui avait appris à utiliser une arme à feu et ils avaient procédé à de nombreuses séances de tir, derrière la cabane.

Un craquement de l'autre côté de la porte d'entrée l'avertit d'une présence sur le porche. Elle se déplaça en silence jusqu'au judas spécial qui avait été installé sur la façade avant. Il y en avait un autre sur la façade opposée, ce qui lui permettait de surveiller tous les accès de la maison. Un homme se tenait sur le porche. Le genre cow-boy, habituel par ici. Un jean, des bottes, le chapeau à la main. Une grosse camionnette était rangée dans l'allée. Exactement comme le *marshal* Holloway.

À ceci près qu'elle ne le connaissait pas.

— Alice Stewart, si vous êtes ici, vous pouvez ouvrir sans crainte. Je suis le shérif Colt Tanner ; c'est Branch qui m'envoie.

Le cœur battant la chamade, elle demeura parfaitement immobile. Branch Holloway ne lui aurait jamais envoyé quelqu'un sans l'avoir au préalable prévenue. Et ils avaient mis au point un protocole pour le cas où une raison quelconque l'aurait empêché de le faire.

Elle passa la main dans son dos et enroula les doigts autour de la crosse du pistolet. Bob s'approcha sans bruit de la porte.

— Je sais que vous avez peur d'ouvrir à un étranger, mais il faut que vous me fassiez confiance. Branch a eu un accident. Il est à l'hôpital ; on l'opère en ce moment même. Il a refusé d'être emmené au bloc avant d'avoir pu me parler pour que je vienne m'occuper de vous, madame.

L'inquiétude s'insinua en elle, se mêlant à la peur. Elle espéra que ce n'était pas trop grave. Il avait une femme et une fille.

Elle ouvrit la bouche pour poser la question, mais la referma. L'homme n'avait pas respecté le protocole. Branch l'avait forcément mis au courant.

— Attendez, reprit l'homme. Je sais quel est le problème… Je n'ai pas dit « superhéros ». Il m'a dit que c'était votre code.

Le soulagement l'envahit. Elle s'avança vers la porte et tira rapidement les quatre verrous puis ouvrit en grand le battant.

— Il va s'en sortir ? Ce n'est pas trop sérieux ?

Le shérif Tanner inclina la tête.

— Je l'espère bien. Branch est un ami. Puis-je entrer ?

— Bien sûr… Silence, Bob, ordonna-t-elle au chien tandis qu'elle s'effaçait pour laisser passer le shérif.

Elle s'adossa au battant. Holloway ne l'aurait pas confiée à cet homme s'il n'avait pas su de façon certaine qu'il était du bon côté de la barrière.

Pourtant, se trouver seule ici avec un parfait étranger après tous ces mois d'isolement la mettait mal à l'aise. Bob s'était assis à ses pieds, suivant du regard le moindre mouvement de l'inconnu.

— Y a-t-il quelque chose que je puisse faire pour vous, madame ? N'importe quoi… Je serai heureux de pouvoir vous rendre service. Si vous avez besoin de quoi que ce soit…

Il haussa les épaules.

La bouilloire se mit à siffler, ce qui la fit sursauter. Elle l'avait complètement oubliée avec l'arrivée du shérif.

— Excusez-moi, je reviens tout de suite.

Elle se hâta d'aller éteindre le feu sous la bouilloire hurlante, puis elle prit une grande goulée d'air, repoussa une mèche derrière son oreille et revint dans le salon-séjour.

— Merci d'être venu, shérif, mais j'ai tout ce qu'il me faut pour l'instant.

— Bien.

Il tira une carte de sa poche de poitrine et la lui tendit.

— Vous pouvez m'appeler n'importe quand. Je repasserai plus tard dans la journée et vous donnerai des nouvelles de Branch.

Elle étudia la carte.

— Merci. J'apprécie beaucoup. S'il vous plaît, dites au *marshal* que je lui souhaite un prompt rétablissement.

— Je n'y manquerai pas.

Il la salua d'un bref hochement de tête.

— À plus tard.

Avant d'ouvrir la porte, elle ne put s'empêcher d'ajouter :

— J'espère que ses blessures ne mettent pas sa vie en danger.

— Il a vraiment eu de la chance, madame. Les choses auraient pu être bien pires. Dieu merci, son état est stable et nous avons toutes les raisons de croire qu'il va se remettre.

— Et sa femme ?

— Elle n'était pas avec lui, donc ça va. Elle attend qu'il sorte du bloc, à l'hôpital. Eh bien… Si vous êtes sûre de n'avoir besoin de rien dans l'immédiat, je vais y aller.

— Non, ça va, je vous remercie.

Lorsque le shérif eut pris congé, elle ferma la porte et tira les quatre verrous. Elle regarda la camionnette faire demi-tour et s'éloigner. Elle songea à l'accident du *marshal* Holloway et se dit que cela ne devait pas être lié à elle ni au procès… Sans, toutefois, parvenir à s'en convaincre tout à fait.

Et s'ils l'avaient localisée ? Si s'en prendre au *marshal* n'était qu'une première étape ? Armone Sr était le mal incarné. Il aurait pris plaisir à lui faire savoir à l'avance qu'il arrivait pour qu'elle ait le plus peur possible.

Harrison Armone Sr avait une petite armée à ses ordres. Des mercenaires, surentraînés. Aussi impitoyables que lui. Des tueurs professionnels. Qui ne renonçaient jamais tant qu'ils n'avaient pas atteint leur cible. Ils devaient la rechercher activement. La plus grande prudence s'imposait, c'était évident, et, de fait, elle faisait très attention. Mais cela en soi ne suffirait jamais. Elle avait besoin d'aide – et d'un coup de pouce du destin.

Et, avec ce développement inattendu, elle devrait redoubler de vigilance.

— Bob.

Le chien la regarda d'un air interrogateur.

— On va devoir ouvrir l'œil, mon ami.

Le diable était peut-être sur sa piste.

Et il ne viendrait pas seul.

2

Winchester Hospital

Jaxson Stevens quitta Nashville sitôt informé de l'accident. Branch Holloway et lui avaient collaboré brièvement avant que Holloway ne retourne dans sa ville natale de Winchester. Holloway était un gars bien et un excellent *marshal*. Jax était ravi de pouvoir lui rendre service en allant le remplacer, le temps qu'il soit de nouveau sur pied.

Il gara son SUV dans le parking et se dirigea vers l'entrée de l'hôpital. Il n'était pas venu dans le secteur de Winchester depuis des lustres. Il était originaire du Nord-Ouest Pacifique et il avait accepté un poste à Seattle après avoir terminé sa formation de *marshal*. Il avait passé la majeure partie de la première décennie de sa carrière de ce côté-là du pays. Puis il avait éprouvé le besoin de changer d'air ; il était arrivé à Nashville l'année précédente.

Pour être tout à fait honnête, il n'avait pas réellement désiré venir dans le Sud-Est, mais c'était une étape nécessaire pour l'avancement de sa carrière. Et il y avait eu cette femme qu'il avait rencontrée pendant sa formation, à Glynco. Tous deux avaient eu une relation passionnée durant quelques mois, et il s'était demandé ce qu'il était advenu d'elle après son déménagement à Seattle. Ils avaient été si jeunes lorsqu'ils avaient fait la connaissance l'un de l'autre. Pendant un temps, il avait gardé un œil sur son parcours tandis qu'elle terminait ses études universitaires, sûr qu'ils finiraient par se retrouver à un moment ou à un autre. Il lui avait même apporté son concours de façon anonyme pendant la période où son père était gravement malade, avant son décès.

Puis ses espoirs de romantiques retrouvailles avaient été douchés quand il avait appris son départ pour Atlanta.

Elle s'était mariée. Il secoua la tête. Pendant toutes ces années, elle n'avait cessé de hanter ses rêves. Il avait cru la connaître, avait cru que leur relation valait la peine d'être préservée, poursuivie le moment venu. Jamais auparavant il n'avait éprouvé un tel niveau de connexion avec qui que ce soit.

Mais il s'était trompé – lourdement trompé – sur son compte. Pour avoir épousé un homme comme celui-là, il fallait qu'elle n'ait pas du tout été celle qu'il croyait. Elle devait savoir, aujourd'hui, ce que le monde pensait de son choix.

Mais c'était sans importance. Le passé était le passé. Rien ne changerait les années qu'il avait perdues à penser à elle. Il se plaisait à Nashville pour l'instant. Il venait d'avoir trente-deux ans et nourrissait de grands projets de carrière. Il avait tout le temps de songer à une relation sérieuse. Son statut de célibataire était devenu le cheval de bataille de ses parents et sa sœur qui ne laissaient pas de l'asticoter à ce propos chaque fois qu'ils se téléphonaient ou se réunissaient en famille.

Peut-être y réfléchirait-il une fois que cette affaire serait bouclée. Le procès auquel devait assister le témoin se tiendrait jeudi. Ensuite de quoi, il se mettrait en congé et prendrait des décisions concernant sa situation personnelle. Peut-être était-il temps de procéder à un petit bilan plutôt que de continuer à se concentrer exclusivement sur son travail.

Il flottait dans l'établissement cette odeur d'antiseptique commune à tous les hôpitaux qui déclenchait chez lui des souvenirs qu'il aurait préféré garder ensevelis le plus profondément possible et ne plus jamais exhumer. La perte de son petit frère avait été terrible pour l'enfant de dix ans qu'il était. Et il n'osait même pas imaginer ce que ses parents avaient enduré.

Il n'avait jamais réellement décidé de ne pas s'engager à cause du drame survenu quand il était enfant, mais peut-être que cela avait joué, inconsciemment. Ses parents avaient passé plus de vingt ans à lui dire que ce qui était arrivé n'était pas sa faute. En vain. Il garderait à jamais le sentiment que c'était le cas. Il aurait dû être plus attentif, le surveiller plus étroitement. Il n'aurait jamais dû permettre à son petit frère de s'approcher autant du bord de l'eau.

Il aurait dû se tenir à tout instant prêt à l'aider en cas de problème.

Bon sang, comment en était-il venu à ressasser tous ces douloureux souvenirs ?

Jax secoua la tête et traversa le couloir, chassant résolument le passé afin de le laisser là où était sa place – derrière lui. Un bref passage au bureau d'accueil, et il monta au troisième étage, où se trouvait la chambre de Holloway.

Il arrêta son regard sur son vieil ami et fit la grimace. Le côté gauche de son visage était contusionné et enflé comme s'il en était venu aux mains avec quelqu'un et n'était pas sorti vainqueur. Ce qu'il voyait de l'épaule gauche de Holloway était dans le même état.

— Eh bien… Quelle mine tu as, mon vieux.

Branch Holloway ouvrit les yeux.

— Si ce n'était que la mine… Content que tu aies pu venir, Stevens.

Jax s'avança près du lit.

— Qu'est-ce qui s'est passé ? Tu as eu maille à partir avec un cow-boy mal embouché ?

Le Tennessee était une terre de cow-boys. Jax avait bien essayé de chausser une paire de bottes… Mais non. Ce n'était pas pour lui. Quant au chapeau – ma foi, ce n'était pas son style non plus. Il était un citadin dans l'âme. Un jean, un pull, une bonne paire de baskets, ça, c'était parfait. Mais il devait reconnaître qu'il aimait bien le cuir. Il portait la veste en cuir qu'il possédait depuis plus de dix ans.

— Je voudrais bien pouvoir te raconter une histoire héroïque, te dire que j'ai affronté seul une horde de méchants ou que j'ai survécu de justesse à une fusillade, mais la vérité, c'est qu'un cerf a décidé que ma camionnette était en travers de sa route. Lui, il s'en est sorti indemne, mais j'ai plongé dans le fossé et heurté un ou deux arbres. L'un des deux, en particulier, voulait vraiment ma peau.

Jax fit la grimace.

— À entendre ton récit, tu as eu de la chance, on dirait.

— C'est ce qu'il paraît, mais j'avoue que j'ai un peu de mal pour l'instant à me sentir privilégié. D'après ma femme, ça viendra en son temps… quand je verrai l'état de ma camionnette. Elle est complètement bousillée.

— Est-ce que tu veux que je te fasse passer quelque chose ? Un verre d'eau ? s'enquit Jax en jetant un coup d'œil au pichet, sur la table de chevet.

— Non, merci. Ma femme était là il y a quelques minutes. Elle veille à tout et me dorlote depuis que j'ai été admis ici. Entre elle et les infirmières, ça devrait aller.

Jax hocha la tête.

— Tu n'as pas voulu évoquer l'affaire par téléphone, mais j'ai cru comprendre qu'elle était prioritaire.

Dans le jargon des *marshals*, les affaires qualifiées de prioritaires étaient celles dans lesquelles les personnes qui en voulaient au témoin disposaient d'une multitude de ressources, ce qui rendait celui-ci d'autant plus vulnérable. Parfois, une affaire était rangée dans cette catégorie simplement du fait de l'importance des protagonistes en jeu. Le nombre de personnes dans le secret, concernant ces affaires-là, était restreint au maximum.

En ce bas monde, il y avait les méchants, et puis il y avait les vraiment méchants.

— Application du « besoin d'en connaître », répliqua Holloway. Nous ne sommes qu'à quelques jours du procès. Garder ce témoin en vie est crucial. À ce stade, le niveau de surveillance doit être renforcé. Il est indispensable d'avoir cette jeune femme à l'œil quasiment vingt-quatre heures sur vingt-quatre. Cet accident n'aurait pas pu tomber à un plus mauvais moment.

— Oui, je comprends, acquiesça Jax.

— Je suis sûr que tu connais l'affaire Armone. On en a suffisamment parlé dans toute la presse.

Les sourcils de Jax s'arquèrent brusquement de surprise.

— Oh. Dans les grandes lignes, oui… Mais je ne m'attendais pas à entendre ce nom-là. Je sais que le patriarche attend son procès, mais je n'ai pas suivi tous les détails. Mais, dis-moi, ce n'est pas un peu loin de notre district ?

— Les autorités ont jugé préférable de l'éloigner de la Géorgie jusqu'au procès pour faciliter sa protection. Cette décision a été tenue secrète dans toute la mesure du possible. Mais, malgré toutes ces précautions et le silence des médias, sa première cache a été compromise.

Elle ! songea Jax tout en faisant mine de prêter une oreille attentive à ce que disait Branch. Un très mauvais pressentiment commença à s'insinuer en lui.

— Sacrée déveine pour toi que de te retrouver hors jeu en un moment pareil, proféra-t-il comme en pilotage automatique au lieu de s'enquérir de l'identité du témoin.

Après tout, il s'agissait peut-être de quelqu'un d'autre. Une secrétaire ou une autre proche du vieux ? Ou du fils, puisque celui-ci avait été tué… Sa mort avait pu pousser quelqu'un à parler – une maîtresse, par exemple. Bon sang, ce ne pouvait tout simplement pas être elle.

— Ne m'en parle pas, grommela Holloway. Une vraie tuile. Heureusement que tu as pu venir.

— Bon, commençons par le début… Si tu me mettais au courant ? suggéra Jax.

Holloway fit un signe de la main.

— Le dossier est sous mon oreiller.

Jax gloussa en glissant la main sous l'oreiller d'hôpital.

— Eh bien, si ça, ce n'est pas « faire du zèle ».

— Dans certains cas, il faut ce qu'il faut, non ?

— Si.

Jax ouvrit le dossier… et son regard tomba droit sur la photo présentée en première page. Il cligna des yeux. Regarda de nouveau. Elle était exactement la même que dix ans plus tôt.

— Ça va ? demanda Holloway. On dirait que tu as vu un fantôme.

— En quelque sorte, convint Jax en fronçant les sourcils. Je vais être honnête : je connais cette femme.

Non. Ce n'était pas simplement qu'il la connaissait. Il avait eu une relation intime avec elle. Il était blessé, déçu et en colère contre elle depuis des années.

— Ah… Mince. Si c'est un problème, il va falloir qu'on trouve quelqu'un d'autre au plus vite. C'est le shérif du coin, un ami, qui veille au grain pour l'instant. Mais je ne peux pas lui imposer ça éternellement – même si tout le monde veut voir tomber ce fumier. On le tient cette fois. À condition qu'elle reste en vie jusqu'à sa comparution au tribunal.

Holloway avait raison. Le clan Armone avait échappé au bras de la justice pendant bien trop longtemps.

— Non, c'est bon. Je m'en charge.

Jax s'obligea à garder les idées claires. Si Holloway pensait qu'il n'était pas en situation de s'occuper de cette affaire, il porterait son choix sur quelqu'un d'autre. Jax avait été pris de court, inutile de le nier. Mais il voulait se charger de cette mission. Il le fallait. Pour des raisons qui allaient au-delà de sa seule conscience professionnelle… Des raisons purement personnelles.

— Tu peux compter sur moi, ajouta-t-il. Je voulais juste que tu saches ce qu'il en était, voilà tout. Je l'ai connue, mais c'était il y a longtemps.

— Si tu es sûr…, contra Holloway. Je te fais confiance. Simplement, je ne voudrais pas te mettre dans une situation difficile. Le passé peut parfois avoir des répercussions néfastes sur le présent.

L'estomac de Jax se noua. Peut-être n'était-il pas aussi prêt à assumer cette mission qu'il l'affirmait ?

Pas le choix.

S'il laissait un autre le remplacer, il ne réussirait jamais à se la sortir de la tête.

Il serait à jamais hanté par des « et si… ».

— Ça ira, je m'en charge. Personne ne souhaite voir tomber cette famille plus que moi.

Ça, c'était plus vrai qu'il n'était disposé à l'admettre.

— Avec un peu de chance, le clan sera décapité une fois ce procès terminé, déclara Holloway. Le fils est mort. Maintenant, il ne reste plus qu'à envoyer le père croupir dans une geôle pour le restant de ses jours.

Holloway étudia son expression comme s'il y cherchait la trace d'un soupçon d'incertitude.

— Je peux demander au shérif Tanner de t'indiquer le chemin pour te rendre à la cache où elle est logée… Si tu es absolument certain.

— D'accord. Ça me va.

— Merci, Stevens. À charge de revanche.

La cabane était située loin de la ville. Le shérif Colt Tanner avait retrouvé Jax au tribunal, qui abritait aussi le bureau du shérif, et lui avait montré la route. Une heure plus tôt, Tanner était allé s'assurer sur place pour la dernière fois que tout allait bien. Désormais, c'est Jax qui prenait les choses en main… mais pas seulement en allant la voir plusieurs fois par jour. À ce stade, il allait s'installer à demeure chez elle et il ne la quitterait plus d'une semelle jusqu'au moment où elle entrerait dans la salle d'audience pour témoigner. C'était là son rôle : lui assurer une protection de tous les instants, sécuriser ses déplacements, les conditions de son transport.

Pendant le trajet, il avait réfléchi et était parvenu à la conclusion qu'il était parfaitement en capacité d'assumer la tâche qu'il avait acceptée. Il ne pouvait nier qu'il avait passé beaucoup de temps à tenter de retrouver Allison James, alias Alice Stewart, la veuve de Harrison Armone Jr, le baron du trafic de drogue et d'armes du Sud-Est. En fait, il désirait s'acquitter de cette mission. Il voulait savoir quelle mouche avait piqué la jolie jeune femme réservée qu'il avait connue pendant sa formation. Comment la timide étudiante à la voix douce avait pu devenir l'épouse de l'un des truands les plus recherchés par le FBI, l'ATF et la DEA. Peut-être – sûrement – n'était-ce que de la simple curiosité, mais il avait besoin de comprendre comment diable une telle chose avait pu se produire.

Le vrai problème, de son point de vue, résidait dans la façon dont elle réagirait en découvrant qui était le remplaçant de Holloway. Elle ne pouvait pas ignorer qu'il savait très bien à qui elle avait lié son destin et qu'il en était forcément écœuré. Toutes les forces de l'ordre, d'Atlanta à Washington DC, étaient mobilisées pour éradiquer ce problème.

Il serait bientôt fixé.

Jax gara son SUV à côté de celui qui était stationné près de la cabane et sortit. Elle devait se tenir aux aguets, derrière la fenêtre. Tanner l'avait prévenue de l'arrivée du nouveau *marshal*. Ce que Jax, en revanche, ne savait pas, c'était si le shérif avait donné son nom. Si tel était le cas, elle l'attendait peut-être, campée derrière la porte, l'arme au poing. Non qu'elle ait une quelconque raison de lui en vouloir. Il lui avait proposé de partir pour Seattle avec lui, mais elle avait refusé. Malgré lui, il se demanda – même s'il n'aurait pas dû – si elle avait essayé de savoir ce qu'il advenait de lui les premières années, après son départ, avant qu'elle ne commette l'erreur de sa vie.

Avait-elle seulement jamais eu une pensée pour lui ?

Il ne lui avait pas offert de l'épouser, mais ils avaient parlé mariage, avenir, évoqué leurs désirs, à l'un et à l'autre. Elle avait eu des attentes vis-à-vis de lui, cela il se le rappelait bien. Mais ça ne l'avait pas empêché de s'en aller quand une occasion qui ne se refusait pas s'était présentée. Sa position, à elle, avait été claire : elle ne voulait pas partir. Son père était encore vivant et il était seul. Elle refusait d'aller vivre si loin de lui. Qu'était-il censé faire, alors ? Décliner l'opportunité dont il rêvait depuis le jour où il avait pris la décision d'intégrer le service des *marshals* ?

La petite voix qui se faisait entendre lorsqu'il passait les bornes résonna dans sa tête. Il s'était montré égoïste, pas de doute. Mais lui aussi avait eu de la famille. Tous ses proches vivaient sur la côte Ouest. Il n'y avait pas eu de gagnant dans cette situation impossible.

Il s'avança vers le porche. Grimpa les marches. Conscient qu'elle devait l'observer, il leva la main pour frapper.

Elle ne dit pas un mot, ne fit pas le moindre bruit, mais il sentit sa présence de l'autre côté de la porte. Toute proche. Il ferma les yeux et se rappela son parfum. Discret, délicat. Elle sentait toujours la fleur d'oranger. Ne portait jamais de maquillage. Elle avait les plus beaux yeux bleus qu'il ait jamais vus.

La porte s'ouvrit, et il la vit là, devant lui, exactement telle qu'elle était restée gravée dans sa mémoire malgré les dix ans qui s'étaient écoulés : pas de fard, pas de coiffure élaborée, Ali telle qu'en elle-même. Le gros labrador noir dont lui avait parlé le shérif se tenait à son côté.

Pendant un long moment, ils restèrent à se contempler.

Il finit par prendre une grande inspiration, et son

parfum flotta, emplit ses narines – ce parfum qu'il aurait reconnu n'importe où.

— Vas-y, j'attends… Dis-le.

L'espace d'une seconde, il demeura interdit.

— Dis-le, répéta-t-elle. Je ne te laisserai pas entrer avant.

Alors, soudain, il comprit ce qu'elle attendait.

— Superhéros.

Elle recula, et il entra. La porte se referma derrière lui, les verrous claquèrent, les uns après les autres. Il n'y en avait pas moins de quatre, nota-t-il. Le chien se mit à le renifler tout en le considérant d'un œil suspicieux.

Elle lui gratta le dessus de la tête, et le chien s'éloigna.

— Personne ne m'a prévenue que ce serait toi.

Elle se tenait près du mur, sur sa gauche, conservant ses distances. À mieux y regarder, il voyait maintenant qu'elle était plus mince qu'avant. Et il y avait de la peur dans ses yeux. Et puis autre chose… Comme une immense lassitude. De la tristesse, aussi, lui sembla-t-il.

— Je ne savais pas non plus que c'était toi que je devrais protéger ; je ne l'ai appris qu'à mon arrivée à Winchester.

Il soutint son regard, refusant de la laisser s'en tirer comme ça. Il n'avait aucune raison de lui faciliter les choses. Jouir de son embarras n'était pas gentil, il en avait bien conscience, mais c'était plus fort que lui.

— Je suis content que Holloway ait fait appel à moi. Je suis là pour t'aider. Si ça te convient.

— Je suis certaine que le *marshal* Holloway ne t'aurait pas envoyé s'il ne t'estimait pas à la hauteur de la tâche.

Elle haussa les épaules.

— Pour ce qui est du passé, ça remonte à si longtemps… Ce n'est plus d'actualité.

Elle avait raison. Tout cela, c'était de l'histoire ancienne. Mais la voir écarter la question d'une pirouette passait mal. Elle n'avait pas besoin de savoir le ressentiment – ou la déception ou le bouleversement… Il aurait été bien en peine de définir le terme approprié – qu'avait provoqué chez lui sa décision de ne pas le suivre, ni le tourbillon d'émotions que le fait de la revoir déclenchait présentement en lui. C'était le travail. Point. Il n'y avait aucun enjeu personnel.

Il désigna la porte du pouce.

— J'ai acheté une pizza. C'est un peu tôt pour déjeuner, mais j'ai pris la route de bonne heure ce matin, alors…

— Je t'en prie, fais comme chez toi. Tu n'as pas besoin de ma permission pour manger.

Non, en effet.

— Je vais chercher mon sac et la pizza.

Il ressortit et respira un grand coup en se dirigeant vers son SUV. Il avait une mission à assurer ; la première chose à faire était de se sortir le passé de la tête et de se concentrer sur le présent. Ce qui était arrivé il y a dix ans ou cinq ans n'importait pas. Ce qui importait, c'était la réalité actuelle. La sécurité de son témoin, son transport au tribunal le moment venu afin de faire tomber cette ordure.

Il attrapa son sac et le carton contenant la pizza et revint vers la cabane. Elle lui tint la porte ouverte puis tira aussitôt les quatre verrous. Après avoir déposé la pizza sur la table, il laissa tomber son sac sur le sofa. Ce serait certainement son lit pour les jours à venir. Le logement n'était pas assez grand pour être pourvu d'une deuxième chambre.

— Au fait, je te présente Bob, dit-elle en montrant le chien qui la suivait comme son ombre.

Il inclina la tête.

— Salut, Bob.

L'animal le contempla avec, au fond du regard, une bonne dose de scepticisme – voire d'un reste de méfiance, ce qui revenait au même.

— Tu veux un Coca ? De l'eau ?

Comme la bière était proscrite, il opta pour le soda. Elle se dirigea vers le réfrigérateur et en sortit deux. En revenant vers la table, elle attrapa au passage le rouleau de papier absorbant sur le comptoir. Elle s'assit en face de lui. Apparemment, elle avait décidé de partager son repas. Il lui tendit une tranche, en préleva une pour lui et mordit dedans. Le fait de mâcher lui éviterait d'avoir à faire la conversation. S'il mastiquait suffisamment lentement, cela pourrait occuper un moment.

Elle porta sa boisson à ses lèvres.

— Alors ? Est-ce que tu t'es marié, finalement ?

Il s'étonna qu'elle se soit risquée à poser la question. Typiquement le genre qui pouvait les amener en terrain glissant et le conduire, lui, à en poser aussi. Et, de fait, plusieurs interrogations, déjà, lui brûlaient les lèvres. Mais, pour l'instant, il s'agissait de tenter de s'accommoder de cette situation inconfortable et de laisser se tasser le maelström émotionnel que le fait de se trouver dans la même pièce qu'elle avait déchaîné en lui.

— Non. Je ne me suis jamais ni fiancé ni marié.

Le silence s'étira pendant environ une minute tandis qu'ils mangeaient. Détourner les yeux de ses lèvres qui remuaient se révéla plus difficile qu'il ne l'aurait cru.

Il éprouva un vrai soulagement lorsqu'il vit le dernier morceau disparaître dans sa bouche.

— Techniquement, souligna-t-elle en tendant la main vers une deuxième part. Nous étions fiancés… même si c'était informel.

Il s'immobilisa d'un coup, étonné que son cœur n'en fasse pas autant. Il ne s'était pas attendu à ce qu'elle oriente la conversation dans cette direction.

— Techniquement, répéta-t-il. Je suppose que tu as raison.

— Combien de temps es-tu resté à Seattle ?

Il s'essuya les mains sur un carré de papier absorbant.

— Jusqu'à l'an dernier. J'ai appris pour ton père… Je suis désolé.

— Oui… Ça a été difficile.

— Je m'en doute.

Il s'en était fallu de si peu qu'il n'aille assister aux obsèques, mais il s'était demandé s'il serait le bienvenu et avait finalement préféré s'abstenir.

Il mordit dans sa pizza pour se retenir de demander si c'était pour cela qu'elle s'était jetée dans les bras d'un criminel. Avait-elle cherché quelqu'un qui prenne soin d'elle ? Une sorte de papa gâteau, de protecteur paternaliste ? La fureur flamba en lui. Il s'obligea à chasser ces pensées. Peu importait qu'ils aient passé des mois exclusivement centrés l'un sur l'autre, pratiquement inséparables. Tout cela datait d'il y a longtemps. Leur relation fusionnelle d'alors appartenait déjà au passé lorsqu'elle avait épousé Armone. Toutes ces émotions… C'était vain, inutile, contre-productif. Et affreusement frustrant, aussi.

— Et tes parents ? questionna-t-elle en se tamponnant les lèvres avec sa serviette. Ta sœur ?

— Ils vont bien. Ils envisagent d'acheter une maison secondaire en Floride pour y passer l'hiver. Tu parles d'un cliché…

Il réussit à sourire, espérant alléger un peu l'atmosphère.

Elle paraissait à l'aise. Totalement calme. Peut-être, au fond, cette confrontation ne posait-elle problème qu'à lui ?

Les lèvres d'Ali s'incurvèrent imperceptiblement.

— Peut-être un peu, oui.

— Quant à ma sœur, elle est mariée, elle, avec trois enfants. Adorables mais turbulents !

Il secoua la tête.

— Je ne sais pas comment elle fait.

— Elle a de la chance.

— Tu as des enfants, toi ? lança-t-il à brûle-pourpoint.

Il savait déjà quelle était la réponse, mais il n'en connaissait pas la raison.

— Non. Il ne voulait pas d'enfants. Il en avait eu deux de son premier mariage.

Elle considéra la boîte de la pizza pendant un moment.

— Avec le recul, je me dis que j'ai eu beaucoup de chance qu'il n'ait pas souhaité en avoir avec moi.

Il jugea qu'il était temps de changer de sujet. Une autre question lui vint, dont il connaissait là aussi déjà la réponse.

— Tu tenais à terminer tes études universitaires. Tu y es parvenue ?

— Oui. Comme je m'occupais de mon père, ça a été long, mais j'ai fini par y arriver.

— Super.

Nouveau silence, oppressant. Il contempla sa part de pizza, l'appétit soudain coupé.

— Et ta carrière ? Ça se passe bien ? s'enquit-elle.

— Oui. C'est un travail exigeant, mais stimulant. Et gratifiant.

Elle se leva.

— Merci pour la pizza.

Il la regarda mettre sa serviette et sa canette de Coca à la poubelle. Elle resta debout devant l'évier, le regard perdu par la fenêtre.

L'envie de lui demander comment elle avait pu se marier avec un homme comme Harrison Armone le démangeait toujours, mais il ravala sa question.

— Je crois qu'il vaudrait peut-être mieux qu'ils missionnent quelqu'un d'autre que toi.

Ses paroles avaient claqué dans le silence, le prenant de court. Et l'énervant plus que de raison. Il se leva brusquement, faisant crisser les pieds de la chaise sur le plancher.

— Pourquoi ? Il n'y a aucune raison. Je ne vois pas pourquoi nous ne pourrions pas laisser le passé là où il est.

Elle pivota sur elle-même pour lui faire face, sans bouger de place, les doigts agrippés au comptoir comme si elle craignait de perdre l'équilibre.

— S'il me retrouve, il me tuera. Et, si tu te mets en travers de son chemin, il te tuera aussi.

3

L'homme dont elle était tombée follement amoureuse à vingt et un ans la contemplait comme si elle venait d'avouer le plus abominable des crimes. Pourquoi diable avait-il fallu que ce soit lui qu'on envoie pour la protéger ?

Ce n'aurait pas dû être lui.

Elle ne voulait pas que ce soit lui.

Trop dangereux.

— Je suis un *marshal* hautement qualifié, avec une décennie d'expérience au compteur. Tu n'as pas à te faire de souci pour moi, Ali.

Ali. Sa gorge se serra comme elle s'efforçait de déglutir. La voix de Jax, cette voix qui avait hanté ses rêves pendant dix ans, prononçant son nom… Même à l'époque où elle avait cru aimer son mari – avant de découvrir sa vraie personnalité –, son amour de jeunesse était venu beaucoup trop souvent s'immiscer dans ses rêves. Quand bien même le monstre qu'elle avait épousé la couvrait de cadeaux, quand bien même elle avait cru dur comme fer au conte de fées sans savoir encore la sinistre mascarade qu'il était… Tout, sans exception, n'avait été de sa part qu'une tentative désespérée d'effacer Jax de son cœur.

Ça n'avait pas fonctionné.

Et, maintenant, voilà qu'il était là devant elle, prêt à risquer sa vie pour sauvegarder la sienne. Ou peut-être avait-il voulu voir celle qu'elle était devenue ? Voir la veuve de l'un des criminels les plus recherchés du pays.

Elle se raidit intérieurement.

Un mensonge. Son existence entière, ces cinq dernières années, n'avait été qu'un vaste mensonge.

Elle ne pouvait s'en prendre qu'à elle-même. Elle avait adhéré à fond, sans la moindre réserve, au mirage qui lui était présenté.

Résultat : elle aurait de la chance si elle s'en sortait vivante.

— Pourquoi ? questionna-t-elle.

Les yeux de Jax se plissèrent – ces yeux bruns qui, d'un regard, avaient le pouvoir de la faire tressaillir.

— Pourquoi… Quoi ?

— Pourquoi toi ? Vous devez être au moins deux ou trois mille dans le service des *marshals*… Pourquoi toi ?

— Holloway et moi avons travaillé ensemble pendant un certain temps à Nashville avant qu'il parte pour Winchester. Quand il a eu cet accident, il a donc pensé à moi. Le temps manquait pour suivre la procédure réglementaire. Il avait besoin que quelqu'un prenne immédiatement le relais auprès de toi. Alors… me voilà.

Elle secoua la tête.

— Oui, mais, moi, je ne suis pas d'accord.

Elle devait quand même bien avoir à son mot à dire, non ? Après tout, elle était le témoin – le témoin clé, de la bouche même du procureur. Sans elle, tout le dossier s'écroulerait sous les assauts des douzaines de puissants avocats qu'Armone avait mandatés.

Jack haussa les épaules.

— Je peux transmettre ton objection aux décisionnaires. Il est possible que quelqu'un d'autre puisse me remplacer, seulement cela prendra du temps, et le temps presse. Le procès doit se tenir dans quatre jours. Nous voulons être le plus discrets possible afin de ne pas attirer l'attention sur l'endroit où tu te caches.

Non. Ça ne fonctionnerait pas. Elle ne pouvait rester des jours entiers dans une telle promiscuité avec lui. Nuit et jour dans un logement aussi petit… Impossible. Et puis, surtout, elle ne voulait pas qu'il puisse être blessé.

— Appelle-les. Vois ce qu'il est possible de faire.

Il fit un pas dans sa direction. Puis un deuxième. Elle s'intima l'ordre de respirer lentement, mais ses poumons refusèrent d'obéir.

— Y a-t-il une raison pour laquelle tu ne me ferais pas confiance ? Tu crois peut-être que je ne suis pas capable d'accomplir cette mission ?

— Je n'ai aucune idée de tes compétences, improvisa-t-elle. C'est juste que… je ne suis pas à l'aise dans cette… situation avec toi.

Il hocha la tête.

— Je vois. Tu n'as pas envie d'être seule, ici, avec moi ?

Un troisième pas combla le peu de distance qui subsistait entre eux.

Le tambourinement de son cœur s'intensifia. Elle le regarda et se décida à dire la vérité. La vérité… C'était le seul argument qu'il lui restait.

— À la lumière des circonstances, j'aimerais me montrer raisonnable, mais c'est difficile pour moi… oui.

L'espace d'un moment, il hésita, puis il répondit :

— Je n'envahirai pas ton espace personnel. C'est une promesse.

Il recula, se détourna pour aller à l'autre bout de la pièce et s'assit sur le sofa.

Lorsque le rythme de sa respiration se fut apaisé, elle inspira une grande goulée d'air.

— En général, je vais faire un tour à cette heure-ci.

Il n'avait pas besoin de savoir qu'elle était déjà allée se dégourdir les jambes ce matin. Parfois, elle sortait plusieurs fois par jour en plus de son jogging quotidien. Et, en ce moment, elle éprouvait vraiment l'envie de quitter cet espace confiné. Elle avait besoin… d'air. Et d'un moment de calme pour réfléchir à tête reposée.

— Entendu, déclara-t-il en se levant. Je viens avec toi.

Ah. Ce n'était pas ce qu'elle avait prévu.

— J'y vais seule d'habitude. Avec Bob, bien sûr.

— À compter d'aujourd'hui, tu ne vas nulle part seule.

Inutile de protester contre l'oukase qu'il venait de décréter. On lui avait sûrement spécifié ce qu'elle avait ou non le droit de faire à partir de maintenant. Elle avait depuis longtemps compris qu'on ne lui dévoilait pas tous les aspects de la surveillance dont elle faisait l'objet. Au début, cela l'avait ennuyée. Mais, avec le temps, elle s'en était accommodée et avait pris l'habitude de se concentrer sur le rôle qui était le sien et de laisser le *marshal* et le procureur gérer le reste.

Finalement, cela n'était pas si différent de ce qu'elle avait connu en vivant auprès de Harrison. Il lui disait toujours quoi faire et quand le faire. Le plus drôle, c'était qu'elle n'avait pas saisi au début à quel point il contrôlait sa vie. Les premiers temps, elle avait plutôt eu l'impression d'être dorlotée. Son mari était aux petits soins pour elle. Toute sa vie d'adulte, elle avait pris soin des autres. D'abord, de sa mère et, ensuite, de son père. Non qu'elle en ait conçu un quelconque ressentiment. Elle avait fait ce que n'importe quelle fille aurait fait pour ses parents. À l'université, il en était allé plus ou moins de même. Aller en cours, étudier. Comme elle avait dû mener ses études tout en s'occupant des problèmes de santé de ses parents, elle avait terminé son premier cycle à l'âge tardif de vingt-cinq ans. Ensuite, elle était partie pour Atlanta et avait rencontré Harrison. Là, tout avait changé.

Tout à coup, quelqu'un veillait sur elle. Prenait tout en charge, décidait de tout. L'emmenait en voyage et la submergeait de cadeaux luxueux.

Il était difficile de croire, aujourd'hui, qu'elle ait pu ne pas se rendre compte que ce rêve éveillé était trop beau pour être vrai.

Le problème, c'était qu'elle avait voulu qu'il le soit.

Parfois, on était guidé par un désir si puissant qu'il l'emportait sur tout, le bon sens y compris.

Elle avait fait fi du bon sens et de la logique.

Mais s'abreuver encore et toujours de reproches n'y changerait rien. Ce qui était fait était fait et, maintenant, elle était dans un beau guêpier.

— Allons-y, Bob, lança-t-elle en tapant sa cuisse du plat de la main.

Le chien bondit aussitôt.

Elle verrouilla la porte puis tendit à Jax la clé qu'elle rangeait habituellement dans sa poche. Puisqu'il était aux commandes, autant lui déléguer cette responsabilité-là aussi.

Le soleil effleurait la cime des arbres tandis qu'ils s'éloignaient de la cabane. Elle examina le ciel bleu. Il était censé neiger dans la nuit ou demain. Ce serait bien. Une ou deux fois depuis qu'elle était là, le paysage avait revêtu son manteau d'hiver. La nuit de Noël, c'était une couche de six bons centimètres qui était tombée – pour son plus grand plaisir ; c'était exactement ce dont elle avait eu besoin pour égayer un peu sa totale solitude : le spectacle de la nature, toujours renouvelé.

L'après-midi de Noël, le *marshal* Holloway était arrivé avec un véritable festin. Sa mère et sa femme avaient préparé un délicieux repas de Noël et elles avaient souhaité lui en faire profiter. Il lui avait aussi apporté un petit arbre de Noël décoré. Du genre de ceux qu'on trouve, tout prêts, dans les supérettes. Ces attentions l'avaient profondément touchée. C'était à ce moment-là qu'elle s'était dit que, peut-être, cet isolement imposé serait supportable.

Si elle vivait jusqu'au procès, sans doute pourrait-elle se forger une nouvelle vie. Il y avait en ce bas monde beaucoup de gens bien. Tout irait bien.

À condition qu'elle parvienne à rester en vie jusque-là.

— Tu as des projets pour quand tout ceci sera terminé ?

Au son de sa voix, ce bourdonnement grave qu'elle avait si souvent entendu dans ses rêves, son pouls s'accéléra.

— Je ne pense pas si loin. Je me contente de survivre au jour le jour.

— Je suis sûr que tu as dû t'entretenir avec le procureur adjoint des États-Unis, pour ta préparation avant le procès.

Le procureur adjoint des États-Unis, Samuel Keller, était le procureur fédéral s'occupant des poursuites engagées contre la famille Armone. Ali l'avait rencontré deux fois. Un avocat avait été désigné pour la représenter, qu'elle avait également vu deux fois. La situation était claire, la concernant. Elle n'avait jamais été mêlée ni de près ni de loin aux affaires de la famille. Au cours des deux dernières années, commençant à découvrir le pot aux roses, elle avait petit à petit glané des informations avec l'intention de les transmettre un jour au FBI.

— Oui. Il s'appelle Keller. Samuel Keller.

Jax hocha la tête.

— Oui, je le connais. Il a à son actif un taux de condamnations très élevé et il est ambitieux. Deux atouts majeurs pour notre affaire.

Ali ne l'avait pas beaucoup apprécié. Il lui avait donné l'impression d'être quantité négligeable lors de leur première entrevue. La deuxième fois, toutefois, il avait été un peu plus aimable. Peut-être un supérieur hiérarchique lui avait-il recommandé de ne pas froisser ou fâcher leur témoin clé.

— Je ne l'ai pas trouvé très sympathique, avoua-t-elle.

Cela étant, elle ne se fiait plus vraiment à son instinct. Il avait été mauvais conseiller, s'agissant de Harrison. Très, très mauvais.

— Peut-être, mais, tu sais, être sympa, ce n'est pas forcément une qualité pour un procureur. Dans cette profession, mieux vaut être intransigeant et n'avoir peur de rien.

Oui, il avait sans doute raison.

— Probablement, oui.

Bob s'élança devant eux, pourchassant un oiseau ou un écureuil. Une bourrasque froide agita les branches nues des arbres. Elle frissonna en dépit du sweat-shirt épais qu'elle portait.

— Quand as-tu déménagé à Atlanta ?

Elle étudia son profil pendant un moment, remarquant quelques petites différences. Une ride ou deux au coin des yeux. L'angle de la mâchoire légèrement plus carré. Il était plus mince aussi.

— J'ai fini mon deuxième semestre à l'université et je ne me voyais pas rentrer dans cette maison vide. Maman et papa étaient morts tous les deux. J'avais besoin d'un nouveau départ. Un défi à relever.

Elle haussa les épaules.

— On m'a proposé un poste dans une jeune société en plein essor. Ça semblait intéressant, donc j'ai fait fi de la prudence et je me suis lancée.

Et ce, à plus d'un égard, ajouta-t-elle intérieurement.

— Tu as vendu la ferme ?

Jax était venu une fois dans la ferme de ses parents. Oh ! l'endroit n'avait rien eu d'extraordinaire… Une vieille maison délabrée entourée d'une quarantaine d'hectares. Pas de quoi pavoiser. Ce qu'Ali avait le plus aimé, c'était la grange et les grands et vénérables chênes. Elle avait passé quasiment toute sa vie là-bas sauf quand elle était allée à l'université puis partie pour Atlanta par la suite.

— Oui. Ça a été une décision difficile… un vrai crève-cœur, en fait, mais je ne pouvais pas rester là-bas. Il n'y avait pas d'opportunités professionnelles dans le coin et je savais que l'exploitation d'une ferme, ce n'était pas vraiment pour moi. J'ai sauté sur l'occasion lorsqu'un ancien camarade de lycée qui venait de se marier s'est porté acquéreur. Lui et sa femme ont deux enfants aujourd'hui. Ils ont réparé la maison et s'en sortent bien, côté exploitation. Ils font vraiment du bon travail. Mon père serait content.

Un long silence retomba entre eux. Le soleil baissait, striant le ciel de traînées bleu-gris et argent. La température chutait, elle aussi. Elle aurait dû prendre sa veste. Mais elle n'avait pensé qu'à une chose – sortir de l'espace exigu de cette cabane.

— Est-ce que ton père construit toujours des bateaux ?

Ali avait rencontré ses parents deux fois. Une fois quand ils étaient venus en Géorgie voir leur fils et une fois à Thanksgiving quand eux deux étaient allés leur rendre visite. Ils vivaient au bord de l'eau, et la passion de son père était la navigation – qui arrivait dans l'ordre de ses priorités juste après sa famille. C'était l'une des rares personnes à construire encore des bateaux de pêche entièrement à la main. Son savoir-faire était absolument fantastique. En dépit de ses cheveux gris, elle avait tout de suite vu de qui Jax tenait ses traits séduisants. Sa mère, une femme adorable, était, elle, professeur. Très vite, Ali et elle s'étaient bien entendues. La mère d'Ali était morte l'année précédente, et elle avait eu désespérément besoin d'un lien de cette nature.

— Oui, toujours. Je ne l'imagine pas arrêter un jour. Il aime trop ça.

Ali trouvait admirable qu'on puisse être animé par une telle passion.

— Et ta mère ? Toujours enseignante ?

— Toujours dans l'enseignement, mais elle est principale d'un collège maintenant.

Il secoua la tête avec un petit rire.

— Heureusement que ce n'était pas le cas quand, moi, j'étais collégien… C'était déjà bien assez ennuyeux de la savoir en train de donner son cours de sciences naturelles dans la classe d'à côté quand j'étais en quatrième !

Ali sourit.

— Elle disait que tu étais bon élève.

— Elle te disait ça parce qu'elle t'aimait bien et ne voulait pas t'effrayer, répondit-il en lui jetant un coup d'œil. J'aimais bien amuser la galerie en classe.

Alice détourna les yeux. Elle regarda Bob qui flairait les buissons devant eux, sur le chemin, et se demanda si elle pourrait le garder une fois que tout serait terminé. Elle ne s'imaginait plus vivre sans lui. Il était son fidèle compagnon depuis six mois – le même laps de temps que Jax et elle avaient été ensemble dix ans plus tôt.

Ali accéléra le pas. L'air fraîchissait et le soleil ne tarderait pas à se coucher. Mieux vaudrait faire demi-tour lorsqu'ils seraient parvenus en haut de cette côte.

Lorsqu'ils atteignirent le sommet, elle rappela Bob et attendit qu'il les ait rejoints puis elle rebroussa chemin, le chien trottinant à son côté tandis que Jax marchait, à quelques pas derrière eux.

L'idée qu'il allait dormir sur le sofa à quelques mètres d'elle ne cessait de lui trotter dans la tête. Se trouver, dans le noir, si près de lui…

Il était trop tard pour y changer quelque chose, quoi qu'il en soit.

Quand ils arrivèrent en vue de la clairière, il faisait nuit et quelques flocons épars commençaient à flotter dans l'air.

Bob s'arrêta net d'un seul coup. Un grognement sourd monta de sa gorge.

— Qu'est-ce qui se passe, mon vieux ? souffla Ali en regardant autour d'eux.

Jax la tira vivement à l'abri des arbres.

— Il y a quelqu'un.

Son murmure venait à peine de lui chatouiller l'oreille lorsqu'elle avisa un homme, le nez collé à la vitre de la porte de derrière, la main en visière pour mieux voir. Il regarda pendant quelques secondes puis se déplaça jusqu'à une fenêtre. Il testa le loquet, qu'elle gardait toujours verrouillé, puis tourna le coin de la maison et disparut.

— Emmène Bob plus loin dans les arbres, murmura Jax en désignant les bois du menton.

Elle inclina la tête en signe d'assentiment et obtempéra. Elle dut insister un peu auprès du chien qui voulait rester sur place, l'œil fixé sur la cabane, et grogner. Dieu merci, il ne se mit pas à aboyer. Après s'être enfoncée dans la forêt, elle s'accroupit entre deux arbres pour observer la clairière sans être vue. Bob s'assit à côté d'elle, son corps chaud et rassurant calé contre elle.

Le silence était assourdissant. Au bout d'un moment, elle tendit le cou pour tenter d'apercevoir Jax. Il faisait trop sombre désormais pour bien voir. La cabane se repérait grâce aux lumières qu'elle avait laissées allumées. Quant aux alentours, seule la pâle lueur du clair de lune permettait d'en distinguer les contours. Elle n'osait pas cligner des yeux de peur de manquer un mouvement de Jax ou de l'intrus.

Puis des voix résonnèrent dans la nuit. Elle se pencha en avant, les yeux écarquillés.

Elles ne venaient en tout cas pas de l'arrière de la cabane.

Le ton monta. Puis elle n'en entendit plus qu'une seule.

Celle de Jax.

Elle se redressa et s'avança prudemment, Bob la talonnant. Elle se rapprocha de la clairière, prenant garde à rester sous le couvert des arbres.

Jax tenait l'homme en joue, adossé contre la cabane, l'arme pressée contre la tempe.

Un émissaire d'Armone ?

Elle fit encore quelques pas.

Jax insistait, exigeant que l'intrus lui donne son nom. Finalement, ce dernier finit par balbutier :

— Teddy Scott. Je viens pour réparer la panne d'électricité. Il y a eu une réclamation…

— Un dimanche ? répliqua Jax d'un ton coupant, incrédule.

— Écoutez, m'sieur, on m'a demandé de venir, je

viens. Je travaille de jour, de nuit et le week-end aussi quand il y a une urgence.

À ceci près qu'il n'y avait pas eu d'appel, songea Ali. Du moins pas de cette adresse.

Elle sortit de l'ombre et s'avança. Le regard de l'homme se porta sur elle.

— Est-ce que tout va bien ? lança-t-elle à l'adresse de Jax.

— Peut-être, dit-il. Peut-être pas. Va chercher les menottes dans le vide-poches de ma voiture, s'il te plaît.

Ali courut jusqu'à son véhicule, y prit les menottes et se hâta de revenir pour les donner à Jax.

— Tournez-vous, aboya Jax.

L'homme la prit à témoin.

— Madame… Sérieusement, si vous pouviez appeler la compagnie, ils vous diront que je ne mens pas. Il y a eu un appel et j'y ai répondu.

— Je n'ai pas dit que je ne vous croyais pas, monsieur Scott, assena posément Jax en refermant le bracelet métallique autour d'un des poignets de l'homme avant d'en fixer l'autre extrémité à un poteau métallique qui jouxtait la cabane. Seulement, je dois être certain que je ne cours aucun risque.

Éprouvant le besoin de porter son regard ailleurs que sur l'homme qui avait peut-être été envoyé pour la retrouver, Ali suivit des yeux le piquet de métal qui montait jusqu'au toit. Les antennes. Elle était rentrée à la maison, après ses promenades quotidiennes, tant de fois par ce chemin-là… Et pourtant elle n'avait jamais prêté la moindre attention aux antennes. Elles faisaient partie de la maison, point.

Mais, tout à coup, elles devenaient un élément essentiel puisque c'était elles qui permettaient présentement d'immobiliser ce M. Scott jusqu'à ce que Jax ait découvert qui il était et décidé de ce qu'il allait faire de lui.

Il lui prit son portefeuille, sans doute pour vérifier

son identité. Il n'était pas armé, ce qui, s'il était un sbire d'Armone, était surprenant.

Jax vint vers elle. Mentalement, elle se rétracta, se préparant au contact qu'elle ne pouvait éviter comme il tendait la main dans sa direction. Ses doigts solides se refermèrent autour du haut de son bras.

— Prends ton sac à main, si tu en as un, avec les affaires dont tu as besoin. On s'en va. Je vais appeler le shérif Tanner afin qu'il tire cette histoire au clair.

Ali s'engouffra dans la maison et attrapa son sac à bandoulière. Elle y jeta à la hâte son téléphone d'urgence.

— Viens, Bob, ordonna-t-elle au chien.

Le chien la suivit jusqu'à l'avant de la maison, où l'attendait Jax. Il était au téléphone, vraisemblablement avec Tanner, en train de fournir une description du suspect et le nom qui figurait sur ses papiers d'identité, ensuite de quoi il écouta pendant quelques instants, formula un bref « OK » et coupa la communication.

— Alors ? C'était Tanner ? Il va venir ?

Son estomac se serra d'inquiétude. En six mois de temps, c'était la première fois qu'un être humain autre que Holloway et Tanner, puis maintenant Jax, mettait le pied ici.

Dans tous les cas, ce ne pouvait pas être bon signe. D'autant qu'il n'y avait jamais eu de panne.

— Tanner et l'un de ses adjoints arrivent. Si c'est un envoyé d'Armone, on ne va pas tarder pas à le savoir.

— Où allons-nous ? s'enquit-elle, s'obligeant à rester calme.

S'il fallait déménager une nouvelle fois, elle déménagerait, point. Elle ferait tout ce qu'il faudrait pour mettre un terme à tout ça et se sortir enfin de ce pétrin.

Quatre jours. Encore quatre jours à tenir.

— Loin d'ici.

Il les entraîna, Bob et elle, vers son SUV.

— On ne va pas rester là, à attendre de voir si notre visiteur est venu accompagné.

4

Jax roula plus vite que ne le commandait la prudence sur la petite route de terre qui serpentait le long des pentes boisées jusqu'à la grand-route, en bas, dans la vallée. Ce n'était pas le moment de rencontrer un problème. La route n'était pas assez large pour que deux véhicules puissent se croiser. Si quelqu'un apparaissait soudain ici…

Bon, inutile d'envisager les ennuis qui ne s'étaient pas encore produits.

Du coin de l'œil, il vit Ali lutter contre la panique qui devait monter en elle. Elle était soucieuse. Et à juste raison. Lui-même n'avait pas du tout l'esprit tranquille.

Il ne respira un peu plus librement que lorsqu'ils atteignirent l'embranchement, un peu plus loin. À gauche, une autre route s'élevait en virages serrés dans la montagne tandis que celle de droite menait à l'autoroute. Il appuya sur la pédale d'accélérateur et obliqua à droite. Les doigts d'Ali s'enfoncèrent dans l'accoudoir de la portière.

Il se crispa en voyant des phares, sur la route, en face de lui.

Le véhicule passa. Il s'assura dans le rétroviseur que les feux de freinage ne s'allumaient pas. OK. Le conducteur poursuivait sa route.

— Et maintenant ? Qu'est-ce qu'on fait ? On va quelque part en particulier ?

Il coula un regard dans sa direction.

— Je ne sais pas. Je ne connais pas bien la région. Et toi ?

Elle secoua la tête.

— Moi non plus. Je suis ici depuis six mois, mais je n'ai quitté la montagne que deux fois.

Un lourd silence s'abattit entre eux tandis qu'ils filaient dans la nuit.

Tanner allait appeler, et ils pourraient élaborer un plan. D'ici là, Jax continuerait de rouler.

— Est-ce que je pourrais aller à l'hôpital ? interrogea Ali d'une voix hésitante. J'aimerais voir le *marshal* Holloway.

Sa question lui donna à réfléchir. Parfois, les témoins développaient un fort attachement vis-à-vis de la personne chargée de leur protection. Il avait eu vent d'histoires de véritables obsessions, mais ce n'était pas, à son avis, le cas d'Ali. Elle s'était souciée de sa santé après avoir appris qu'il avait eu un accident, mais sans manifester un désarroi hors de proportion. Peut-être qu'une brève visite à l'hôpital détournerait son esprit de ce qui s'était passé à la cabane.

— À condition de ne pas trop nous attarder, pourquoi pas ?

Il passa le bras entre les sièges, attrapa la casquette de base-ball sur la banquette arrière et la luit tendit.

— Mieux vaut mettre ça pour dissimuler tes cheveux.

— D'accord.

Tandis qu'elle bataillait pour faire disparaître sa crinière blonde sous le couvre-chef, une boule lui noua les entrailles, le geste d'Ali convoquant instantanément des images de ses propres doigts fourrageant dans les longueurs soyeuses de sa chevelure. Il alla même jusqu'à éprouver la sensation physique de leur frôlement sur sa peau.

Clignant des paupières pour chasser ces visions, il se concentra sur la situation présente. Voyons… Il était allé de l'hôpital jusqu'au bureau du shérif puis il avait pris la route pour se rendre à la cabane, guidé par les indications de Tanner. Mais il avait fait ce trajet de jour. Et il n'y avait pas beaucoup de panneaux de signalisation.

Quelques kilomètres plus loin, il en était à se dire qu'il s'était perdu lorsqu'il avisa le panneau dont il avait besoin. Winchester, à gauche. Après quoi, il ne lui fallut pas longtemps avant de reconnaître certains repères. Quelques minutes plus tard, il entrait dans le parking de l'hôpital, à la périphérie de la petite ville.

Jax se gara près de l'accueil des urgences, optant pour entrer par là. Ali caressa Bob derrière les oreilles.

— On sera bientôt de retour, mon vieux. Sois sage.

Selon le raisonnement de Jax, une personne guettant la venue d'Ali serait plutôt postée du côté de l'entrée principale. Il zigzagua dans les couloirs jusqu'à ce qu'il trouve un ascenseur réservé au personnel. Ali jeta des coups d'œil anxieux à la ronde tandis qu'ils attendaient l'ouverture des portes. Elle se détendit un peu une fois qu'ils furent dans la cabine.

— On y est presque, annonça-t-il lorsque l'ascenseur s'arrêta, poussé par le besoin inconscient de la réconforter un peu.

Il s'était pourtant juré que rien de la sorte n'arriverait, qu'il ferait abstraction de tout sentiment personnel, mais, apparemment, ce n'était pas si simple. Les portes coulissèrent, et une femme en blouse blanche les regarda sortir. Jax la salua d'un signe de tête et s'éloigna d'un air dégagé, Ali, serrée contre lui, tête baissée.

Une fois devant la chambre où il avait rendu visite à Holloway plus tôt dans la journée, il hésita puis frappa.

La porte s'ouvrit sur un homme que Jax ne connaissait pas. Celui-ci le dévisagea, l'air interrogateur.

— Oui ? Vous cherchez… ?

Jax regarda vers le lit au même moment que Holloway disait :

— C'est Stevens. Laisse-le entrer.

L'étranger s'écarta puis referma la porte derrière eux. Holloway les contemplait, le sourcil froncé.

— Que se passe-t-il ? s'enquit-il avant de s'adresser à Ali. Tout va bien, madame ?

Elle hocha la tête.

— Je voulais voir comment vous alliez et vous dire un mot… en privé.

— Je vais sortir faire un tour, annonça l'inconnu avant de tendre la main à Jax. Je suis le chef de la police Billy Brannigan.

Jax lui serra la main.

— Enchanté. Jaxson Stevens.

— Le *marshal* qui me remplace, expliqua Holloway en reportant son attention sur lui. Tout va bien, là-haut ?

— On a eu la visite d'un type qui se prétendait de la compagnie d'électricité. Tanner doit être en train de s'occuper de lui et de vérifier ses dires. J'ai préféré ne pas rester sur place pour le cas où il serait venu… en éclaireur.

— Je peux appeler Colt pour voir s'il a besoin d'aide, proposa Brannigan, la main sur la poignée de la porte.

— Merci, Brannigan. J'apprécierais, oui.

— J'y vais, dans ce cas.

Lorsque la porte se fut refermée sur Brannigan, Holloway regarda tour à tour Ali puis Jax.

— Y a-t-il un problème ? Je veux dire, autre que ce visiteur surprise ?

— J'aimerais vous parler seul à seul.

Jax saisit le message cette fois-ci.

— Bien… Je vais attendre dehors.

Si elle ne voulait pas de lui, il n'insisterait pas. Elle avait le droit d'agir comme bon lui semblait.

Il quitta la pièce, tirant la porte derrière lui. Plutôt que de se mettre à arpenter le couloir, ce qui fut son premier réflexe, il s'adossa au mur et attendit.

L'irritation et la frustration ne l'en taraudaient pas moins. Il aurait dû mieux gérer cette situation. Il avait cru qu'ils étaient parvenus à une sorte de consensus : il remplirait sa mission et veillerait à ne pas empiéter sur son espace vital. Quatre jours. Ce n'était pas long… À peine plus d'une demi-semaine. S'il pouvait tenir, pourquoi, elle, en était-elle incapable ?

Et puis au diable tout ça ! Il n'aurait jamais dû laisser le passé déteindre sur son attitude. C'était une affaire de première importance. Elle devait bénéficier de la meilleure protection.

Peut-être ne le pensait-elle pas à la hauteur de la tâche ?

Il résista à l'envie de faire irruption sans crier gare dans la chambre et de clamer qu'elle se trompait. Que personne mieux que lui ne saurait veiller sur sa sécurité.

Bon sang.

— Asseyez-vous, Ali, suggéra le *marshal* Holloway, des plis soucieux barrant son visage contusionné.

Ali regretta soudain d'être venue ainsi sans prévenir. C'était égoïste de sa part d'imposer sa présence à cet homme qui venait juste d'être opéré. Elle soupira, fermant les yeux quelques instants.

— Je suis désolée.

— Première chose : vous n'avez pas à l'être.

Elle rouvrit les yeux.

— Vous êtes sûr que ça va ? J'aurais dû réfléchir… Ce n'est pas le bon moment pour venir vous…

— Deuxième chose, l'interrompit-il. Toute cette affaire repose sur vous. Quelle que soit la question qui vous chagrine, vous avez donc raison de m'en parler. Le *marshal* Stevens ou moi sommes là pour ça.

— La question, c'est justement le *marshal* Stevens.

Ouf. C'était dit. Mais le *marshal* Holloway paraissait plus perplexe encore.

— Ah bon ? Stevens ? Il m'a informé que vous vous

connaissiez tous les deux, mais il m'a assuré que ce n'était pas un obstacle à sa mission.

Cette fois, ce fut au tour d'Ali d'être décontenancée.

— Il savait que c'était moi le témoin avant de venir à Winchester ?

— Non, madame. Nous avons tenu votre identité et le lieu de votre cache secrets le plus longtemps possible. Il ne l'a appris qu'à son arrivée ici, quand je lui ai transmis votre dossier.

Donc, il connaissait son dossier. Une boule lui noua l'estomac.

— Alors… Il sait tout ? réussit-elle à formuler, la gorge soudain très sèche.

Les yeux bleus de Holloway la contemplèrent, compréhensifs.

— Non. Non… Rien de tout cela ne figure dans le dossier que je lui ai montré. Cette partie-là, le *marshal* Stevens n'en a pas besoin pour mener sa mission à bien correctement.

Dieu merci.

Elle hocha la tête, un peu rassérénée.

— Malgré tout, je préférerais quelqu'un d'autre. Je ne veux causer aucun ennui au *marshal* Stevens, mais je ne me sens pas très à l'aise avec lui.

Holloway poussa un profond soupir.

— Je peux passer un appel pour essayer de faire venir quelqu'un d'autre, mais n'oubliez pas que chaque échange d'informations, chaque communication augmente le risque que ces informations atterrissent dans des oreilles ennemies. On ne peut malheureusement pas se fier à tous les acteurs, dans cette affaire. C'est humain. Tristement humain, mais c'est comme ça : chacun a son point de rupture. Et certains ont un prix.

Il avait raison, elle le savait bien. Ce genre de choses s'appliquait aussi… du mauvais côté de la barrière, elle avait pu le constater. Harrison et son père n'avaient eu une totale confiance qu'en un nombre extrêmement restreint de personnes. Les autres n'avaient accès qu'à des informations fragmentaires – celles dont ils avaient besoin pour s'acquitter de la besogne qui leur était assignée.

Mais elle devait se montrer ferme. C'était bien ce qu'elle voulait.

— Je suis désolée de vous compliquer la tâche, *marshal* Holloway, surtout étant donné les circonstances, mais je suis prête à prendre le risque. J'aimerais que le *marshal* Stevens rentre à Nashville.

Il l'étudia pendant un moment.

— Si vous me dites la véritable raison pour laquelle vous désirez qu'il parte, je vous promets de faire ce que je pourrai… Si c'est vraiment cela que vous voulez.

La véritable raison… Elle jeta un coup d'œil en direction de la porte, par-dessus son épaule. Elle s'était promis de ne plus jamais laisser la moindre place au mensonge dans sa vie. Si cette règle ne s'appliquait pas à elle, pour commencer, à quoi bon… ?

— Nous savons tous les deux qu'il y a de fortes chances que les sbires d'Armone me retrouvent malgré toutes les précautions qui ont été prises.

Comme il s'apprêtait à l'interrompre, elle éleva la main.

— Ce sera peut-être au moment où je monterai les marches du tribunal ou quand j'entrerai dans la salle d'audience…

Elle haussa les épaules.

— Ou bien pendant le trajet en voiture jusqu'à l'aéroport. Ou encore dans l'aéroport. Il y a mille possibilités.

La lassitude et, sans doute, la souffrance, crispaient les traits de Holloway, mais il hocha posément la tête en signe de compréhension.

— Vous avez raison. Rien ne peut être exclu. Un de ces scénarios peut toujours arriver. Est-ce que vous voulez revenir sur votre décision ?

Désarçonnée par sa question, elle porta une main à sa poitrine.

— Non ! Non, pas du tout. Quoi qu'il puisse se passer, je veux aller témoigner. Ce n'est pas pour moi que je m'inquiète… C'est pour lui.

Alors, le *marshal* comprit.

— Je vois. Vous avez peur qu'en s'en prenant à vous, ils ne l'atteignent, lui.

— Oui. Je ne veux pas lui causer… du tort.

Comment expliquer cela sans passer pour une idiote ?

— Je connais sa famille. Sa mère est une femme merveilleuse. Il a une sœur qui a trois enfants. Je ne veux pas que sa famille… puisse le perdre par ma faute.

Holloway parut jauger ses explications pendant un moment.

— Ali, c'est extrêmement noble de votre part, commença-t-il, l'air de peser soigneusement chacun de ses mots. Mais vous devez comprendre que le *marshal* Stevens risque sa vie tous les jours dans son travail. Si on lui retire cette mission, ce sera pour lui en attribuer une autre, peut-être plus dangereuse encore.

La première partie de son argumentation était valide, elle en convenait. Mais elle avait des doutes quant à la seconde… Armone, ce salaud, était un être froid et cruel, impitoyable, et il bénéficiait d'une infinité de ressources. Elle chercha désespérément un moyen de le circonvenir. Les paroles qu'il avait eues, au début, resurgirent subitement au milieu de ses pensées désordonnées.

— Vous disiez que, si j'avais quoi que ce soit à vous demander, vous étiez là pour ça.

Il inclina la tête.

— Exact. Je plaide coupable.

Il la considéra pendant un long moment.

— Jaxson Stevens est l'un des meilleurs. On a eu beaucoup de chance qu'il soit libre. Chaque fois qu'il y a une situation particulièrement délicate, c'est vers lui que la hiérarchie se tourne. D'ailleurs, c'est sans doute lui qu'on aurait sollicité à ma place s'il avait été disponible à ce moment-là.

Il allait refuser. Ses espoirs retombèrent.

— Cela étant dit, enchaîna-t-il, si vous vous obstinez, je m'efforcerai de vous obtenir quelqu'un d'autre. Mais je crois sincèrement que ce serait une très grosse erreur. A-t-il dit ou fait quoi que ce soit qui vous ait mise mal à l'aise ?

— Non… Pas vraiment.

La vérité. La vérité pure.

— Non, rectifia-t-elle, la voix affermie. Mais j'ai été très amoureuse de lui par le passé…

Elle haussa les épaules, se sentant complètement stupide.

Holloway éleva la main pour l'empêcher de continuer.

— Non…, reprit-elle. J'ai besoin que ce soit dit. La vérité, c'est que je le suis peut-être encore. En tout cas, ce que je sais, c'est que je ne peux pas le laisser risquer sa vie pour moi.

— Ça, ce n'est pas une décision qui t'appartient.

Au son de cette voix, son cœur sauta un battement. Manqua s'arrêter pour de bon.

Holloway soupira.

— J'ai essayé de vous interrompre quand la porte s'est ouverte.

C'était vrai, et elle, comme une cruche, elle avait persisté. Mais aussi, comment aurait-elle pu deviner ? Elle tournait le dos à la porte… Oh ! Seigneur. Il avait entendu sa déclaration. Elle s'efforça de se convaincre qu'il n'en avait capté que la dernière partie, peut-être pas assez explicite pour qu'il en ait saisi le sens.

Jax la rejoignit à côté du lit du *marshal*. Ali s'abstint de le regarder – après la façon dont elle s'était livrée, elle en était tout bonnement incapable. Elle aurait voulu voir le plancher s'ouvrir sous ses pieds et disparaître.

Bon sang, elle n'aurait pas pu gaffer davantage si elle l'avait voulu… !

— Dix ans, dit Jax d'une voix étrangement atone. Ça fait dix ans. On a dépassé ça tous les deux. Ce que tu crois éprouver est très probablement beaucoup plus du ressentiment contre moi parce que je suis parti.

Elle sentit ses joues s'échauffer encore un peu plus. Et voilà, le tableau était complet ! Génial. Maintenant, pour couronner le tout, Holloway connaissait le reste de leur triste histoire. Jax et elle avaient eu une relation intense, profonde jusqu'à ce qu'on propose à Jax une opportunité qu'il ne pouvait pas refuser et qu'il s'en aille.

Elle se comportait comme une triple idiote. Aujourd'hui comme hier.

Ali se tourna vers lui.

— À moins que ce ne soit toi qui, te sentant coupable d'être parti, veuilles maintenant prouver quelque chose.

Il secoua lentement la tête.

— Crois-moi, je n'essaye pas de prouver quoi que ce soit. Tu es un témoin clé dans une affaire de première importance. Je suis là pour faire en sorte que tu restes en vie jusqu'à ce que tu témoignes. Rien de plus.

La colère envahit Ali. Elle reporta son attention sur Holloway.

— Très bien. Qu'il reste, dans ce cas. S'il se fait tuer, je n'en serai pas responsable.

— Tout cela ne me plaît pas, dit Holloway avant de faire la grimace. Mais nous sommes trop près du but pour risquer de tout faire capoter.

Il fixa son regard sur Jax.

— Alors, c'est d'accord ? Tu peux t'acquitter de cette mission ?

— Bon sang, Holloway… Comme si tu avais besoin de me le redemander.

— Assure-moi que ton attention ne risque pas de se laisser… distraire.

Jax secoua la tête.

— Ça n'arrivera pas. Comme je te l'ai dit, ce que nous avons partagé est de l'histoire ancienne.

Ses paroles firent à Ali l'effet d'une gifle. Elle pinça les lèvres. Ouvrir encore la bouche au stade où ils en étaient n'aurait fait que la ridiculiser davantage.

Holloway se laissa retomber contre son oreiller.

— Si je pouvais quitter ce lit, nous n'aurions pas à avoir cette discussion.

— Je m'en occupe, Branch, assena Jax avec force, utilisant cette fois le prénom de son collègue.

Apparemment, les deux hommes se connaissaient mieux encore qu'elle ne l'avait cru.

Jax plongea la main dans la poche de sa veste et en sortit son téléphone.

— C'est Tanner.

Il prit l'appel, expliqua où il se trouvait puis mit l'appareil en haut-parleur.

— Allez-y, Tanner.

— L'homme qui se prétend employé de la compagnie d'électricité est Rafe Sanford.

Le regard de Holloway alla de Jax à Ali puis revint sur Jax.

— C'est un petit voyou local. Il passe son temps à avoir des ennuis avec la police.

— Ça a toujours été son quotidien, renchérit Tanner. De la petite délinquance, en général. On l'a soupçonné d'avoir trempé dans des coups plus graves, mais sans pouvoir en apporter la preuve. Je l'ai bouclé pour l'instant. Il dit qu'un type l'a engagé pour voir si une certaine jeune dame blonde se cachait quelque part dans un coin isolé, en dehors de la ville. Il a suggéré à Rafe de nous avoir à l'œil, le *marshal* Holloway et moi, ainsi que le chef Brannigan, afin de parvenir à la localiser.

La mortification d'Ali fondit comme neige au soleil

tandis que ses craintes, elles, s'avéraient. Armone l'avait retrouvée.

— D'après lui, il s'est fait prendre avant d'avoir pu transmettre l'information à son commanditaire. Il avait un numéro de téléphone à joindre. Le type, toujours d'après lui, l'aurait abordé dans une salle de billard. Il était en costume, comme un notable ou une personne importante, et détonnait, paraît-il, autant dans ce lieu qu'un chauve dans un salon de coiffure.

— Vous avez vérifié son histoire ? demanda Jax.

— Oui. Kenneth Prince, propriétaire de la salle en question, m'a fourni la même description du type, qui serait venu deux fois cette semaine.

— Sanford est-il censé le rencontrer de nouveau ?

— Seulement s'il trouve l'endroit où elle habite. Il devait toucher mille dollars en liquide.

L'estomac d'Ali se retourna. C'était bien dans les façons d'Armone.

Holloway bataillait de nouveau pour se redresser. Jax secoua la tête et le repoussa doucement en arrière.

— Tu crois qu'on peut tenter une infiltration ? dit Holloway.

— On ? Toi, tu restes dans cet hôpital. Moi, je vais emmener ce témoin dans un endroit sûr.

— J'ai déjà prévenu le FBI, annonça Tanner. Ils veulent ce type.

— Mince, proféra Holloway. Plus ça s'agitera par ici, plus on attirera l'attention.

— L'adjoint James Carter est en ce moment même en train d'aller chez vous. Stevens, il vous conduira quelque part où vous pourrez passer la nuit.

— Il faut mettre en place une surveillance chez Holloway et aussi, dans sa chambre, ici, à l'hôpital, déclara Jax.

Tout ça à cause d'elle, se désola Ali. Elle détestait ça. Elle ne voulait pas que qui que ce soit coure un danger à cause de ce salaud.

— Mais je n'ai pas besoin de…, commença Holloway.

— Inutile de discuter, décréta Jax d'une voix sans appel.

— Il a raison, souligna Tanner. Je m'en occupe tout de suite. On ne peut pas être certain de ce que ce type en costume sait réellement. Si Sanford ne vient pas au rapport, il se peut qu'il fasse appel à une plus grosse pointure.

Holloway jura sous cape puis il jeta un regard à Ali pendant que Tanner et Jax discutaient des modalités de protection à mettre en œuvre.

— Ça va ?

Elle réussit à hocher la tête.

— C'est vous qui faites tout le travail. Moi, je n'ai qu'à rester à vie – grâce à vous tous.

Falls Mills Bed & Breakfast.

Le shérif Tanner était ami avec le propriétaire de cet historique établissement, véritable institution locale. Comme le gîte n'hébergeait personne pour la nuit en cette basse saison, celui-ci lui en avait remis les clés.

Le gîte était un chalet à un étage datant de la fin du XIXe siècle, d'après la brochure qui se trouvait dans l'entrée. L'endroit était idéalement isolé. Pas autant que la cabane qui avait été sa résidence pendant ces six derniers mois, mais situé en retrait d'une petite route peu fréquentée.

Elle jeta un coup d'œil à la pendule – 21 heures. Pas si tard… Pourtant, elle était épuisée. Le propriétaire avait fermé à clé le portail menant au chalet. Ce qui, bien sûr, n'arrêterait pas un homme comme Armone.

— Voilà.

Jax était agenouillé devant la cheminée ; Bob suivait le moindre de ses gestes, agitant la queue de temps en temps, tandis que Jax allumait le feu. Il avait eu quelques difficultés, au début, et Ali avait failli lui proposer de s'en charger avant de se raviser, jugeant qu'il valait mieux éviter autant que possible d'engager la conversation.

Elle ne voulait pas qu'il en vienne à évoquer ce qu'elle avait confié à Holloway. Elle aurait inventé un prétexte quelconque pour s'en tirer par une pirouette, mais elle préférait de loin ne pas en parler du tout.

Jamais.

Il se leva.

— Tu as faim ? Tanner a dit qu'il y avait des tas de provisions. On peut aller jeter un coup d'œil, voir ce qu'il y a.

— Je crois que je vais plutôt aller me coucher directement.

Elle avait besoin d'être seule pour se reprendre et mettre un peu d'ordre dans ses idées.

Elle ne pouvait pas rester ici, à le voir la contempler de l'air dont il le faisait en ce moment même.

— OK. Voici ce que je propose : on mange et on file se coucher.

— D'accord.

Elle se dirigea vers la cuisine, passant devant lui le plus prestement possible, Bob sur ses talons.

Jax lui emboîta le pas. Elle n'eut pas besoin de se retourner – elle sentait physiquement, intensément, sa proximité. Comment était-ce possible, après toutes ces années ?

Pour fixer son attention autre part, elle commença à passer en revue le contenu des placards et du réfrigérateur de la petite cuisine. Rien de ce qu'elle y découvrit ne lui ouvrit l'appétit. Mais il avait raison. Il fallait se nourrir pour continuer à fonctionner. Elle attrapa une boîte de soupe, des crackers et une bouteille d'eau. Tandis qu'il rôdait alentour, elle fit chauffer la soupe au micro-ondes. Il n'y avait pas de nourriture pour chien, donc elle ouvrit une petite boîte de saucisses pour Bob puis retourna s'asseoir sur le sol, devant la cheminée.

Elle n'arrivait pas à se réchauffer.

Ce dont elle avait besoin, c'était d'une douche. D'une brosse à dents et de vêtements.

Seigneur, ce cauchemar ne finirait-il donc jamais ? Elle se força à manger sa soupe en grignotant un cracker. Ça aurait été bien de se dire qu'elle était impatiente de rentrer chez elle, mais même ce réconfort-là lui était interdit. Elle n'avait pas de maison. Elle n'avait rien. Pas même un véhicule. Celui dont elle avait disposé à la cabane n'était pas à elle.

Rien ne lui appartenait. Pas même les quelques vêtements qu'elle avait eus dans cette cabane qui était devenue son chez-elle et qu'elle ne reverrait jamais.

Les larmes lui piquèrent les yeux, mais elle les retint. Pleurer ne servait à rien. De plus, elle était à bout de forces. Elle n'avait même pas l'énergie de pleurer.

Les photos de famille qu'elle possédait étaient toutes restées dans la maison où elle avait vécu avec Harrison. Le collier que son père lui avait offert pour son seizième anniversaire, la montre que sa mère avait portée sa vie durant ainsi que toutes sortes d'objets auxquels elle était affectivement attachée.

Armone les avait probablement détruits depuis. Cela avait certainement été source d'un grand plaisir pour lui.

— À propos de cette histoire, à l'hôpital…

Elle posa sa cuillère dans son bol. Étonnamment, elle avait réussi à venir à bout de sa soupe.

— Quelle histoire ?

— Ce que tu disais à Holloway quand je suis entré.

Ses yeux étaient posés sur elle, attendant qu'elle le regarde. Mais elle s'y refusait, contemplant obstinément la bouteille d'eau qu'elle tenait à la main.

— J'ai dit ce qu'il me semblait devoir dire pour qu'il t'écarte de l'affaire.

C'était un prétexte crédible qui présentait l'avantage de lui éviter de paraître… totalement pathétique.

— Je vois.

Il plongea de nouveau sa cuillère dans ses céréales.

— Bonne nuit, dit-elle en se levant et en reprenant la direction de la cuisine, son bol à la main.

— Pour information…, commença-t-il.

Elle s'arrêta mais ne se retourna pas.

— Peu importe tout ça. J'ai une mission à remplir. Ça s'arrête là.

Elle se remit en marche. Un pas puis un autre… jusqu'à ce qu'elle atteigne la cuisine. Veillant à ne pas lâcher le bol, elle le déposa dans l'évier d'une main tremblante. Les crackers réintégrèrent le placard. Il la rejoignit, mit son bol à côté du sien. Elle dut se cuirasser mentalement pour passer une nouvelle fois près de lui.

— Bonne nuit, dit-il.

— Bonne nuit, répondit-elle sans s'arrêter, Bob sur ses talons.

5

Trois jours avant le procès

Lundi 3 février

Un bruit la réveilla.

La pièce était plongée dans l'obscurité. Ali demeura immobile, aux aguets. Le son lointain de la cascade, le *ploc ploc* occasionnel de gouttes tombant sur le toit métallique. De la neige qui fondait ?

Elle n'avait aucune idée de l'heure.

Repoussant le couvre-lit fait main, elle se redressa. Ses pieds nus se posèrent sur le plancher froid. Progressivement, ses yeux s'accoutumèrent à la pénombre. De l'autre côté de la pièce, le deuxième lit, recouvert d'un autre *quilt* fait main était vide.

Où était Jax ?

Peut-être s'était-il levé tôt et était-il allé préparer du café ? Ali huma l'air. Le grenier aménagé en mezzanine étant ouvert d'un côté sur le rez-de-chaussée, l'arôme du café aurait dû monter jusqu'à elle.

Mais non. Pas la moindre odeur. Juste l'air, froid, porteur d'une senteur de lavande. Des petits bouquets de fleurs mauves séchées étaient disséminés ici et là, un peu partout dans la pièce. Se mettant debout, elle arrangea ses vêtements chiffonnés. Le sweat-shirt avait tourné autour de sa taille et le jean était remonté au-dessus de ses chevilles. Quelque part, par terre, devaient se trouver ses chaussettes et ses chaussures. Il fallait les localiser avant de descendre. Elle contourna le lit, glissant un pied après l'autre sur le plancher de bois jusqu'à ce que ses orteils rencontrent ce qu'elle cherchait.

Et Bob ? Où était-il ?

S'accroupissant, elle réunit à tâtons d'abord les chaussettes, qu'elle enfila, puis les chaussures. C'étaient ses préférées, les seules qu'elle ait emportées lorsqu'elle avait pris la fuite depuis cette salle de sport. Une fois que tout serait terminé, il faudrait impérativement qu'elle songe à se recomposer une garde-robe.

À supposer que ce ne soit pas un linceul dont elle ait besoin !

Elle frissonna. Le froid, se persuada-t-elle. Elle n'avait pas peur. Pas vraiment. Surtout maintenant. Elle redoutait bien davantage que Jax ne soit blessé. Elle avait été partie prenante de ce tragique cauchemar, lui pas. Il s'efforçait seulement de faire son travail au mieux. De nouveau, elle se tendit en revivant le moment d'affreux embarras qu'elle avait vécu en s'apercevant qu'il avait entendu ce qu'elle venait de dire au *marshal* Holloway. Et qui n'était pas vrai, bien sûr. Son affirmation sonnait creux à ses propres oreilles. C'était parce qu'elle éprouvait toujours de l'affection pour lui, raisonna-t-elle. Après tout, il avait été son premier amour. Mais elle n'était plus amoureuse de lui.

Ça, non. Impossible.

Elle se releva et se dirigea sans bruit vers l'escalier. Il était étroit, pas prévu pour que deux personnes puissent s'y croiser. En bas, il faisait aussi sombre qu'à l'étage. Elle ouvrit la bouche pour l'appeler, mais un instinct viscéral l'en empêcha.

Tout était trop silencieux.

S'il était debout, pourquoi n'y avait-il pas une seule

lumière allumée ? Peut-être était-il sorti jeter un coup d'œil alentour ? S'assurer que tout allait bien… Enfin, le genre de chose que faisaient les *marshals* pour protéger les personnes dont ils avaient la charge.

Atteignant la dernière marche, elle posa le pied sur le sol du rez-de-chaussée et tourna du côté de la cuisine. La lueur de la lune entrait par la fenêtre. Pas de Jax.

Une main ferme se plaqua soudain sur sa bouche. Son cri s'étrangla dans sa gorge. Un bras puissant l'encercla et l'écrasa contre un corps dur.

— Chut, ne fais pas de bruit, murmura une voix familière.

Jax. Dieu merci.

La gardant serrée contre lui, il s'éloigna silencieusement du faible rayon de lumière qui éclairait la cuisine. Lorsqu'ils se trouvèrent rencognés dans l'angle le plus sombre de la pièce, ses lèvres remuèrent contre son oreille.

— Il y a quelqu'un au-dehors.

Son pouls s'emballa. Elle pressa ses lèvres l'une contre l'autre pour s'interdire de produire le moindre son. Holloway avait eu raison. Plus la date du procès approcherait, plus Armone se sentirait acculé. Ces six mois avaient été si calmes, si monotones. Elle ferma les yeux et se concentra sur sa respiration.

Où était Bob ? Elle ouvrit la bouche pour souffler son nom mais, au même instant, le corps chaud de l'animal frôla sa jambe. Elle laissa courir ses doigts sur son pelage soyeux.

Jax la guida jusqu'au recoin qui se trouvait au-dessous de l'escalier. Bob restait collé à sa jambe. Jax l'aida à se faufiler dans le réduit et posa un doigt sur ses lèvres, lui intimant par ce signe universel un total silence.

Puis il s'éloigna et, dans l'obscurité, elle le perdit de vue. Les autres fenêtres du chalet, y compris le vitrage de la porte, étaient obturées par des rideaux, que Jax avait soigneusement tirés à leur arrivée. Seule la fenêtre de la cuisine en était dépourvue. S'ils avaient des ennuis, il leur fallait des renforts. Il n'aurait pas dû tenter de régler seul cette situation.

Elle porta la main à la poche de son jean, où, par chance, elle avait laissé son téléphone. Se recroquevillant sur elle-même, elle l'alluma et attendit que l'écran d'accueil s'affiche. D'un doigt tremblant, elle pianota rapidement un message destiné à Holloway qu'elle envoya par messagerie instantanée.

SOS

Puis elle attendit, le souffle suspendu. Le soulagement l'envahit lorsqu'elle vit les points indiquant qu'une réponse était en cours de rédaction. Trois secondes plus tard, l'icône Pouce levé s'affichait. Il avait reçu le message et allait leur envoyer de l'aide. Comme un deuxième pouce apparaissait, elle présuma que Jax avait dû lui aussi demander de l'aide de son côté.

Tout allait s'arranger. S'ils arrivaient à temps. À en juger par le temps qu'avait duré le trajet pour venir jusqu'ici, ils étaient au beau milieu de nulle part.

Un léger crissement résonna dans l'obscurité.

L'air se bloqua dans ses poumons.

L'envie de bondir hors de sa cachette pour se rendre utile d'une façon ou d'une autre la traversa.

Reste tranquille ! Ne bouge pas.

Tout le dossier reposait sur sa capacité à témoigner. Si quelque chose lui arrivait, ce vieux fumier s'en sortirait sans être inquiété, comme c'était le cas depuis des décennies.

Elle ne pouvait pas le permettre.

Un bruit de verre cassé explosa sur l'avant du chalet. À côté d'elle, Bob se tendit. La porte s'ouvrit.

Ali s'étira juste assez pour pouvoir voir entre les marches de l'escalier.

La porte était ouverte, laissant entrer un pâle rayon de lune qui dessinait au sol un trait plus clair. Elle lutta contre la tentation de remuer. Une ombre barrait la portion de plancher éclairée.

Son cœur se mit à cogner dans sa cage thoracique. Bob se pressa plus étroitement contre elle, le poil hérissé. Elle lui fit signe de la main de ne pas bouger. Il était entraîné à obéir à ce signal en restant immobile et en ne produisant aucun son.

Le glissement feutré d'une semelle sur le sol. Puis un deuxième... Et encore un autre. L'intrus – qui qu'il soit – se déplaçait dans le noir. Ali retint son souffle, essayant de se faire toute petite.

Le grincement d'une marche sous le poids de l'intrus, tout proche, la saisit d'effroi.

Nouveau couinement du caoutchouc contre le bois comme il posait le pied sur la deuxième marche.

Puis un soudain grognement retentit dans l'obscurité.

La marche gémit sous l'effet d'un mouvement incontrôlé comme si l'inconnu, déséquilibré, s'efforçait de ne pas tomber.

L'espace d'un moment, il n'y eut plus que des ahanements et des bruits de friction. Elle essaya de se représenter ce qui se passait mais, dans l'obscurité, elle voyait seulement de vagues mouvements indiquant qu'une lutte acharnée se déroulait.

— Plus un geste ! tonna une voix.

Jax.

Il avait eu le dessus sur son adversaire. Bob grogna.

De nouveau, l'envie de sortir pour l'aider la titilla.

Des lumières bleues déchirèrent soudain la nuit par intermittence.

Les secours !

— Debout, commanda Jax.

Avec les phares des véhicules braqués sur le chalet, elle voyait maintenant clairement l'homme se remettre tant bien que mal sur ses jambes.

— Mains derrière la tête.

Il obéit à l'ordre de Jax.

Tanner et deux adjoints en uniforme franchirent le seuil. Le chef Brannigan les suivait. Quelqu'un actionna l'interrupteur et le plafonnier s'alluma. Ali cligna des yeux, le temps que sa vision s'accoutume à ce subit afflux de lumière.

— Est-ce que tout va bien ? s'enquit Tanner.

Jax hocha la tête.

— Ça va. J'ai seulement surpris cette crapule en train de s'introduire par effraction dans le chalet et de venir me gâcher mes vacances.

Bien joué de la part de Jax, ce subterfuge pour mystifier l'intrus. Personne ne voulait qu'il puisse avoir une chance d'informer celui qui l'avait envoyé qu'il avait trouvé le témoin.

Tanner menotta l'homme, les mains derrière le dos.

— J'ai quelques questions à lui poser avant que vous ne l'embarquiez, reprit Jax.

— OK. Emmenons monsieur prendre l'air, suggéra Tanner d'un ton grinçant. Nous discuterons dehors.

Les faisceaux de plusieurs lampes-torches balayaient l'obscurité, à l'extérieur. Ali supposa que d'autres adjoints étaient en train de ratisser le secteur pour le cas où l'homme ne serait pas venu seul.

En sortant, Jax stoppa un instant près de Brannigan pour lui dire quelque chose en aparté.

Une fois la porte refermée, le chef de la police contourna le pied de l'escalier et s'accroupit devant le renfoncement où elle était tapie.

— Ça va, madame ?

La queue de Bob se mit à battre frénétiquement le sol comme s'il avait reconnu en la personne du chef de la police un « gentil », du bon côté de la barrière.

— Ou… Oui, dit-elle d'une voix un peu rouillée.

Elle réussit à prendre une vraie grande inspiration pour la première fois depuis qu'elle s'était réveillée.

— Je crois que vous pouvez sortir maintenant, dit-il en lui tendant la main.

Ali la saisit et se contorsionna pour s'extraire de son exigu abri.

— Merci.

— Je vous en prie.

Brannigan ressemblait à Tanner et Holloway : mêmes bottes et chapeau de cow-boy, même courtoisie. Elle qui avait toujours cru que la réputation des cow-boys était une légende… Il lui faudrait peut-être réviser son jugement. Mais ses pensées vibrionnaient sans suite dans son esprit, ce qui était sans doute la conséquence de la fatigue, du stress et du taux d'adrénaline que la peur avait fait grimper en flèche dans son organisme et qui était en train de refluer. D'ailleurs, elle sentait ses genoux sur le point de se dérober sous elle.

— Attention, dit Brannigan en l'attrapant par le bras et en la guidant jusqu'à un siège.

Elle s'assit, parvint à murmurer un « merci » Lorsqu'elle se fut un peu ressaisie, elle s'enquit :

— Savez-vous si c'était un des hommes d'Armone ?

— On ne va pas tarder à le savoir, j'imagine.

Le téléphone qu'elle tenait toujours serré entre ses doigts se mit à vibrer.

Elle baissa les yeux.

Holloway voulait savoir si elle allait bien. Elle lui envoya un Pouce levé, et il lui retourna une émoticône souriante.

Elle se sentit subitement ultra-chanceuse d'avoir été amenée à Winchester. Tout le monde était si gentil avec elle ici. Rien à voir avec sa première cache, où elle avait eu l'impression d'être une prisonnière, une paria… Une criminelle.

Avant qu'elle n'ait pu les refouler, les larmes se mirent à rouler sur ses joues. Elle se fit – une fois de plus – l'effet d'une parfaite idiote. Bob posa la tête sur ses genoux et la contempla avec de grands yeux tristes.

Brannigan s'accroupit près du fauteuil.

— Allons, allons. On a la situation sous contrôle maintenant. Inutile de vous mettre dans tous vos états.

Il se leva, traversa la pièce puis revint avec une boîte de mouchoirs.

Elle en puisa deux et se tamponna les joues.

— Désolée. Je n'avais pas encore craqué… Je crois que ça me pendait au nez depuis un petit bout de temps.

— C'est normal, assura-t-il. On a tous besoin à un moment ou à un autre d'évacuer la pression. Il n'y a pas de mal à ça.

Elle inspira à fond et s'efforça de reprendre contenance.

— Il vous faut un nouvel endroit où loger, déclara-t-il. Je me disais que le *marshal* et vous pourriez vous installer au centre funéraire.

— Au centre funéraire ? répéta-t-elle, les sourcils froncés.

— Plusieurs générations de DuPont y ont grandi, vous savez, indiqua-t-il dans un sourire. C'est là-bas que je vis avec Rowan DuPont. Mais il y a beaucoup de place dans l'habitation, au-dessus du salon funéraire lui-même. Vous y serez en sécurité.

Ça alors. Elle avait bien envisagé l'éventualité de finir dans un funérarium avant la tenue du procès, mais jamais elle n'aurait pu imaginer que ce serait… de son vivant !

Jax s'assura qu'Ali et Bob avaient pris leurs quartiers de nuit avant de se rendre dans le séjour. Le chef Brannigan l'y attendait. Il leur avait présenté Rowan DuPont, la propriétaire du centre funéraire, à leur arrivée, une heure plus tôt. Celle-ci était ensuite montée se coucher au deuxième étage. Brannigan avait expliqué que la famille de Rowan avait fondé l'entreprise funéraire plus d'un siècle et demi auparavant. Les DuPont avaient depuis toujours vécu au premier et au deuxième étage de la bâtisse. Rowan était aujourd'hui la seule descendante vivante de la lignée.

Jax avait entendu parler d'elle et de son incroyable histoire. Avant la mort de son père, elle avait travaillé pour la métropole de Nashville. Un beau jour, un tueur en série qui s'était entiché d'elle avait assassiné son père. L'assassin courait toujours, aujourd'hui encore, et il la harcelait de loin.

Parfois, on avait l'impression que les méchants l'emportaient beaucoup trop souvent.

C'était bien ce qui poussait des types comme lui à livrer bataille, inlassablement.

— Tanner m'a mis au courant de l'affaire, déclara Brannigan. D'ici à demain matin, Holloway et lui auront arrêté leur choix sur une nouvelle cache.

Jax hocha la tête.

— Bien. Il faudra que j'inspecte mon véhicule de très près quand il fera jour. Le faux électricien, Teddy Scott, avait posé un traceur sur ma voiture. Si je n'avais pas été si pressé de quitter la cabane, j'aurais pensé à vérifier…

Il n'arrivait pas à se pardonner cette erreur. Ali aurait pu se faire tuer par sa faute. L'intrus du gîte refusait de parler hormis pour réclamer son avocat. Un rapide cliché pris d'un téléphone portable et envoyé au personnel pénitentiaire où était écroué Scott, qui le lui avait montré, avait permis d'établir que c'était bien l'homme qui l'avait engagé pour rechercher Ali.

Mais ce n'était pas Armone qui l'avait envoyé. C'était un fichu journaliste d'investigation d'Atlanta. Jax avait pressenti que quelque chose ne cadrait pas quand le type avait brisé la vitre de la porte d'entrée. Quel tueur à gages annonçait sa présence par un fracas pareil ?

Sauf à avoir toute une équipe avec lui, bien sûr, auquel cas faire du bruit n'aurait pas eu d'importance, mais un homme seul aurait fait preuve de discrétion.

La colère s'empara de nouveau de lui à l'idée qu'on

puisse être assez stupide, ou inconscient, pour faire primer un coup médiatique sur la vie d'une personne – la sienne y compris.

— Je peux vous déléguer des hommes qui vous aideront à fouiller votre véhicule, offrit le chef de la police.

— Merci, Brannigan.

Jax était exténué. Il ne se souvenait pas d'une affaire l'ayant à ce point vidé de son énergie – du moins, dans un délai aussi bref. Dieu sait pourtant qu'il en avait connu, des affaires délicates.

Ça n'a rien à avoir avec l'identité du témoin, essaya-t-il de se persuader.

Le mensonge résonna pendant un moment dans son cerveau.

Brannigan secoua la tête.

— Le mari était un sacré tordu.

Jax en savait beaucoup sur les activités « professionnelles » de l'homme, mais très peu sur sa vie personnelle. C'était justement l'une des raisons pour lesquelles les salopards de son espèce échappaient à la justice pendant si longtemps : ils veillaient à garder leur vie privée extrêmement secrète.

— Ils le sont tous, en général.

Il n'avait jamais rencontré de criminel du calibre d'Armone qui ne soit pas une ordure intégrale.

— Oui, mais, dans ce cas précis… Franchement, je me demande comment elle a tenu. Il fallait qu'elle soit vraiment solide pour ne pas avoir choisi la porte de sortie la plus facile et avoir mis fin à ce calvaire.

Quoi ? De quoi diable parlait-il ?

— Je ne suis pas sûr de bien vous suivre.

Rien n'avait obligé Ali à épouser Harrison Armone. Et elle était restée mariée avec lui pendant cinq longues années.

— Vous n'avez pas lu le dossier ?

— Si, bien sûr. J'ai lu le dossier que m'a donné

Holloway à l'hôpital, mais il ne contenait pas d'informations concernant la relation entre elle et son mari, si ce n'est qu'elle était sa veuve.

L'espace d'une seconde, la surprise transparut sur le visage de Brannigan, mais il se reprit très vite.

— Je vois.

Jax se figea.

— Vous n'avez pas eu accès au même dossier que moi.

Ce n'était pas une question. Visiblement, on ne lui avait fourni que les informations strictement nécessaires à l'exécution de sa mission. Après tout, en tant que *marshal* affecté à la protection du témoin, il n'avait pas besoin de connaître tous les sordides détails de l'affaire. Il savait ce que représentait la famille Armone, et c'était suffisant.

— J'ai eu connaissance d'informations supplémentaires, reconnut Brannigan d'un ton neutre. Je crois que je vais aller prendre quelques heures de repos. Vous devriez en faire autant.

Mais Jax ne lâcha pas pied.

— J'aimerais savoir ce que vous avez pu lire que je ne sais pas.

Brannigan soutint son regard pendant quelques longues secondes.

— Mieux vaudrait voir ça avec Holloway ou, peut-être, la principale intéressée elle-même. Bonne nuit, Stevens.

Il se dirigea vers l'escalier pour monter au deuxième étage.

Jax descendit le couloir en direction de la chambre d'Ali. Rowan lui avait expliqué que cela avait été la chambre de ses parents. La veilleuse, dans le hall, projeta une faible lueur dans la pièce lorsqu'il poussa le battant. Ali dormait à poings fermés.

Qu'avait-elle donc vécu qu'elle n'avait pas voulu qu'il sache ? Et pas seulement elle. De toute évidence, contrairement à ce qu'il avait d'abord cru, Holloway semblait dans la confidence lui aussi et il avait décidé de ne pas lui transmettre les détails les plus personnels de l'histoire.

Cela n'avait pas d'incidence sur sa mission, effectivement... Seulement, il voulait savoir.

Son estomac se noua rien qu'à l'idée des innombrables possibilités que cachait ce silence. Ce n'étaient pas les individus dégénérés qui manquaient en ce bas monde, a fortiori dans ce milieu-là.

Il ne put s'empêcher de se demander ce qui se serait passé s'il était resté en Géorgie. Aurait-il pu... ?

Il rejeta cette idée. On ne changeait pas le passé. Il n'était même pas certain qu'il l'aurait fait s'il en avait eu la possibilité.

Avant de se blâmer pour le choix qu'il avait fait à l'époque, il devait connaître la vérité. Bien sûr, dans une certaine mesure, il avait regretté la décision qu'il avait prise. Il aurait voulu rester avec elle pour toujours. Si tant est qu'un jeune homme de vingt-deux ans animé du désir dévorant de sauver le monde ait su ce que « pour toujours » signifiait.

Elle avait simplement souhaité terminer son cursus universitaire. Elle avait dû reporter le début de ses études d'un an après le lycée pour aider son père à prendre soin de sa mère. Après le décès de celle-ci, elle avait suivi le plan qu'elle s'était fixé. C'était comme ça qu'ils s'étaient rencontrés. Elle était en premier cycle, à l'université, lui étudiant à Glynco, et ils avaient atterri un soir dans la même pizzeria.

C'était la plus jolie fille qu'il lui eût été donné de voir – et la plus réservée aussi. C'était précisément cette retenue qui l'avait intrigué. Il avait dû lui soutirer chaque bribe d'information. Elle avait été la seule petite amie qu'il eût jamais présentée à ses parents.

Sa mère et sa sœur l'avaient d'emblée adorée. Son père, aussi. Il avait dit à Jax que c'était la bonne. Mais qui, à vingt-deux ans, écoutait les sages paroles de son père ?

Toute la famille avait été très ennuyée lorsqu'il était parti, seul, pour Seattle. D'une certaine façon, il avait su, lui aussi, qu'il commettait une erreur. Mais il n'avait rien fait pour la corriger jusqu'à ce qu'il ne soit trop tard et qu'elle ait épousé ce monstre. Il avait fait de son mieux pour qu'elle ne hante plus ses pensées jusqu'à… hier.

Inutile de s'acharner à ressasser tout cela. Le passé était le passé. C'était elle qui avait fait le choix de lier son destin à quelqu'un d'autre.

Il vérifia le verrouillage des portes et s'assura que le système de sécurité avait bien été activé sur le clavier, puis il revint sans bruit dans la chambre dans laquelle elle dormait. Bob était étendu sur le sol, au pied du lit. Il leva la tête à son entrée, considéra Jax un instant, puis s'affala de nouveau de tout son long. Jax entra dans la salle de bains attenante et ferma la porte avant d'allumer la lumière.

Rowan avait déposé des serviettes et des objets de toilette à leur intention. Il posa son arme et son portable par terre à côté de la douche, ouvrit les robinets puis ôta rapidement ses vêtements et ses chaussures. Il se plaça sous le jet d'eau chaude et demeura immobile pendant quelques instants, laissant l'eau ruisseler le long de son corps.

Tous ses muscles se contractèrent quand il pensa au contact du corps d'Ali lorsqu'il l'avait plaquée contre lui pour lui parler à l'oreille. Malgré la tension du moment, il avait éprouvé cette vieille envie familière de ne pas relâcher son étreinte, de la faire pivoter dans ses bras et de l'embrasser comme il le faisait autrefois.

Non. Il ne devait pas s'autoriser ce genre de pensée. Pas après ce qu'elle avait vécu avec un homme comme Armone.

Se frictionnant plus vigoureusement qu'il n'était nécessaire, il fit de son mieux pour bannir de son esprit toute pensée la concernant, mais rien n'y fit.

Il repensa au commentaire de Brannigan. Avait-il fait fausse route pendant toutes ces années ?

Non. Il laissa l'eau couler pendant encore un moment pour rincer le savon puis il prit le shampooing. Elle s'était mariée avec ce salaud parce qu'elle le voulait. Personne ne l'y avait contrainte. Il les avait vus ensemble.

L'idée qu'il l'avait surveillée pendant des jours cinq ans plus tôt après avoir découvert qu'elle s'était mariée était un autre souvenir qu'il aurait préféré ne pas exhumer des tréfonds de son cerveau. Même si c'était lui qui était parti, d'une certaine façon, il lui avait malgré tout toujours paru plus ou moins évident qu'ils finiraient par se retrouver. Quand elle aurait terminé ses études, s'il éprouvait toujours les mêmes sentiments – et il était persuadé que ce serait le cas —, il reviendrait la chercher et il l'emmènerait. Elle n'en croirait pas ses yeux. Elle serait aux anges, et il la convaincrait d'aller emménager dans le Nord-Ouest. Il s'était dit que le temps qui se serait écoulé aurait permis à Ali d'affermir ses certitudes le concernant, d'être réellement sûre de ce qu'elle voulait. Il avait été si certain que sa dulcinée, si réservée, si mesurée, l'attendrait. Mais il s'était trompé.

Il s'était comporté en imbécile arrogant.

Elle avait rencontré quelqu'un d'autre.

Il avait commis l'erreur de sa vie.

Elle était toujours aussi jolie que dans son souvenir, mais… elle était désormais avec lui.

Il s'était dit qu'elle ne devait pas savoir qui était réellement Armone, mais sa fierté l'avait emporté sur tout le reste – les doutes, la compassion.

Il coupa l'eau et sortit de la cabine. C'était là qu'il en arrivait à la partie qui ne collait pas. Comment avait-elle pu ne serait-ce qu'accepter de sortir avec un homme tel qu'Armone ? Comment avait-elle pu ne pas voir qu'il était le mal incarné ?

Elle ne pouvait tout de même pas l'avoir épousé sans rien savoir de lui ?

Ça, c'était le point qu'il ne pouvait ignorer. Quelque chose qui le perturbait profondément et ne pouvait pardonner.

Elle non plus n'avait pas jeté un regard en arrière. Elle n'avait pas essayé de le joindre, pas appelé sa mère, ni sa sœur. Elle avait simplement continué son chemin et épousé quelqu'un d'autre. OK, il avait ses torts, si les choses avaient pris cette tournure-là. Incontestablement.

Il se sécha et se rhabilla. Quoi que Brannigan sache que lui ignorait, cela ne changeait rien à l'affaire.

Peut-être cela faisait-il de lui quelqu'un d'insensible, mais il estimait que, si on ne voulait pas être mordu, on ne plongeait pas le bras dans un nid de serpents.

6

Il était tombé une fine couche de neige au petit matin.

Par la fenêtre, Ali regarda la cour, sur l'arrière du centre funéraire. Curieux comme elle ressemblait à n'importe quelle autre cour. Freud, le berger allemand de Rowan, trottait d'un côté et de l'autre comme s'il voulait laisser dans la neige le plus d'empreintes de pas possible.

Mais ce n'était pas un domicile comme un autre pour autant. En bas, des gens étaient préparés pour leur ultime voyage. Des obsèques et des veillées mortuaires se déroulaient. Elle frissonna. Tout bien considéré, il était presque approprié que quelqu'un comme elle se trouve en un pareil lieu lorsqu'on songeait que, ces cinq dernières années, son mariage n'avait été qu'un leurre masquant une union mort-née entre elle et un tueur.

Avec un tressaillement, elle repoussa cette idée. Elle s'était agitée un peu avant l'aube. Jax s'était assoupi dans un fauteuil, à l'autre bout de la chambre. Une lampe, sur la petite table, à côté du fauteuil, éclairait ses traits d'une douce lumière tamisée.

Prenant soin de ne pas faire de bruit, elle s'était redressée dans son lit et l'avait contemplé pendant un long moment. Les quelques lignes qui étoilaient le coin de ses yeux s'étaient lissées dans son sommeil. Une barbe d'un jour ombrait légèrement sa mâchoire. Machinalement, ses lèvres s'étirèrent en un sourire. Il avait à peine changé. En tout cas, il était toujours aussi beau. Un peu aminci par endroits, plus musclé à d'autres. Le garçon frais émoulu de l'université surexcité à l'idée d'intégrer la formation de *marshal* avait eu un petit côté « cheval fou », débordant de fougue et d'énergie. Le Jax d'aujourd'hui était un homme. Un adulte mature, en pleine force de l'âge, qu'une expérience de dix ans dans la difficile carrière qu'il avait embrassée avait imperceptiblement désabusé. Il était plus calme… plus posé. Son impétuosité et sa vitalité s'étaient un peu assagies, laissant place, lui semblait-il, à de nouvelles émotions, plus profondes, dissimulées, bien à l'abri, sous l'étoile dorée qui brillait sur son torse. Mais, dans son sommeil, il ressemblait de nouveau au jeune homme dont elle était tombée follement amoureuse. Elle avait été si naïve alors, ce qui était un peu triste si l'on songeait qu'elle avait déjà vingt ans lorsqu'elle était entrée à l'université. Elle n'était certes plus de ces petites lycéennes de dix-sept ou dix-huit ans qui voyaient, avec des étoiles plein les yeux, un monde nouveau s'ouvrir à elles. Ali, elle, avait passé deux ans à s'occuper de sa mère avant que celle-ci ne meure. Elle venait d'entamer sa troisième année d'université quand son père était tombé malade. Une nouvelle année d'interruption passée à la maison, à son chevet, puis elle s'était retrouvée orpheline. Ses deux derniers semestres d'études avaient été si solitaires… Déménager dans une grande ville lui avait semblé être un changement salutaire.

Au lieu de quoi cela s'était révélé être la plus grave erreur de sa vie.

Sans s'en rendre compte, elle s'était rendormie. Et, maintenant, elle n'osait plus quitter la tranquillité de sa chambre. Elle avait entendu du mouvement en bas. Le ronronnement grave de la voix de Jax entrecoupé du son plus doux d'une autre – sans doute Rowan DuPont. Ali ne l'avait rencontrée que brièvement la veille. Comme Ali, elle avait de longs cheveux blonds et cette expression, au fond des yeux… qui témoignait qu'elle avait beaucoup souffert.

Ali tira sur le bas de son sweat-shirt et lissa du plat de la main les jambes de son jean. Bob l'attendait devant la porte, suivant du regard le moindre de ses gestes. Il devait être affamé. Rowan avait un chien, elle aussi. Dieu merci, Freud n'avait pas semblé prendre ombrage de la présence d'un congénère. Les deux chiens s'étaient observés, reniflés, mais aucun ne s'était mis à grogner.

Ali avait besoin de changer de vêtements. Avec un peu de chance, peut-être le shérif Tanner pourrait-il lui en rapporter de la cabane ? Elle enfila ses chaussures et passa la brosse dans ses cheveux, puis elle sortit de la pièce pour aller aux nouvelles.

Le séjour était vide. Suivant le son des voix, elle se dirigea vers la cuisine. Jax et Rowan se tournèrent vers elle à son entrée.

— Bonjour, lança Rowan en souriant. Le café est prêt, et Billy a préparé le petit déjeuner avant de partir.

Un chef de la police qui cuisinait. À en juger par le sourire de Rowan, elle était très heureuse de l'initiative de son mari.

— Merci.

Jax remplit une grande tasse et la lui tendit.

— Il y a de la crème et du sucre si vous ne l'aimez pas noir, précisa Rowan.

— Noir, c'est très bien, répondit Ali, notant que Jax se souvenait de sa préférence mais évitant de croiser son regard de peur qu'il ne voie qu'elle avait remarqué ce détail.

Rowan traversa la pièce et prit un bol rempli de croquettes qu'elle plaça sur le sol.

— Bob, appela-t-elle. Tiens… C'est pour toi.

Bob trotta dans sa direction et plongea la truffe dans le bol.

— Merci, dit Ali. C'est très gentil.

Rowan sourit de nouveau.

— Bien… Il faut que je vous laisse. J'ai un client qui arrive à 9 heures.

— Merci de votre hospitalité, répéta Ali, immensément reconnaissante que tant de gens se mettent en quatre pour l'aider à traverser cette épreuve.

— Bonne chance, Ali, déclara Rowan. Vous avez fait le bon choix.

Ali hocha la tête et la regarda partir. Elle se demanda ce que cette femme avait été amenée à faire dans sa vie. Il y avait une certaine tristesse en elle, mais une tristesse qui ne l'avait pas totalement submergée. Ali espéra que ces cinq dernières années ne la définiraient pas, elle non plus, pendant le restant de ses jours.

Elle contempla les préparatifs du petit déjeuner, pourtant alléchants, présentés sur le comptoir. Des œufs, du bacon, des biscuits. Son estomac se contracta à l'idée d'avaler quoi que ce soit de solide.

— Il faut que tu manges.

Elle se tourna vers Jax qui, manifestement, lisait en elle comme dans un livre ouvert.

— Je n'ai pas très faim.

— Mais tu as besoin de prendre des forces.

— Et toi ?

— J'ai déjà petit-déjeuné.

Elle prit une assiette et une fourchette, et s'obligea à ingurgiter un peu d'œufs brouillés et un biscuit. Au bout de deux ou trois bouchées, son appétit se ranima quelque peu, lui évitant l'épreuve de devoir finir le contenu de son assiette, contrainte et forcée.

Le café lui donna un coup de fouet, gommant l'ombre persistante du pénible épisode de la veille.

— Combien de temps allons-nous rester ici ?

Ce n'était pas le fait de séjourner dans un centre funéraire qui l'ennuyait, mais sa présence mettait Rowan et son mari en danger. Et cela, Ali ne le voulait pas.

— Tanner et Holloway devraient nous indiquer une

nouvelle cache d'ici à quelques heures. J'attends de leurs nouvelles.

Elle avala une nouvelle gorgée de café.

— Tu crois que Tanner pourrait me récupérer des vêtements à la cabane ?

— L'un de ses adjoints a apporté tes affaires au bureau du shérif. Elles seront déjà dans la nouvelle cache quand on y arrivera.

— Oh ? Super.

Elle rêvait d'une douche, de vêtements propres et d'un peu de temps à elle, loin du reste du monde.

À cette heure-ci, dans trois jours, elle serait assise dans une salle d'audience, prête à témoigner contre le vieil Armone. Si curieux que cela puisse sembler, se représenter en train de comparaître ne lui faisait pas peur. Au contraire, elle attendait avec impatience ce moment. La seule chose qu'elle redoutait, c'était que d'autres ne soient blessés d'ici là. Elle songea au *marshal* Holloway, à sa femme et à sa fille. Au shérif Tanner et à sa famille. Au chef Brannigan et à Rowan. Et à Jax, bien sûr.

Tant de gens pouvaient être touchés.

Plutôt que de s'appesantir sur ces pensées déprimantes, elle débarrassa la table du petit déjeuner et rangea la vaisselle dans le lave-vaisselle. Quelqu'un avait déjà nettoyé la plaque de cuisson et les ustensiles qui avaient été utilisés. Elle ne pouvait rien faire de plus ici. Plutôt que de tenter de converser aimablement avec Jax, elle remonta à sa chambre et fit le lit.

Lorsque ce fut terminé, elle regarda autour d'elle, plantée au milieu de la pièce. Le bureau était couvert de dizaines de carnets. Elle s'approcha, supposant qu'il devait s'agir de journaux. Cette pièce avait été la chambre des parents de Rowan, désormais tous les deux morts. Avaient-ils été écrits par sa mère ?

Elle posa le doigt sur l'un d'eux, ouverts, suivant de l'index une ligne d'écriture. Sa mère à elle n'avait jamais tenu de journal intime, mais elle avait minutieusement rangé chaque photo dans des albums de photos de famille. Avec la mention de la date, du lieu et des circonstances. Son père, lui, avait été beaucoup plus pragmatique. Il était toujours focalisé sur le travail et ce qui devait être fait. La vie d'un fermier était difficile. De longues heures de dur labeur, peu de vacances, beaucoup de soucis pour des revenus rarement en rapport avec les innombrables exigences de ce métier.

Consciente qu'elle ne pouvait pas rester cloîtrée dans cette chambre plus longtemps sans que Jax ne s'alarme et ne vienne voir si tout allait bien, elle retourna dans le séjour. Il était toujours dans la cuisine, sa voix grave, au téléphone, lui indiquant qu'il devait y avoir du nouveau. Peut-être savait-il désormais où serait leur prochain refuge.

Évidemment, il pouvait s'agir d'une communication personnelle. Il avait dit ne jamais s'être marié ni avoir été fiancé – ce qui, soit dit en passant, n'était pas rigoureusement exact —, mais ça ne signifiait pas qu'il n'avait pas quelqu'un dans sa vie. Peut-être existait-il, à Nashville, une amie qui attendait son retour ? Une compagne ? L'idée ne lui en avait même pas traversé l'esprit jusque-là. Elle s'était tellement attendue, en le retrouvant, à ce qu'il se déclare marié et père d'un ou deux enfants que le fait que ce ne soit pas le cas l'avait totalement prise au dépourvu. Peut-être aimait-il trop son style de vie de célibataire ?

Il n'avait que trente-deux ans, après tout. Il pouvait certainement se permettre de profiter du célibat pendant encore une décennie avant de se décider à se ranger. C'était plus facile. En tant que *marshal*, il pouvait être amené à s'absenter des jours, voire des semaines d'affilée. Sans attaches, il était libre comme l'air.

Il n'avait pas été aussi désespérément seul et en recherche d'une âme sœur qu'elle l'avait été.

Bob avait sûrement besoin de sortir. Jax s'en était

peut-être chargé avant qu'elle soit levée, mais elle n'en savait rien.

— Bob ! lança-t-elle en se donnant une tape sur la cuisse. Allez, viens !

Bob trotta jusqu'à elle, et tous deux quittèrent le logement et descendirent l'escalier. Comme la cour était clôturée, elle n'avait pas besoin de prendre la laisse. Du haut des marches, elle regarda le hall en contrebas. L'endroit était spacieux. Derrière elle, une imposante baie vitrée ornée de vitrail dépeignait une scène d'anges s'élevant vers les cieux. En descendant l'escalier, elle examina les élégants coins salons judicieusement espacés pour que les familles puissent s'y asseoir et converser en toute intimité. La double porte d'entrée n'était pas moins majestueuse.

C'était vraiment un bel endroit.

— Oh ! Ali… Vous êtes là.

Elle se tourna et vit Rowan qui s'avançait vers elle depuis le fond du couloir. Sur le mur, des flèches indiquaient la direction du salon, de l'accueil ainsi que des toilettes.

— Oui… Je me suis dit que Bob devait avoir besoin de sortir, si ça ne vous dérange pas.

— Bien sûr. Venez, suivez-moi.

Rowan la précéda dans le couloir, la conduisant par-delà plusieurs portes portant l'inscription « Réservé au personnel ». Un autre corridor, avec des portes de chaque côté mais dépourvues de toute indication, les amena à l'arrière de la bâtisse. Au bout, se trouvait un ascenseur. Près de la porte de derrière se trouvait une autre porte, double celle-ci, et un deuxième escalier, plus étroit que l'autre.

Sa guide ouvrit la porte de service et attendit que Bob soit sorti sur le porche.

Elle l'observa pendant un moment vagabonder, la truffe au sol, puis sourit à Ali.

— Voilà. Il a toute la place voulue ici. Est-ce que je peux vous aider pour autre chose ?

— Non, je vous remercie, répondit Ali en secouant la tête. Je vais l'attendre ici.

— D'accord.

Rowan tourna les talons, et Ali reporta son regard sur la cour.

Bob et Freud s'amusaient dans la neige.

Elle aurait aimé se joindre à eux, mais ce n'aurait pas été raisonnable.

Depuis neuf mois désormais, sa vie avait tourné autour d'un seul et unique maître mot : la sécurité. Elle avait vécu en recluse, mettant à peine le nez dehors où quelqu'un aurait pu la reconnaître. Elle n'avait eu pour toute vraie compagnie que Bob.

Si elle sortait vivante de cette affaire, elle entendait bien remplir sa vie au maximum. Se construire une carrière. Se rendre utile.

Fonder une famille.

L'idée que le visage de Jax lui vienne machinalement en tête alors qu'elle pensait « famille » alluma dans son esprit un petit voyant d'alarme… Elle était peut-être bien en danger à plus d'un égard.

La cache était aussi rustique qu'une cabane mais avec tout le confort d'une maison contemporaine. Elle était nichée au milieu des bois, sur un flanc de montagne. Pour y arriver, Jax avait dû traverser un cours d'eau, gravir une côte raide et tortueuse, juste assez large pour son SUV, creusée dans la montagne. De la route, regarder en bas avait été un peu… vertigineux mais, heureusement, la forêt dense, de part et d'autre de la route, atténuait la sensation – certaines espèces d'arbres étaient dénudées, mais l'essentiel du terrain était occupé par des conifères qui masquaient en partie la vue.

Non que Jax ait craint qu'on retrouve de si tôt leur trace ici… Lorsqu'il avait quitté l'autoroute 64, à l'approche de

Huntland, il s'était engagé sur une petite route qui s'enfonçait aussitôt dans la campagne. Le seul signe de civilisation avait été ce ruban d'asphalte usé qui desservait une ferme de loin en loin. Ils avaient roulé pendant des kilomètres sans voir autre chose que des arbres et l'asphalte grisâtre se déroulant sans fin devant eux avant qu'une maisonnette blanche entourée de dépendances deux ou trois fois plus grandes que l'habitation elle-même n'apparaisse. Et des arbres, toujours des arbres, partout alentour.

La définition parfaite du trou perdu, songea Jax. Il prit à gauche après le virage que lui avait signalé Tanner. Si tant est que ce soit possible, la route se fit plus étroite, plus sinueuse et plus isolée encore. Des arbres, des arbres, des arbres à perte de vue. Il avisa le large ruisseau, bordé de glace sur le rivage opposé. La température ne s'était pas suffisamment élevée pour faire fondre la neige à cette altitude. Elle festonnait les branches des arbres, et le paysage semblait recouvert du glaçage de sucre dont sa mère ornait traditionnellement le gâteau de Noël au chocolat. À cette évocation, son estomac se mit à gargouiller. Le petit déjeuner était loin désormais. Après sa discussion avec Holloway et Tanner, tous trois s'étaient réunis en visioconférence avec le procureur adjoint de Nashville, Adam Knowles. Lui et son homologue d'Atlanta avaient jugé qu'un entretien était nécessaire afin d'être certains qu'Ali était prête pour le procès. Le lendemain matin, à 11 heures, ils devaient se trouver à Nashville, dans le bureau du procureur.

Décision qui n'était pas du tout du goût de Jax. Holloway était furieux, lui aussi. Il avait d'abord refusé, mais le procureur avait fini par avoir le dernier mot. Et, maintenant, ce serait à Jax de se débrouiller pour concevoir un itinéraire improbable sur un entrelacs de routes secondaires afin de s'assurer qu'Ali arrive entière au bureau dudit procureur. Elle-même n'avait élevé aucune objection. En gros, elle avait dit « oui » à tout ce que les magistrats suggéraient. Même son fichu avocat, également en ligne, n'avait pas protesté.

À se demander pour qui travaillait ce type…

Ne décolérant toujours pas, Jax vida le coffre du SUV. Ce chalet et ses dix-sept hectares de terrain montagneux appartenaient à un ami proche de Tanner. Il était inoccupé pour l'instant, mais l'électricité n'y avait pas été coupée pour une question d'assurance. La maison était meublée car la famille l'utilisait de temps en temps lorsqu'elle rentrait dans sa région natale. Juste derrière la maison, un grand réservoir d'eau se dressait sur un socle massif et servait à récupérer l'eau des rivières souterraines qui descendaient des sommets. L'habitation disposait aussi d'un générateur d'électricité et d'un sous-sol.

Toutes les commodités d'une maison moderne, qui plus est autonome. Tanner avait fourni à Jax un stock impressionnant de munitions et un pistolet supplémentaire. Après avoir allumé toutes les lumières du rez-de-chaussée, il était monté inspecter les deux chambres, en haut. Il y avait une salle de bains à chaque étage. En bas, une grande cuisine voisinait avec un séjour de bonnes dimensions. La cheminée était immense. Du bois de chauffage était empilé sur le porche, à l'arrière.

La maison avait presque tout d'une location de vacances, à ceci près qu'elle n'en était pas une.

Ali se tenait tout près du feu qu'il avait allumé comme si elle n'arrivait pas à se réchauffer après le tour qu'elle était allée faire dehors pour se familiariser avec les lieux.

— Tu as faim ? demanda Jax, se souvenant qu'elle n'avait fait que grignoter au petit déjeuner.

— Un sandwich au beurre de cacahuète m'ira très bien, dit-elle en se dirigeant vers la cuisine.

Bob le regarda avant de prendre le parti de suivre sa maîtresse.

Il leur emboîta le pas.

— Va pour le beurre de cacahuète, alors.

La nourriture n'était pas une question aussi dominante dans son esprit habituellement, mais c'était un sujet qu'il pouvait aborder avec elle sans avoir à se soucier de là où cela les mènerait.

Lorsqu'elle eut confectionné son sandwich, il s'attela à son tour à la tâche. Tandis qu'il plaçait deux tranches de pain sur une serviette, elle ouvrit le réfrigérateur pour en sortir une bouteille d'eau. Elle lui en tendit une.

— Merci.

Il la posa sur le comptoir et continua à étaler le beurre de cacahuète sur une des tranches.

Sans un mot, elle emporta son déjeuner dans le séjour.

— Je crois que je vais avoir droit au régime « silence », dit-il à Bob qui marquait un temps d'hésitation, les yeux tournés vers lui, avant de la suivre.

Il assembla les deux tranches de pain garnies, prit sa bouteille et regagna lui aussi le séjour. Elle était debout devant la fenêtre, regardant au travers des persiennes. Son sandwich et sa bouteille d'eau avaient été abandonnés sur la table basse.

— Il s'est remis à neiger.

Elle semblait parler toute seule à haute voix plutôt que s'adresser à lui. Il la rejoignit devant la fenêtre et inclina la tête vers la droite pour voir entre les deux lamelles qu'elle avait écartées. Elle eut un léger mouvement de recul.

— Pour une fois, on dirait que le bulletin météo avait raison.

Des chutes de neige avaient été prévues mais, dans cette région, il était rare qu'elles durent longtemps.

Elle relâcha les persiennes et retourna au sofa. C'était un grand canapé en L. Il s'installa sur le côté perpendiculaire à celui où elle s'était assise. Il n'avait pas besoin d'une boule de cristal pour comprendre qu'elle ne souhaitait pas qu'il se tienne proche d'elle.

— Tu t'inquiètes à propos de la rencontre de demain ? demanda-t-il avant de mordre dans son sandwich.

— Pas vraiment, répondit-elle en picorant une minuscule bouchée.

— J'ai déjà songé à un itinéraire, annonça-t-il.

Il y avait réfléchi sitôt après la requête formulée par les procureurs. La probabilité qu'ils puissent être découverts avec les précautions qu'il avait prévues était minime, mais on ne pouvait bien sûr pas écarter l'éventualité d'une fuite. Cela s'était déjà vu. Pour minimiser le risque, il n'avait fait part du trajet envisagé à strictement personne. Mieux valait prévenir que guérir.

— Je ne m'inquiète pas, assena-t-elle pour le cas où il n'aurait pas bien saisi la première fois.

Elle mâcha sa becquée, déglutit, mordilla un autre morceau, qu'elle avala de nouveau en silence. Clairement, elle ne prenait aucun plaisir à manger. S'il n'avait pas suggéré l'idée d'un repas, elle ne s'en serait sans doute pas souciée. Mais son travail était de veiller sur elle et de faire en sorte qu'elle arrive au tribunal en état de témoigner jeudi. Il lui incombait donc de s'assurer qu'elle se nourrisse correctement et qu'elle se comporte de façon responsable.

— Si tu as des questions sur la façon dont les choses se passeront jeudi, je peux sans doute y répondre, offrit-il.

Elle n'en avait pas posé une seule pendant la conférence téléphonique.

— Non, je n'en ai pas.

Elle but encore un peu d'eau puis se tamponna la bouche avec la serviette qui avait fait office d'assiette.

— OK.

Il termina son sandwich puis le restant d'eau de sa bouteille.

Le silence devenait franchement pesant. Il hésita à retourner faire du café dans la cuisine, mais l'envie n'y était plus. Il y avait certaines choses qu'il désirait savoir… dire, mais il craignait que ses mots ne soient maladroits. Il était trop en colère contre elle, contre ce qu'elle avait fait. En colère n'était peut-être pas l'expression exacte. Il était plutôt déçu. Mais, le plus fou, c'était qu'il n'avait aucun droit d'éprouver ce sentiment-là non plus.

Comme elle l'avait si justement souligné, c'était lui qui était parti.

Inutile de revenir encore là-dessus.

Il se leva et se dirigea vers la cuisine. Il jeta la serviette et la bouteille, et se mit en devoir de préparer du café. Le silence était beaucoup plus facile à supporter lorsqu'on s'occupait les mains… et l'esprit.

L'arôme de café en train d'infuser emplit l'air, et il se détendit quelque peu. La journée et la soirée s'annonçaient douloureusement longues… Interminables. Ils en avaient tous deux dit suffisamment, peut-être trop, sur certains sujets. Il n'y avait rien d'autre à discuter.

Les mots ne changeraient pas les faits.

— En fait, si, j'ai une question.

Surpris qu'elle soit entrée dans la pièce sans qu'il ait eu conscience de sa présence, il se tourna vers elle.

— Ah oui ? Et quelle est-elle ?

— Le jour du procès, seras-tu équipé d'un gilet pare-balles ?

Ainsi donc, ils en revenaient à sa sécurité, à lui.

— Je t'ai déjà dit que tu n'as pas de raison de t'inquiéter pour moi. Je connais mon travail.

Elle le contempla sans cligner des yeux, déterminée.

— Tu m'as demandé si j'avais des questions. J'en avais une, et c'était celle-ci.

— D'accord. Oui, j'en porterai un. Et toi aussi.

Apparemment satisfaite, elle se détourna et s'en alla.

Était-il possible qu'elle se fasse réellement du souci pour lui ?

Il secoua la tête. Ça n'avait pas de sens.

7

La neige avait cessé de tomber, mais une couche blanche recouvrait désormais les prés, les arbres et le toit. Ali avait toujours aimé la neige mais, ayant grandi en Géorgie, elle n'avait pas eu souvent la chance d'en voir pour les fêtes de fin d'année ailleurs que dans les films de Noël diffusés à la télévision. Les rares fois où c'était arrivé, elle n'avait pas tenu longtemps. Des souvenirs très nets de ses parents courant dans la neige avec elle quand elle était petite l'assaillirent tout à coup, lui coupant le souffle.

Bob poussa sa jambe du museau. Elle baissa la tête et lui sourit.

— Désolé, mon vieux. J'étais perdue dans mes pensées.

Jax ne devait pas être bien loin derrière. Il n'y avait pas vraiment d'endroit où aller sauf à s'aventurer encore plus haut dans la montagne. De là où elle se trouvait, juste au niveau de la limite forestière, on jouissait d'une vue panoramique sur la vallée. Même l'asphalte dégradé de la route qui zigzaguait en contrebas, accrochée à la montagne, était recouvert de neige. Pas un seul véhicule ne l'avait empruntée depuis leur arrivée. Elle espéra qu'ils seraient en sécurité ici, jusqu'au surlendemain, date fatidique de leur voyage à Atlanta pour la tenue du procès.

D'après la conférence téléphonique de ce matin, ils étaient enregistrés sous de fausses identités sur un vol commercial au départ de Huntsville, en Alabama, à destination d'Atlanta. L'aéroport de Huntsville était à moins d'une heure de route. Jax avait dit qu'ils partiraient tôt mercredi matin et qu'ils s'en tiendraient, selon le protocole habituel appliqué à ce type de situation, au réseau de voies secondaires jusqu'à ce qu'ils n'aient plus le choix.

Quand tout ceci avait commencé, son avocat ne lui avait pas caché que des fidèles dévoués au vieil Armone pourraient continuer à la traquer pendant des années après son incarcération. À supposer qu'elle vive jusqu'au procès et que tout se déroule comme prévu pendant l'audience. Car un jury pouvait toujours être intimidé ou soudoyé.

Mais aucun juré n'aurait pu en conscience laisser un homme capable d'abattre froidement son propre fils s'en tirer… Non ?

Ali resserra les pans de sa veste autour d'elle, fit demi-tour et revint vers la maison. Jax marchait, à une vingtaine de mètres derrière elle. Leurs regards se rencontrèrent brièvement lorsqu'elle passa à sa hauteur. Elle s'était bien dit que ce serait peut-être plus judicieux de tenter de faire amende honorable ou, tout au moins, contre mauvaise fortune bon cœur car, si elle ne survivait pas, l'idée qu'il puisse à jamais lui vouer cette rancune tenace lui était atrocement pénible. Elle ne voulait pas emporter un tel poids dans la tombe.

C'était lui qui était parti et, de son point de vue, c'était lui qui lui devait des excuses – ou des explications, qu'il appelle ça comme il voulait. Pas l'inverse. Mais il ne voyait pas les choses sous cet angle-là. À ses yeux, seuls les faits comptaient. Elle avait épousé un criminel notoire, le pire de tous, et était restée mariée pendant cinq longues années avec lui jusqu'à ce qu'il soit assassiné. Évidemment, vu ainsi, le tableau n'était pas reluisant.

Mais il y avait tant de choses qu'il ne savait pas. Des choses qu'elle n'osait même pas relater, en dehors de la déposition officielle qu'elle avait fournie en plusieurs étapes, au fil de la semaine qu'avaient duré ses auditions, quand la machine judiciaire s'était mise en branle après sa déclaration initiale.

Sans réfléchir plus avant, elle était entrée dans ce bureau du FBI, dans le Kentucky, et avait décliné son identité. Elle n'avait pas eu besoin d'en dire davantage. Immédiatement, les autorités s'étaient concertées et réunies en conférence dans tout le Sud-Est ; des décisions avaient été prises. Le long parcours du combattant avait alors commencé : des semaines et des semaines d'entretiens et d'interrogatoires s'étaient enchaînées. Finalement, quand un plan d'action avait été établi, on l'avait poussée dans une voiture et conduite à une cache secrète afin de la mettre à l'abri jusqu'à la date du procès.

Tout cela s'était déroulé sans fanfare, sans gloriole, sans le moindre sentiment de vivre une incroyable aventure ni la moindre excitation de sa part. Seulement une sensation de solitude plus grande encore. Cette indécrottable, profonde et triste solitude qui lui collait aux basques depuis des années et semblait devoir rester à jamais indissociable de sa personne. Mais au moins la souffrance physique avait-elle cessé, elle.

Paradoxalement, cette douleur physique était le seul aspect des trois dernières années de sa vie maritale qui lui ait rappelé qu'elle était encore vivante. La plupart du temps, elle s'était sentie comme morte de l'intérieur. Un spectre flottant à travers les semaines, les mois. L'espèce d'engourdissement qui avait enveloppé sa vie avait été profonde – exception faite, donc, des tourments physiques que lui causait son mari. Elle en était presque venue, certains jours, à attendre les moments où la douleur viendrait lui rappeler que son cœur battait toujours.

Aujourd'hui, elle se demandait ce qu'un psychiatre aurait dit d'un tel comportement. Mieux valait, probablement, qu'elle ne le découvre jamais.

— Allez, mon vieux.

Ils rentrèrent dans la maison, Jax toujours derrière eux.

Elle ôta sa veste et l'accrocha dans le vestiaire de l'entrée avant de poursuivre son chemin jusqu'à la cuisine. Frottant ses mains l'une contre l'autre, elle se mit en quête d'une petite friandise pour Bob. Elle trouva un petit sachet de viande séchée dont la date de péremption n'était pas encore dépassée.

Bob se mit à danser d'une patte sur l'autre en se léchant les babines tandis qu'elle l'ouvrait. Elle lui donna un morceau de viande, qu'il saisit adroitement entre ses crocs avant de s'éloigner nonchalamment pour aller s'affaler avec devant la cheminée. Bob aimait la proximité de la chaleur et, qui sait, peut-être aussi le crépitement des bûches dans l'âtre. Il est vrai qu'il n'en fallait pas beaucoup pour le contenter. Une caresse sur la tête et derrière les oreilles de temps en temps, deux promenades quotidiennes et de quoi rassasier son appétit.

De son point de vue, c'était lui qui était dans le vrai. Elle n'aspirait qu'à une chose : atteindre à une telle simplicité.

Finalement, elle se tourna pour faire face à l'homme qui l'observait.

— Il faut qu'on parle, toi et moi.

Il haussa une épaule.

— Vas-y. Je t'écoute.

— Est-ce qu'on peut aller s'asseoir dans le salon pour discuter ?

Le soleil était en train de baisser sur l'horizon, mais la lumière entrait encore à flots par les fenêtres orientées à l'ouest de la cuisine. Elle préférait que cette conversation n'ait pas lieu dans une lumière aussi implacablement vive.

Il ouvrit le bras en direction de la pièce de vie.

— Après toi.

Elle s'assit dans un fauteuil près de l'endroit où se trouvait Bob. Le feu avait un peu décru pendant qu'ils étaient sortis. Jax ajouta deux grosses bûches pour ranimer la flambée. Il s'installa sur le sofa, ce qui lui permettait de la regarder en face.

— Pour ta gouverne, déclara-t-il avant qu'elle se lance, tu ne me dois aucune explication. Tu as raison : c'est moi qui suis parti. Dès lors, tu avais parfaitement le droit de mener ta vie comme tu l'entendais.

À son expression, elle vit qu'il ne pensait pas exactement ce qu'il disait.

— Après ton départ pour Seattle, je me suis polarisée sur mes cours. J'étais très seule et j'avais le cœur brisé.

Il ouvrit la bouche pour intervenir, mais elle éleva une main.

— J'étais jeune. Je n'avais même pas encore vingt-deux ans. Tu avais été mon premier amour et, évidemment, j'étais effondrée. J'étais un peu… tardive en matière de sentiment amoureux. Je n'avais jamais connu de relation intense auparavant.

Elle déglutit, puisant en elle le courage de poursuivre.

— Ce n'est pas ta faute si j'avais été tellement protégée auparavant.

Elle attendit de voir s'il avait quelque chose à dire. Comme rien ne venait, elle continua :

— Pendant deux ans, je me suis accrochée à l'idée que tu allais revenir.

Elle laissa échapper un petit rire.

— J'étais sûre que tu m'aimais autant que je t'aimais, que tu rentrerais et que tout irait de nouveau bien.

La physionomie de Jax s'altéra. Son expression défensive se fit plus douce, douloureuse presque.

— Et puis mon père est tombé malade, et j'ai dû de nouveau interrompre mes études pour prendre soin de lui. Il ne me restait que deux semestres, mais je ne pouvais pas repousser le moment de rentrer à la maison. Il était très, très malade, déjà.

Elle se tut pendant quelques instants, les souvenirs de cette douloureuse période affluant à sa mémoire. Son père était la seule famille qui lui restait. Lui dire au revoir avait été atrocement difficile.

— Avant sa mort, il m'a fait promettre de reprendre les cours et de terminer mes études. C'est ce que j'ai fait. J'ai tout laissé en plan à la ferme et j'ai achevé les deux derniers semestres de mon cursus. Après ça, j'ai eu le sentiment que l'heure était venue de rentrer à la maison et de plier bagage. De faire ce qui devait être fait. Il m'a fallu plusieurs mois, mais j'y suis arrivée. La ferme s'est vendue pratiquement avant même que je l'aie mise en vente. J'avais décidé de partir et d'aller m'installer quelque part, au soleil, dans un endroit excitant, où je pourrais tout oublier, me fondre dans l'énergie ambiante. Atlanta m'a semblé remplir les conditions.

— Tu t'es mise à travailler chez Clayton & Ross et… on connaît la suite, intervint Jax, le masque défensif de nouveau en place.

— Je ne savais pas que ce cabinet comptable avait des liens avec la famille Armone.

Elle haussa les épaules.

— Et, de toute façon, je ne savais même qui était la famille Armone. Le cabinet m'offrait un salaire très attractif majoré d'une forte prime. Ils étaient même prêts à financer la poursuite de mes études en master. C'était extrêmement avantageux pour moi, j'avais tout à y gagner. J'ai trouvé un petit appartement et ai même acheté une voiture neuve avec une partie de l'argent de la vente de la maison.

Elle secoua la tête.

— J'étais tellement heureuse. C'était un vrai nouveau départ. J'avais été seule et triste pendant si longtemps.

Jax se leva.

— Et puis ? Laisse-moi deviner… Armone est entré dans le paysage et il t'a complètement tourné la tête. Tu ne savais pas à qui tu avais affaire. Tu l'as pris pour un preux chevalier.

Il s'avança jusqu'à elle et s'accroupit pour plonger les yeux dans les siens.

— Ça, je peux le comprendre. Mais tu es restée mariée avec lui cinq ans. Cinq ans. Près de deux mille jours et nuits. En cinq ans, tu as bien dû te rendre compte de l'homme qu'il était. Mais tu es restée quand même.

Il se releva.

— Aujourd'hui, tu as fait le bon choix et c'est très bien, vraiment. Je suis là pour t'aider. Mais tu as fait semblant de ne pas savoir qui était l'homme avec lequel tu couchais pendant beaucoup trop longtemps.

La fureur et le regret firent trembler les lèvres d'Ali.

— Tu ne connais pas toute l'histoire.

Il planta ses poings sur les hanches.

— Alors, dis-la-moi.

Elle secoua la tête. Elle ne pouvait pas lui raconter ça… Pas à lui. Jamais. Rien que d'imaginer la façon dont il la regarderait ensuite… C'était trop douloureux. Elle ne le supporterait pas. Qu'il pense ce qu'il voulait ! Elle aurait au moins essayé de combler le fossé qui les séparait.

— Je crois qu'il n'y a rien d'autre à dire, conclut-il en se levant.

Sur cette déclaration sans ambiguïté, il tourna les talons et s'en alla.

C'était le problème, avec Jax. Il avait une fâcheuse tendance à toujours s'en aller.

Le soleil s'était couché et la nuit tombait sur le paysage. La lune se reflétait sur la fine couche de neige. Jax avait passé la soirée à inspecter les environs et à s'assurer que toutes les issues étaient bien hermétiquement closes.

Les mots d'Ali, lorsqu'elle lui avait expliqué combien elle s'était sentie seule et accablée par la tristesse, résonnaient encore dans sa tête. Elle avait fait ses choix. Oui, il était parti et, en cela, il avait eu tort. Mais il avait été jeune, bon sang. Jeune et idiot. Enthousiaste et impulsif. Et, oui, il lui avait fallu du temps, beaucoup de temps, avant de s'en rendre compte. Et lorsque cela avait été le cas, il était trop tard.

Pourquoi diable se sentait-elle obligée d'essayer de lui faire comprendre les raisons pour lesquelles elle s'était comportée comme elle l'avait fait ?

Il ne comprenait pas. Il ne voulait pas comprendre. Ce qu'il voulait, c'était maintenir une distance émotionnelle entre eux parce qu'il refusait d'éprouver… ce qu'il éprouvait.

Bon sang.

Elle avait dit qu'il y avait des choses qu'il ne savait pas.

Prétexte fallacieux, s'il en était. Elle avait eu tout ce qu'elle voulait. L'argent, le pouvoir, le prestige. Qui sait ce qui avait fini par la pousser à témoigner contre son beau-père ? Il avait exécuté son propre fils. Peut-être avait-elle peur d'être la prochaine sur la liste ?

À moins qu'il n'y ait eu quelque chose entre elle et le vieil Armone…

Il ferma les yeux, s'en voulant d'avoir ne serait-ce que pensé une telle chose. La colère, le ressentiment, le regret – c'était un mélange de toutes ces émotions qui le guidait en cet instant. Il devait se dominer. Garder la tête froide et les idées claires.

Brannigan avait parlé du « calvaire » qu'elle avait enduré. Était-ce cela, quoi que puisse recouvrir ce terme, qu'elle se refusait à lui confier ?

Avant de rentrer dans la maison, il tira son téléphone de sa poche et passa un appel à Holloway.

— Tout va bien ?

L'inquiétude teintait la voix de son collègue.

— Oui, pas de problème. Tout va bien.

— Au son de ta voix, on ne dirait pas.

Holloway le connaissait suffisamment bien pour déceler un doute dans son intonation.

— J'ai besoin de voir le dossier. Je veux dire, le dossier complet.

Une petite voix intérieure lui souffla qu'il aurait été

mieux inspiré de se taire. Qu'il regretterait d'avoir cherché à tout savoir. Mais il l'ignora. Il fallait qu'il sache.

Holloway ne répondit pas tout de suite. Au bout de plusieurs secondes, il finit par répondre :

— Si elle souhaite te dire…

— Elle ne me dira rien du tout, coupa Jax. Holloway, je ne te le demanderais pas si ce n'était pas absolument nécessaire. Si Brannigan a été mis au courant de la partie que j'ignore encore, il n'y a pas de raison que je ne puisse pas l'être, moi aussi. C'est moi qui suis responsable de sa protection, je te le rappelle. Et puis j'ai besoin… de savoir à quoi m'en tenir.

Nouveau long silence.

— Tu m'as dit que ce ne serait pas un problème… Si tu t'es trompé, dis-le-moi maintenant. Je ne veux pas qu'Ali puisse courir un risque plus grand encore parce que tu ne parviendrais pas à surmonter le passé. Quant à ce que sait Brannigan, j'étais obligé de lui communiquer ces informations. J'avais besoin d'un avis impartial.

— Je suis tout à fait à même de m'occuper de sa sécurité, argua Jax. J'ai juste besoin de connaître le reste de l'histoire afin de…

Il s'interrompit et exhala un profond soupir. Inutile de mentir à Holloway. Il lirait en lui.

— J'ai besoin d'y voir clair dans mes sentiments personnels et je ne pourrai pas le faire tant que je ne saurai pas tout ce qu'elle refuse de me révéler.

— C'est sa vie, Stevens. Elle n'est pas tenue de tout te dire.

— Mais tu sais très bien que je découvrirai tout au procès, rappela Jax. Autant que je l'apprenne maintenant et que je sois préparé.

Ce fut au tour de Holloway de pousser un soupir.

— C'est vrai. Peut-être que j'aurais dû te communiquer toutes les données dès le début. Mais, comprends-moi, c'est extrêmement personnel. Et ce ne sont pas des informations nécessaires à la conduite de ta mission.

Il traduisit la déclaration de Holloway. Son ami soulignait à mots couverts qu'il s'apprêtait à exaucer ses vœux uniquement pour satisfaire une requête personnelle.

— Je ne veux pas évoquer tout cela par téléphone. Je vais faire en sorte que tu puisses avoir accès à l'intégralité du dossier quand tu seras à Nashville demain, pour la téléconférence. Il y a une vidéo que tu dois voir. Je pense qu'elle devrait répondre à tes interrogations.

— D'accord, répondit Jax, se disant qu'il pouvait attendre jusqu'au lendemain. Merci, Holloway. J'apprécie… Vraiment.

Son estomac se contracta.

— Il vaut mieux que je connaisse toute la vérité, argua-t-il encore.

— Dans certains cas, je me le demande, contra Holloway. Veille sur elle, Stevens. Ça peut paraître idiot, dit comme ça, mais si quelqu'un a jamais eu besoin d'un héros dans la vraie vie, c'est bien cette femme.

Sur ces mots, Holloway coupa la communication. Jax regarda la maison. Il avait vu du coin d'œil qu'Ali l'observait depuis la fenêtre, mais elle n'était plus là.

Il en avait trop dit. Chaque fois qu'ils abordaient la question du passé, il se laissait déborder par la colère qui continuait à mijoter tout au fond de lui. Il n'avait jamais éprouvé rien de tel avec personne d'autre. En général, il était plutôt du genre facile à vivre et tolérant vis-à-vis de son entourage, tant sur le plan privé que dans le cadre professionnel. Il s'abstenait de porter des jugements sur les autres.

Mais, concernant Ali, son objectivité fondait comme neige au soleil.

C'était là, en réalité, le cœur du problème. Il avait toujours des sentiments pour elle, et cela le rendait fou.

Il ne voulait rien ressentir de tel. Tout ce qu'il voulait, lui, c'était faire son travail.

La porte de derrière franchie, il se retourna et la verrouilla soigneusement avant d'enlever sa veste. Peut-être allait-il refaire du café et tenter de voir une dernière fois si elle acceptait de s'ouvrir à lui ? Entendre la vérité par un étranger alors qu'elle était ici, avec lui… Ça n'avait pas de sens.

Il vida la cafetière, nettoya le filtre et le remplit de nouveau avant de verser de l'eau dans le réservoir. Après avoir appuyé sur le bouton, il se mit en quête d'Ali. Elle était déjà allée se claquemurer dans sa chambre. Il demeura quelques instants immobile devant la porte fermée, essayant de trouver ce qu'il pouvait lui dire.

Finalement, il renonça. Il pouvait bien attendre jusqu'à demain pour entendre le reste de l'histoire.

Ali se tenait derrière la porte, les mains appuyées sur la surface fraîche du bois. Elle ferma les yeux et posa sa joue contre le battant. Elle aurait tellement voulu qu'il lui pardonne, la comprenne, mais lui révéler les détails sordides de son mariage était au-dessus de ses forces.

C'était trop douloureux. Elle ne supporterait pas de voir la pitié dans ses yeux.

Quand tout serait terminé, il repartirait vivre sa vie de son côté, et elle continuerait sa route. Rechercher sa compréhension était un luxe égoïste qui n'était pas indispensable à la poursuite de son existence. Elle surmonterait la blessure de l'avoir revu. Ce ne serait pas la première fois que Jaxson Stevens lui aurait brisé le cœur, de toute façon.

Il s'écarta de la porte. Elle le sentit s'éloigner plutôt qu'elle ne l'entendit. Elle recula, elle aussi. Il n'était que 8 heures. Aller se coucher aussi tôt était un peu ridicule, mais c'était plus sûr que de laisser cette petite voix intérieure lui souffler de tout lui raconter.

Ce qu'il ne savait pas ne pouvait pas lui faire de mal

ni influer sur le bon déroulement de sa mission… Même si cela la bouleversait, elle, profondément.

Avec le recul, il y avait des choses qu'elle regrettait d'avoir dévoilées lors de ces premiers interrogatoires. Mais elle avait été tellement désespérée, tellement vulnérable. Elle avait déversé toute l'histoire de son mariage avec Harrison Armone comme un poison dont son corps aurait eu besoin de se purger. Et, chaque fois qu'elle se taisait pour reprendre haleine, la personne qui l'écoutait l'incitait à poursuivre, à en dire davantage. Personne ne saurait jamais rien de ce qu'elle leur confiait, lui avaient promis les agents.

Et puis, le temps passant, peu à peu, lentement mais sûrement, on avait commencé à l'informer qu'il serait peut-être nécessaire d'utiliser certains des détails qu'elle avait divulgués pour accréditer ses dires et prouver sa motivation réelle à venir déposer. La peur, l'humiliation et les abus sans fin qu'elle avait subis pouvaient représenter un véritable atout pour donner le ton au jury afin qu'il prenne bien la mesure de la situation.

Il était primordial que les jurés voient en elle la victime qu'elle était. Il fallait absolument qu'ils comprennent et « ressentent de l'intérieur » la souffrance qui avait été la sienne.

Elle se mit à marcher de long en large. Empêcher Jax de pénétrer dans la salle d'audience serait très vraisemblablement impossible. Il entendrait donc tous les horribles détails des ignominies qu'elle avait vécues, elle n'y pourrait rien. Mais au moins ne serait-elle pas en tête à tête avec lui, forcée de le regarder dans les yeux. Elle pourrait centrer son attention exclusivement sur la personne qui l'interrogerait.

Même si c'était la partie qu'elle redoutait le plus, bien entendu, elle était fermement décidée à faire tout ce qu'il faudrait pour que ce salaud aille moisir pour toujours derrière des barreaux. Avec tout ce que lui et son fils avaient fait, elle ne pouvait pas laisser cette ordure s'en sortir.

L'heure était venue pour lui de payer.

Elle s'assit sur le lit et ferma les yeux. Après tout ce qu'elle avait enduré, ce serait presque une récompense de voir l'expression qui se peindrait sur son visage lorsque le jury annoncerait : « Coupable ».

8

Deux jours avant le procès

Mardi 4 février

Ali décrocha sa veste et la posa sur un dossier de chaise le temps de terminer sa deuxième tasse de café. Elle regarda par la fenêtre, au-dessus de l'évier. De petites plaques de neige subsistaient par endroits, mais elles auraient fondu d'ici à la mi-journée avec l'élévation de la température. L'autoroute pour Nashville ne poserait pas problème ni dans un sens ni dans l'autre, mais certaines voies du réseau secondaire pourraient être encore verglacées ce matin, notamment les nombreuses portions serpentant en pleine forêt, où le soleil pénétrait rarement.

Jax avait bien spécifié que le mot du jour serait « petites routes ». La seule personne à être au courant de leur itinéraire était le *marshal* Holloway et encore… Même lui n'en connaissait pas le tracé précis. Jax et elle avaient tous deux entière confiance en lui. Ils lui avaient parlé ce matin, et elle avait appris avec joie qu'il avait été autorisé à quitter l'hôpital en fin de journée, la veille au soir. Il était toujours en congé, bien sûr, pour la durée de sa convalescence, mais il allait mieux. Ali appréciait réellement tout ce qu'il avait fait pour elle ces six derniers mois. Le premier *marshal* qui lui avait été assigné avait été bien loin de se montrer aussi amical. Elle avait eu l'impression d'être traitée de haut et considérée comme une forme de vie inférieure. Néanmoins, il avait fait son travail et l'avait mise hors de danger lorsque la situation s'était subitement tendue, elle devait le reconnaître.

— Tu es prête ?

Elle se tourna vers Jax. Ils n'avaient pas échangé un mot depuis la déplaisante conversation qu'ils avaient eue, la veille. Pas même un « bonjour » ce matin.

Il était tout de suite sorti passer son SUV au crible. Non qu'il ait pris la peine de l'en aviser en franchissant la porte. Mais elle l'avait vu faire depuis la fenêtre : il avait inspecté le véhicule sous toutes les coutures. Du point de vue d'Ali, si quelqu'un animé de mauvaises intentions les avait localisés, il aurait fait irruption dans la maison durant la nuit au lieu de se borner à trafiquer leur voiture, mais prudence était mère de sûreté et, étant donné les circonstances, sans doute avait-il raison de ne rien laisser au hasard.

Lorsqu'il rentra dans la maison, son minutieux examen achevé, elle était dans la cuisine, en train d'enfiler sa veste. Elle décida de ne pas emporter son son sac à main. Tout ce dont elle avait besoin, c'était de son permis de conduire et de son tube de baume pour les lèvres, choses qu'elle pouvait aisément transporter dans une poche. Elle y ajouta le téléphone que lui avait remis Holloway pour les cas d'urgence, qu'elle rangea dans l'autre.

— Oui, répondit-elle.

Elle rinça rapidement sa tasse sous le robinet et la plaça à l'envers sur l'égouttoir avant de se retourner pour lui faire face.

— Mieux vaut nous mettre en route tout de suite pour le cas où certaines routes seraient impraticables, ajouta-t-il.

Elle s'accroupit et serra affectueusement Bob contre elle.

— Garde bien la maison en notre absence, hein, Bob ?

L'animal remua la queue, et elle le gratifia d'une dernière caresse sur la tête avant de se redresser et de suivre Jax jusqu'au SUV. Une minute plus tard, ils roulaient le long du chemin traître qui rejoignait la route goudronnée, plus bas. À plusieurs reprises, à la sortie d'un virage, Ali se surprit à retenir son souffle.

Lorsqu'ils se retrouvèrent sur le bitume et purent rouler un peu plus vite, elle se détendit quelque peu. Elle avait remonté ses cheveux en une sorte de chignon flou ce matin. Il était rare qu'elle se coiffe de cette façon, mais il lui avait semblé important de modifier son apparence habituelle.

Elle avait beau avoir été bien préparée en vue de sa comparution prochaine, l'appréhension n'en était pas moins en train de monter en elle.

Elle s'escrimait à la réprimer, mais sans succès. Dans quarante-huit heures, l'occasion lui serait donnée de révéler au monde entier à quel point la famille Armone était malfaisante. Intrinsèquement, foncièrement mauvaise. C'était son vœu le plus cher. Rien, hormis une balle dans la tête, ne l'arrêterait.

Mais ça ne signifiait pas pour autant qu'elle n'avait pas peur.

Bien sûr, elle gardait cela pour elle.

Jax ralentit pour marquer un stop à l'intersection avec l'autoroute 64. Comme il tendait le bras pour ouvrir la boîte à gants, elle retint son souffle. Il ouvrit le compartiment et en tira une paire de lunettes de soleil.

— Tiens, mets-les.

Elle les accepta et chaussa les lunettes noires.

— Merci.

La demi-heure qui suivit se déroula dans un lourd silence, chargé de tension. Il bifurqua d'innombrables fois, à droite, à gauche, pour contourner du plus loin possible Winchester. La route sur laquelle ils se trouvaient présentement ressemblait à un tunnel de verdure, les frondaisons des arbres formant une voûte de feuillage qui occultait presque le ciel au-dessus de leurs têtes. Les bus scolaires avaient déjà achevé leur tournée pour déposer dans leur établissement les élèves vivant dans des zones isolées. L'autre fois, quand elle s'était rendue à Nashville, il n'avait fallu qu'environ une heure et demie de trajet, mais le *marshal* Holloway avait emprunté l'autoroute. Le trajet serait vraisemblablement nettement plus long aujourd'hui. Mais ce n'était pas un problème puisqu'ils s'étaient ménagé une marge de manœuvre suffisante.

Elle ferma les yeux et se laissa envelopper par son odeur. Comment était-il possible de se souvenir avec autant d'acuité de son parfum au bout de dix ans ? Quel que soit son après-rasage, c'était une fragrance subtile. Une senteur de terre et d'ambre, avec une légère touche plus douce, comme du miel. Elle avait adoré cette odeur, son odeur et le goût de sa peau. Ils avaient été si jeunes – ils n'avaient pensé qu'à une chose : s'enivrer à l'envi l'un de l'autre.

Il avait été son premier amour – son premier… dans tous les sens du terme.

Elle rouvrit les yeux et s'obligea à chasser ces souvenirs. Mauvaise idée que de les convoquer maintenant.

— Est-ce que tu as des questions, ou des inquiétudes, concernant la réunion d'aujourd'hui ?

Elle se risqua à tourner la tête pour étudier son profil. Ces traits fins, anguleux l'émouvaient toujours autant. Le renflement de ses lèvres, l'arête droite de son nez. Ses pommettes marquées. Et ses cheveux qui retombaient obstinément sur son front. Combien de fois avait-elle vu ce visage dans ses rêves ?

Elle cligna des yeux, braqua son regard sur la route, devant eux. Qu'avait-elle donc, ce matin ?

— Non.

Il faisait son travail, il n'essayait pas d'amorcer la conversation. Il avait été on ne peut plus clair la veille.

Pouvait-elle lui en vouloir de ne pas comprendre

comment elle avait pu devenir Mme Harrison Armone ? À bien y réfléchir, pas vraiment.

Il aurait fallu que tu sois là pour comprendre.

La veille, elle avait décidé de ne plus essayer de lui faire comprendre sa position. C'était un fardeau trop lourd à porter. L'idée qu'il ne changerait jamais d'avis s'agissant de ce qu'elle avait fait était douloureuse, mais elle n'avait pas le pouvoir d'influer sur ses sentiments. Elle ne pouvait que dominer les siens – elle avait déjà passé beaucoup trop de temps prisonnière des désirs et des exigences d'un autre. Elle ne serait plus jamais prisonnière.

— On fera halte un moment lorsque nous arriverons à Nashville.

Il ne lui demandait pas si cela lui convenait, il indiquait simplement son intention. Du point de vue d'Ali, cela n'appelait donc pas de réponse.

Elle ferma de nouveau les yeux et renversa la tête contre l'appuie-tête.

Il était temps, peut-être, de penser au futur. Pendant des mois, elle avait redouté de ne pas en avoir. Il lui était enfin permis d'entrevoir une petite lueur au bout du tunnel. Pourquoi, dans ces conditions, ne pas faire des projets, pour le cas où elle s'en sortirait vivante ?

La téléconférence devait se tenir dans l'Estes Kefauver Federal Building, sur Ninth Avenue South, à quelques pas de Broadway et des légendaires bars à musique comme le Ryman Auditorium et le Country Music Hall of Fame.

Plutôt que de se garer dans le parking attenant, Jax roula jusqu'au croisement suivant et se gara dans le parking d'une grande église. De là, il appela un Uber qui les déposerait juste devant l'entrée. Compte tenu du fait que seule une demi-douzaine de personnes – qu'il connaissait toutes – était au courant de cette réunion, il espérait ne pas avoir à s'inquiéter d'une fuite, mais il n'était pas question de courir le moindre risque.

Ali avait répondu aux quelques questions qu'il lui

avait posées juste après leur départ, mais, à part cela, elle n'avait pas ouvert la bouche. Il était allé trop loin la veille. Qu'il en ait éprouvé d'amers remords aussitôt après n'y changeait rien puisqu'il avait finalement décidé de ne pas lui présenter d'excuses. Dans quarante-huit heures, sa mission prendrait fin. Il réussirait bien à tenir sa langue pendant deux jours.

Aussitôt après avoir fait la réservation, il avait reçu la couleur et la marque du véhicule ainsi qu'une photo du chauffeur, si bien qu'il repéra immédiatement la berline beige lorsqu'elle entra dans le parking. Il attendit que le conducteur ait dépassé leur SUV avant de sortir. Comme il roulait à petite vitesse, Jax eut le temps de l'identifier.

— C'est notre taxi. Ne sors pas tant que je ne t'ai pas ouvert.

Il descendit de voiture et contourna le capot avant de se poster près de la portière passager. Il inspecta les alentours puis ouvrit la portière, et elle émergea. Il verrouilla le SUV et fit signe au chauffeur du Uber.

Une fois dans la berline, Jax s'inclina en avant et annonça :

— Il y a un changement concernant notre destination.

Dans le rétroviseur, Jax vit le conducteur lever un sourcil interrogateur.

— Nous allons finalement au Estes Kefauver Federal Building, entrée côté Ninth Avenue, poursuivit-il en détaillant l'homme qui pouvait avoir une cinquantaine d'années.

Le chauffeur haussa les épaules.

— Pas de problème.

Ils n'auraient eu que quelques centaines de mètres à parcourir à pied, mais ce n'aurait pas été prudent. Ils devaient maintenir un semblant de couverture jusqu'à leur entrée dans le bâtiment.

Comme ils approchaient, Jax balaya la rue du regard dans les deux directions, scruta les piétons sur les trottoirs.

Il s'assura qu'aucun véhicule ne faisait mine de ralentir ou de s'arrêter près de l'endroit où ils devaient quitter le taxi. Tout ce qu'ils auraient à faire, c'était de mettre pied à terre côté passager et de combler les quatre mètres cinquante de trottoir qui les séparaient de la porte d'entrée.

Lorsque la voiture ralentit, le chauffeur demanda :

— Voulez-vous que je rectifie votre reçu ?

— Non, c'est inutile, merci.

Jax ouvrit la portière et descendit le premier.

Il inspecta la chaussée, les trottoirs une nouvelle fois puis fit signe à Ali de descendre. Lorsqu'elle fut sortie aussi, il claqua la portière et l'entraîna rapidement avec lui vers l'entrée.

Le poste de sécurité franchi, il se détendit. Ils devaient monter au troisième étage. Ali l'arrêta d'une main sur l'avant-bras avant qu'ils n'atteignent les ascenseurs.

— Je voudrais aller aux toilettes.

Il acquiesça d'un bref hochement de tête.

Un petit couloir s'ouvrant sur la droite du hall d'entrée y conduisait. Il la stoppa comme elle s'apprêtait à entrer dans celles réservées aux femmes.

— Il faut que j'inspecte d'abord les lieux.

Elle ouvrit la bouche pour protester mais y renonça et secoua la tête, un peu agacée par cet excès de zèle.

La gardant près de lui, il poussa la porte et lança :

— Il y a quelqu'un ici ?

Il attendit quelques secondes et, comme aucune réponse ne venait, il entra avec elle et regarda les lavabos et l'alignement de portes fermées.

— Tu sais que tu n'es pas censé entrer dans les toilettes pour dames, observa-t-elle.

Il éleva une main.

— Sitôt que j'aurai vérifié qu'il n'y a personne derrière ces portes, je ressortirai t'attendre à l'extérieur.

Une par une, il poussa les portes, puis il promena une dernière fois les yeux autour de lui. Personne.

— C'est bon. Je t'attends au-dehors.

Elle hocha la tête et le suivit du regard tandis qu'il ressortait. Il se posta devant la porte pour s'assurer que personne ne puisse entrer tant qu'Ali n'en avait pas réémergé.

Une fois la guérite de sécurité franchie, il avait remarqué qu'elle était un peu pâle. Elle était plus nerveuse qu'elle ne voulait bien le montrer. Ce qui était parfaitement compréhensible.

Elle portait un jean, comme tous les autres jours depuis qu'il était arrivé, mais, aujourd'hui, elle avait revêtu un pull rose au lieu de son habituel sweat-shirt confortable. Cette couleur la faisait paraître plus vulnérable encore, étrangement. Il doutait qu'elle l'ait choisie en connaissance de cause. Sa garde-robe était limitée au strict nécessaire, mais il avait aperçu une veste et une jupe noires sous une housse en plastique. En prévision du procès, supposait-il.

Il déplaça son poids d'un pied sur l'autre et se demanda pourquoi elle mettait si longtemps. Juste au moment où il s'apprêtait à tirer le battant pour contrôler que tout allait bien, celui-ci pivota avec un *whoosh* feutré de l'amortisseur hydraulique.

Ils poursuivirent leur chemin jusqu'aux ascenseurs. Il se plaça devant elle comme les portes de l'un d'eux coulissaient. Deux personnes en sortirent et, lorsqu'il se fut assuré que la cabine était vide, ils s'engouffrèrent à l'intérieur. Il sélectionna l'étage en espérant que l'ascenseur ne s'arrêterait pas avant.

Quand la cabine tinta pour annoncer l'arrivée au troisième, Ali le regarda.

— Est-ce que tu seras dans la pièce, toi aussi ?

— Seulement le temps que tu t'installes. Ensuite, j'aurai une ou deux choses à voir de l'autre côté du couloir. Mais je ne serai qu'à quelques mètres.

Elle hocha la tête, l'air clairement soulagée.

Le procureur Knowles et son assistant les attendaient dans la salle de conférences, flanqués de Tom Phillips, un autre *marshal* en poste à Nashville, et des agents spéciaux du FBI Willis et Kurtz. Jax les connaissait tous bien.

Une fois les présentations effectuées, la téléconférence commença. Sitôt que l'avocat d'Ali et le procureur d'Atlanta furent en ligne, Jax s'éclipsa et sortit dans le hall. L'agent Kurtz le suivit. Il avait accepté de préparer le dossier ainsi que la vidéo de la déposition d'Ali afin que Jax puisse les consulter.

— Content de vous voir, Stevens, dit Kurtz en ouvrant l'ordinateur portable. Comment va Holloway ?

— Mieux, répondit Jax. Il se rétablit, mais il ne va pas reprendre du service tout de suite.

— J'imagine, commenta Kurtz en faisant la grimace avant de pointer le doigt vers l'écran.

— Toutes les pièces relatives au dossier sont dans ce fichier. L'enregistrement vidéo se trouve dans celui-ci. Je serai juste en face si jamais vous avez besoin de quoi que ce soit.

Jax le remercia avant de porter son attention sur l'écran. La pièce était une petite salle de réunion destinée à conduire des discussions en aparté si le besoin s'en faisait sentir au cours d'une réunion regroupant un plus grand nombre de personnes de l'autre côté du couloir.

Il passa d'abord rapidement en revue les diverses pièces du dossier. Il s'agissait pour la plupart d'entre elles de documents compilant tous les éléments accumulés au fil des décennies concernant les soupçons d'activités illégales de la famille Armone. Page après page, il lut le récit décrivant comment Ali avait rencontré Harrison Armone puis s'était mariée avec lui. Il n'avait pas eu connaissance de tous les détails, à l'époque, comme le fait qu'Armone l'avait bousculée en la croisant dans un couloir de l'entreprise pour laquelle elle travaillait puis était venu la voir tous les jours dans son bureau jusqu'à ce qu'elle accepte de dîner avec lui.

Les termes employés le remplirent de dégoût. Il ne

pouvait s'empêcher de visualiser ce salaud posant la main sur elle. Il ferma les yeux et secoua la tête. S'il ne s'était pas agi de tout autre chose, il aurait pensé qu'il était simplement jaloux de lire des lignes concernant la vie d'Ali auprès d'un autre homme.

Non. Ce n'était pas du tout ça.

C'était… bien différent, même s'il n'arrivait pas à mettre un mot dessus pour le définir.

Il continua à parcourir le récit de sa première année de conte de fées. Les voyages, les bijoux hors de prix, les achats dispendieux. La maison qui s'apparentait à un château.

Il s'éclaircit la gorge pour dissiper la boule qui l'enserrait.

Puis, un jour, une collègue, bénévole comme Ali, lui avait posé la question qui avait tout changé.

« Vous êtes mariée à Harrison Armone ? »

Ce jour-là lui avait dessillé les yeux.

Sa première erreur avait été d'aborder le sujet avec son mari.

Les preuves avaient commencé à s'accumuler, la terreur, à grandir jusqu'à ce qu'elle ne puisse plus faire semblant. Elle avait essayé, mais Armone avait senti le changement qui s'était opéré en elle… Il l'avait lu dans ses yeux… L'avait senti lorsqu'il la touchait.

Le conte de fées était fini.

« À partir de là, je suis devenue sa prisonnière. »

La formulation stupéfia Jax. Il la relut par trois fois avant de continuer.

Le fichier faisait ensuite référence à l'enregistrement vidéo de sa déposition. C'était une procédure standard. Pour les besoins du procès devant jury, il valait toujours mieux être en mesure de produire un témoin en chair et en os mais, pour le cas où un problème surviendrait, un enregistrement vidéo pouvait s'avérer précieux.

Jax ferma le fichier et passa à celui qui contenait la vidéo. Il double-cliqua sur l'icône datée d'un peu plus de neuf mois plus tôt et attendit. L'écran noir fit bientôt place au visage d'Ali. L'enquêteur lui demanda de décliner son identité ainsi que quelques autres informations personnelles, ce qu'elle fit. Il était impressionné par le calme qu'elle affichait et la force qui semblait se dégager d'elle tandis qu'elle parlait. Elle se lança dans un long récit qui reprenait en gros ce qu'il avait déjà lu dans le document.

Il s'étira le dos et changea de position. Son corps lui paraissait aussi raide que s'il avait été assis là depuis des heures alors que cela faisait à peine plus de trente minutes.

— Comment M. Armone s'y prenait-il pour vous garder prisonnière ? interrogea l'enquêteur. Vous enfermait-il dans une pièce ? Étiez-vous entravée d'une façon ou d'une autre ? Le jury aura besoin de comprendre pourquoi vous avez continué à vivre auprès d'un homme comme Armone et pourquoi vous n'avez pas parlé plus tôt.

Jax aussi aurait vraiment aimé comprendre.

La poitrine d'Ali se souleva. Elle s'humecta les lèvres.

— Il me disait ce qu'il me ferait si je tentais de le quitter.

— Et que menaçait-il de faire ?

Nouvelle profonde inspiration, comme s'il lui en coûtait de poursuivre.

— Il disait qu'il me tuerait et qu'il disséminerait les morceaux de mon corps aux quatre coins de la ville.

Les épaules de Jax se crispèrent.

— Et qu'est-ce qui vous portait à croire que sa menace était fondée ? L'aviez-vous vu tuer quelqu'un ?

Elle se borna à secouer la tête.

— Il faut que vous répondiez à haute voix, madame, lui rappela l'enquêteur.

— Non… À ce moment-là, pas encore. J'avais entendu des bribes de conversations téléphoniques parlant de « s'occuper de la situation » et « d'éliminer le problème ». Mais il faisait toujours très attention à ce qu'il disait, par téléphone. Ce sont des discussions que j'ai surprises entre lui et son père qui m'ont convaincue de ce dont il était capable. Ils avaient l'habitude de boire un verre tout en fumant le cigare une fois par semaine dans ma – dans le bureau de Harrison. J'avais commencé à guetter toutes les occasions d'écouter ce qui se disait.

— Et avez-vous entendu quelque chose de précis ?

Elle se mit à lister des noms et des dates de « questions réglées » et de « problèmes éliminés ».

Jax n'eut pas besoin de se reporter aux documents pour établir la correspondance entre ces dates et celles auxquelles des changements de pouvoir majeurs étaient intervenus dans le milieu du crime. Il y avait eu une soudaine hausse du nombre d'homicides. De nouveaux dirigeants avaient repris les rênes au sein de l'entreprise Armone.

L'enquêteur fit référence à un document qui serait versé au dossier. Il consistait en un calendrier présentant les homicides qui avaient été perpétrés en regard des dates qu'elle avait mentionnées.

— Vous réunissiez ces preuves dans une intention précise ? demanda l'enquêteur.

— Oui. Je voulais pouvoir fournir le plus de renseignements possible au FBI pour qu'ils puissent les arrêter, lui et son père.

— De nouveau, je répète ma question, comment s'y est-il pris pour vous empêcher de partir pendant si longtemps ?

Elle cligna des paupières, détourna le regard de la caméra l'espace d'un moment avant de répondre. Jax vit ses yeux, y lut la peur mêlée à quelque chose qui ressemblait à une farouche détermination.

— Au début, quand il n'était pas à la maison, j'étais obligée de rester une partie de la journée, menottée dans ma chambre. Quand j'étais autorisée à quitter la pièce, l'un de ses hommes me suivait pas à pas. Absolument partout. À la salle de bains, quand j'allais prendre ma douche. Chez le dentiste, faire des courses. Partout, j'étais escortée. Je n'étais pas un seul instant hors de sa vue. Jamais.

— Mais vous avez tenté de vous échapper, non ?

Elle acquiesça d'un hochement de tête.

— Une fois, avec le premier garde, Tate. Je n'ai jamais su si c'était son prénom ou son nom.

Elle garda le regard rivé sur ses mains pendant quelques instants.

— Harrison avait prévu un grand dîner. Je lui avais dit que j'avais besoin d'aller au centre de soins et spa pour me faire coiffer et manucurer. Il avait ordonné à Tate de m'y conduire et de m'emmener acheter une tenue pour la soirée. Au spa, quand je suis allée au vestiaire pour enfiler un peignoir, Tate, exceptionnellement, ne m'a pas emboîté le pas. Il venait de recevoir un appel, et j'ai profité de ce que son attention était distraite…

— Qu'avez-vous fait ?

— J'ai pris mes jambes à mon cou pour m'enfuir par une porte de service.

Elle contempla de nouveau ses mains.

— Mais il vous a retrouvée.

— Tate m'a rattrapée, oui. Il m'a ramenée à la maison et a prévenu Harrison. Il est rentré sur-le-champ à la maison. J'étais terrifiée.

— Que s'est-il passé ?

Elle releva la tête et planta son regard, face caméra.

— Il a abattu Tate sous mes yeux et il m'a dit que j'étais responsable de sa mort.

Elle déglutit avec peine.

— Et puis, à partir de là… les choses sont allées de mal en pis.

— De mal en pis ? Il venait d'exécuter un homme devant vous. Que pourrait-il y avoir de pire ?

Les prunelles d'Ali scintillèrent d'une émotion qu'elle s'efforçait à grand-peine de contenir.

— Il y a pire que la mort, déclara-t-elle d'une voix sans timbre avant de baisser les paupières pendant un moment.

— Le jury aura besoin de savoir ce que cela signifie, madame Armone.

Les entrailles de Jax se nouèrent en entendant l'enquêteur la désigner par ce patronyme. Il se passa une main sur la nuque. La sueur perlait sur sa peau.

— Il m'a infligé une sévère punition pour l'avoir obligé à tuer un vieil ami.

Jax s'écarta de l'écran, reculant contre le dossier de sa chaise.

— Comment vous a-t-il punie ?

— En m'empêchant de manger. De boire. En me gardant menottée, nue, dans ma chambre pendant des jours d'affilée, dans le noir, avec les volets hermétiquement fermés. Quand il a estimé que j'avais été suffisamment châtiée pour avoir tenté de m'évader, il m'a retiré les menottes et m'a dit qu'il avait décidé de mettre en place de nouvelles règles.

Un long silence ponctua ses paroles. Beaucoup trop long. Tous les muscles de Jax étaient tendus à craquer désormais.

— Il me dirait comment m'habiller. Comment me coiffer. Tout. Comment marcher, aussi. Quand parler. Quand manger. Si je commettais la moindre erreur, il…

Elle considéra une nouvelle fois ses mains.

— Il… me torturerait.

Ces trois mots firent à Jax l'effet d'un coup de poignard en pleine poitrine. Il avait envie de bondir de son siège. De couper le son de cet ordinateur. Mais il devait écouter jusqu'au bout ce témoignage glaçant. Il devait savoir le reste. Tout le reste.

— Par la suite, il s'est parfois servi d'un fouet en cuir. Le nombre de coups que je recevais était fonction de la gravité du faux pas que j'avais commis. Si j'avais dit quelque chose que je n'aurais pas dû… Si j'avais choisi le mauvais parfum…

Elle s'interrompit un instant, serrant ses mains sur ses genoux, puis reprit :

— Au cours des deux années qui ont suivi, j'ai eu une luxation de l'épaule. Une fracture du bras. Deux commotions cérébrales et toutes sortes de brûlures.

Son souffle se bloqua, mais elle réussit à maîtriser son émotion.

— Et il recourait aussi à d'autres méthodes plus… intimes pour me faire souffrir… toujours en fonction de l'infraction au règlement dont je m'étais rendue coupable.

Jax contemplait le visage d'Ali sur l'écran. Il avait du mal à respirer. La sensation d'oppression était presque insupportable. Pourquoi, mais pourquoi ne lui avait-elle donc rien dit de tout cela ?

Pourquoi diable Holloway avait-il gardé le secret lui aussi ?

— Avez-vous reçu des soins médicaux ?

— Son médecin personnel venait à domicile et soignait mes blessures.

Une larme solitaire déborda de sa paupière inférieure, resta un instant accrochée à la frange de cils avant de rouler le long de sa joue.

— Ça a été une période extrêmement douloureuse pour vous.

— Oui.

Son visage se crispa comme si elle se retenait de craquer.

— Mais je n'ai jamais versé une larme.

Elle secoua la tête.

— J'aurais préféré mourir plutôt que de lui offrir le spectacle de ma souffrance. Il m'avait déjà tout pris : mon amour-propre, mes espoirs, mes rêves…

— Le 2 mai de l'année dernière, vous avez été témoin d'une ultime mise en scène. Pouvez-vous décrire l'événement pour le jury ?

— Mon beau-père, Harrison Sr, était venu pour sa visite hebdomadaire. Lui et Harrison sont allés dans le bureau pour y prendre leur scotch et leur cigare habituels. J'ai remarqué une tension particulière entre eux deux.

— Y avait-il quelqu'un d'autre dans la maison ?

— Il y avait toujours quelqu'un. Mais Harrison les avait envoyés à l'extérieur. Lui et son père préféraient se rencontrer en toute intimité.

— Ce que vous avez entendu ce soir-là différait-il des autres conversations que vous aviez entendues ?

— Je n'ai pas eu à tendre l'oreille cette fois. M. Armone père m'a demandé de me joindre à eux. Il m'a dit de me tenir près de la fenêtre afin qu'il puisse me voir pendant que Harrison et lui discutaient. J'étais très mal à l'aise. Harrison s'est contenté de rire. Je suppose qu'il avait dû se vanter auprès de son père de la façon dont il me corrigeait.

Elle marqua une pause pour reprendre son souffle.

— M. Armone, tout à coup, a annoncé qu'il savait très bien ce que Harrison faisait – qu'il essayait de prendre le pouvoir dans son dos. Harrison a nié. Il s'est levé et s'est mis à marcher de long en large en fulminant et en criant que quelqu'un, un traître, s'efforçait de semer la zizanie entre eux. M. Armone père lui a commandé de s'asseoir. Harrison a obéi. Puis, M. Armone a commencé à tourner autour de lui, comme s'il réfléchissait à ce qu'il allait dire d'autre. Et, tout à coup, il s'est arrêté derrière lui, a sorti un pistolet de sa poche et lui a tiré une balle dans la nuque. Harrison est tombé en avant.

— Qu'avez-vous fait ?

— Rien.

Elle cligna des yeux.

— Je suis restée là où il m'avait dit de me tenir.

Jax était tellement horrifié par le récit qu'il entendait qu'il repoussa sa chaise et se leva, sa main cherchant un point d'appui.

— Qu'est-il arrivé ensuite ?

— M. Armone m'a regardée et m'a dit que, maintenant, j'étais à lui.

Cette fois, Jax n'y tint plus. Il appuya sur « Pause », l'estomac prêt à se retourner. Comme si cela avait pu changer quoi que ce soit au récit sordide qu'il venait d'entendre…

Il contempla le visage d'Ali figé sur l'écran… son teint pâle, ses yeux bleus si las.

Il s'était trompé. Complètement trompé.

Mais une chose était certaine désormais, c'était que cette ordure ne remettrait plus jamais la main sur elle.

S'il tentait de le faire, il trouverait Jax sur son chemin.

9

— Tout s'est bien passé ?

Jax posa la question même s'il savait déjà que c'était le cas. Il avait assisté aux quinze dernières minutes de l'entretien. Ali s'était exprimée d'une voix forte et calme. Les procureurs avaient paru satisfaits et rassurés. Elle était prête à comparaître.

Leur sortie du bâtiment s'était effectuée selon les mêmes modalités que leur entrée. Jax avait pris la précaution de faire faire trois fois le tour du parking au chauffeur de taxi avant de lui demander de les déposer devant son SUV. Pendant qu'ils tournaient dans le parking, il avait minutieusement examiné les alentours ainsi que son propre véhicule. Quand le Uber s'était éloigné, il avait inspecté le SUV avant d'ouvrir la portière pour y faire monter Ali.

Pendant les premiers soixante-quinze kilomètres du trajet de retour, ils étaient tous deux restés silencieux. Il savait que, s'il ouvrait la bouche, il en dirait trop. Les choses qu'il avait entendues… les mots qu'elle avait employés dans cette vidéo l'avaient dévasté. Une terrible culpabilité pesait désormais sur ses épaules. Il était entièrement responsable de tout ce qui lui était arrivé. S'il n'était pas parti… S'il avait été là, elle ne serait jamais allée à Atlanta et n'aurait jamais croisé la route de ce fumier.

Mais voilà. Il n'était pas resté. Il l'avait laissée seule. Il n'était même pas revenu lorsqu'il avait appris la mort de son père. Il n'avait appris sa mort que plusieurs jours après les obsèques. Pourquoi n'était-il pas au moins revenu à ce moment-là ? Rien ne la retenait plus en Géorgie.

Par fierté, tout bonnement. Il l'avait pratiquement suppliée de partir avec lui dix ans plus tôt, et elle avait dit non. Il ne réitérerait pas sa demande, s'était-il dit. Cette fois, la décision était entre ses mains et c'était à elle de la prendre – seule. Quel imbécile il avait été ! Il aurait dû comprendre qu'elle était bouleversée par la perte de son père. Qu'elle devait se sentir submergée par tout ce qu'il y avait à faire : régler les affaires de son père, vendre la ferme. Il aurait dû revenir, la soutenir. Si, à ce moment-là, elle ne lui avait pas fait comprendre qu'elle voulait leur donner une deuxième chance, il aurait su à quoi s'en tenir. Mais au moins aurait-il fait ce qu'il fallait.

Il était trop tard pour rattraper ses erreurs passées maintenant.

Sa fierté l'avait empêché de se manifester puis, avec le temps et la distance, la douleur avait fini par s'estomper.

— Oui, acquiesça-t-elle pour répondre à la question qu'il lui avait posée. C'était à peu près la même chose que la dernière téléconférence. Rien de bien nouveau.

— Bien. Tant mieux.

Il serra les dents avant que les mots qu'il retenait ne franchissent tout seuls ses lèvres. S'il s'était déclaré désolé, elle lui aurait demandé pourquoi et il aurait dû fournir une explication. Or, tout ce qu'il pouvait dire la conduirait obligatoirement à comprendre qu'il avait vu la vidéo. Il était à la torture, pris à son propre piège. Il était au courant de tout, mais il ne pouvait pas le lui avouer. Elle se serait sentie humiliée et trahie. Et il ne voulait pas ajouter encore à sa souffrance.

Il aurait volontiers étranglé Armone Jr de ses propres mains si son père ne s'en était pas déjà chargé. Son estomac se contracta à l'idée proprement ignoble de cet homme tuant son propre fils pour annoncer dans la foulée à sa jeune veuve que, désormais, elle lui appartenait.

— Tu veux qu'on s'arrête pour manger ?

Il n'avait pas eu l'intention de faire halte, mais il était certain qu'ils n'étaient pas suivis. Il avait emprunté un itinéraire différent de celui de l'aller, mais toujours sur des petites routes peu fréquentées.

— Pas vraiment. J'ai juste envie de rentrer retrouver Bob, répondit-elle en se tournant vers lui pour lui jeter un bref regard. Si ça ne t'ennuie pas…

— Aucun problème. On devrait atteindre Huntland d'ici à une demi-heure.

Le silence retomba dans l'habitacle. Il n'essaya pas de relancer la conversation. Peut-être plus tard…

Il devait trouver un moyen de dire tout ce qui lui pesait sur le cœur. Il lui devait des excuses. Il tenait à ce qu'elle comprenne qu'il n'avait pas voulu…

Quoi ?

L'abandonner seule, sans défense ? Se comporter comme un lâche ?

Le vrai problème était là. Il lui avait gardé rancune de ne pas lui avoir donné la priorité sur tout le reste alors qu'il savait pertinemment qu'elle n'aurait jamais pu déserter la maison en laissant son père. Il avait été lâche. Elle avait été toute sa vie. Elle avait occupé toutes ses pensées. Ils avaient été si jeunes…

Il avait eu besoin de temps.

Seulement il en avait laissé passer beaucoup trop.

Il était incontestablement trop tard pour se racheter désormais.

Ali éprouva du soulagement lorsqu'ils entamèrent l'ascension de la minuscule route accrochée à la montagne. Ce n'était pas vraiment une route, en vérité. Plutôt une piste extrêmement étroite qui n'en finissait de monter, monter. La neige avait à présent disparu, mais le soleil déclinait sur l'horizon et la température chutait. La piste de terre plus ou moins gravillonnée par endroits devait devenir franchement périlleuse, recouverte de verglas. Avec ce ravin qui la bordait, le moindre dérapage pouvait être fatal.

Lorsqu'ils atteignirent le sommet, la maison apparut. Même s'il faisait encore jour, la grisaille uniforme du ciel crépusculaire était annonciatrice d'une nouvelle chute de neige. Pendant les dernières minutes du trajet, incapable de supporter plus longtemps ce lourd silence, elle avait allumé la radio et le bulletin météorologique, à la fin du journal, avait effectivement indiqué de légères chutes de neige dans le secteur – sans doute pas plus de deux ou trois centimètres, avait précisé le présentateur.

Jax se gara et sortit, verrouillant le véhicule avec elle à l'intérieur, le temps de s'assurer que tout allait bien à la maison. Selon le protocole habituel, elle attendit sagement pendant qu'il procédait à son inspection. Il testa d'abord la porte d'entrée puis longea la façade pour faire le tour complet du chalet. Une fois cette vérification accomplie, il la laisserait sortir.

Elle contempla les bois. Il ferait bientôt nuit. La journée avait été longue. Elle n'aimait pas revenir encore et encore sur les horreurs des cinq dernières années, mais c'était inévitable si elle voulait que son témoignage se déroule au mieux et fasse forte impression sur le jury. Ce n'était pas comme si elle risquait d'oublier une seconde de ce cauchemar interminable… – dût-elle vivre mille ans !

Un mouvement près de la portière passager la fit sursauter violemment.

Jax.

Elle porta une main à sa gorge, le cœur battant à tout rompre.

— Baisse-toi, commanda-t-il d'un ton pressant depuis l'autre côté de la vitre. Reste cachée tant que je ne t'ai pas dit de sortir.

La peur fit redoubler d'un coup le tambourinement de

son cœur tandis qu'elle se contorsionnait pour se faire toute petite, sous le tableau de bord.

Un œil rivé sur la vitre de la portière, elle s'efforça de respirer lentement. L'idée qu'à tout instant un coup de feu pouvait déchirer l'air lui traversa l'esprit. Jax serait peut-être abattu. Et elle serait la suivante sur la liste.

Et Bob ? Qu'était-il arrivé à Bob ?

Au bout d'un temps qui lui parut être une éternité mais devait en réalité n'avoir duré que quelques minutes, Jax apparut enfin à la portière. Cette fois, il l'ouvrit et lui tendit la main pour l'aider à s'extirper de sa cachette.

— Qu'est-ce qui s'est passé ? questionna-t-elle, luttant pour se frayer un passage entre le siège et le tableau de bord.

— J'ai trouvé la porte de derrière grande ouverte.

La peur qui l'avait assaillie se propagea derechef en elle telle une onde malfaisante.

— Où est Bob ?

— Il n'est pas à l'intérieur.

Ali se précipita vers la maison, appelant le chien malgré ce que venait de lui apprendre Jax. Elle gravit l'escalier quatre à quatre, vérifia dans les chambres.

Pas de Bob.

Jax l'attendait au pied des marches.

— Il faut qu'on le retrouve, décréta-t-elle en secouant la tête. Je ne vois pas pourquoi quelqu'un se serait introduit dans la maison pour l'emmener ?

Le regard de Jax fut suffisamment éloquent pour qu'il n'ait pas besoin de prononcer un mot.

— Non, dit-elle d'une voix blanche en secouant de nouveau la tête.

— Ne sautons pas aux conclusions trop vite. On n'en est pas là, répondit-il doucement, plus doucement qu'il ne s'était adressé à elle depuis qu'il avait reparu dans sa vie. J'ai examiné le loquet. Il a du jeu, de l'intérieur. Donc, ce n'était peut-être pas un intrus. Je l'ai fermée et ouverte plusieurs fois d'affilée. Si le loquet n'est pas bien enclenché, elle ne se ferme pas. Bob l'a peut-être fait sauter en heurtant la porte. Il se peut que les cloisons du chalet aient bougé ; ça expliquerait que la porte ne s'emboîte plus parfaitement dans le chambranle.

Joignant le geste à la parole, il tira la porte. Le battant, en apparence fermé, se rouvrit d'une simple pichenette comme le loquet n'était pas totalement engagé dans le pêne dormant.

Le pouls d'Ali ralentit un peu son martèlement effréné.

— Si c'est ça, il doit être en train d'errer dans les bois par ici.

Elle sonda son regard.

— Il est peut-être perdu. Il va faire froid cette nuit. Il faut qu'on le retrouve.

— On va partir à sa recherche. Je vais prendre ma lampe de poche dans le SUV pour que nous ne fassions surprendre par la nuit si on tarde à le localiser.

— Merci.

Elle se demanda pourquoi il semblait être devenu subitement si accommodant… si gentil. Mais peu importait du moment qu'il acceptait de l'aider à retrouver Bob.

Ils firent le tour de la propriété, élargissant le périmètre au fur et à mesure, tout en appelant le chien.

La troisième ou quatrième fois, ils obtinrent une réponse, lointaine. Mais c'était bien Bob qui aboyait.

Ali promena son regard sur la ligne d'arbres.

— Ça vient d'où ?

Ils se remirent à l'appeler pour l'inciter à se faire entendre encore.

— Par là, dit Jax en pivotant soudainement sur lui-même pour se diriger sur le côté de la maison, la partie du terrain qui dominait la vallée.

Le cœur d'Ali sauta un battement. S'il s'était égaré de ce côté-là…

Les aboiements se firent plus distincts et plus forts.

Jax appela de nouveau, et Bob aboya comme s'il

comprenait qu'ils avaient besoin de se guider au son de sa voix.

Seigneur, faites qu'il aille bien.

Le froid traversait ses vêtements et lui glaçait les os. Elle avait les doigts engourdis, mais elle s'en moquait. Ils devaient le retrouver.

Parvenue au bord du ravin, Ali s'arrêta et balaya du regard la pénombre qui engloutissait la pente boisée.

L'aboiement était plus enthousiaste désormais. Il n'était pas loin et il savait qu'ils se rapprochaient de lui.

— Bob ? Où es-tu, mon vieux ?

— Je ne le vois pas, grommela Jax, promenant le faisceau de sa lampe sur les arbres, au-dessous d'eux.

— Je vais descendre, annonça-t-elle, tenaillée par l'inquiétude.

C'était la seule façon de le trouver. De toute évidence, il devait être coincé quelque part et ne pouvait pas remonter. Peut-être était-il blessé… Sinon, il aurait couru à leur rencontre.

— Tu ne bouges pas d'ici, ordonna Jax. C'est moi qui vais descendre.

Il retira l'arme de son holster d'épaule et la lui tendit, canon en avant.

— N'hésite pas à t'en servir, si nécessaire. Holloway m'a dit que tu étais bonne tireuse.

Ali confirma d'un hochement de tête. Elle aurait été incapable de prononcer une parole tant son appréhension était grande. Elle se retourna une bonne demi-douzaine de fois pour scruter la lisière des bois, derrière elle, tandis que Jax disparaissait le long de la pente raide, avalé par la végétation. Les aboiements de Bob se firent frénétiques.

Elle commençait à grelotter de froid et, peut-être aussi, de peur. Ce devait être l'adrénaline…

Finalement, elle entendit Jax qui remontait.

Même dans l'obscurité de plus en plus épaisse, elle vit la forme du gros labrador noir dans ses bras. Elle s'avança vers le bord pour aider Jax à reprendre pied sur le terrain plat.

— Il faut qu'on l'emmène chez un vétérinaire, dit-il. Je crois qu'il s'est brisé une patte.

Ali était assise sur la banquette arrière, tenant Bob contre elle, tandis que Jax roulait en direction de Winchester. Il avait téléphoné à Holloway pour le prévenir de leur venue, et tout était organisé. Burt Johnston les attendait dans sa clinique vétérinaire, à Winchester.

— Qu'est-ce qui s'est passé, hein, mon chien ? demanda Ali d'une voix douce en caressant la tête de l'animal et en regrettant de ne pouvoir rien faire pour alléger sa souffrance.

Sa truffe était tiède et sa respiration, rapide et superficielle. Elle se sentait totalement désemparée.

— Je pense qu'il a dû sortir quand la porte s'est ouverte. Peut-être qu'il a vu passer un animal quelconque au-dehors et qu'il s'est lancé à ses trousses. En s'approchant un peu trop du bord, il a dû glisser et se casser la patte en tombant.

Ali serra les dents. L'imaginer en train de rouler le long de la pente lui déchirait le cœur.

— Compte tenu de la chute qu'il a faite, je suis surpris qu'il ne se soit pas blessé plus gravement.

— Est-ce qu'on sera bientôt arrivé ?

Elle n'avait aucune idée de l'endroit où était située la clinique. Où qu'elle soit, le trajet lui semblait beaucoup trop long.

— D'après mon GPS, on y est presque.

Ali continua à s'efforcer de rassurer l'animal et à fredonner à voix basse. Si étrange que cela puisse paraître, il aimait bien qu'elle chante pour lui – comme un enfant. Elle sourit. Elle se demanda si Bob serait à jamais l'unique « enfant » qu'elle aurait eu à choyer. Comment avait-elle pu vivre sa vie entière sans connaître l'amour inconditionnel d'un chien ?

— Nous y voilà, annonça Jax en ralentissant pour tourner sur la droite.

Le soulagement envahit Ali.

— Ça y est, Bob. On est arrivés. Le vétérinaire va s'occuper de toi.

Un homme qui semblait avoir approximativement leur âge vint à leur rencontre dans le parking.

Il ouvrit la portière arrière et tendit lentement le bras pour caresser Bob. Le chien se tendit.

— Doucement, mon garçon, doucement. Tout va bien se passer. On va examiner cette patte.

Il reporta son regard sur Ali puis Jax.

— Je suis Tommy Wright, l'un des assistants de Burt. Venez, conduisons-le à l'intérieur.

Il fallut plusieurs tentatives avant de parvenir à sortir Bob de la voiture et à le transférer dans les bras du vétérinaire.

— Comment s'appelle-t-il ?

— Bob. Et je suis Al… Alice Stewart. Il a quatre ans et, à ma connaissance, il est en bonne santé. J'espère que sa blessure n'est pas trop sérieuse. Il est tombé d'assez haut.

Tenant la porte ouverte pour le vétérinaire, Jax déclara :

— Environ deux mètres cinquante.

Lorsque Tommy fut entré, Ali lui emboîta le pas. Jax referma la porte. Elle entendit le clic du verrouillage automatique.

— Alors, voyons un peu ce qu'a notre ami, dit un homme plus âgé, de haute taille, comme ils entraient dans ce qui ressemblait à une salle d'opération.

Tommy lui répéta ce qu'Ali et Jax lui avaient expliqué.

— Je suis Burt, au fait, se présenta l'homme en jetant un coup d'œil à Ali, souriant. Meilleur véto du coin et, accessoirement, coroner du comté.

Malgré l'inquiétude qui l'étreignait, Ali sentit un sourire incurver ses lèvres. Burt Johnston devait avoir soixante-quinze ans, au bas mot. Son air débonnaire et même un tantinet charmeur lui plut d'emblée. Elle se félicita d'être tombée sur quelqu'un comme lui.

— Allez donc vous asseoir dans le corridor pendant que nous nous occupons de notre ami Bob.

Même si cela lui coûtait d'abandonner Bob, Ali ne discuta pas et sortit, suivie de Jax. Ils prirent place côte à côte sur les sièges en plastique rouge alignés le long du mur. Quelques minutes s'écoulèrent en silence pendant lesquelles l'attention d'Ali demeura focalisée sur ce qui se passait de l'autre côté de la porte close. Mais, au bout d'un moment, elle la reporta sur Jax, assis à son côté.

— Merci de m'avoir aidée à lui porter secours.

— D'après Holloway, il ne pourrait pas être entre de meilleures mains. Burt a soigné des animaux durant toute sa vie.

Un nouveau sourire étira les lèvres d'Ali.

— Je me demande comment il est devenu coroner.

Jax rit sous cape.

— Je serais bien en peine de te répondre, mais je suis sûr que ce doit être une sacrée histoire.

Elle soupira.

— Ça me manque, tout ça.

Il se tourna vers elle. Elle n'eut pas besoin d'en faire autant – elle sentit la chaleur de son regard sur elle.

— Quoi ? Attendre, assise dans un couloir de clinique plein de courants d'air, avec moi ?

Elle sourit de nouveau malgré elle.

— Non. Je veux dire, le mode de vie d'une petite bourgade de campagne où tout le monde connaît tout le monde, où les gens s'entraident. Je commence seulement à me rendre compte à quel point tout cela me manque – ce côté familial.

— Oui, je vois très bien ce que tu veux dire, répondit-il.

Elle tourna la tête vers lui, surprise.

— Je croyais que tu ne jurais que par la ville.

Son désir de partir pour Seattle n'avait-il pas tenu, pour

une part aussi, à l'envie de s'immerger dans l'atmosphère trépidante d'une grande ville ?

— Seattle est une ville agréable. Elle offrait l'avantage de me permettre de me rapprocher de ma famille. Comme tu t'en souviens peut-être, ils vivaient à une heure de là dans une petite bourgade du genre de Winchester.

— Oui…

Elle avait failli prétendre l'avoir oublié, mais ça aurait été un mensonge. Elle gardait un souvenir très précis de sa famille.

— Et pourquoi es-tu venu à Nashville ?

Elle n'aurait pas dû lui poser des questions personnelles, d'autant plus qu'elle n'avait nulle envie de le voir lui retourner la pareille, mais la question avait franchi ses lèvres toute seule.

Il avait été tellement déterminé à rentrer à Seattle dix ans plus tôt. Pourquoi ce soudain revirement ?

Il haussa les épaules.

— C'était pour les besoins de ma carrière. Je ne resterai pas ici longtemps. Peut-être encore un an, au maximum. Si tout se passe bien, je rentrerai à Seattle avec l'expérience qu'il me fallait acquérir pour pouvoir briguer un poste de supervision. Si les choses évoluent comme je l'espère, c'est probablement là-bas que se déroulera le reste de ma carrière.

— Oh.

Ce fut ce seul monosyllabe qu'elle réussit à formuler. Il avait tout prévu, sur le long terme.

— Et toi ?

— Moi, pour l'instant, je ne pense pas au-delà de jeudi. Ensuite, il sera bien temps de réfléchir à l'avenir.

Ils se turent de nouveau tous les deux, regardant droit devant eux. L'envie de demander à Jax s'il avait quelqu'un à Nashville – ou dans sa région natale – la tenaillait…

Mais non. Elle s'interdisait d'aller jusque-là.

— Tu pourras repartir de zéro, tu sais. Tirer un trait sur tout ça.

Elle sentait ses yeux posés sur elle, attendant qu'elle tourne la tête, mais elle ne pouvait pas croiser son regard.

— Tu n'auras plus jamais à regarder en arrière, Ali.

Soudain, la porte de la salle d'opération s'ouvrit. Elle se leva d'un bond. Pour l'heure, l'important, c'était que tout rentre dans l'ordre pour Bob. Ensuite, ma foi... On verrait.

— Alors ? Il va bien ? Il va s'en sortir ?

Burt hocha la tête.

— Oui, oui, ne vous inquiétez pas. C'est un solide gaillard. Mais on va le garder cette nuit en observation, histoire de nous assurer que nous ne sommes pas passés à côté d'un autre traumatisme compte tenu du plongeon qu'il a fait. Vous pourrez passer le chercher demain, en fin d'après-midi.

Ali hésita un instant. Demain après-midi, elle serait à Atlanta, en train de se préparer en vue du procès.

— Le problème, c'est que nous devons nous absenter impérativement pendant quelques jours, expliqua Jax. Est-ce qu'il vous serait possible de le garder jusqu'à notre retour ?

Elle lança un fugace coup d'œil à Jax. Il croyait dur comme fer qu'elle reviendrait entière d'Atlanta. Tout à coup, son estomac se contracta au point qu'un haut-le-cœur la secoua.

Les nerfs, songea-t-elle à part soi, luttant de son mieux contre la nausée. Mais elle surmonterait tout ça.

— Bien sûr. Nous prendrons bien soin de lui, ne vous en faites pas, répondit l'aimable Burt en la regardant, elle, droit dans les yeux.

— Vous voulez aller lui dire au revoir avant de partir ? Il est encore sous l'effet de l'anesthésie, donc il est un peu vaseux.

— Merci.

Bob ne leva pas la tête lorsqu'elle s'approcha de lui,

mais ses yeux suivirent ses mouvements. Elle lui caressa la tête et murmura à son oreille.

Elle serait bientôt de retour.

D'une façon ou d'une autre.

10

C'était une étrange sensation que de se retrouver totalement seule avec Jax.

Bob avait en quelque sorte fait « tampon » entre eux, tout au moins dans son esprit.

Assise sur le sofa, elle regardait le feu dans la cheminée. Il était tard. Elle aurait dû aller au lit. Demain serait une journée importante. Et le jour suivant, davantage encore.

Mais elle savait qu'elle n'aurait pas réussi à trouver le sommeil. Pas encore.

La question qu'on lui avait posée aujourd'hui serait sans doute celle à laquelle il lui serait le plus difficile de répondre jeudi.

« Pourquoi êtes-vous restée après avoir découvert qui il était réellement ? »

Le choc, l'incrédulité… La peur.

Elle l'avait interrogé après la réaction qu'avait eue sa collègue bénévole. À partir de ce moment-là, tout avait basculé. Il avait su que l'illusion n'opérait plus. Le jeu de dupes était terminé.

« Je savais la vérité – enfin, des fragments de vérité, seulement, au début. »

Compte tenu de l'indépendance qu'avaient désormais conquise les femmes d'aujourd'hui, accomplies, capables de s'affirmer, aucune femme du jury ne comprendrait sa vérité.

Lorsqu'elle était à l'université puis, ensuite, lorsqu'elle

avait commencé à travailler, elle avait entendu des amies proclamer qu'aucun homme, jamais, ne leur dicterait leur conduite. Ali se rappelait avoir été exactement du même avis, tout particulièrement lorsque Jax lui avait brisé le cœur en la quittant.

Mais Harrison n'avait pas été un homme comme les autres. C'était un monstre. Un monstre que son père avait élevé à son image.

Ali avait eu de la chance d'en réchapper vivante.

Si le jury décidait de ne pas croire à son histoire, elle ne pouvait pas les y obliger. Tout ce qui comptait, c'était qu'ils la croient lorsqu'elle accuserait Armone Sr d'avoir abattu l'homme auquel elle avait été mariée.

Rien d'autre n'avait d'importance ; c'était là la clé du procès. Il ne s'agissait pas de se rédimer ni de prouver qu'elle n'était pas complètement stupide, mais de faire tomber cette ordure et de le mettre définitivement hors circuit.

Elle s'aperçut tout à coup que Jax était devant elle. Elle ne l'avait pas entendu approcher.

— Tu devrais manger.

Combien de fois, ces derniers jours, lui avait-il répété cette phrase ? Elle n'était pas une enfant. Elle était capable de décider par elle-même quand se nourrir.

— Si j'avais faim, je mangerais, répliqua-t-elle plus sèchement qu'elle n'en avait eu l'intention.

Il s'accroupit près de la table basse pour pouvoir la regarder en face. Il était trop près… Beaucoup trop près. Elle se renfonça contre les coussins du sofa.

— Jeudi, je serai avec toi dans la salle d'audience, au tribunal, reprit-il patiemment. S'il y a quelque chose dont tu as envie de parler, cela te rendra peut-être les choses plus faciles le jour J.

Elle le regarda. Pourquoi s'inquiétait-il donc tellement de ce qu'elle éprouvait ?

— Je devrai répondre aux questions qui me seront posées

devant tout un auditoire composé de parfaits inconnus. Pourquoi veux-tu que ce soit différent, vis-à-vis de toi ?

Ses paroles firent mouche. Il tiqua.

— Parce que je veux les entendre de ta bouche avant que tu ne les exposes devant des étrangers.

Elle était fatiguée. Lasse de toute cette pompe inhérente à la procédure judiciaire et de toute cette mise en condition à laquelle elle devait se plier en vue du procès. Lasse de vivre sous cloche. Lasse d'être seule.

Quand tout serait terminé, de tous ceux qui étaient concernés par cette affaire, qui se soucierait de ce qu'il adviendrait d'elle ? Personne. Elle se retrouverait livrée à elle-même. La colère flamba en elle. Elle n'était pas considérée comme un être de chair, de sang et de sentiments par tous ces gens qui voulaient tellement détruire les Armone. Elle était juste « le témoin clé ». Une preuve matérielle sur pattes, rien de plus.

Elle fouilla du regard ses yeux sombres. Des yeux dans lesquels elle s'était autrefois perdue avec délice.

— Tu veux connaître tous les détails sordides, la façon dont il me faisait filer droit, c'est ça ? Savoir ce qui m'a empêchée de fuir et de prévenir les autorités plus tôt ?

Il ne répondit pas, se contenta de la contempler avec, au fond des yeux, un océan d'inquiétude et de regret. Oui, du regret. Elle eut envie d'éclater de rire. Que lui regrette tout ce qu'elle avait traversé ? C'était un peu fort. Il n'avait pas idée de ce par quoi elle était passée. Même s'il sentait bien que ça avait été difficile.

— Très bien. Je vais te dire pourquoi je suis restée jusqu'au jour où j'ai vu son père lui tirer une balle dans la tête.

Il déglutit péniblement, puis elle le vit se cuirasser en prévision de la suite.

Ce fut à ce moment-là qu'elle eut la certitude qu'il savait déjà certainement quelque chose.

Peut-être voulait-il qu'elle parle juste pour le plaisir

d'entendre sa confession de sa bouche ? Il n'y avait qu'un moyen de le savoir.

— Au début, il a affecté un garde du corps à ma surveillance permanente. Je n'étais même plus autorisée à entrer seule dans la salle de bains ni à faire un tour dans le parc de la propriété, clos et gardé, sans que mon chaperon personnel ne soit là. La nuit, j'avais une cheville enchaînée au lit.

Elle haussa les épaules.

— Peut-être avait-il peur que je ne le tue pendant son sommeil puis que je m'évade ? En étant attachée, si je lui avais planté un couteau dans le cœur ou si je l'avais assommé à coups de marteau, je me serais retrouvée immobilisée à côté de sa dépouille.

Elle avait bien songé à ces deux méthodes, parmi d'autres, pour se libérer de son joug. Elle ferma les yeux quelques instants. Jamais encore, jusque-là, elle n'avait ne serait-ce qu'imaginé pouvoir faire du mal à un être humain… Dieu merci, ses parents n'étaient plus de ce monde. Ils auraient eu tellement honte que de pareilles pensées aient pu lui traverser l'esprit.

— Combien de temps cela a-t-il duré ?

Il s'exprimait d'un ton trop doux. Elle ne voulait pas de sa pitié. Elle détourna les yeux.

— On était mariés depuis un an et demi quand l'une des autres personnes avec lesquelles je faisais du bénévolat, au centre, m'a demandé si j'étais sa femme. Sa soudaine hostilité à mon égard ne m'a pas échappé. Au fil des semaines qui ont suivi, peu à peu, tous les autres bénévoles ont commencé à m'éviter. J'ai fini par en parler à Harrison et lui demander s'il y avait quelque chose qu'il avait omis de me dire avant notre mariage. Ça a été l'élément déclencheur… Le début de la descente aux enfers.

Jax secoua la tête.

— Comment as-tu pu tenir dans ces conditions ?

Elle eut un petit rire âpre.

— Je te garantis que j'ai souhaité plus d'une fois être morte, mais… ce n'est pas arrivé.

Son esprit se tourna vers le passé, revivant ces jours noirs.

— Une fois, j'ai même demandé à mon garde de m'achever.

Elle ferma les yeux et songea à la mine qu'avait faite Tate en entendant sa supplique. Il avait ri et rétorqué qu'elle devait vouloir sa mort, à lui.

Et, de fait, il avait bien fini par perdre la vie par sa faute.

Elle portait encore le poids de cette culpabilité sur les épaules… sur le cœur.

— Harrison aurait pu me tuer…

Nouveau haussement d'épaules.

— Je n'ai pas saisi tout de suite pourquoi il ne le faisait pas. Mais, petit à petit, j'ai fini par comprendre : il ne voulait pas que je sois morte. Ce qu'il voulait, c'était me punir d'avoir démoli le mirage, la vie rêvée qu'il s'était inventée. Avec moi, il pouvait faire semblant de ne pas être celui qu'il était, se poser en homme d'affaires important et prospère dont l'heureuse épouse occupait son temps à aider les plus démunis – un époux admirable, respecté et adoré de sa moitié. En brisant son rêve, je le privais de cela. Pendant cette première année de mariage, sans le savoir, je l'avais aidé à se fabriquer une vie fictive, différente de celle qu'il menait en réalité.

— Ce qui l'obligeait à admettre qu'il avait commis une erreur.

Elle plongea son regard dans le sien.

— Les hommes n'aiment pas reconnaître qu'ils se sont trompés. Je porte des tas de cicatrices qui le prouvent.

Il baissa la tête et contempla le plancher pour éviter qu'elle ne voie dans son regard l'effet que cette révélation avait sur lui.

Pensait-il qu'on pouvait avoir été privé de sa liberté de

mouvement, privé de toute liberté, pendant plus de trois ans, et en sortir intact ? Comme ça aurait été merveilleux…

Elle n'avait plus envie de continuer.

Les émotions se bousculaient en elle, remontant du tréfonds de sa mémoire où elle s'efforçait de les garder enfouies. Tout ce qu'elle voulait, c'était échapper à ces affreux souvenirs… Alors qu'elle s'apprêtait à ouvrir la bouche pour le lui dire, ce fut lui qui parla.

— J'ai commis une erreur, j'en ai conscience.

Il releva les yeux. Pendant quelques secondes, elle fut incapable de produire un son et ne put que le contempler, fouiller son regard pour tenter de déterminer s'il était sincère.

Puis, d'un seul coup, elle se rendit compte que cela n'avait pas d'importance. Le constat fut si brutal que cela lui coupa presque la respiration. Elle se leva brusquement.

— Eh bien… Voilà, tu sais, bredouilla-t-elle, incapable d'être plus explicite. Je crois que, maintenant, je vais aller me coucher.

Il l'imita, se plantant juste devant elle.

— J'ai commis une erreur, Ali.

Elle ne voulait plus croiser son regard de peur d'y lire ce qu'elle redoutait. Mais, apparemment, l'esprit et le corps ne fonctionnaient pas à l'unisson. Ce fut plus fort qu'elle : elle le regarda.

— Tu l'as déjà dit.

— Je venais juste de m'installer à Seattle quand je m'en suis rendu compte. On était si jeunes, toi et moi… Je me disais qu'on avait tout le temps. Alors, de loin, j'ai suivi ton parcours, ta vie.

À ces mots, elle le contempla, stupéfaite.

— Comment ça, tu « as suivi » ma vie de loin ?

— Je me suis tenu au courant de tout ce qui te concernait. J'avais des amis à Glynco, je leur ai demandé de s'assurer que tout allait bien pour toi. C'est comme ça que j'ai appris que ton père était tombé malade.

Quoi ? Que disait-il ? C'était insensé. Elle secoua la tête.

— Pourquoi ne pas m'avoir simplement appelée ?

— Par fierté ? Par bêtise ? Peut-être les deux…

Tout cela n'était qu'une perte de temps et d'énergie, et lui causait de plus un surcroît d'émotion dont elle n'avait franchement pas besoin.

— Vraiment, je…

— J'ai failli revenir, tu sais, coupa-t-il. Quand j'ai su à quel point les choses étaient difficiles pour toi, à la maison.

Une illumination soudaine se fit en elle.

— C'était toi.

La surprise passa dans ses yeux, puis il détourna le regard.

— Je ne sais pas ce que…

— Cette infirmière privée qui venait m'aider à m'occuper de mon père… C'était toi, n'est-ce pas ? Parce que nous n'avions pas les moyens de nous offrir ses services. C'était toi, répéta-t-elle avec force.

L'infirmière lui avait dit qu'un donateur lui payait ses honoraires, mais elle avait toujours refusé de donner son nom. Ali avait fini par conclure que les amis de son père avaient dû se cotiser en puisant dans leurs maigres ressources. Ils s'étaient montrés très présents et leur avaient apporté presque quotidiennement des repas pour soulager Ali. Mais elle aurait dû être plus clairvoyante : jamais leurs revenus ne leur auraient permis une telle dépense.

— Ma famille aussi a mis la main à la poche, confessa-t-il. Nous voulions vous aider.

Ali éleva les deux mains. C'en était trop.

— J'apprécie sincèrement ton geste, et celui de ta famille. Je ne peux pas te dire à quel point ça a été réconfortant pour moi d'avoir un soutien professionnel.

Les larmes lui piquaient les yeux, mais elle ne voulait pas les lui laisser voir. Son émotion était telle qu'elle parvenait à peine à respirer.

— Quand tu as repris les cours, à l'université, j'ai

été vraiment content pour toi. Je savais combien c'était important pour toi. Je me suis dit que, quand tu aurais terminé, je viendrais assister à ta remise de diplôme et… te féliciter.

— Je suis désolée, mais je n'arrive pas à comprendre pourquoi, dans ce cas, tu ne m'as jamais téléphoné.

Ça n'avait pas de sens.

— Je me voyais du temps devant moi. Je ne voulais pas te déranger pendant que tu finissais tes études. Je travaillais dur, moi aussi, pour progresser dans ma carrière. Grimper les échelons.

S'il avait suivi son parcours d'aussi près qu'il le disait, pourquoi diable ne l'avait-il pas empêchée d'épouser ce salaud ?

Avant qu'elle ait pu formuler sa question, il déclara :

— J'ai été affecté à une mission sous couverture qui s'est prolongée… et c'est pendant que j'étais coupé du monde que tu as déménagé à Atlanta et t'es mariée.

Donc, il savait.

— Tu as su que j'avais épousé un membre de cette famille et tu ne m'as pas prévenue ?

Cette fois, elle vit que le coup avait porté. Elle le lisait sur son visage.

— Quand je l'ai appris, je me suis dit que tu ne pouvais pas ne pas savoir qui était l'homme que tu avais épousé. J'en ai conclu que tu avais décidé de prendre ce qu'il avait à t'offrir sans tenir compte de qui il était et de ce qu'il était.

Comment avait-il pu penser une telle chose ?

— Alors, c'est vraiment que tu ne me connaissais pas du tout.

Il l'arrêta comme elle s'apprêtait à s'éloigner de lui. Le contact de ses doigts sur son bras, malgré l'épaisseur du pull, la brûla comme un fer rouge.

— J'ai eu tort. Je me suis trompé.

Il secoua la tête, l'air désabusé.

— J'étais atteint dans mon ego. J'ai pensé que, puisque tu t'étais mariée avec quelqu'un d'autre, c'était que tu n'avais pas dû m'aimer autant que, moi, je t'aimais. J'étais jaloux. Sous le choc. Déchiré. Je n'ai plus jamais cherché à prendre de tes nouvelles.

Que lui l'ait ou non comprise, elle le connaissait. Il était sincère, aucun doute là-dessus. Elle l'avait profondément blessé en se mariant avec Harrison. Mais comment diable aurait-elle pu deviner que Jax éprouvait toujours des sentiments pour elle alors qu'il ne s'était jamais manifesté et qu'un monstre se dissimulait sous la façade policée et glamour que Harrison lui avait présentée ?

— Je m'en veux aujourd'hui et je suis sincèrement, profondément désolé de m'être comporté comme je l'ai fait, dit-il d'un ton solennel en refermant les doigts autour de ses bras comme s'il craignait qu'elle ne cherche à lui échapper. Au lieu de te tourner le dos, j'aurais dû venir à toi, te dire la vérité. Nous aurions pu y voir plus clair. Mais je n'ai pas su, à l'époque, dépasser le coup que tu avais porté à mon ego.

Elle sonda son regard, éprouva au plus profond de son être le poids du désarroi, de la douleur qu'elle lui avait involontairement infligée.

— Je regrette tant que tu ne sois pas venu me sauver des griffes de ce monstre.

Elle rit, les larmes roulant sur ses joues malgré ses efforts pour les contenir.

— J'ai pensé si souvent à toi. Je rêvais que tu venais m'arracher à ce cauchemar… Je crois que c'est ça qui m'a empêchée de sombrer et de baisser les bras.

Ali prit une brève inspiration.

— Mais tu n'es jamais venu.

— Non, mais je suis là maintenant et je veille sur toi. Je ne peux pas corriger mes erreurs passées, mais je peux faire en sorte qu'elles ne se reproduisent pas. Moi vivant, jamais je ne laisserai Armone t'approcher.

Tous ces mois durant, ces mois qui s'étaient mués en années, elle avait rêvé d'entendre cet homme prononcer ces paroles-là. Et pourtant, à présent, c'était là ce qui la terrifiait le plus. Elle ne connaissait que trop bien la cruauté sans bornes d'Armone. Il n'hésiterait pas une seconde à se débarrasser de Jax. Et si, d'aventure, il venait à apprendre les sentiments qu'elle nourrissait à son endroit, ce serait avec un plaisir décuplé qu'il lui ôterait la vie.

En arrivant à Nashville ce matin, elle avait pris pleinement conscience qu'elle n'aurait qu'une seule et unique opportunité de faire ce qui devait être fait. Elle avait déjà essayé d'obtenir gain de cause auprès de Holloway et ça n'avait pas fonctionné. Mais, désormais, c'était chose faite.

— J'ai été contente que tu ne restes pas dans la salle de conférences pendant la totalité de l'entretien ce matin.

La tension s'accrut en lui, si forte que l'emprise de ses doigts autour de son bras se resserra.

— Pourquoi ?

— J'ai parlé à cœur ouvert avec le procureur Knowles. Je lui ai dit que je ne voulais pas que tu viennes à Atlanta. Il est tombé d'accord avec moi sur le fait que te faire venir là-bas aurait été une erreur. Donc, quand l'avion atterrira à Atlanta, tu reprendras aussitôt un vol pour Nashville. Tu ne sortiras pas de l'aéroport. Un autre *marshal* sera là, pour prendre le relais.

Un éclair de colère luisit dans les yeux de Jax.

— Tu crois que je ne devine pas ce que tu manigances ? Tu te sens obligée de me protéger. Mais tu as tort.

Comprimant son bras plus fort encore, il l'attira plus près de lui. Dangereusement près.

— Je suis parfaitement capable de faire attention. Je suis entraîné pour ça. Je n'ai pas besoin que tu me protèges.

Le regard d'Ali, comme hypnotisé, suivait le mouvement de ses lèvres tandis qu'il parlait. Elle s'en rendait compte mais ne parvenait pas à s'en empêcher.

— Je vais appeler Knowles et régler le problème,

enchaîna-t-il. Il n'est pas question que tu ailles là-bas sans moi. Qu'ils essayent de m'en empêcher… Ils auront affaire à moi.

L'idée qu'elle avait commis une erreur de plus la démoralisa.

— Non, tu ne peux pas faire ça.

— Oh ! que si, je le peux. Cette fois, je compte bien veiller à ce que rien ne puisse t'arriver, crois-moi. Je t'ai fait faux bond une fois – la fois de trop… Je ne permettrai pas que l'histoire se répète.

Et il l'embrassa. Lentement, intensément… Avec une merveilleuse douceur. Ainsi qu'il l'avait embrassée des centaines de fois par le passé. Elle se souvenait de tout : de la saveur de sa bouche, de la moindre nuance dans la pression de ses lèvres. Et son cœur gonfla de désir.

Non… Elle ne pouvait pas, ne devait pas laisser cela se produire. Si elle lui donnait une nouvelle fois son cœur et qu'il l'abandonnait encore… Elle n'y survivrait pas une seconde fois. Elle avait déjà commis suffisamment d'erreurs gravissimes dans sa vie.

— Tu verras, souffla-t-il, le front appuyé contre le sien. On peut y arriver. On y arrivera.

Elle se dégagea de son étreinte, l'arrière de ses genoux rencontrant le bord du sofa.

— Mais, moi, je ne peux pas, murmura-t-elle, le cœur en lambeaux, tandis qu'elle se détournait de lui et s'enfuyait vers l'escalier, qu'elle gravit quatre à quatre, les yeux brouillés par les larmes.

Un long bain chaud… Voilà ce qu'il lui fallait. Ensuite, elle irait se coucher et essayerait de dormir.

Demain… Demain, ce serait le début de la fin de l'histoire.

Jamais Ali n'avait autant apprécié un bain bien chaud. En général, sa préférence allait aux douches mais, après la journée mouvementée qu'ils avaient eue, ce moment de détente était plus que bienvenu. Étonnamment, elle avait déniché un flacon de bain moussant rangé sous la baignoire, ainsi que tous les accessoires de toilette possibles et imaginables. Des serviettes. Du savon. Du shampooing – il y en avait même de deux sortes différentes. De la crème hydratante… Elle soupçonna le prévenant shérif de s'être arrangé pour qu'elle ne manque de rien. Il avait également veillé à remplir le réfrigérateur et à garnir généreusement les étagères des placards.

Décidément, Winchester et les communes environnantes lui devenaient de plus en plus chères. Tant de gens, ici, s'étaient mis en quatre pour lui être agréables.

Lorsque la baignoire fut remplie et que la mousse parfumée en atteignit le bord, elle se dévêtit et se glissa avec délice dans l'eau chaude et bienfaisante. C'était si bon qu'elle en aurait soupiré d'aise. Elle renversa la tête en arrière, ferma les yeux et fit quelque chose qu'elle n'aurait jamais dû faire – elle s'autorisa à repenser à ce baiser et à se laisser envahir par un trouble délicieux. Son parfum, le contact de ses lèvres – Jax, très exactement tel que sa mémoire l'avait gravé dans son esprit, dans son corps. Cent années auraient pu s'écouler qu'elle n'aurait pas oublié la tornade de sensations qui se déclenchait en elle au premier effleurement de ses lèvres. Et ses bras solides qui l'enlaçaient étroitement, la faisaient se sentir en totale sécurité – comme si rien, jamais, auprès de lui, ne pouvait lui arriver – et qui rallumaient en elle un désir beaucoup trop ardent.

— Ne te trompe pas encore une fois, murmura-t-elle.

Mais que ces sages paroles relèvent de l'ordre ou de l'exhortation désespérée à rester forte, elle n'était pas sûre de ne pas succomber s'il l'approchait de nouveau.

Elle avait rêvé de l'embrasser, de faire l'amour avec lui des milliers de fois – davantage, même, peut-être – pendant les dix dernières années. Même les premiers temps, au début de son mariage, elle avait dû se faire violence pour bannir l'image de Jax de son esprit lorsqu'elle était dans les bras de son monstre de mari. Il avait été une part d'elle si importante… si profondément enracinée dans son âme.

Elle soupira. Oublier ces tensions nouvelles et se laisser aller au bien-être salvateur de cette mousse parfumée…

Elle avait l'impression qu'elle aurait pu fondre dans cette eau chaude, disparaître.

À ceci près que demain n'était pas loin et qu'il n'existait aucun moyen de s'y soustraire.

Pour chasser cette perspective, elle ferma les yeux, les plissant si fort que de petites rides étoilèrent leurs coins.

S'il lui arrivait quelque chose à cause d'elle, elle ne s'en remettrait pas. Il devait bien exister un moyen de l'empêcher de l'accompagner à ce tribunal. Elle glissa jusqu'au fond de la baignoire, se laissant recouvrir totalement par l'eau. Elle y resta une trentaine de secondes, écoutant le battement déformé de son cœur. Puis elle se redressa, plaquant ses cheveux en arrière sur son crâne, remonta les genoux contre sa poitrine et y cala sa joue.

De nouveau, elle ferma les yeux, laissant des visions de l'époque où ils étaient ensemble envahirent son esprit. Peut-être était-ce égoïste, mais elle avait tellement besoin de se sentir vivante… ne serait-ce qu'un moment. Son corps fut secoué d'un brusque frisson. Elle aurait dû répondre avec plus d'ardeur à son baiser. Se perdre dans ce contact.

Qui sait ce que demain leur réserverait ?

Quelle importance qui avait fait quoi dix ans plus tôt ? Il avait pris soin d'elle, de loin et de façon anonyme, pendant les premières années. Peut-être les choses auraient-elles tourné différemment si elle ne s'était pas mariée à ce salaud… Jax serait revenu la chercher.

Pourquoi n'avait-elle pas ravalé sa fierté et tenté de le joindre après la mort de son père ? Elle aurait pu chercher son numéro, appeler pour le saluer et…

Mais elle avait été trop meurtrie par son départ – sa défection.

Elle s'était sentie seule. Immensément, désespérément seule.

Une recette dangereuse qui pouvait conduire au désastre.

— Ali.

Il frappa doucement à la porte.

— Puis-je entrer ?

Elle enserra plus fort ses jambes de ses bras. Oserait-elle répondre « Oui » ? Lorsqu'il porterait les yeux sur son corps, il ne verrait pas la peau lisse et sans défauts qu'il avait connue il y a dix ans. Elle avait des marques, des cicatrices. Heureusement pas trop profondes et sur des surfaces relativement petites, mais elle en avait tant !

Supporterait-elle l'horreur, la pitié qui se peindraient sur son visage ?

— Je n'ai plus envie de parler.

Elle posa le front sur ses genoux. Ferma les yeux très fort.

S'il entrait et la voyait intégralement nue, un chapelet de questions s'ensuivrait inévitablement.

Aurait-elle le courage d'entrer dans les détails et lui relater tout ce que cette ordure lui avait fait subir ? Comment il avait presque réussi à la briser ? En fait, il l'avait brisée, et ce n'était que lorsqu'elle avait été témoin oculaire de son assassinat qu'elle avait réussi à rassembler le peu de forces qu'il lui restait pour prendre la fuite.

Elle aurait dû faire confiance à Jax autrefois. Elle aurait dû accepter de le suivre à Seattle. Revenir à la maison quand son père était tombé n'aurait pas posé problème. Jax aurait compris. Pour rien au monde, elle n'aurait renoncé à passer les ultimes mois de l'existence de son père à son chevet. Mais elle était tout aussi certaine que son père n'aurait jamais voulu qu'elle souffre comme elle avait souffert ces dernières années.

À trois reprises, avant sa mort, il lui avait demandé ce qu'il advenait du gentil jeune homme qui aspirait à devenir US Marshal. Elle ne lui avait jamais avoué qu'elle avait renoncé à lui pour pouvoir rester à la maison, près de la seule famille qu'il lui restait.

Mais tout cela était loin désormais. En revanche, il était tout à fait possible qu'elle soit morte dans vingt-quatre heures. Alors, pourquoi se refuser ce moment de retrouvailles avec Jax ? Qu'elle vive ou qu'elle meure, il serait ensuite affecté à une nouvelle mission, où elle n'aurait pas sa place.

Il s'en irait.

Nouveau coup à la porte.

— Ali ?

— Entre.

Les mots étaient sortis avant même qu'elle se soit décidée à les prononcer. Son esprit résistait encore, mais son cœur et tout le reste de son être n'en pouvaient plus de se refréner.

La porte grinça sur ses gonds, et il apparut. Elle se félicita de la présence de la mousse qui la dissimulait. Peut-être ne verrait-il rien…

Il s'agenouilla à côté de la baignoire, appuyant les coudes sur le rebord.

— Je suis désolé.

Elle fronça les sourcils, fouilla son regard sombre.

— Désolé de quoi ?

— J'aurais dû prendre sur moi et venir te voir quand ton père était malade. J'aurais pu vous amener tous les deux à Seattle. J'ai été stupide, et tu l'as payé très, très cher.

— C'est gentil, ce que tu me dis là, mais rien n'est ta faute. Tu as fait ce que tu estimais bon pour toi. Beaucoup trop souvent, on lâche prise, on renonce. Et ça se révèle rarement être une bonne idée. Quand tu es parti, j'avais envie de venir avec toi. Très envie. Moi aussi, j'ai mes torts. J'aurais dû suivre mon instinct. J'aurais dû aller voir mon père et lui expliquer que nous déménagions. Je n'aurais pas dû me servir du prétexte de rester auprès de lui. Pour sa santé, cela n'aurait rien changé ; elle se détériorait déjà. J'aurais dû faire ce que je pressentais être bon pour moi. Avec le recul, je pense qu'il aurait certainement compris et accepté. J'aurais pu revenir auprès de lui par la suite pour le soigner.

— Rétrospectivement, tout paraît toujours clair, dit-il, l'ombre d'un sourire étirant les commissures de ses lèvres. Ce que tu sais aujourd'hui et ce que tu savais alors, ce sont deux choses différentes. Tu as fait le bon choix.

Il haussa la tête.

— Peut-être qu'on a tous les deux fait le bon choix, mais ça n'a pas été sans conséquence et je suis vraiment désolé que tu aies été la première à en pâtir.

Les larmes eurent raison de la contenance qu'elle avait réussi à conserver.

— Merci.

Il attrapa le shampooing.

— Laisse-moi t'aider… Tu mérites bien d'être un peu dorlotée.

Il lui lava les cheveux, lentement, se servant de ses doigts pour lui masser le cuir chevelu. C'était si bon qu'elle aurait presque gémi de plaisir. Elle plongea sous l'eau pour rincer le shampooing. Lorsqu'elle refit surface, il lui frictionna le dos, touchant chacune des petites marques qui le constellaient. Un tressaillement la parcourut. Elle détestait l'idée qu'il les voie. Puis il se pencha en avant et déposa un baiser sur sa peau, puis deux, puis trois…

Tandis qu'il remontait jusqu'à sa nuque, il déboutonna sa chemise. Elle tendit la main et défit la ceinture de son jean. Lorsqu'il se fut débarrassé de ses chaussures et eut retiré son jean et ses chaussettes, son boxer suivit.

L'instant suivant, il s'immergeait avec elle.

Le contact de sa peau contre la sienne dissipa instantanément la souffrance et l'inquiétude dans son esprit. Elle n'était plus consciente que de sa peau glissant contre la sienne. Son corps dur se pressant contre l'impatience et l'avidité du sien.

Le sentiment d'appartenance… d'être à sa place la submergea tout entière. Quoi qu'il puisse arriver, ce qui se passait là était… normal, dans l'ordre naturel des choses.

Lorsque sa bouche écrasa ses lèvres, toute pensée cohérente l'abandonna.

11

Un jour avant le procès

Mercredi 5 février

Ali contempla son reflet dans le miroir, au-dessus du lavabo. Aujourd'hui, ils se rendraient à Huntsville, en Alabama, à moins d'une heure de route d'ici. Il y avait un aéroport là-bas. De là, elle prendrait le vol de midi pour Atlanta. Hier, il avait été décidé qu'un vol commercial serait plus sûr que la totalité du trajet en voiture. « Plus facile de contrôler la situation », avait dit le procureur Knowles.

Jax n'était pas d'accord avec lui, mais ce n'était pas son avis qui avait prévalu. La veille au soir, il n'avait pas parlé de ce qui le tracassait et elle ne l'avait pas interrogé à ce sujet.

Elle avait eu besoin de s'évader, de penser à autre chose.

Ses paupières s'abaissèrent comme le film de leurs étreintes nocturnes se rejouait dans sa tête. Même si elle avait aimé Harrison au début, ses sentiments pour lui avaient été différents de ce qu'elle éprouvait vis-à-vis de Jax. Dans l'intimité aussi, cela avait été bien différent. Elle n'avait pas de troisième expérience avec laquelle comparer mais, avec Jax, ça avait été… d'une tout autre nature. Il y avait eu une profondeur dans leur relation qui n'avait jamais existé avec Harrison. La certitude absolue qu'ils étaient faits l'un pour l'autre n'avait jamais été une composante de son mariage.

Quoi qu'il puisse se passer demain, elle chérirait toujours leurs retrouvailles passionnées de la veille. Cette fois, la situation était bien différente. Ils étaient tous deux adultes et avaient leurs vies. Non qu'elle en ait vraiment une en ce moment. Elle s'occuperait de s'en reconstruire une ensuite – à supposer qu'elle sorte vivante de ce procès. Après ce qui s'était passé la veille, il était facile de se projeter dans une vie avec Jax, où que sa carrière le conduise.

Mais elle n'était pas stupide au point de croire qu'une nuit d'amour grevée de tonnes de culpabilité avait pu ressusciter ce qu'il avait autrefois éprouvé pour elle.

En dix ans, ils avaient changé tous les deux.

Elle étudia de nouveau l'image que lui retournait le miroir. La peur qu'elle vit luire au fond de ses yeux bleus lui noua l'estomac. Elle n'était plus une naïve jeune fille. Bien sûr, l'appréhension était là. Mais ce n'était pas ça qui l'empêcherait d'aller témoigner à la barre et de proclamer la vérité.

Neuf mois qu'elle attendait d'expliquer devant un juge et un jury quel monstre était Harrison Armone Sr. On l'avait clairement informée de ses droits, de la façon dont il convenait de présenter son témoignage. On l'avait bombardée de questions, on lui avait fait subir des contre-interrogatoires serrés visant à la déstabiliser et à l'effrayer pour la préparer à ce qui l'attendait au procès.

Elle était fin prête.

On lui avait fourni un tailleur sombre assorti d'escarpins plats à porter pour l'occasion. Elle devrait coiffer ses cheveux en chignon de façon à se donner une apparence sobre et réservée. Pas de fard ni de bijoux. Elle ne se maquillait jamais de toute façon. Et n'avait porté des bijoux qu'à la demande expresse de son mari.

Ali se détourna du miroir et quitta la salle de bains. Elle ne pouvait pas rester terrée là plus longtemps. Elle dormait encore quand Jax s'était levé ce matin. Lorsqu'elle avait ouvert les yeux, elle avait senti le délicieux arôme du café qui infusait. Elle s'était douchée et habillée en prenant son temps.

Ce n'était pas comme s'ils n'avaient jamais fait l'amour auparavant, se rassura-t-elle tandis qu'elle descendait l'escalier. Mais c'était différent. Elle ne l'avait pas revu depuis dix ans. Lui, en revanche, l'avait vue plus récemment. Elle avait été interloquée d'apprendre qu'il avait suivi son parcours de loin et que c'était lui, avec la participation de sa famille, qui avait financé l'aide médicale de son père. Il faudrait qu'elle écrive à sa mère. Une femme si adorable, si douce. Comme ça aurait été agréable de l'avoir pour belle-mère… Dans la foulée, Ali songea qu'elle aurait fait une merveilleuse grand-mère.

À cette idée, l'envie d'avoir un enfant lui étreignit le cœur. Elle s'arrêta au bas des marches et s'émerveilla de ce réveil à la vie inespéré qui s'opérait en elle. Il y avait si longtemps qu'elle n'avait plus osé rêver à quoi que ce soit de normal. Mais le fait était qu'elle avait bel et bien envie de fonder une famille. Avec un vrai mari, digne de ce nom, et au moins deux enfants.

Cette unique nuit d'amour avec Jax avait-elle pu suffire à ranimer ces rêves et ces espérances tellement refoulées qu'elle avait fini par les oublier ?

Comme si le cours de ses pensées avait convoqué Jax, il se matérialisa soudain dans l'encadrement de la porte de la cuisine, souriant.

— Bonjour.

Elle avait été tellement certaine que se retrouver face à lui ce matin serait… embarrassant. Mais ce n'était pas le cas. Elle ne se sentait pas le moins du monde mal à l'aise. Au contraire, elle se sentit fondre presque instantanément.

Il était si attirant avec son beau sourire. C'était sans conteste le plus bel homme qu'elle ait jamais rencontré.

— Bonjour. Tu t'es levé tôt.

Comme elle s'avançait vers lui, son cœur se mit battre plus fort et son pouls s'emballa. Elle n'aurait rien aimé tant que refaire l'amour avec lui ici et maintenant. Lorsqu'il avait quitté le lit ce matin, son absence l'avait tirée du plus profond sommeil qu'elle ait connu depuis des années.

— Je suis allé faire ma tournée d'inspection à l'extérieur. Et, ensuite, j'ai préparé le café et le petit déjeuner.

Un sourire incurva les lèvres d'Ali, et son estomac se mit à gargouiller en réaction à l'exquise odeur qui lui parvenait de la cuisine. Le simple fait de le regarder avait bloqué toute autre sensation, mais ses propos venaient tout à coup de réveiller ses papilles.

— Ça sent délicieusement bon.

— J'ai fait des crêpes, dit-il en s'écartant pour lui permettre d'entrer dans la cuisine. Tanner s'y entend en matière d'approvisionnement… Il a même pensé au sirop d'érable.

Si alléchante que soit la senteur sucrée des crêpes, elle se dirigea vers la cafetière. Elle en remplit une tasse à ras bord et y trempa les lèvres, savourant le goût et la chaleur du breuvage.

Jax lui toucha le bras, et elle pivota sur elle-même.

— Viens t'asseoir avec moi.

Elle se laissa entraîner jusqu'à la table où ils s'installèrent. Le regard d'Ali se posa sur la pile de crêpes à la rondeur approximative. Elle sourit.

— Oui, bon, elles laissent à désirer sur le plan esthétique, mais elles sont bonnes, commenta-t-il, surprenant son air amusé, en s'en resservant deux qu'il nappa de sirop ambré.

Ali l'imita.

— Merci. C'est gentil à toi d'avoir fait la cuisine.

Elle versa un trait de sirop sur sa crêpe et en goûta une bouchée. Il avait raison, elles étaient savoureuses.

— Miam, dit-elle d'un air appréciateur.

Le sourire de Jax s'élargit.

— Il y a longtemps que je vis seul, donc, j'ai appris deux ou trois trucs au fil du temps.

Elle ne répondit pas, mais se prit à regretter de ne pas avoir été à son côté pendant toutes ces années. Ils auraient eu des enfants aujourd'hui. Un soupir lui échappa, qu'elle s'empressa de dissimuler en portant une nouvelle bouchée à ses lèvres.

Il but une gorgée de café, reposa sa tasse.

— Je suis sûr, maintenant, que ma mère avait raison.

Ali referma frileusement les doigts autour de sa tasse. Il faisait froid ce matin. Le feu ronflait, mais il n'avait pas encore réchauffé la pièce. À moins que ce ne soit simplement la nervosité.

— Je t'ai parlé de Seth, mon jeune frère…

Elle se souvint de ce qu'il lui en avait dit avec un serrement de cœur.

— Oui. Un événement tragique. Je sais combien cela a dévasté toute ta famille.

Il hocha la tête, contempla le fond de son assiette désormais vide.

— Mes parents m'ont dit des centaines de fois que ce n'était pas ma faute, mais je n'ai jamais pu m'empêcher de penser le contraire.

— Tes parents avaient raison. Tu étais un enfant, toi aussi. Tu as fait ce que tu as pu.

Ali se rappelait très bien ce qu'il lui avait raconté. La famille se trouvait en vacances dans leur maison, au bord du lac. Jax et Seth étaient partis pêcher à la jetée. Jax avait dit et répété à son petit frère de ne pas s'approcher du bord, mais celui-ci n'avait pas écouté.

Quand il était tombé, Jax avait fait son possible pour le sauver. L'autopsie avait confirmé que Seth s'était cogné la tête en chutant et qu'il était déjà inconscient lorsqu'il avait touché l'eau. Au lieu de se débattre pour remonter à la surface, il avait coulé comme une pierre dans les profondeurs obscures du lac. Jax avait lui-même failli se noyer en tentant de lui porter secours.

Lorsqu'il l'avait retrouvé, il était trop tard.

Les mains de Jax étaient posées à plat sur la table, de chaque côté de son assiette, et il était absorbé dans la contemplation de celle-ci comme s'il espérait trouver dans sa surface blanche la réponse impossible qu'il cherchait.

— J'aurais dû le surveiller de plus près. L'obliger à s'asseoir.

— Même le coroner a déclaré qu'il aurait été quasiment impossible de le repêcher à temps. Les eaux étaient trop troubles et sombres, au fond.

Elle détestait le voir porter ce lourd fardeau. Il n'avait fait allusion à ce drame qu'une seule et unique fois pendant le temps qu'ils étaient restés ensemble. Et pourtant il était évident que ce souvenir ne le quittait jamais et qu'il avait dû être davantage présent encore à son esprit, à l'époque.

Il hocha la tête, finit par relever les yeux et croiser son regard.

— Ma mère est persuadée que c'est pour cette raison que je ne me suis pas engagé dans une relation à long terme. D'après elle, je n'ai pas confiance en ma capacité à m'occuper d'une famille, grommela-t-il. Elle croit que ce qui m'a poussé à vouloir devenir *marshal*, c'est le désir de prouver que je pouvais sauver des vies. Mais, toujours selon elle, j'ai beau faire, ce n'est jamais suffisant à mes yeux.

Il sonda le regard d'Ali pendant un moment avant de reprendre :

— Elle pense que c'est pour ça que je n'ai rien fait pour te récupérer.

Le souffle d'Ali se bloqua dans sa gorge. Elle aussi s'était demandé si cette perte ancienne n'avait pas joué un rôle dans leur éloignement en l'empêchant de s'engager pleinement, mais elle avait été trop jeune alors pour avoir confiance en son instinct. Il avait été plus facile de croire qu'il n'avait simplement pas été aussi amoureux qu'elle l'avait été.

— Ta mère a raison, Jax. Tu n'étais pas responsable de l'accident de ton frère et peut-être que tu avais peur de t'engager. Si tu admets cela aujourd'hui, tu seras libre d'agir différemment à l'avenir.

Cette conversation… C'en était trop. Elle ne pouvait pas continuer en ce sens. Elle se leva brusquement, faisant grincer les pieds de sa chaise sur le plancher.

— Merci pour le petit déjeuner. C'était vraiment gentil.

Elle porta son assiette et sa fourchette jusqu'à l'évier. Il avait cuisiné, c'était donc à elle de faire la vaisselle… Logique, non ?

Il vint se poster à côté d'elle et plaça son assiette par-dessus les siennes.

Elle attrapa l'éponge et tourna le robinet, incapable de le regarder. Cet embarras qu'elle avait craint d'éprouver en se retrouvant face à lui, ce matin, était bien présent maintenant – en tout cas, la concernant. Elle n'arrivait pas à respirer normalement, et sa peau était comme en feu du seul fait de sa proximité.

— Je me suis trompé, Ali. Je n'aurais pas dû partir sans toi. J'ai toujours pensé que chacun était l'artisan de son propre destin. Que ce qui s'est passé porte ou non le nom de destin, nous avons une occasion à saisir, tous les deux, aujourd'hui. La chance de tout recommencer. Et de faire les choses bien cette fois.

Les mains d'Ali s'immobilisèrent, les gouttes d'eau ruisselant le long de ses doigts. Pendant combien de temps avait-elle rêvé de l'entendre prononcer précisément ces paroles-là ? Combien de fois, après son départ, avait-elle eu un coup au cœur en entendant tinter la sonnette de l'entrée ou sonner le téléphone, espérant que ce serait lui ?

Mais ses attentes avaient été chaque fois déçues. Puis, elle avait foncé tête baissée dans ce hideux simulacre de mariage. À partir de là, elle s'était dit qu'il n'y avait plus le moindre espoir de revoir Jax. Partager sa vie avec lui ne deviendrait jamais une réalité. Son rêve étant brisé, elle s'était accrochée à un autre, une chimère qui s'était muée en cauchemar.

Elle se tourna vers l'homme qui se tenait si près d'elle. Il avait raison. Une chance s'offrait à eux, mais elle craignait fort que ce ne soit pas ce qu'elle semblait être.

— Jax…, bredouilla-t-elle, produisant un effort pour parler malgré la boule qui lui comprimait la gorge. Il… est possible que… ce que tu éprouves maintenant soit seulement de la culpabilité.

Il ouvrit la bouche pour protester, mais elle l'arrêta.

— Tu es bourrelé de remords, et c'est pourquoi tu nous as apporté ton aide quand mon père était malade.

Elle ne voulait pas croire à ce qu'elle était en train d'assener – elle n'aspirait qu'à une chose : croire qu'il l'avait fait par amour pour elle —, mais comment aurait-elle pu courir ce risque ?

— Quand tu as appris que je m'étais mariée avec un membre de la famille Armone, tu as vu rouge. Tu m'as méprisée, j'imagine.

— Non, je…, commença-t-il en secouant la tête.

Elle éleva une main, de ce geste qui signifiait « stop ».

— Ne te mens pas à toi-même, Jax. Pas maintenant. Il est temps que nous affrontions tous les deux la vérité, s'agissant de nos vies, de nous deux. On a commis des erreurs, oui. Tes choix ont été bien plus judicieux que les miens. J'ai commis des erreurs terribles et je les ai payées…

Elle s'interrompit pour prendre une inspiration.

— Très, très cher.

— Quoi que tu penses, dit-il. Tu fais fausse route… Il ne s'agit pas de culpabilité.

Comme elle s'apprêtait à rétorquer, il posa un doigt sur ses lèvres.

— Que tu aies ou non jamais eu une totale confiance en moi, dit-il, il faut me croire maintenant. Je sais ce que je ressens. Je sais ce que je veux.

Elle ferma les yeux pour ne plus voir l'espoir qu'elle voyait luire dans les siens. C'était trop important pour faire le grand plongeon sans être absolument sûre. Elle inspira à fond puis rouvrit les yeux et croisa les siens, perçut cet espoir fou qui y brillait et qui lui déchirait le cœur.

— J'ai confiance en toi, Jax.

Elle s'en voulut lorsqu'elle vit l'espoir se muer en joie.

— Mais je ne veux d'une relation avec toi qui soit basée sur autre chose que de l'amour sincère. Sans mélange. L'amour véritable sans rien d'autre pour le… nuancer.

Les mains de Jax s'enfoncèrent dans ses cheveux puis vinrent se poser de part et d'autre de son visage.

— Je t'aime, Ali. Si j'en ai jamais douté, j'ai eu tort.

Elle posa ses mains encore humides contre son torse pour calmer le jeu.

— J'ai envie de le croire. Tellement envie. Mais la pression est trop forte pour l'instant. La peur, le désespoir font faire des choses aux gens qu'ils n'auraient pas faites en temps normal.

Il lui caressa la joue de son pouce.

— Crois-moi, je ne changerai pas d'avis. Ni demain ni plus tard.

— Alors, passons un marché.

C'était tellement difficile de penser clairement quand il la touchait, quand il la regardait de cette façon. Mais elle devait être forte, garder les idées claires. C'était trop important.

— Quand tout sera terminé, si tu éprouves toujours les mêmes sentiments, on se donnera une chance.

Il lui souleva le menton pour la fixer au fond des yeux.

— Compte sur moi.

Puis il l'embrassa, et elle dut refermer ses poings contre sa chemise tant l'envie de le couvrir de caresses était forte.

Avant de perdre totalement le contrôle, elle s'écarta de lui et posa le front contre sa poitrine.

Si elle survivait à aujourd'hui et demain, elle passerait le week-end entier à faire l'amour avec cet homme, quelque part, loin d'ici.

Jax observa Ali descendre l'escalier, la petite valise qui contenait sa tenue pour le procès à la main. Elle avait un sac à dos accroché à l'épaule dans lequel elle avait mis le reste de ses affaires.

— Laisse-moi t'aider à porter ça.

Comme elle posait le pied sur la dernière marche, il prit les deux sacs.

— Je vais les mettre dans la voiture. J'ai déjà rangé mes affaires.

— Merci.

La quitter des yeux ne lui fut pas facile, mais il s'y contraignit. Ils avaient passé un accord et, pour l'instant, il devait se focaliser sur sa protection seule. Il ne pouvait pas laisser quoi que ce soit interférer avec sa mission ni se permettre la moindre seconde d'inattention.

Tandis qu'il sortait, il balaya les environs du regard. Une fois les sacs chargés dans le coffre, il verrouilla le SUV et fit quelques pas. Il faisait sacrément froid mais, mis à part cela, tout était normal.

En rentrant dans la maison, il entendit Ali parler dans la cuisine. Il referma la porte, tira le verrou et s'avança dans cette direction.

— Je sais, disait-elle, le petit téléphone que Holloway lui avait donné collé à l'oreille. C'est beaucoup demander, continua-t-elle dans un soupir. Mais je me sentirais mieux si je savais que tout ira bien pour Bob. Cela étant, si vous ne pouvez pas le prendre, *marshal* Holloway, je comprendrai.

Elle prenait ses dispositions afin de trouver un foyer à Bob pour le cas où elle n'en réchapperait pas. Jax ferma les yeux et s'obligea à se calmer. Toutes ces émotions… Ce n'était pas bon pour sa concentration. Tout ce qui comptait à partir de maintenant, c'était de garder la tête froide et d'être en permanence sur le qui-vive.

— Merci à vous. J'apprécie… vraiment.

Elle marqua une pause.

— Oui, j'ai pris des nouvelles auprès du Dr Johnston et il m'a dit que Bob allait bien.

Nouveau temps d'arrêt.

— Entendu. Merci pour tout, *marshal*. Grâce à vous, ces six derniers mois ont été supportables.

Elle coupa la communication et glissa l'appareil dans sa poche.

— Tu t'occuperas toi-même de Bob, déclara-t-il.

Elle pivota, surprise de le voir là, si proche, et hocha la tête.

— Je l'espère.

Ce fut lui qui prit une grande inspiration cette fois.

— Il est l'heure de partir.

— OK.

Ils firent le tour de la maison ensemble, s'assurant que tout était arrêté. Jax avait coupé l'alimentation en eau chaude puis ils avaient verrouillé la porte derrière eux.

Ali carra les épaules et prit la direction du SUV. Il lui ouvrit la portière, attendit qu'elle ait bouclé sa ceinture puis la referma. Leurs yeux se croisèrent pendant quelques secondes, et l'anxiété qu'il lut dans le regard d'Ali lui serra le cœur.

Il monta, manœuvra en marche arrière le SUV puis s'engagea sur l'étroite piste.

Juste au moment où il engageait le véhicule pour

traverser le cours d'eau, son téléphone vibra sur le tableau de bord. Il le saisit.

Holloway.

— Que se passe-t-il ?

Il supposa que son ami venait juste vérifier qu'ils étaient sur le départ ou déjà en route.

— Il y a eu changement de plan.

Au son de sa voix, Holloway semblait tout aussi surpris que lui.

— Quel genre de changement ?

Il jeta un coup d'œil à Ali. Elle le contempla, une incertitude grandissante dans le regard.

— Le vol commercial préoccupe le procureur Knowles désormais.

— Très bien, dit Jax avant que son ami ait pu poursuivre. Je préfère conduire.

Il serait ainsi plus à même de contrôler la situation.

— Il n'est toujours pas partant pour le trajet par la route. Il veut qu'elle prenne l'avion.

Bon sang.

— Comment ça ? Alors, où allons-nous ?

— Un avion privé vous attend au petit aérodrome de Winchester. L'agent spécial Wesley McEntire y sera avec le pilote.

Les changements de dernière minute le rendaient toujours nerveux. Mais il arrivait qu'ils se produisent. Des agents avaient pour charge d'évaluer heure par heure le risque, accru lors d'un transport, du point de départ jusqu'à la destination et d'en déduire les meilleures options.

— OK. Donne-moi les indications pour m'y rendre.

Il écouta Holloway lui lister les rues et les embranchements où il fallait tourner pour atteindre le petit aérodrome local.

— Merci. Je ferai signe quand nous aurons décollé.

— Bonne chance, Stevens. Prends bien soin d'elle.

— C'est bien mon intention, crois-moi, déclara-t-il.

Il reposa le portable sur le tableau de bord.

— Si j'ai bien compris, on ne va plus à l'aéroport de Huntsville.

Il nota avec un petit pincement au cœur son phrasé un peu haché, signe que sa tension était subitement montée d'un cran.

— Ils ont décidé de nous faire prendre un petit avion privé à l'aérodrome de Winchester, finalement.

— OK.

Elle regarda droit devant elle. Il en fit autant.

— Est-ce normal qu'il y ait des changements de dernière minute un jour comme aujourd'hui ?

Elle avait parlé sans tourner la tête, avec toujours la même inflexion de voix un peu rigide. Il détestait la savoir ainsi effrayée et aurait voulu la rassurer, mais son instinct lui soufflait que ce n'aurait pas été opportun. Trop risqué.

Il jeta un coup d'œil dans le rétroviseur. Personne derrière eux. Il ralentit et s'arrêta sur l'accotement.

Elle le regarda, l'expression soucieuse.

— Que se passe-t-il ?

Il hésita puis décida de dire ce qu'il avait en tête.

— On n'est pas obligés de faire ça.

— Je ne comprends pas.

— On peut continuer à rouler. Aller quelque part où ce salaud ne te retrouvera jamais.

Il devait donner l'impression d'avoir perdu la tête, il s'en rendait compte. Mais l'envie de la soustraire au scénario prévu et de la mettre à l'abri était la plus forte.

— Non, dit-elle en secouant la tête. Ce serait saboter ta carrière, et ce monstre s'en tirerait impuni. Je dois aller jusqu'au bout, Jax. Je n'ai pas le choix.

Elle avait raison, bien sûr. D'où lui était venue cette idée abracadabrante ?

Avant qu'il n'ait eu le temps de s'excuser, elle se pencha vers lui et l'embrassa.

— Merci de prendre autant soin de moi.

Il s'obligea à sourire.

— OK. Alors, allons-y.

Mais tous ses instincts étaient en alerte. Et ils ne l'avaient trompé qu'une seule fois, dix ans plus tôt – lorsqu'il avait quitté la femme qui était assise à côté de lui.

12

L'aérodrome était plus petit encore qu'il ne l'avait imaginé.

Un homme en costume sombre se présenta comme étant du FBI et produisit son insigne.

Depuis le siège passager dans le SUV où Jax lui avait dit de rester jusqu'à ce qu'il se soit assuré que tout était OK, Ali suivait l'échange des yeux, les nerfs à vif, tendue comme une corde de violon.

Elle avait envie de monter dans cet avion, d'aller à Atlanta et d'en finir avec tout ça une fois pour toutes. Et puis, surtout, elle voulait que Jax s'en sorte indemne et, pour la première fois depuis que tout avait commencé, elle tenait désespérément à s'en tirer vivante, elle aussi. Pendant des mois, elle l'avait espéré tout en se disant, fataliste, que, si ce n'était pas le cas… Eh bien, tant pis. Elle ne ferait pas machine arrière, quel que doive être le dénouement. Mais, maintenant, l'enjeu avait changé. Elle avait un but désormais, un but vers lequel elle tendait de toute son âme.

Jax désirait faire une nouvelle tentative.

Il l'aimait toujours.

Le seul fait d'y penser fit battre son cœur plus vite. Elle repoussa l'ombre insidieuse du doute qui essayait de germer dans son esprit. Il n'avait pas de raison de la tromper. Ce n'était pas comme s'il avait cherché à la convaincre de témoigner. C'était un fait acquis. Il n'avait absolument rien à gagner à suggérer qu'ils retentent l'expérience, qu'ils reprennent les choses où elles en étaient restées entre eux.

Jax revint vers le SUV et ouvrit sa portière.

— Ils sont prêts.

Elle aussi l'était.

Prête à tourner définitivement la page du passé.

Il alla prendre leurs bagages dans le coffre. Ali mit pied à terre et traversa le tarmac à son côté. Ils gravirent la passerelle et entrèrent dans le petit jet privé. À l'intérieur, il y avait six sièges en cuir. Jax la guida le long de l'allée centrale et l'invita d'un geste à s'asseoir.

L'avion était petit mais bien équipé. Il ressemblait, en plus petit, à ceux que possédait la famille Armone. Stylé et luxueux du sol, recouvert d'une épaisse moquette, jusqu'au plafond doté d'un éclairage raffiné. Les sièges étaient divins.

Le chuintement hydraulique de la porte qui se refermait ramena leur attention vers l'avant de l'appareil. De l'autre côté de la petite séparation, le pilote procédait aux dernières vérifications et parlait dans son casque.

Jax s'avança vers lui.

— Et l'agent ?

Le pilote se retourna pour le regarder.

— J'ai ordre de ne transporter que vous deux, répondit-il avant de reprendre sa position initiale. Vous et l'autre passagère devez vous attacher pour le décollage. Nous disposons d'une fenêtre de temps assez étroite. Si nous n'atterrissons pas à l'heure prévue, ils ameuteront la cavalerie.

La nervosité d'Ali était maintenant à son comble. Jax avait raison. C'était bizarre. Peut-être la peur et la paranoïa étaient-elles la cause du malaise qui la gagnait, mais elle craignait fort que ce ne soit autre chose… Un mauvais pressentiment ?

Lorsque Jax revint s'asseoir sur son siège, à côté d'elle, il sortit son téléphone de sa poche.

L'avion commença à rouler.

Ali concentra toute son attention sur sa respiration. Ce n'était pas le moment de céder à une crise de panique. Elle n'avait jamais eu peur de l'avion jusqu'à présent, mais aujourd'hui… La situation était exceptionnelle.

Jax replaça le téléphone dans sa poche.

— Pas de réseau.

La tension qui s'entendait dans sa voix ne l'aida pas à apaiser son angoisse.

Pour rester maîtresse d'elle-même, elle fixa son attention sur les détails purement pratiques. Elle attrapa sa ceinture, qu'elle boucla avec soin. Jax en fit autant.

— Combien de temps doit durer le vol ? s'enquit-elle en refermant les bras autour d'elle.

Une sensation de froid, tout à coup, l'enveloppait tout entière.

— Quarante minutes environ. Moins d'une heure, en tout cas.

Moins d'une heure. Bien.

— Et une voiture nous attendra pour nous conduire à l'hôtel ?

— Holloway m'a dit que tout avait été prévu par un certain *marshal* Steadman, du bureau d'Atlanta.

— Oui, je me souviens de lui, commenta-t-elle, repensant à la première grande téléconférence à laquelle elle avait participé après son arrivée dans le Kentucky. Elle ne se rappelait pas qu'il soit intervenu pendant la réunion, mais il avait été présent.

— Essaye de te détendre, suggéra-t-il. C'est peut-être le dernier moment de calme dont tu peux profiter. J'imagine que les réunions vont s'enchaîner cet après-midi.

— Je vais essayer, mais je ne garantis rien.

Il sourit, et elle se relaxa un tant soit peu et posa les avant-bras sur les accoudoirs au lieu de les garder serrés autour de sa taille. Il couvrit sa main de sa paume, entremêlant ses doigts aux siens. Le sentiment d'être protégée s'insinua en elle.

Elle faillit s'assoupir bien qu'elle ne soit pas totalement tranquillisée. Elle ne pouvait s'empêcher de repasser dans sa tête tous les événements qui s'étaient enchaînés depuis la veille – l'accident de Bob, son inquiétude, la nuit d'amour avec Jax… Leur discussion concernant l'avenir. L'excitation était sous-jacente, bouillonnant en elle sous l'appréhension à la perspective de ce qui l'attendait le lendemain. Elle laissa son esprit vagabonder. Elle se retrouverait face au père de Harrison dans la salle d'audience. Il serait assis dans le box des accusés quand elle serait appelée à la barre pour décrire dans le détail toutes les ignominies dont il s'était rendu coupable.

Il braquerait sur elle son œil mauvais, espérant l'intimider. Elle ne savait que trop bien le sort qu'il réservait à ceux qui l'avaient contrarié ou trahi, mais sa décision était prise depuis longtemps : elle ne se laisserait pas arrêter. Elle assisterait sans broncher à sa chute.

Ses yeux se fermèrent, et elle faillit s'endormir. Ce fut la voix du pilote qui l'empêcha de sombrer dans le sommeil.

— *Marshal* Stevens ?

Jax déboucla sa ceinture de sécurité et se dirigea vers l'avant de l'avion.

Ali se pencha en avant pour tenter d'entendre ce qui se disait. Son cœur s'était remis à battre la chamade.

— On change de direction, déclara le pilote.

— Sur ordre de qui ? questionna Jax d'un ton bref.

— Du *marshal* Steadman. Il y a eu une faille de sécurité à l'aérodrome DeKalb-Peachtree. Ils nous redirigent vers une piste d'atterrissage, à une soixantaine de kilomètres au sud d'Atlanta. On commencera la manœuvre d'approche d'ici à une dizaine de minutes.

— Très bien.

Comme il revenait vers son siège, sa mâchoire contractée et la ligne tendue de ses lèvres indiquèrent à Ali que quelque chose d'autre que la modification de leur itinéraire le préoccupait. Il n'était pas content de ce deuxième changement de plan. Son estomac se noua, non pas tant à cause du nouveau changement qu'en raison de la réaction qu'elle suscitait chez Jax. Il connaissait son travail, il avait dix ans de métier. Son instinct était certainement bien rodé. S'il avait des inquiétudes, elle pouvait légitimement en avoir aussi.

— Je dois commencer à me faire du souci ?

Elle ne voyait pas l'intérêt de tourner autour du pot. Les prochaines vingt-quatre heures allaient déterminer si, oui ou non, elle aurait un futur. Et la possibilité que ce futur puisse potentiellement inclure Jax accentuait encore son furieux désir de survivre à la journée du lendemain.

— Disons que nous devons nous tenir sur nos gardes, déclara Jax. Chaque fois qu'une faille de sécurité se produit et que les plans doivent être modifiés, le facteur risque est élevé.

Ali regarda droit devant elle.

— Il ne veut pas que j'arrive à bon port. Si je ne me présente pas au tribunal à Atlanta demain, il repart libre. Et, s'il y a une chose dont je suis bien persuadée, c'est qu'il est prêt à tout pour que les choses se passent comme il le veut.

Elle serra les dents. Il ne pouvait pas s'en tirer après tout ce qu'il avait fait. L'assassinat de son propre fils n'était même pas le pire de ses crimes, d'autant que ce fils avait été tout aussi coupable et abject que lui. Ali réprima un frisson. Elle avait consacré la majeure partie de ces neuf derniers mois à s'évertuer à bannir de sa mémoire le souvenir des années passées auprès de lui.

Il lui faudrait des années pour l'effacer, lui, ainsi que toutes les horreurs qu'elle avait vues et personnellement endurées.

Elle se tourna vers Jax. Il essayait de téléphoner de nouveau. Tentative qui se solda par un échec, comme la première fois. Rester assise sur son siège lui devenait de plus en plus difficile. Et si ce n'était pas le *marshal* qui les attendait à leur descente de l'avion, mais Armone ? Ou l'un de ses hommes de main ? Ils seraient morts avant même d'avoir posé le pied sur le tarmac.

Il planta son regard dans le sien.

— Ça va aller, promit-il. On va y arriver.

Elle n'avait d'autre choix que de le croire. Penser différemment n'aurait fait que lui rendre les minutes et les heures prochaines intolérables. Cet espoir fermement arrimé dans la tête, elle parvint à lui retourner un sourire.

— Oui.

— Nous amorçons la descente, annonça le pilote.

Jax saisit de nouveau sa main et lui sourit. Cela suffit à lui mettre un peu de baume au cœur et à lui redonner confiance. L'avion plongea doucement vers l'avant, et le pouls d'Ali se mit à palpiter de plus en plus vite. Le *marshal* Steadman les attendrait, se répéta-t-elle. Des douzaines d'agents travaillaient à leur sécurité. Après tout, il s'agissait du procès du siècle.

Elle regarda par le hublot comme le sol montait vers eux. L'aérodrome semblait n'être rien d'autre qu'une piste posée au milieu de nulle part. Pas de hangars ni de bâtiments. Elle n'aperçut qu'une petite bâtisse qui devait être un bureau.

Jax s'inclina vers elle pour repérer les environs, lui aussi.

Pas de voiture à l'horizon. Elle nota que le masque dur s'était remis en place. Les roues de l'avion touchèrent l'asphalte. L'appareil ralentissant, la force d'inertie les poussa vers l'avant sur leurs sièges. Les atterrissages avaient toujours tendance à lui soulever le cœur, mais au moins celui-ci s'était-il déroulé rapidement, même s'il avait été un peu brusque.

Pendant une longue minute, ils demeurèrent à leur place, ainsi que le pilote le leur avait demandé. Ali jeta de nouveau un œil par le hublot. La piste était si éloignée d'Atlanta que tout ce qu'elle voyait alentour, c'était des arbres et encore des arbres. Peut-être la situation isolée des lieux avait-elle constitué une sécurité supplémentaire ? Armone ne pouvait tout de même pas avoir fait surveiller la totalité des aérodromes et des pistes d'atterrissage privées de la vaste zone urbaine qui s'étendait tout autour d'Atlanta. C'était probablement une bonne idée.

Jax se leva subitement.

— Viens, je crois qu'on devrait aller attendre au-dehors.

Elle n'essaya pas de discuter ou de poser des questions. Elle se leva et glissa sa main dans la sienne.

— Oui, un peu d'air frais me fera du bien.

Comme ils se dirigeaient vers la porte, le pilote répéta ses instructions :

— Le *marshal* Steadman a dit de…

Jax n'y alla pas par quatre chemins. Posant la main sur la crosse de son pistolet, dans son holster d'épaule, il ordonna :

— Ouvrez la porte et abaissez la passerelle.

Le pilote, dont elle ne connaissait pas le nom, se retourna vers le poste de commande et actionna les leviers voulus pour activer les processus demandés. La porte s'ouvrit lentement, et la passerelle se déploya jusqu'au sol.

Jax descendit, entraînant Ali derrière lui. Lorsque leurs pieds touchèrent le sol et qu'ils se furent écartés de quelques pas de l'avion, Jax l'attira contre lui.

— Ça ne me plaît pas… Quelque chose ne tourne pas rond, murmura-t-il, les dents serrées en balayant du regard les environs.

Un lointain bruit de fond suggérait qu'ils devaient se trouver à proximité d'un important axe routier. Mais ici, rien : le calme et le silence régnaient, si profonds qu'ils auraient tout aussi bien pu être encore dans cette montagne, du côté de Winchester. Il n'y avait pas d'habitations en vue. Une route à deux voies à l'asphalte usé et dépourvu de marquage s'étirait au loin dans les deux directions.

Le problème était qu'elle n'avait aucune idée de l'endroit exact où ils se trouvaient. Une soixantaine de kilomètres au sud d'Atlanta, avait dit Jax. C'était vague. Elle s'efforça mentalement de se représenter une carte de la vaste zone, au sud de la ville.

— Il se peut qu'on doive se mettre à courir, déclara-t-il, le regard dirigé vers l'unique accès à la piste.

— S'il le faut, je courrai, pas de problème.

Elle s'était mise à la course à pied pendant la dernière année de son mariage et elle avait continué à s'entraîner depuis son installation à Winchester. Le chemin sur lequel elle emmenait Bob quotidiennement, elle l'avait parcouru aussi souvent en courant qu'en allant y effectuer une tranquille promenade.

Ali ne voulait plus jamais être faible ou avoir peur.

— Reste sur le qui-vive, recommanda-t-il. Et, quand je te dirai quelque chose, fais très exactement ce que je te demande.

Elle hocha la tête, le cœur commençant à s'emballer une nouvelle fois.

— Comment saurons-nous qui se trouve à l'intérieur quand la voiture arrivera ?

Les vitres pouvaient être teintées. Personne ne leur avait indiqué quel véhicule aurait Steadman. L'inquiétude la tarauda de plus belle.

Tout à coup, une berline noire apparut au loin.

— Voilà notre chauffeur, on dirait, dit Jax.

Le moteur de l'avion se mit subitement à vrombir. Avant que la berline n'ait tourné pour approcher de la piste, l'appareil roulait, prêt à décoller.

— C'est le signal, indiqua Jax.

Il avait raison. Le pilote ne serait normalement jamais reparti avant de les avoir vus monter dans la voiture qui devait venir les récupérer, sauf s'il avait une bonne raison de prendre le large.

Il les plantait ici parce qu'ils allaient se faire tuer.

Jax empoigna sa main et s'élança.

L'avion avait décollé maintenant, et la berline avait bifurqué pour venir vers eux. Ils atteignirent les arbres et plongèrent sous le couvert de leurs frondaisons sans ralentir l'allure.

Ali se félicita de la fraîcheur de la température. Au moins le risque qu'ils tombent nez à nez avec un serpent était-il minime pour ne pas dire nul. Et les ours devaient encore hiberner, du moins l'espérait-elle.

De lointains claquements de portières, derrière eux, les avertirent que leur course solitaire dans les bois n'allait pas le rester très longtemps.

13

Ali courait du plus vite qu'elle le pouvait.

Dieu merci, elle avait ses chaussures de jogging, d'épaisses chaussettes et une veste chaude. Même s'il faisait moins froid ici que dans le Tennessee, l'air était vif malgré tout.

Jax lui tenait fermement la main et fonçait sans désemparer à travers bois, zigzaguant entre les arbres, baissant la tête pour éviter les branches basses, sautant par-dessus les souches qui faisaient obstacle à leur course effrénée. Il n'avait délibérément pas choisi l'itinéraire le plus dégagé, nota Ali. De toute évidence, pour se donner toutes les chances de semer leurs poursuivants. Il serait bien temps de ralentir l'allure une fois qu'ils auraient mis suffisamment de distance entre eux et leurs ennemis.

Des buissons lui fouettaient les jambes. Elle s'accrochait les pieds dans des racines qui affleuraient le sol.

Ne pas tomber ! Ne pas tomber !

Courir, ne pas lâcher Jax !

Elle agrippait de toutes ses forces la main qui tenait la sienne solidement enserrée. Ses doigts commençaient à s'engourdir, mais peu importait. Il fallait continuer. Ne pas prêter attention à ses poumons qui la brûlaient. Tenir. Tenir.

Un morceau de branche vola en l'air, lui heurta la tête en même temps qu'une détonation explosait derrière eux.

Ils leur tiraient dessus.

Plus vite !

Jax, tout à coup, s'arrêta. Elle buta contre son dos. D'une traction, il la plaqua au sol, à son côté, portant un doigt à ses lèvres pour lui intimer le silence.

Ils disparurent, engloutis sous les broussailles.

Il pointa du doigt un cours d'eau, tout proche. Trop large pour être un ruisseau, jugea-t-elle. C'était plutôt une rivière. Elle ne l'avait même pas vue avant qu'il ne la lui montre.

La peur l'étreignit.

Ils étaient pris au piège.

Il se mit à avancer à quatre pattes en direction de l'eau, lui faisant signe d'en faire autant. Il entra dans l'eau le premier, elle le suivit.

Elle eut l'impression, en s'immergeant, qu'un étau de glace l'enserrait. L'eau était glacée.

Comment pouvaient-ils trouver leur salut par là ?

Ils allaient mourir d'hypothermie.

Il plongea soudain sous la surface.

Le souffle d'Ali se bloqua dans sa gorge. Où était-il ? Que faisait-il ?

Sa main la tira vers le fond.

Elle n'eut que le temps d'inspirer une grande goulée d'air avant de s'enfoncer sous l'eau à son tour. L'eau était trouble, mais elle parvenait vaguement à distinguer le fond rocheux. Tout en se mouvant à sa suite, elle se demanda combien de temps elle pourrait retenir sa respiration.

Tout à coup, il imprima une nouvelle traction, la faisant remonter vers la surface cette fois. Lorsqu'elle émergea, elle reprit son souffle, les poumons sur le point d'exploser. Elle tremblait de froid. Il porta un doigt à ses lèvres, qu'elle vit à peine. Pourquoi faisait-il soudain si sombre ?

Elle s'obligea à analyser la situation. Ils avaient de l'eau jusqu'à la taille. Un peu de lumière filtrait au travers d'un amas de branches, de bouts de bois mort et d'autres débris. Tout à coup, elle comprit. Un gros tronc d'arbre barrait le cours d'eau, faisant office de barrage qui avait retenu toutes sortes de débris flottants. Des débris qui, visiblement, n'étaient pas tous d'origine naturelle… Elle distingua une vieille glacière, ce qui semblait être un vieux blouson et d'autres objets abandonnés qui s'étaient trouvés piégés là, retenus par le tronc d'arbre.

Des cris, dans les bois, la ramenèrent en un éclair au danger, tout proche. Beaucoup trop proche.

Jax la tira par la main. Ali le regarda se mettre à genoux au fond de l'eau, la bouche affleurant juste au niveau de l'eau. Elle l'imita.

Leurs poursuivants avaient atteint la rive maintenant. Leurs cris résonnaient dans l'air froid, se répercutant entre les arbres. Elle n'arrivait pas à tout saisir, mais ils s'efforçaient de déterminer la direction qu'ils avaient pu prendre.

Un frisson la secoua. Elle lutta pour se retenir de trembler et d'agiter la surface de l'eau, ce qui pourrait attirer leur attention.

Ne bouge pas. Ne bouge pas !

Les cris se faisaient plus frénétiques. Ils étaient furieux d'avoir perdu leurs cibles.

Elle ferma les yeux, s'efforçant d'ignorer l'odeur qui se dégageait de l'eau… Des effluves de végétation pourrissante et de quelque chose d'autre, un relent musqué.

D'où cela pouvait-il venir ?

Jax imprima une pression sur sa main, et elle ouvrit les yeux. Un mouvement dans l'eau, non loin.

Un serpent.

Son cœur manqua s'arrêter. Elle retint son souffle, luttant désespérément contre l'envie de jaillir hors de l'eau.

La peur enserra sa cage thoracique comme dans un étau.

Le long corps ondoyant brun et noir glissait le long de la surface.

Ali se mordit la lèvre presque jusqu'au sang pour ravaler un cri d'effroi. Le son s'étrangla dans sa gorge.

Avaient-ils tiré ce serpent de son hibernation ?

Y en avait-il d'autres ? Peut-être y avait-il un nid ?

Jax lui serrait la main si fort qu'elle crut qu'il allait la lui broyer.

L'adrénaline la submergea, courant dans ses veines. Elle parvenait à peine à respirer. Pria le ciel que l'animal continue son chemin.

Ce qu'il fit.

Tandis qu'il s'éloignait, la tension reflua en elle jusqu'à un degré supportable. La pression qui lui comprimait la main se desserra graduellement.

Elle réussit à prendre une inspiration saccadée sans avaler de l'eau.

Les voix retentirent, plus lointaines.

Jax attendit encore une minute. En pensée, Ali décomptait les secondes, qui s'égrenaient une à une comme autant de petites explosions dans sa tête. Elle ne pouvait plus s'empêcher de grelotter maintenant. Le froid s'insinuait désormais dans chacun de ses muscles, de ses os.

Comme plus aucun bruit ne leur parvenait, Jax finit par se décider à se diriger vers la berge opposée à celle où ils étaient entrés dans l'eau.

Courbés en deux, ils progressaient dans l'eau qui leur arrivait un peu plus haut que la taille. Quelques minutes plus tard, il l'aidait à prendre pied sur le rivage. Son corps était engourdi des pieds à la tête. Elle tremblait de façon irrépressible.

Il ménagea un espace pour se terrer sous les broussailles, l'y attira et la tint enlacée contre lui.

Elle ferma les yeux et s'abandonna au tremblement qui la secouait tout entière. Elle ne pouvait plus le combattre. Autour d'eux, tout était silencieux. Pas un bruit, excepté l'eau qui clapotait doucement contre la berge. Ses doigts étaient transformés en glaçons, ses bras et ses jambes en bloc de glace. Jamais de toute sa vie elle n'avait été aussi frigorifiée.

Ils restèrent pendant plusieurs minutes qui lui parurent aussi longues que des heures, serrés l'un contre l'autre, luttant pour se réchauffer mutuellement à la chaleur corporelle de l'autre – du moins, le peu qui en restait. Finalement, il se releva et l'aida à en faire autant. Elle se demanda où il puisait encore la force de se mouvoir. Elle se sentait complètement vidée.

Il pressa son visage contre le sien et murmura :

— On va se déplacer doucement, en faisant très attention. Il ne faut pas qu'on fasse de bruit.

Elle hocha la tête.

De nouveau, il prit sa main, l'aidant à se propulser en avant envers et contre tout alors qu'elle avait l'impression que son corps tout entier était sur le point de s'affaisser sur lui-même.

Sa seule consolation, c'était qu'il faisait moins froid ici que dans le Tennessee. Ce qui ne l'empêchait pas d'être gelée. Tant pis. Ils s'en étaient sortis, et c'était tout ce qui comptait.

Mieux valait avoir froid que d'être mort.

Ils marchèrent pendant des kilomètres, lui sembla-t-il. Ses chaussures produisaient toujours un désagréable bruit de ventouse à chaque pas, mais ses vêtements séchaient par endroits. Les jambes de son jean étaient relativement sèches, mais le sweat-shirt, sous sa veste, demeurait trempé ainsi que la ceinture de son pantalon.

Elle avait encore froid mais, maintenant qu'ils marchaient, la sensation était plus supportable. Elle se demanda quand elle aurait enfin l'impression d'être réchauffée… Peut-être bien jamais. Que n'aurait-elle donné, songea-t-elle tout en activant ses muscles pour avancer le plus vite possible sur le terrain accidenté, pour une tasse de café fumant !

Finalement, Jax s'arrêta et tendit l'oreille.

Il avait déjà fait halte une fois et essayé de passer un appel, mais le séjour dans l'eau avait rendu son appareil inutilisable. Il leur fallait trouver des vêtements secs et un téléphone, avait-il dit.

Ali, quant à elle, ne rêvait que d'une chose : émerger enfin de ces bois pour ne pas avoir à se soulager une nouvelle fois derrière un arbre.

Jax n'avait rien dit d'autre. Bien sûr… Il fallait qu'ils soient le plus silencieux possible. Si ces types étaient encore à leurs trousses, ils pourraient les entendre.

De toute façon, elle n'avait pas besoin qu'il lui fasse un dessin. Il leur fallait absolument trouver un téléphone.

Quelqu'un, dans l'équipe, les avait trahis. Mais qui ? Le *marshal* Steadman ? Le pilote ?

Dès l'annonce du premier changement de programme, il avait senti que quelque chose n'allait pas. Elle aussi, mais à un moindre degré. Son expérience et son entraînement le tenaient en état d'alerte maximale.

Si forte et déterminée qu'elle se considère, elle avait bien conscience que sa survie, en pareilles circonstances, dépendait entièrement de lui, de sa compétence et de sa réactivité.

Le silence total les incita à se remettre en route.

Étant donné la position du soleil, au zénith, au-dessus de leurs têtes, il devait être midi. Jamais de sa vie elle ne l'avait autant apprécié. Les arbres dégarnis laissaient ses rayons tièdes parvenir jusqu'à eux. Ses cheveux avaient séché, Dieu merci. Elle les imagina tout emmêlés, mais c'était sans importance. La veste en cuir de Jax était probablement fichue. Comme les siennes, ses baskets laissaient encore entendre de temps à autre ce déplaisant bruit de succion.

Pour la première fois depuis le début de cette journée, son estomac lui rappela qu'elle n'avait pas mangé depuis longtemps. La conséquence, sans doute, de tous ces efforts physiques. Elle s'obligea à continuer au rythme soutenu que lui imposaient les longues foulées de Jax. Pas facile.

D'autant que ses jambes, à force d'avoir été cinglées par les branches, étaient endolories.

Elle perçut un très lointain coup de klaxon.

Jax stoppa net.

— Tu as entendu ?

— Oui.

— On doit approcher d'une route.

Il se remit en marche, accélérant l'allure, fendant les buissons qui leur arrivaient à la taille.

Un autre son suivit le coup de klaxon.

Un aboiement... distant mais aisément reconnaissable.

Jax ralentit le pas.

L'espace d'une seconde, elle se demanda pourquoi puis l'évidence, tout à coup, lui sauta au visage.

Des chiens.

Leurs poursuivants avaient peut-être fait venir des chiens pour retrouver leur trace ?

La peur fusa en elle.

Les jappements se turent.

Elle serra la main de Jax plus fort. Il écouta encore un moment, puis se tourna vers elle.

— Rassure-toi, ce n'était pas ce genre de chien.

Le soulagement l'envahit. Elle hocha la tête.

— Tant mieux. C'est bon à savoir.

Ils reprirent leur progression, avançant plus précautionneusement maintenant, jusqu'à ce qu'une clôture en bois se dresse devant eux. Elle semblait courir sur des centaines de mètres par-delà la limite des arbres. Derrière la clôture, on apercevait des toits.

Des maisons.

La perspective de rejoindre la civilisation lui redonna courage.

Lorsqu'ils atteignirent la clôture, Jax se pencha en avant, tendant le cou, pour mieux voir. Ali attendit, pleine d'espoir. Ils allaient peut-être enfin pouvoir trouver un téléphone.

— On va longer la clôture, décréta-t-il. Cela nous amènera bien quelque part.

Elle acquiesça. Leur marche était plus facile ici, les broussailles ayant été fauchées le long de la clôture sur une bande d'environ un mètre de large. La fatigue la rattrapait désormais ; elle avait mal un peu partout et sentait ses forces décliner rapidement.

Ils parcoururent encore environ un kilomètre et demi avant de parvenir à un angle. Un point d'eau creusé de main d'homme s'étendait devant eux. Plus loin, se trouvait un terrain de jeu, clos lui aussi.

Jax saisit sa main, et ils s'engagèrent dans cette direction. Ali frissonna de nouveau. Elle espéra qu'on les prendrait pour un couple faisant une petite promenade champêtre si on les voyait par une fenêtre. À ceci près que, sales, débraillés et hirsutes comme ils l'étaient, ils ne devaient pas avoir fière allure. Heureusement, c'était un jour de semaine. Les gens devaient être au travail et non chez eux.

— Qu'est-ce qu'on fait ? On va frapper à une porte ?

Jax examinait les environs, un petit sourire aux lèvres comme si elle avait dit quelque chose de drôle.

— Je ne sais pas. Je n'ai pas encore décidé. Allons par là.

Ils longèrent des maisons, puis tournèrent dans la première rue transversale. Elle se terminait par un cul-de-sac donnant sur un petit parking, une maison en construction et une seule villa terminée. Cette dernière avait l'air toute neuve, et un panonceau indiquait qu'elle était en vente. Jax s'avança vers celle qui était en chantier et l'étudia.

— Bel endroit, nota Ali, feignant elle aussi de s'intéresser à l'architecture de la construction.

— Oui, dit-il avant de lui jeter un coup d'œil en biais. On va faire le tour de celle qui est en vente et voir s'il y a une possibilité d'entrer.

— D'accord.

Ils remontèrent le trottoir jusqu'à arriver à hauteur de la propriété. Jax stoppa devant le présentoir en plastique, près du panonceau, contenant la fiche détaillée du bien à vendre. Ils firent mine de consulter la fiche puis d'explorer les lieux, s'avançant jusqu'au porche avant de revenir sur leurs pas pour contempler le bâtiment et d'en faire le tour.

— On dirait qu'elle est habitée, nota Ali.

— Oui, elle l'est. Mais je ne pense pas qu'il y ait quelqu'un pour le moment.

— Qu'en sais-tu ?

Ils étaient désormais dans la cour arrière, où il n'y avait rien d'autre que des arbres et la clôture qui séparait la cour du terrain de la maison en construction.

— Il y avait quatre journaux posés sur la balancelle du porche. Toujours sous emballage plastique.

— Mais, même s'il n'y a personne, elle est peut-être équipée d'un système d'alarme.

— Hum. Mais je doute que les propriétaires l'aient activé. Cela les aurait obligés à confier le code aux agents immobiliers, ce qui est toujours ennuyeux.

— Alors ? On va entrer par effraction ?

— Exactement.

Il marcha droit vers l'arrière du garage, équipé d'une porte de service donnant sur la cour. Sortant de son portefeuille mouillé une carte de crédit, il opéra une sorte de tour de passe-passe et, en un clin d'œil, ouvrit la porte.

— C'est pendant ta formation de *marshal* que tu as appris ça ?

Il referma la porte derrière eux et la verrouilla.

— Non. J'ai appris ça au lycée, si tu veux savoir, mais je m'abriterai derrière le cinquième amendement concernant le reste de l'histoire, dit-il avec un petit rire.

Il se dirigea vers la porte intérieure qui permettait d'accéder à l'habitation et l'examina.

— Ouvrir celle-ci, en revanche, va être une autre paire de manches. Elle est munie d'un verrou.

Il pivota sur lui-même et promena son regard sur le garage. Il y avait un ensemble de rayonnages le long du mur du fond, derrière la berline qui était garée là. Au fond, près de la porte par laquelle ils étaient entrés, se trouvaient un établi et une servante d'ateliers à tiroirs.

— Je ne serais pas surpris qu'une clé soit rangée ici, quelque part.

Ali commença par soulever le paillasson tandis que Jax tâtait le chambranle, au-dessus de la porte. Rien.

Il s'approcha ensuite de la berline et en fit le tour, testant l'intérieur des garnitures de passages de roue, à la recherche de l'un de ces porte-clés magnétiques.

— Et voilà, annonça-t-il. Je ne serais pas étonné qu'un double des clés soit rangé dans la voiture.

Ali le regarda déverrouiller le véhicule et procéder à une fouille en règle de l'habitacle. Il en réémergea avec, à la main, un gros trousseau de clés.

— Nous devrions trouver notre bonheur dans tout ça.

Elle le suivit jusqu'à la porte et le regarda essayer les clés les unes après les autres. Finalement, il sourit.

— Ça y est ! C'est la bonne.

Elle retint son souffle comme il ouvrait la porte. Si jamais une alarme se déclenchait…

Mais le clavier fixé à côté ne clignotait pas. Jax vérifia son statut.

— Désactivé, dit-il.

À côté du clavier, était accrochée une liste de numéros. Elle pointa l'un d'eux de l'index.

— Regarde, c'est celui d'un hôtel à San Francisco.

Jack décrocha la liste et la retourna. Le programme du propriétaire était inscrit au dos. Lui, elle ou tous les deux étaient partis le mardi et ne rentreraient pas avant le dimanche.

Ils avaient donc les coudées franches pour l'instant.

— Je propose un petit tour du propriétaire avant de nous mettre à l'aise, suggéra Jax.

Ali le suivit pièce après pièce, au rez-de-chaussée d'abord puis au premier étage. Il chercha des caméras ou d'autres dispositifs pouvant permettre au propriétaire d'être informé d'une intrusion dans la maison et d'enregistrer leurs faits et gestes. La chambre parentale était visiblement la seule utilisée. Les deux autres étaient meublées de façon rudimentaire, et il n'y avait aucun vêtement dans les placards.

De retour en bas, ils retournèrent à la cuisine et Jax ouvrit le réfrigérateur. Il attrapa deux bouteilles d'eau et lui en tendit une.

— La buanderie est en haut, près de la salle de bains. Va mettre tes vêtements et tes chaussures dans la machine et prendre une douche chaude. Pendant ce temps, je resterai ici pour m'assurer que personne ne vienne nous surprendre. Quand tes vêtements seront propres et secs, ce sera à toi de monter la garde pendant que je me laverai.

— Tu comptes téléphoner à Holloway ?

Le *marshal* devait se faire du souci.

— Lui au moins, on peut lui faire confiance.

Si elle était bien certaine d'une chose, c'était celle-ci.

— Oui, je vais l'appeler. Et on avisera ensuite. Va vite prendre ta douche.

Il n'eut pas besoin de le lui dire une troisième fois… Elle avait encore froid et était tellement fatiguée qu'elle tenait à peine debout.

— OK.

Elle dut se faire violence pour gravir les marches une nouvelle fois. Il lui semblait que ses jambes s'étaient changées en plomb. La suite parentale était superbe. Du marbre partout et une immense baignoire. Mais c'était une douche qu'il lui fallait pour se débarrasser de l'eau croupie de ce cours d'eau. Elle frémit au souvenir du reptile glissant silencieusement dans l'eau trouble, non loin d'eux. À sa décharge, il fallait bien reconnaître que l'intrus, ce n'avait pas été lui. C'était eux, les humains, qui avaient envahi son habitat naturel.

Elle retourna à la buanderie et ouvrit le lave-linge. Elle y fourra pêle-mêle sa veste, ses chaussures et ses chaussettes, puis elle retira son jean, son sweat-shirt et ses sous-vêtements, plaça le tout dans le tambour et ajouta une dose de détergent. Réglant la machine sur un programme court, elle appuya sur le bouton de mise en route et revint vers la douche. Elle ouvrit le robinet en grand et prépara une serviette.

Pendant deux bonnes minutes, elle resta immobile sous le jet d'eau chaude, puis elle se frictionna longuement avec un gel douche parfumé à la lavande et à la vanille, se lava les cheveux et les rinça. Avisant un flacon de conditionneur, elle en versa un trait sur sa tête ; il sentait divinement bon, lui aussi. Elle le répartit rapidement sur sa chevelure, puis la rinça de nouveau.

Lorsqu'elle sortit de la cabine, elle avait chaud et se sentait redevenue relativement humaine… Détendue, presque.

La serviette enroulée autour du corps, elle transféra ses vêtements de la machine à laver dans le sèche-linge et lança un cycle. Elle retourna dans la salle de bains démêler ses cheveux. Puisqu'il lui fallait attendre la fin du cycle de séchage, autant prendre le temps d'en faire autant avec ses cheveux et d'appliquer une crème pour le corps, d'autant que la maîtresse des lieux semblait avoir bon goût en matière de produits de soin.

Lorsqu'elle retourna dans la buanderie, elle déposa sa serviette sur la corbeille à linge. Les sous-vêtements étaient secs ainsi que les chaussettes. Elle les enfila et rejoignit la chambre parentale en petite tenue pour fouiller dans le placard. Elle y trouva un T-shirt Georgia Bulldogs, qu'elle enfila. L'ourlet lui arrivait en haut des cuisses. Bien, cela ferait l'affaire.

En bas, Jax lui avait préparé un sandwich au beurre de cacahuète.

— J'ai fini, annonça-t-elle. À ton tour. Le reste de mes vêtements est encore en train de sécher.

Il promena son regard sur elle avant de lui décocher un sourire.

— Ah, mais je ne me suis pas plaint, que je sache.

Elle sourit.

— Merci pour le sandwich. Tu as réussi à joindre Holloway ?

— Oui. Je te raconterai une fois que je me serai lavé… Je ne supporte plus cette odeur suffocante de végétaux en décomposition.

— Tu verras, tu te sentiras revivre après ta douche, promit-elle.

— Garde l'œil ouvert, surtout, lui enjoignit-il depuis l'escalier. On n'est toujours pas sortis d'affaire.

Le sourire d'Ali mourut lentement sur ses lèvres. Elle ne le savait que trop bien.

Rien ne garantissait qu'ils soient en sécurité ici jusqu'au lendemain.

Rien ne garantissait quoi que ce soit, au demeurant.

14

En sept minutes qu'avait duré sa douche, Jax avait appelé Ali pas moins de trois fois depuis l'étage pour s'assurer que tout allait bien. La quitter des yeux, fût-ce pendant un laps de temps aussi court que celui-ci, lui paraissait encore trop long, mais il fallait bien que l'un d'eux monte la garde. Même si les propriétaires étaient absents, un agent immobilier pouvait arriver à tout moment, accompagné d'un client. La plus grande vigilance était donc de mise.

Il ouvrit le sèche-linge – enfin, son jean était sec. Il avait accroché sa veste dans le garage sans trop savoir dans quel état elle ressortirait de leurs péripéties aquatiques.

Leur situation présente était loin d'être idéale. S'introduire par effraction dans une maison et jouer les squatters indélicats ne faisaient pas partie des méthodes habituellement employées par les *marshals*. Mais force faisait loi… Même si le principe lui déplaisait, il y allait de la sécurité d'Ali.

Tant qu'ils ne connaîtraient pas tous les tenants et aboutissants de la faille de sécurité qui avait compromis la vie du témoin pendant le transport, des mesures extrêmes s'imposaient.

Il n'avait passé que quinze secondes au téléphone avec Holloway. Il avait beau avoir confiance en son ami, cela ne signifiait pas que quelqu'un n'avait pas mis sa ligne sur écoute. Holloway savait désormais qu'ils s'étaient sortis sains et saufs de l'embuscade qu'on leur avait tendue.

Pendant qu'Ali se douchait, il avait rempli un saladier de riz et y avait plongé son téléphone, après avoir dûment épongé les restes d'humidité à l'aide de papier absorbant. Aussitôt après l'épisode de la rivière, il l'avait bien sûr tout de suite débarrassé de sa coque et avait retiré la batterie, espérant pouvoir remettre l'appareil en marche par la suite. Il avait également séché et graissé son arme de service.

Il saurait bien assez tôt si son téléphone avait survécu à son séjour dans l'eau.

Rhabillé, il redescendit à la cuisine où il trouva Ali plantée devant la télévision, les yeux rivés à l'écran.

— Ça va ? demanda-t-il, remarquant qu'elle était pâle et tenait les bras serrés autour de son corps.

— J'ai suivi tous les flashs sur une chaîne d'information en continu, et ils n'ont pas dit un mot de ce qui nous est arrivé.

— Tu penses bien que les procureurs doivent préférer ne pas révéler aux médias que leur témoin principal s'est volatilisé dans la nature et qu'ils ignorent où il est. Évidemment, les hommes d'Armone sont au courant, mais ils ne savent pas où nous sommes actuellement. C'est là le principal.

Elle inclina la tête en signe d'assentiment.

— Donc, en gros, conclut-elle en désignant le téléviseur du menton. C'est une bonne nouvelle.

Il était près de 16 heures. Il devait prendre une décision.

— Plutôt, oui. Mais nous sommes tout de même un peu trop proches de l'endroit où les choses ont dégénéré. Je me sentirais plus tranquille si nous étions dans un hôtel plus près d'Atlanta.

— Est-ce qu'on va emprunter la voiture qui est dans le garage ? questionna-t-elle, sceptique.

— Oui. Je laisserai un mot au propriétaire pour le cas où il rentrerait prématurément lui expliquant qu'il sera dédommagé et que sa voiture lui sera restituée sitôt que nous aurons terminé.

— D'accord.

Ils n'étaient pas en position de faire les difficiles, de toute façon. Elle aurait approuvé son choix, quelle que soit la solution qu'il lui aurait soumise, trop heureuse d'échapper à leurs ennuis.

— Il faut qu'on déniche de quoi nous couvrir la tête… Des chapeaux, ou une écharpe pour toi… N'importe quoi.

— Je vais aller voir ce que je peux trouver en haut.

— OK. Pendant ce temps-là, je ferai le guet en bas.

Jax fit le tour du rez-de-chaussée pour s'assurer que tout était normal. Il avait déjà inspecté l'étage. Il rédigea la note destinée au propriétaire et la déposa à côté du téléphone. Comme il ne pouvait pas savoir qui serait la première personne à entrer dans la maison, il s'abstint d'apposer une signature. Personne n'avait besoin de savoir qui était venu ici tant qu'Ali n'aurait pas déposé à la barre.

Il sortit d'autres bouteilles d'eau du réfrigérateur, les ajoutant mentalement à la liste des emprunts qu'il devrait rembourser puis il repêcha son téléphone du riz dans lequel il l'avait placé. Une fois les derniers grains enlevés, il le tamponna méticuleusement, jusque dans les moindres interstices, pour assécher toute éventuelle trace d'humidité résiduelle. Jusque-là, OK. Il appuya sur la touche pour l'allumer, croisant mentalement les doigts.

Lorsque le logo apparut au milieu de l'écran, un soupir de soulagement lui échappa. Il rangea l'appareil dans sa poche. Comme sa veste était encore humide, le cuir étant un matériau long à sécher, il opta pour coincer son arme dans la ceinture de son pantalon au lieu d'utiliser le holster d'épaule. Il laissa donc sa chemise flotter hors du pantalon.

Ils avaient besoin de vêtements pour le lendemain. Une grande surface serait la plus indiquée pour rester anonymes et se fondre dans la masse des clients. Quand il était en mission, il avait toujours sur lui une carte de crédit prépayée pour parer à ce genre d'imprévu. Il s'en servirait pour payer l'hôtel.

Ali descendit l'escalier. Elle avait ramené ses cheveux blonds en arrière et les avait enturbannés d'un foulard qui les dissimulait presque entièrement. Pour lui, elle avait trouvé une casquette de base-ball à l'effigie des Bulldogs de Géorgie.

— Merci, dit-il en prenant la casquette et en la vissant sur sa tête. Joli travail... On ne sait pas si tu as les cheveux longs ou courts.

— Je me disais qu'il y aurait peut-être des lunettes de soleil dans la voiture.

— Je crois en avoir vu en cherchant les clés, oui. Nous voilà donc prêts ?

Une fois dans le garage, il reverrouilla la porte d'accès à la maison. Ali s'installa sur le siège passager et boucla sa ceinture. Comme il s'asseyait au volant, elle ouvrit la boîte à gants puis le compartiment de rangement, au-dessous du tableau de bord.

— Bingo ! Une paire pour chacun, claironna-t-elle en lui en tendant une.

Il chaussa les lunettes noires à la monture racée et la regarda.

— Rien de tel qu'un petit voyage incognito.

Ils se contemplèrent pendant de longues secondes. Il n'avait pas besoin de voir ses yeux pour savoir que, sous les verres fumés, ils exprimaient la peur. Et c'était on ne peut plus normal. Qui n'aurait pas eu peur à sa place ? Mais il était là et il mettrait tout en œuvre pour la protéger.

— Allons-y.

Il actionna la télécommande de la porte du garage et attendit que celle-ci soit arrivée en bout de course sur ses rails-guides. Il enclencha alors la marche arrière, puis commanda la fermeture de la porte avant de manœuvrer pour s'engager dans la rue.

Le crépuscule était tombé, mais l'obscurité n'était pas

encore assez complète pour qu'il se sente totalement tranquillisé. Ce qu'il fallait dans un premier temps, c'était quitter ce quartier sans attirer l'attention et sans rencontrer de problème.

Ali s'obligea à reprendre son souffle. Elle avait l'impression que les regards des passants étaient braqués sur eux tandis qu'ils descendaient la rue, mais elle se rendait compte que c'était son imagination qui lui jouait des tours. D'autres voitures passaient dans la rue. Des résidents rentrant du travail, probablement. À chaque voiture qu'ils croisaient, l'angoisse et la peur lui nouaient l'estomac.

N'était-ce pas celle dans laquelle se trouvaient leurs poursuivants ?

Combien de voitures devaient sillonner les environs, à leur recherche ?

Pouvaient-ils espérer quitter ce secteur sans encombre ?

Jax tourna une nouvelle fois, et ils se retrouvèrent sur l'autoroute 94. Ouf ! La sensation d'oppression qui l'habitait reflua quelque peu. Elle se détendit tandis qu'ils prenaient de la vitesse, renversa la tête contre le siège et inspira profondément. Le premier obstacle était franchi. Maintenant, tout ce qu'il leur restait à faire, c'était de trouver un petit hôtel correct et relativement proche du tribunal sans toutefois être situé dans son voisinage immédiat.

Quelque part où personne ne viendrait les chercher.

Tandis qu'ils roulaient, la circulation se fit de plus en plus dense. L'horaire n'aurait pas pu être plus mal choisi. Les banlieusards quittaient leur travail, rentraient chez eux, et tout le monde était pressé. La patience n'était pas au rendez-vous, et les agressions verbales allaient bon train. Ali ne pouvait s'empêcher de scruter les visages des occupants des véhicules tout autour d'eux.

Les nerfs en pelote, elle éprouvait de nouveau des difficultés à respirer librement. Elle courait droit à une attaque de panique. Elle n'en avait eu que quelques-unes, mais elle reconnaissait tous les symptômes.

C'était terriblement angoissant. La sensation d'être totalement à la merci des événements, de ne plus rien contrôler et le sentiment irrépressible que le pire était sur le point de se produire.

— Respire lentement, à fond, Ali.

La voix de Jax était calme, réconfortante, douce. Elle aurait voulu qu'il s'engage sur la prochaine bretelle de sortie et qu'il s'arrête quelque part afin qu'elle puisse quitter l'habitacle étouffant de cette voiture volée et faire quelques pas. N'importe quoi pour chasser cet excès d'adrénaline qui avait pris d'assaut son organisme.

Elle s'évertua à suivre son conseil. Respirer lentement, à fond, expirer… Recommencer. Un… deux. Elle ferma les yeux. Il fallait cesser de scruter tous ces visages… Stop ! Ce n'était pas comme s'ils avaient pu prendre la fuite au cas où les occupants d'une voiture, bloquée dans la file d'à côté, à leur hauteur, les avaient subitement mis en joue. Il n'y avait nulle part où aller dans ces embouteillages.

Une autre inspiration, longue, profonde.

Et encore une autre.

— On est presque arrivés, annonça-t-il, l'écho de sa voix grave tempérant un peu son anxiété.

Il actionna son clignotant et s'engagea sur une bretelle de sortie.

Dieu soit loué !

Elle se pencha en avant pour voir le nom de la rue : North Avenue. Il se mêla à la circulation et continua à rouler à petite vitesse. Puis il bifurqua de nouveau sur North Highland. Le trafic était un peu plus fluide sur cet axe.

Une respiration lente, apaisante.

Enfin, il entra dans le parking d'une auberge. Il choisit un emplacement éloigné de la rue, en partie masqué par un groupe d'arbres et de massifs de fleurs.

— Quand on entrera dans l'établissement, tu iras aux toilettes pour dames. Il y en a forcément non loin de l'accueil. Je t'accompagnerai pour m'assurer qu'il n'y a personne. Tu entreras dans une cabine et tu t'y enfermeras. Quand j'aurai la clé de la chambre, je viendrai frapper à la porte et je dirai : « Tu viens ? Je t'attends. »

— « Tu viens ? Je t'attends », répéta-t-elle. Entendu.

Il fouilla son regard, et elle vit au fond de ses yeux plus d'inquiétude qu'il ne souhaitait certainement le lui montrer.

— Je ne veux pas que tu restes plantée à la vue de n'importe qui devant le comptoir de l'accueil le temps de l'enregistrement. Et puis mieux vaut que je sois inscrit seul. Ils seront à la recherche d'un couple. Plus tard, on ira quelque part acheter des vêtements pour demain. On attendra qu'il y ait moins de monde dans les rues.

— D'accord… Très bien.

Il s'inclina vers elle et l'embrassa sur le front.

— Tu es fantastique. On a traversé une passe vraiment périlleuse et tu t'en es sortie comme une championne, sans jamais flancher.

Elle réussit à sourire.

— Merci.

Jax se retourna pour balayer le parking du regard tandis qu'ils s'approchaient d'une entrée latérale. Inutile de passer par la porte principale puisqu'ils n'avaient pas de valises et n'avaient pas besoin de l'assistance d'un bagagiste.

Deux clients étaient en train de s'enregistrer à la réception si bien que les employés ne leur prêtèrent pas attention tandis qu'ils se dirigeaient vers le petit couloir surmonté de l'indication « Toilettes ».

L'endroit n'était qu'à quelques pas des ascenseurs, sur le côté de la réception.

Il demeura dans l'entrée, porte ouverte, tandis qu'elle s'assurait que tous les box étaient vides.

— C'est bon, il n'y a personne.

— Enferme-toi… Je reviens aussi vite que possible.

La porte d'accès aux toilettes se referma dans un bruissement feutré. Elle opta pour s'installer dans le dernier box, au bout de la rangée de quatre, tout au fond. Une fois à l'intérieur, elle fit glisser la targette, abaissa l'abattant et s'assit. Si quelqu'un venait, peut-être penserait-on que ce WC-là était inutilisable.

L'interstice entre la porte et la cloison était infime mais, si quelqu'un s'en approchait de très près, il pourrait l'apercevoir à l'intérieur.

Heureusement, ça n'arriverait pas. Jax ne resterait pas longtemps absent.

Elle remonta les jambes sur l'abattant et appuya son menton sur ses genoux. Ce serait bientôt fini. À cette heure-ci, demain, elle aurait déjà quitté Atlanta. Le procureur lui avait promis que, sitôt son témoignage et le contre-interrogatoire achevés, elle serait libre de s'en aller.

Le bruissement hydraulique du système d'ouverture de la porte lui fit dresser l'oreille tout à coup. Personne n'avait frappé. Jax n'avait pas prononcé le code dont ils étaient convenus.

Une série de bruits vibra dans l'air : un cliquetis, suivi d'un raclement puis d'un frottement, comme des semelles qu'on aurait traînées sur le sol.

Ali retint son souffle, n'osant plus respirer.

Une porte de box pivota sur ses gonds et alla buter contre la paroi intérieure.

Nouvelle séquence de cliquetis-raclement-frottement.

Une deuxième porte fut poussée, qui alla taper contre le mur, mais toujours pas de targette tirée.

Mince.

Pourquoi la nouvelle venue mettait-elle tant de temps à choisir un box ?

À moins que ce ne soit pas en quête de toilettes qu'elle soit venue ici…

L'envie de se pencher pour regarder au-dessous des cloisons de séparation la submergea mais c'était impossible sans reposer les pieds par terre, ce qu'elle ne voulait surtout pas faire.

La porte du troisième box claqua à son tour, mais toujours pas de son de targette.

Le souffle bloqué dans la gorge, Ali attendit, les yeux rivés sur le sol, sous la porte, devant son box… jusqu'à ce qu'apparaissent quatre pieds métalliques et une paire de chaussures plates en cuir blanc.

Il y eut un grattement sec à la porte.

— Je sais qu'il y a quelqu'un. Vous en avez encore pour longtemps ?

Le cœur d'Ali battait à toute force. Elle cligna des yeux, jeta un regard circulaire autour d'elle… et vit les barres d'appui fixées dans les parois de part et d'autre des toilettes surélevées. La porte de cette cabine, à l'inverse des autres, s'était ouverte vers l'extérieur.

Bonté divine. Elle avait choisi le box pour handicapés !

— Désolée… Je sors dans une seconde, balbutia-t-elle.

Ali se hâta de se lever. Tirant la targette, elle entrouvrit le battant. Une vieille dame la foudroya d'un regard courroucé tout en manœuvrant son déambulateur pour reculer d'un pas. Le cliquetis des pieds d'acier touchant le sol et le raclement comme elle ramenait l'appareil à elle précéda le frottement des semelles sur le carrelage.

— Navrée. J'étais pressée, je n'ai pas fait attention…

Deux sourcils blancs peu fournis s'arquèrent haut sur le front ridé.

— J'espère que vous avez tiré la chasse d'eau.

Un coup frappé distinctement à la porte principale, suivi d'un sonore « Tu viens ? Je t'attends », la dispensa d'avoir à s'expliquer plus avant.

— Oui. Désolée.

Ali se rua hors des toilettes et poussa vivement le battant, tombant presque dans les bras de Jax.

— Ça va ?

— Oui… Maintenant, ça va.

Ils commandèrent à manger dans la chambre et se jetèrent littéralement sur la nourriture. En dépit de l'accès de panique qui s'était emparé d'elle peu avant, Ali s'assoupit sans même s'en rendre compte sur le large matelas ultra-moelleux. Elle n'avait pas eu l'intention de s'endormir mais, une fois blottie sous la couette en duvet, la tête enfoncée dans l'oreiller douillet, tandis qu'elle attendait que Jax l'informe de ce qu'il avait décidé pour la suite, elle avait sombré dans les bras de Morphée.

Lorsqu'elle rouvrit les yeux, il était presque 8 heures. Elle se redressa d'un bond sur son séant.

— Pourquoi ne m'as-tu pas réveillée ?

Il lui sourit largement.

— Tu étais à bout de forces. Je ne voulais pas te déranger. Tu as une journée chargée qui t'attend demain.

Comme si elle pouvait l'avoir oublié.

Elle sauta à bas du lit et se précipita dans la salle de bains. Lorsqu'elle se fut soulagée, elle passa les doigts dans ses cheveux ébouriffés. En l'absence de ses affaires de toilette, elle se lava rapidement les dents comme elle le put et réussit, sans peigne, à donner un semblant de forme à sa coiffure.

Lorsqu'elle s'estima à peu près présentable, elle rejoignit Jax qui l'attendait à la porte.

— Si tu es prête, en route. Allons acheter ce qu'il nous faut pour demain.

— Je suis aussi prête que je peux l'être, répliqua-t-elle en faisant la grimace.

Il colla son œil au judas de la porte puis ouvrit celle-ci.

— Prenons l'escalier. Il est de ce côté, au bout du corridor. Il débouche tout près de la porte latérale qui donne sur le parking.

Manifestement, il s'était livré à une petite exploration des lieux ou avait pris ses renseignements pendant qu'elle dormait. La voiture étant garée près de cette entrée, sortir sans être vus serait un jeu d'enfant.

— Tu sais où on peut aller ?

— Il y a plusieurs centres commerciaux situés à moins de vingt minutes d'ici. On va aller au plus proche et on rentrera droit à l'auberge dès qu'on aura terminé.

— As-tu eu Holloway ou quelqu'un au téléphone ?

— Je l'ai appelé depuis mon portable.

Il coula un regard dans sa direction.

— Il fonctionne encore, mais pas très bien. J'ai réussi à lui faire savoir que nous serions en temps et heure au tribunal demain. Il a parlé d'une arrestation, mais le son était haché et je n'ai pas tout saisi. Trop de parasites. J'imagine que le responsable de la fuite d'informations concernant notre itinéraire a été identifié.

— Tant mieux. C'est une bonne nouvelle.

— Holloway en réfère maintenant directement au procureur Knowles, qui transmet à Keller. Mais Knowles ne connaît pas notre localisation. Personne ne la connaît. Pas même Holloway.

— Ce qui veut dire qu'on devrait être en sécurité, dit-elle, pleine d'espoir.

— On devrait, oui.

Jusqu'au lendemain, quand il leur faudrait se rendre au tribunal.

Au centre commercial, ils se déplacèrent rapidement d'allée en allée. Des articles de toilette et d'autres objets essentiels arrivaient en tête, sur la liste d'Ali. Jax prit un rasoir et divers articles de toilette masculins. Elle le regretta presque car elle aimait bien sa mâchoire ombrée, qu'elle trouvait très sexy ; il ne s'était pas rasé depuis hier matin.

— Pourquoi souris-tu ? s'enquit-il en désignant du menton le flacon de shampooing qu'elle avait à la main. Tu imagines d'avance à quel point tes cheveux seront soyeux grâce à ce produit ?

Elle secoua la tête et fixa son regard sur son menton.

— Non. Je me disais juste que j'adore ce look un peu négligé chic.

Il se passa la main sur la mâchoire.

— OK. Je m'en souviendrai.

Le sourire qu'il lui décocha indiquait sans erreur possible que sa remarque l'avait flatté. Elle aimait tant ce sourire… Elle l'avait toujours aimé.

— Bon… Les vêtements, maintenant, suggéra-t-il.

— Oui.

Le magasin était davantage pourvu en vêtements de loisir qu'en tenues appropriées à une salle d'audience, mais elle trouva une robe qui ferait l'affaire. Elle y ajouta un pull-over, des chaussures et des sous-vêtements de rechange.

Jax, lui, sélectionna un pantalon de type classique et une chemise. Des chaussettes, une paire de chaussures et un boxer. À la réflexion, il y adjoignit aussi une ceinture.

La nervosité d'Ali ne s'apaisa un peu que lorsqu'ils eurent regagné leur voiture d'emprunt. Elle préférait l'envisager comme empruntée plutôt que volée.

Elle espéra que tout ceci n'entacherait pas la réputation de Jax, sur le plan professionnel. Si le fait qu'il l'ait aidée devait avoir des répercussions sur sa carrière, elle en serait anéantie.

Sur le chemin du retour, il demanda :

— Ça va ? Tu te sens mieux, maintenant ?

— Oui. J'ai l'impression qu'on a déjà franchi les plus gros obstacles et qu'on commence à voir le bout du tunnel.

La place qu'ils avaient libérée dans le parking était toujours vacante. Il manœuvra pour y insérer son SUV en marche arrière de façon que la plaque minéralogique, obligatoire uniquement à l'arrière du véhicule dans le Tennessee, ne soit pas visible. Ils se hâtèrent de regagner leur chambre par l'escalier. Lorsque Jax eut refermé la porte derrière eux et inspecté les lieux, Ali se détendit.

— Tu as faim ? Le service en chambre se termine dans une heure, donc il faut se décider tout de suite.

Elle attrapa la carte et la parcourut rapidement.

— Un cheeseburger, des frites et un soda.

Il appela la réception et passa la commande, ajoutant un menu identique pour lui. En attendant qu'elle arrive, ils suspendirent leurs vêtements dans la penderie, laissant un silence confortable s'installer entre eux. Songeant à toutes leurs tribulations de la journée, Ali ne put réprimer un frisson.

— Jax…

Il se retourna, l'air interrogateur.

— Je voudrais que tu saches, quoi qu'il puisse arriver, que je te suis extrêmement reconnaissante de tout de ce que toi et le *marshal* Holloway avez fait pour moi.

Elle prit son souffle.

— Je ne suis pas sûre d'avoir les mots pour exprimer ce que ces quelques jours avec toi ont représenté pour moi. Jamais je n'aurais imaginé que nous puissions nous retrouver.

Elle sourit.

— Quoi que demain nous réserve, ces moments avec toi signifient énormément pour moi. Ils auront été un cadeau du ciel.

Il l'enlaça et l'embrassa. Il n'eut pas besoin de parler, toute sa réponse était contenue dans ce baiser et ce qu'il lui transmettait par ses mains, la façon dont son corps se pressait contre le sien.

15

Jour du procès

Jeudi 6 février

— L'entrée du tribunal sera bien gardée : il y aura quatre agents du FBI, quatre *marshals* en plus de moi, et de nombreux adjoints du shérif de Fulton County.

Jax attendit qu'elle ait assimilé ce qu'il venait de dire.

Ali semblait soucieuse. Soucieuse et effrayée, mais en même temps pleine de détermination et de courage. Si terrifiée qu'elle soit, elle tenait à en finir une bonne fois pour toutes. Il était réellement fier d'elle.

Mais il ne voulait pas la perdre. S'il avait encore eu des interrogations, ces doutes et ces incertitudes s'étaient évanouis la veille au soir. Il avait compris, quand il l'avait tenue dans ses bras, avec une certitude venue du plus profond de lui, qu'elle représentait tout ce qui lui avait manqué pendant toutes ces années. Il ne s'était jamais engagé dans une relation durable avec une autre femme parce que son cœur n'avait jamais cessé d'appartenir à Ali.

— Est-ce que tu as déjà prévu notre itinéraire pour nous rendre au tribunal ? questionna-t-elle en regardant le plan d'Atlanta qu'il avait étalé sur le bureau.

— On va éviter les axes principaux.

Il pointa le doigt sur la carte.

— On va prendre North Highland et on descendra jusqu'à Irwin. De là, on zigzaguera dans le secteur avant de piquer sur Ivan Allen pour redescendre ensuite vers notre destination.

— Et où nous garerons-nous ?

— On procédera comme à Nashville. On se garera dans le parking d'une église à quelques pâtés de maisons de distance et on se fera conduire jusqu'à l'entrée du tribunal en taxi. Les adjoints du shérif se montreront quand je leur donnerai le signal et ils se posteront en rangs serrés de part et d'autre de l'entrée afin que personne ne puisse t'approcher entre le moment où tu mettras pied à terre et celui où tu seras à l'intérieur du bâtiment.

— Et si un tireur est embusqué quelque part ? À la fenêtre d'un immeuble du voisinage ?

Elle secoua la tête.

— J'ai sûrement vu trop de films de gangsters, mais je connais Armone. Je sais à quel point il est mauvais et à quel point il veut m'empêcher de témoigner.

— Nous aussi, crois-moi, et nous avons envisagé cette hypothèse. Avant même que nous ne sortions du taxi, les adjoints du shérif nous entoureront et feront bloc tout autour de nous jusqu'à l'entrée. Si un sniper est présent, il n'aura à aucun moment la possibilité de t'avoir en ligne de mire dans son viseur. À l'intérieur, ce sont les *marshals* qui prendront le relais et nous escorteront jusqu'à la salle d'audience.

Ali s'humecta les lèvres.

— Ça a l'air d'être un bon plan.

— On est parés pour toute éventualité.

— Oui… Et une bombe ? Vous avez pensé à une bombe ? interrogea-t-elle en ajustant l'encolure de sa robe neuve.

Un imprimé floral qui la faisait paraître si jeune, si innocente, songea Jax.

— Une brigade anti-bombes se tient prête à intervenir.

Elle se tourna vers lui. Il attendit qu'elle ait regardé à quoi il ressemblait. Le pantalon, la chemise et la cravate bon marché feraient l'affaire. Et la veste masquerait son arme. Sa tenue n'avait rien de spectaculaire. Pourtant, elle le contempla comme s'il était quelque célébrité arborant une tenue à mille dollars.

— Tu seras dans la salle d'audience ?

Il sourit.

— Oui. Le procès se déroule sous haute surveillance. Personne n'entrera dans ce tribunal avec une arme, sauf les *marshals*, les agents du FBI et les adjoints du shérif.

Ça allait être une longue journée. Son témoignage durerait longtemps, des heures probablement, puis il serait suivi du contre-interrogatoire. Sitôt que le juge la libérerait, Jax lui ferait quitter le tribunal.

Ils avaient établi leur programme la veille. Il avait prévu d'aller voir ses parents, mais il avait repoussé sa visite de quelques jours. Il voulait l'emmener à Seattle dès ce soir. Elle avait donné son accord.

Personne ne l'en empêcherait.

Elle avait fait remarquer qu'elle n'avait quasiment pas de vêtements. Il avait ri et répondu qu'il lui achèterait une garde-robe complète.

Il tendit la main.

— Il faudrait qu'on se mette en route. Tu es prête ?

— Oui.

Il était déjà allé régler la chambre, donc ils n'avaient pas besoin de passer par la réception. Ils quittèrent l'auberge par l'escalier. Le parking était désert. En moins de trois minutes, ils étaient montés dans la voiture et étaient partis.

L'itinéraire qu'il avait sélectionné se déroula sans incident. Il trouva une église dotée d'un petit parking, sur l'arrière, dans lequel il gara le SUV puis il appela un Uber.

Ali devenait plus nerveuse de minute en minute. Elle ne pouvait s'empêcher de remuer les mains, sur ses genoux, tout en scrutant le parking d'un œil anxieux.

— Je pensais à une chose, déclara-t-il pour lui changer les idées. Mon appartement est un peu petit et les animaux domestiques ne sont pas acceptés dans l'immeuble.

Elle le contempla, les yeux écarquillés à la perspective que Bob n'ait pas sa place auprès d'elle.

— Après Seattle, quand on sera allés passer deux jours avec ma famille, poursuivit-il, on devrait peut-être se mettre en quête d'une maison. Un endroit avec un jardin pour que Bob puisse courir.

Les lèvres d'Ali s'étirèrent en un large sourire, et la joie qu'il vit scintiller dans ses yeux fit battre son cœur.

— Tu es sûr ? C'est vraiment ce que tu veux ? s'enquit-elle.

— Absolument sûr. Je veux que nous entamions tout de suite notre nouvelle vie. À quoi bon attendre ? La vie est trop courte et trop précieuse pour remettre les choses importantes à plus tard.

Elle se pencha au-dessus de la console qui séparait les deux sièges et l'embrassa sur les lèvres.

— Je veux que tu me promettes quelque chose.

Son expression était très sérieuse maintenant.

— Vas-y, je t'écoute.

Tout ce qu'elle voudrait, il le lui offrirait si c'était dans l'ordre du possible.

— Jure-moi que, si tu te rends subitement compte que tu fais fausse route…

Il ouvrait déjà la bouche pour protester, mais elle l'arrêta d'un doigt sur les lèvres.

— Si jamais tu t'apercevais soudain que tu as pris cette décision par culpabilité et que ressusciter la relation qui était la nôtre autrefois n'est pas ce que tu souhaites au plus profond de toi… Je veux que tu me promettes de me le dire. Je ne veux pas que tu passes ta vie à essayer de te racheter pour une erreur que tu as commise à vingt-deux ans.

— Tu as ma parole, certifia-t-il au lieu de répliquer

que ça n'arriverait pas. Si jamais, pour une raison ou pour une autre, je décidais que je ne désire pas passer le reste de ma vie auprès de toi ou que je ne veux pas que tu deviennes ma femme ni que nous ayons des enfants, je te le ferai savoir.

Elle cligna des yeux, abasourdie.

— Quoi ? Qu'est-ce que tu as dit ?

— À quel moment ? rétorqua-t-il, feignant de ne pas comprendre. Tu m'as demandé de promettre… J'ai promis.

Il prenait peut-être un peu trop plaisir à ce petit jeu.

— À l'instant… Juste avant que tu ne parles d'enfants.

— Ali, je veux que tu m'épouses. Ce soir, demain, la semaine prochaine, quand tu voudras, pourvu que ce soit bientôt.

Elle jeta ses bras autour de son cou, et ils s'embrassèrent avec passion.

— Je t'aime, murmura-t-il dans ses cheveux. J'ai plus de dix ans à rattraper.

Ali s'écarta de quelques centimètres pour le regarder.

— Moi aussi, je t'aime.

Il repoussa une mèche de cheveux de sa joue. Avant qu'il n'ait eu le temps d'en dire davantage, il vit la voiture qu'ils attendaient entrer dans le parking. Le chauffeur correspondait à la photo qu'il avait reçue par MMS.

— Voilà notre taxi.

Il sortit et alla lui ouvrir la portière côté passager. Lorsqu'elle descendit de voiture, elle prit sa main et souffla :

— Ne va pas te faire tuer, d'accord ?

Il lui retourna un grand sourire.

— Compte sur moi, je n'en ai nullement l'intention.

La voiture se rangea le long du trottoir devant l'entrée du bâtiment fédéral. Le cœur d'Ali battait tellement fort que c'était à peine si elle parvenait à respirer.

Immédiatement, une rangée d'uniformes se mit en place de part et d'autre de la portière par laquelle ils devaient descendre.

— Prête ?

— Prête.

Comme la portière s'ouvrait, quelque chose qui ressemblait à une grande bâche noire se déploya au-dessus de leurs têtes. Sous le dais improvisé, Jax sortit le premier et lui tendit la main. Elle le rejoignit sur le trottoir. Comme prévu, les hommes en uniforme restèrent étroitement groupés autour d'eux. Serrés l'un contre l'autre, la tête courbée, ils avancèrent, entraînés vers l'entrée par le bouclier humain qui les encerclait.

Une fois à l'intérieur, elle souffla un instant. Les *marshals* vinrent aussitôt prendre le relais et, positionnés tout autour d'eux, les escortèrent aussitôt vers l'ascenseur.

Au moment où ils s'engouffraient dans la cabine, Ali sentit poindre une crise de panique. Non ! Pas maintenant. Ce qu'elle s'apprêtait à faire était l'une des étapes les plus importantes de sa vie. Elle ne se laisserait pas déconcentrer. Pas question. Tant bien que mal, elle réussit à repousser la menace et s'exhorta au calme.

On les fit asseoir, Jax et elle, dans une petite salle privée où elle attendrait le moment d'entrer dans la salle d'audience. Ils n'avaient pas eu le temps de revêtir les gilets pare-balles tant les choses s'étaient enchaînées rapidement depuis leur arrivée en taxi. Mais, à présent qu'ils étaient là, ce n'était plus nécessaire. Ils étaient à l'abri dans l'enceinte du tribunal, gardé comme une place forte, et ceux qui assisteraient à l'audience auraient été soumis à une fouille scrupuleuse.

Un moment plus tard, on vint la chercher. Elle se leva et se mit en route, Jax à son côté. Le silence se fit dans la salle d'audience tandis qu'elle se dirigeait vers la barre des témoins. Jax s'assit derrière le procureur des États-Unis. Le regard d'Ali balaya l'assistance et tomba immédiatement sur Harrison Armone Sr. Elle le dévisagea pendant plusieurs longues secondes, sans ciller. Il était entouré de sa troupe d'avocats, mais ils ne gagneraient pas. Pas cette fois... Elle y veillerait.

Tandis que son ex-beau-père la contemplait d'un air assassin, elle forma le serment de dire la vérité, et rien que la vérité. Elle s'assit lorsqu'on l'y invita et s'autorisa à lui sourire pour qu'il comprenne bien qu'elle allait prendre plaisir à l'accabler.

La matinée était passée, puis tout l'après-midi, lorsque Ali en eut terminé. Il y avait eu une interruption à l'heure du déjeuner, qu'elle avait pris avec Jax, dans la salle qui leur avait été dévolue. Elle n'avait pas pu avaler quoi que ce soit. Et elle ne pourrait probablement pas manger avant d'être loin d'ici.

Lorsque ce fut terminé, on l'escorta hors de la salle d'audience, ainsi que Jax.

Quelques minutes plus tard, Jax et elle étaient évacués du tribunal par une sortie où ne les attendrait pas une horde de journalistes. Jax avait remis les clés de la voiture empruntée à un *marshal* ainsi qu'une liste de tous les articles qui devaient être restitués aux propriétaires de la maison qu'ils avaient utilisée.

À la surprise d'Ali, c'était le *marshal* Holloway accompagné de son ami, le chef Brannigan, qui les avait conduits à l'aéroport.

— Vous avez l'air d'aller beaucoup mieux, avait-elle dit à Holloway.

— Oui... Je ne me sens plus qu'à moitié mort désormais, avait-il répondu en riant.

Elle lui avait donné l'accolade en lui renouvelant ses remerciements pour toute l'aide qu'il lui avait apportée pendant ces six longs mois. Il lui avait promis de veiller à ce que Bob arrive sain et sauf à Seattle d'ici à une quinzaine de jours. Jax ne l'avait informée qu'après leur sortie du tribunal qu'il avait déjà demandé sa mutation pour rentrer à Seattle. En attendant que sa demande soit acceptée, il serait en congé.

Deux heures et demie après, assis en première classe, Jax et elle volaient vers Seattle.

— Je me disais que nous devrions partir en lune de miel, déclara-t-elle, calée dans son siège, l'esprit légèrement grisé par le délicieux cocktail qu'ils venaient de déguster.

Jack se mit à rire.

— Tu ne crois pas qu'on devrait d'abord se marier ?

Elle posa sa tête contre son épaule.

— On pourrait combiner les deux… Partir pour un endroit exotique et se marier sur place ?

— On pourrait, acquiesça-t-il. Mais il nous faudrait affronter le courroux de mes parents et de ma sœur. Ils attendent ce moment depuis tellement longtemps…

Ali éclata de rire.

— En général, l'impatience est surtout du côté de la future épouse.

Il appuya son front contre le sien.

— On fera comme tu veux, Ali. Du moment que tu me dis « Oui ».

— Ça, je peux le faire tout de suite, *marshal*. Je dis « Oui », mille fois « Oui ».

Et elle scella sa déclaration d'un long baiser.

Retrouvez en décembre 2020,
dans votre collection

BLACK ROSE

Opération : bébé menacé, de Julie Anne Lindsey-N°614

SÉRIE GARDES DU CORPS EN ALERTE 2/4

Stupéfaite, Emma fixe l'homme qui vient de frapper à sa porte. Comment aurait-elle pu imaginer en faisant appel à une agence de sécurité pour les protéger, elle et son bébé, qu'elle se retrouverait face à Sawyer Lance ? Sawyer qui depuis un an ne lui a plus donné de nouvelles. Sawyer qui, visiblement aussi surpris qu'elle, l'enveloppe de son regard bleu. Le même que celui de son fils dont il ignore l'existence…

Accusé à tort, de Lena Diaz

Qui a allumé l'incendie criminel pour lequel Brian Sterling a été accusé et jeté en prison ? Pour Peyton, sa sœur, pas de doute possible : Brian est innocent, et elle est prête à tout pour le prouver. Prête à le cacher car il vient de s'évader… Prête à le défendre bec et ongles contre Colin, son ex-petit ami, devenu policier et avec qui elle a rompu après le drame qui a brisé leur amour…

Secrète ressemblance, de Janice Kay Johnson - N°615

Et si le criminel s'était trompé de cible ? Sceptique, Seth Renner observe Helen Boyd, la locataire de la maison où une femme vient d'être assassinée. Pour lui la ressemblance entre la victime et Helen ne peut pas être une coïncidence. D'autant que la troublante Helen semble bien décidée à garder pour elle ses secrets. Comme si une mystérieuse menace pesait sur sa vie et celle de son petit garçon…

Les disparues de Roaring Springs, d'Addison Fox

Dans les montagnes de Roaring Springs, les corps de plusieurs femmes ont été découverts suite à une avalanche. Pour Trey Colton, c'est l'occasion de prouver ses qualités d'enquêteur et de briguer le poste de shérif de la ville. Mais, pour mettre toutes les chances de son côté, il doit d'abord trouver une fiancée. Sans hésiter, il propose à Aisha, son amie d'enfance, de jouer ce rôle pour un temps…

HARLEQUIN BLACK ROSE

Retrouvez en décembre 2020,
dans votre collection

BLACK ROSE

Pour un sourire de Molly, de Robin Perini - N°618

Après l'attentat qui a coûté la vie à sa sœur Ivy, Laurel prend la fuite avec sa nièce, Molly. Avant de mourir, Ivy lui a révélé qu'elle menait une enquête secrète pour la CIA et lui a demandé de contacter un homme : Garrett Galloway. Traquée par les assassins, Laurel se rend chez Galloway. Mais, tandis qu'elle lui raconte sa folle cavale, elle sent un doute l'envahir. Qui est réellement Garrett Galloway ?

Ensemble dans la tourmente, de Debra Webb

Bien décidée à rompre, Maggie se rend chez Slade. Certes il est un amant merveilleux, mais il ne veut ni s'engager ni fonder une famille et Maggie en a assez d'attendre qu'il change d'avis. Pourtant, en sonnant à sa porte, elle est loin d'imaginer qu'elle va devoir renoncer à cette rupture. Car Slade est poursuivi, lui explique-t-il, et leur seule chance de survie à tous les deux, c'est de fuir. Ensemble.

Composé et édité par HarperCollins France.

Achevé d'imprimer en octobre 2020.

CPI
BLACK PRINT

Barcelone

Dépôt légal : novembre 2020.

FSC
www.fsc.org
MIXTE
Papier issu de sources responsables
FSC® C108412

Pour limiter l'empreinte environnementale de ses livres, HarperCollins France s'engage à n'utiliser que du papier fabriqué à partir de bois provenant de forêts gérées durablement et de manière responsable.

Imprimé en Espagne.